武威市资助优秀出版物

五凉王国的

七张面孔

程对山 著

团结出版社
UNITY PRESS

图书在版编目（ＣＩＰ）数据

五凉王国的七张面孔 / 程对山著. 一北京： 团结
出版社，2024.8
ISBN 978-7-5234-0246-7

Ⅰ．①五… Ⅱ．①程… Ⅲ．①传记文学－中国－当代
Ⅳ．① I25

中国国家版本馆 CIP 数据核字 (2023) 第 124355 号

出　版：团结出版社
　　　　（北京市东城区东皇城根南街 84 号　邮编：100006）
电　话：（010）65228880　65244790（出版社）
　　　　（010）65238766　85113874　65133603（发行部）
　　　　（010）65133603（邮购）
网　址：http://www.tjpress.com
E-mail: zb65244790@vip.163.com
　　　　tjcbsfxb@163.com（发行部邮购）
经　销：全国新华书店
印　装：三河市东方印刷有限公司

开　本：170mm×240mm　16 开
印　张：23.25
字　数：300 千字
版　次：2024 年 8 月　第 1 版
印　次：2024 年 8 月　第 1 次印刷

书　号：978-7-5234-0246-7
定　价：69.00 元

前言

一

如果以姑臧为坐标点来叙述历史，这段历史则专指东晋十六国时期的"五凉"历史。

换句话说，如果叙述东晋十六国之"五凉"历史，史学家的目光会无一例外地定格至名都姑臧。

"五凉"，指"十六国"中的五个王国，建于河西，皆以"凉"为国号，故有此称。历史典籍中，五个王国依次称为"前凉""后凉""南凉""北凉"和"西凉"。

关于"五凉"的时空定位，我从亘古浩渺的历史长河中拎出两个世纪交替之年，即公元300年和公元400年，以此标记这一段非同寻常的历史。

公元300年，西晋赵王司马伦诛杀皇后贾南风，"八王之乱"愈演愈烈，中州士人纷纷避离京师，张轨也在这一年思谋出镇凉州。次年如愿抵达姑臧，开启了前凉肇基工作。公元400年，李暠建立西凉政权。于是，河西大地上呈现出以姑臧为都的后凉、以西平为都的南凉、以张掖为都的北凉、以敦煌为都的西凉"四国"鼎立局面。十七年后北凉沮渠蒙逊统一河西，又过了二十二年北魏拓跋焘攻灭北凉，五凉诸国统辖河西的历史近一个半世纪。

在河西，"姑臧"可算一个古老的地名，其得名早于武威、张掖、酒泉乃至凉州。"姑臧"原指西汉时期的匈奴所筑的一座古城，"姑臧"二字显系匈奴语，语意为何，今无证可考。汉置武威郡后，将姑臧城邑所在之地设为姑臧县，地域范围即今甘肃武威凉州区所辖全境。此后，姑臧历为武威郡、凉州府的治所驻地。

五凉王国的统辖区域泛称河西，是以姑臧为核心都市，以河西走廊为中心地带的西北大部地区，疆域最大时曾"西包葱岭，北暨居延，南逾河湟，东至秦陇"。除西凉外，诸国相争战的历史，便是争夺王都姑臧的历史。

所以，姑臧之于五凉，犹如建康（南京）之于东吴，洛阳之于西晋，长安之于隋唐。历史学家赵俪生认为，中古时期的姑臧是"一个具有全国意义上的三大据点之一"。

二

一直认为，"五凉"是十六国史中最光彩夺目的一章，也是最难写的一章。中原大地动荡离乱，兵连祸接，文化典籍屡遭浩劫，官学乡塾毁于兵燹。而偏隅河西的凉州却呈现出令人瞩目的学术繁荣、文教昌明局面。

个中缘由，国学大师陈寅恪分析得较为透彻，"盖张轨领凉州之后，河西秩序安定，经济丰饶，既为中州人士避难之地，复是流民移徙之区""中原魏晋以降之文化转移保存于凉州一隅"。避地河西的中原士人和河西本籍学人，筚路蓝缕，抱书负笈，高僧大德摩顶放踵，译经弘法，作出了卓越的贡献。中原士人眼里的"偏隅凉州"成为北中国的政治、经济、文化中心。

五凉文化是凉土诸国在政权更迭与历史嬗变中形成的政治、经济、社会各个层面的精神产品，是以姑臧为核心都邑的地域文化系统，包括经史学术系统、佛教文化系统和典章制度系统。那时候，学人著书立说，很多成果被载入《晋书》等"官修国史"，形成了经史学术系统。高僧主持翻译佛经，形成了佛教史上"凉土译经"体系，开凿石窟形成了影响中原石窟的"凉州模式"，汇聚成颇具特色的佛教文化系统。五凉诸国创建的政权统治、郡县管辖及礼乐祀仪方面的典章制度系统，反映出河西地区独有的社会经济存在状况。

北魏攻灭北凉，终结了动荡离乱的十六国时代，开启了中原文化的新局面。史载拓跋焘"徙凉州民三万余家于京师"，河西文士、凉州僧人及能工巧匠，牖启儒风，振兴礼乐，开窟造像，"略胜一筹"的五凉文化随之弥散中原大地。迨至隋唐，五凉文化作为重要一源，汇入大国盛世波澜壮阔的文化洪流之中，对隋唐文化的繁荣发展产生了深远影响。

三

探析这一段动荡不安却又内蕴着开拓进取精神的历史，发现打动人心的总是那些晃动在历史细节中的人物。他们有着生动活泼的身形、棱角分明的性格和张弛有度的节操。那些国王臣僚、文人儒士、大德高僧、胡商大贾、蕃臣夷使和能工巧匠荟萃于五凉诸国，他们是历史的创造者，是叙述历史难以绕开的主体元素。

我暗自思忖，如果循着人物的成长轨迹来叙述历史，历史便有了些许温暖感觉和烟火气息。从干巴枯燥的史料中寻求他们的成长经历，时间久了，他们的面孔就从历史的尘埃里浮现出来。这些人物的面孔越饱满，形象越分明，与之有关的历史就愈加丰盈生动。将他们的面孔拼接起来，便可窥见那个时代里人们独特的生活风貌。

通过人物传记的形式来叙述历史，或许是一种有益的尝试。

为了将近一个半世纪的五凉历史串联起来，我决计萃取在五凉时期曾产生重大历史影响的七位人物，即前凉肇基者张轨、前凉诗人国王张骏、后凉建国者吕光、后凉羁縻凉州的佛教翻译家鸠摩罗什、南凉末代国王秃发傉檀、西凉建国者李暠、北凉建国者沮渠蒙逊，从"人比概念更重要"的创作理念出发，以史料为依据对其进行审视、探究和解读。

七个人，七张面孔，又是七个侧面，从不同角度展示五凉时期河西大地的历史风貌。

四

运用史料对五凉人物进行审视、探究和解读，确实是一件很困难的事。

但是，进入浩如烟海的史料之中，透析艰难环境磨砺出的人物品质以及时代重压下扭曲了的人物性格时，对五凉历史更有一种亲历般的感觉。我发现，历史人物的品格光华总会映亮缓慢发展的历史进程，即使最残酷最血腥的历史事件，也难以绞杀志士俊杰的人性光华。那些据地称王的"倜傥非常之人"，也有如同常人般无可排遣的懊恼、失落、绝望和悲伤。如雄才大略的张轨、文采风流的张骏、老谋深算的吕光、英姿勃发的傉檀、温毅惠政的李暠、隐忍权变的沮渠蒙逊等，他们"正面"的强大刚硬，难掩其"侧面"的柔弱与彷徨。

翻开本书就会发现，历史典籍中的一些重大历史事件曾经感觉是多么的遥远和陌生。如果通过五凉历史人物的活动再来了解这些历史事件，就显得切近而熟稔。如张轨和"八王之乱"、张寔和"永嘉之变"、张骏和"徙石为田"、吕光和"淝水之战"、李暠和"广田积谷"、鸠摩罗什和"长安译经"、秃发傉檀和"罗川分众"、沮渠蒙逊和"凉造新泉"、沮渠牧犍和"江南献书"等事件。

五凉人物的活动给河西大地留下了大量的文化遗存，如果通过他们的活动轨迹再去了解这些河西颇负盛名的文化遗存，这些文化遗存便成了某种生命精神薪火相继、辈代传承的物质载体。如张轨和"姑臧城"、张茂和"灵钧台"、张骏和"西王母祠"、吕光和"鸠摩罗什寺"、李暠和"小土山王陵"、沮渠蒙逊和"天梯山石窟"、鸠摩罗什和"敦煌白马塔"、秃发傉檀和"乐都古城"、尹夫人和"皇娘娘台"等。伫立其间，感觉这些台寺楼阁都在升腾人文光芒，诸般感觉纷至沓来，汇成文化的溪流清涧，在耳畔哗哗流淌。

五

七张面孔，七个人物，以他们为优秀代表的河西人民既是五凉文化的创造者，又是沐受五凉文化光芒而成长起来的杰出人士。他们的文韬武略、礼乐制艺、诗词文赋乃至建功立业的人生经历，见证了五凉时期的河西是北中国的一块"文化高地"，见证了五凉文化赋予河西历史的"高光时刻"。

如果说叙述五凉历史是本书的出发点，那么弘扬五凉文化则是本书的落脚点。

七张面孔，七个人物，前后沿革，相互补充，道出了内容浩繁、气象万千的五凉文化的历史渊薮。当河西地区的农耕文化、游牧文化和西域文化三个源头融汇一体，当五凉王国的制度文化、学术文化和大众文化三个层次贯通一线时，五凉文化就形成了完备的精神产品体系。故其"上续汉魏西晋之学风，下开魏齐隋唐之制度，承前启后，继绝扶衰，五百年间延绵一脉"，史不绝书，历久弥新，在一千六百多年的历史长河里闪耀着永恒的光芒。

目录

壹　张轨：阴图保据河西

张骏：安民拓疆

2

吕光：中路"福地"是凉州

李暠：温毅惠政，雄霸西凉

沮渠蒙逊：胡夷之杰，擅雄边塞

后记

壹

张轨
阴图保据河西

人物关系图

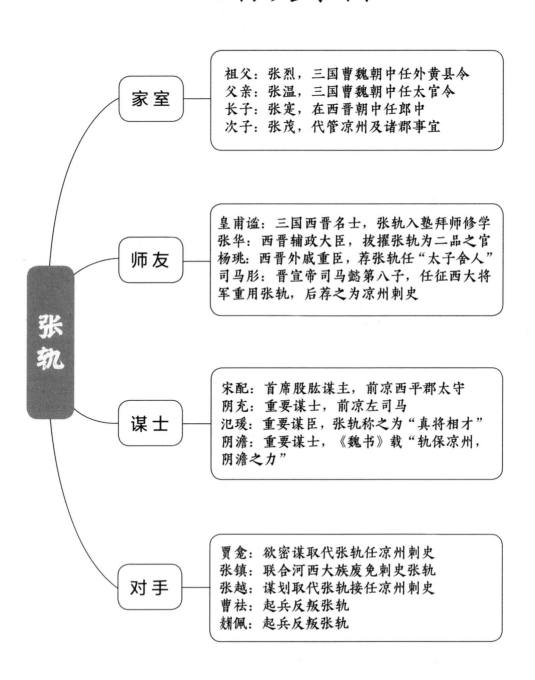

家室
- 祖父：张烈，三国曹魏朝中任外黄县令
- 父亲：张温，三国曹魏朝中任太官令
- 长子：张寔，在西晋朝中任郎中
- 次子：张茂，代管凉州及诸郡事宜

师友
- 皇甫谧：三国西晋名士，张轨入塾拜师修学
- 张华：西晋辅政大臣，拔擢张轨为二品之官
- 杨珧：西晋外戚重臣，荐张轨任"太子舍人"
- 司马肜：晋宣帝司马懿第八子，任征西大将军重用张轨，后荐之为凉州刺史

谋士
- 宋配：首席股肱谋主，前凉西平郡太守
- 阴充：重要谋士，前凉左司马
- 氾瑗：重要谋臣，张轨称之为"真将相才"
- 阴澹：重要谋士，《魏书》载"轨保凉州，阴澹之力"

对手
- 贾龛：欲密谋取代张轨任凉州刺史
- 张镇：联合河西大族废免刺史张轨
- 张越：谋划取代张轨接任凉州刺史
- 曹祛：起兵反叛张轨
- 麴佩：起兵反叛张轨

张轨

"天德贵人"

张轨幼时，在曹魏朝中当官的祖父张烈一次在府中宴客，有位塾师看到张轨，说这孩子一脸贵相，准定命遇"天德贵人"。

在中国民间，传说"命理"中的"天德贵人"是一个让人闻之而喜的概念。贵人入命是绝对的吉祥之兆，注定有好的命理运数。张烈将这一谶言视为恭维之词，自然没有放在心上。

幼小的张轨却很相信自己命运不凡，定有大好前程。

曹魏正元二年（255年），张轨生于安定郡乌氏县。当时，在三国鼎立局势中，魏国国力独强，朝中司马懿长子司马师官至大将军，为曹魏权臣。那一年，司马师企图篡夺王位，镇南将军毋丘俭与扬州刺史文钦合谋，伪奉皇太后诏令，在寿春城歃血为盟，移檄各郡，举兵讨伐司马师。他们率师渡河北进，结果毋丘俭被乱兵射杀，司马师病亡，文钦投降吴国。

在战乱纷争的局面中，张轨的祖父张烈就在曹魏朝中任外黄县令，而家族世代举孝廉，以专攻儒学著名。

大范围来说，张轨也算是凉州人。东汉时期安定郡位于今甘肃平凉东部地区，属凉州刺史部。但安定张氏家族特别强调"郡望"，自称是西汉初年常山景王张耳的十七世孙。在"门阀专权""士庶有别"的魏晋时期，贵族世家喜欢强调郡望，是为给后世子孙承袭祖荫、进入仕途做铺垫。

少年张轨勤读诗书，苦修典仪，"少明敏好学，有器望，姿仪典则"。十岁时，父亲张温赴京都任太官令一职，举家迁至洛阳南郊的宜阳县。那里有风景优美的女几山，同郡名士皇甫谧隐于山间，张轨前往求学。

后世只知皇甫谧是"针灸鼻祖"，却不知他还是西晋文化大家。曾编撰《历代帝王世纪》《高士传》《逸士传》《列女传》《元晏先生集》等，名重当世。随他受教的弟子挚虞、牛综、席纯，后世皆为西晋名臣。张轨到了女几山，立即受到皇甫谧重视。

《晋书》称张轨少时"与同郡皇甫谧善，隐于宜阳女几山"。而当时皇甫谧已五十多岁，张轨却是十岁的少年。可以肯定的是，两人在以后的教习晤谈岁月里，成了亲密的"忘年之交"。

张轨十五岁时经过"察选"步入仕途，果然命遇两位"天德贵人"，一位是尚书令杨珧，另一位是关内侯张华。

杨珧和张华都有显赫的门阀世族背景，杨珧是东汉太尉杨震之后，张华是西汉留侯张良的十六世孙。杨珧深受晋武帝司马炎宠信，侄女杨芷又为晋武帝司马炎的皇后，为外戚重臣。张华为西晋开国功臣，晋惠帝司马衷的辅政大臣。难能可贵的是，这两位"天德贵人"都是博览群书、长于经玄文史的学术大家。

杨珧见到少年张轨，赏识其文采品行。数年后，将已是五品文官的张轨征调为自己的掾吏，后任"太子舍人"，专司陪同太子读书并处理府务。当时的太子正是晋武帝孙子、晋惠帝司马衷的儿子司马遹。

自汉开始，皇宫都会选择德行高尚之人任"太子舍人"，让其陪侍在年轻的太子身边，以其美德正行影响太子。司马遹幼年聪慧，很受司马炎喜爱，据载司马炎曾在群臣面前盛赞司马遹有"宣帝遗风"。皇室选择张轨为"太子舍人"，显见其才华德行在晋廷备受称道。

张华比张轨整整大二十三岁，既非同辈同门又无世交之谊。然而志士互相敬重，英雄彼此爱慕，张轨与张华成了莫逆之交。《晋书·张轨传》称："中书监张华与轨论经义及政事损益，甚器之，谓安定中正为蔽善抑才，乃美为之谈，以为二品之精。"意为二人在谈论经史学问和政治大事时，张轨因有创见而得到张华的器重，后竟推荐张轨做了二品大官。

杨珧和张华对张轨青眼有加，倾力拔擢。张轨感激不尽，称之为"恩公"。

当时为西晋立国之初，司马炎兴修水利，劝课农桑，社会经济得到恢复发展，西晋社会进入繁荣时期，史称"太康之治"。张轨在京都仕途通达，从太子舍人一步步做到散骑常侍、征西军司。西晋官员"九品中正制"中无"上上"之品，"二品之精"当为官员最高品铁。如果当时的社会环境始终"海内晏然，朝野宁静"，张轨也可能凭借自己的才华、学识和品德一直升迁至朝阁重臣，实现上报国家、下安黎庶的政治梦想。

然而，时局的变化总是令人猝不及防。

一场萧墙之内的变乱，引发了震惊朝野的"八王之乱"，打破了"太康盛世"的安逸局面。兵荒马乱、生灵涂炭的乱世里，促使张轨在凉州开启了一段特殊的因缘际遇。

按老百姓的说法，他在凉州当了十四年的"皇帝"。

公元300年

大凡世纪之交，必有大事发生。

公元100年，天下大旱，河西灾情尤烈，《后汉书》中有"赈贷敦煌、张掖、五原民下贫者谷"的记载。公元200年，车骑将军董承拟奉"衣带诏"诛杀曹操，谋事不周，曹操闻讯大开杀戒，董承等亲族数百人喋血市井。曹操仍不泄恨，以刘备参与其事为由，亲统大兵前往征伐，中原大地再度兵连祸接，民不聊生。

公元300年，初夏，晋都洛阳大乱。赵王司马伦忽然统领禁军包围皇宫。既而，虎狼之兵闯至后宫，拘执皇后贾南风于正殿。身为皇帝的司马衷见老婆为他人所执却也不动声色，任司马伦等人将其废为庶人，后因于金墉城冷宫。不久，宫人给贾皇后送去一杯"金屑酒"，贾皇后饮后怅然而死。

这一年，也是西晋建国第三十四年，四十五岁的张轨经历了惊魂甫定、跌宕起伏、悲欣交集的精神历程。

按说，贾南风正是西晋"八王之乱"的始作俑者。八年前，她联合楚王司马玮发动政变，杀害了张轨的第一位"天德贵人"杨珧，并诏令"夷灭三族"。凶残的屠杀场面，血肉模糊的朋友尸骨，令张轨胆战心惊。而后，这个"既丑且妒"的恶女人因惠帝懦弱而专权后宫，祸乱朝政。数月前，贾南风先是阴谋废弃太子司马通，后又遣黄门孙虑将二十三岁的司马通杀害。张轨任太子舍人时，和司马通感情融洽，曾幻想太子登基后有望擢为身边亲臣。然而，可恶的贾南风，可恨的宫廷变乱，将他原本光明的前程涂抹得极为暗淡。

张轨和诸多大臣一样，身处波谲云诡的官场和血雨腥风的宫廷，惶悸之余暗自垂泪，独自凭吊昔日的亲朋好友。余则敛声屏气，苟延性命而已。

贾南风杀人如麻，坏事做绝，也拉开了自己的死亡帷幕。杀害司马通不久，统领皇宫禁军的赵王司马伦发动兵变，包围皇宫，收捕贾南风及其党羽。数日后，贾南风被逼而死。她没有料到，昔日囚禁太子司马通的金墉城，今日成了自己难以逾越的"鬼门关"。

贾南风之死，令张轨呼出了久郁于胸的一腔浊气，身心陡然大振。

然而，张轨还未及去杨珧墓前告慰恩公在天之灵，皇宫内杀戮又起。

数日后，野心勃勃的司马伦忽然派兵包围了张华的府第。当时张华任朝廷司马，司马伦将他和尚书仆射裴𫖮等人一并逮捕，后和"贾后余党"一并处死。张华历为晋室功臣，名重一世，学业优博，因著《鹪鹩赋》闻名于世。台湾学者张立斋在《文心雕龙注订》中指出："张华在晋初领袖群伦，陆氏弟兄及左太冲辈皆出其下。"《晋书》称之"晋史及仪礼宪章并属于华，多所损益。当时诏诰皆所草定，声誉益盛，有台辅之望焉"。惠帝即位后任张华为侍中、中书监，晋廷上下倚以朝纲，访以政事。却未料身陷皇权之变，不幸罹难。

张华之死，朝野惊惧。笃实忠厚之人俱各屏声敛气，扼腕叹息，张轨再度悲悼伤嗟好些时日。

萧墙之祸未已，四野战乱又起。司马伦独掌西晋大权后，又引起齐王司马冏、长沙王司马乂和成都王司马颖的不满。三王联合发兵，向京师司马伦进攻。诸王乱军到处抢劫和屠杀，中原地区遭到严重破坏。北方少数民族首领趁机暴动起事，占地为王，造成了中原地区"流尸满河，白骨蔽野"的悲惨景象。

公元300年，成了西晋天下大乱的标志之年。

自谋远祸之计

继杨珧、张华之后，梁王司马肜也算张轨命里的另一位"贵人"。

张轨任西戎校尉一职时，被司马肜赏识重用，引为心腹之臣。司马肜时任征西大将军，都督雍凉二州诸军事，他算不上"八王之乱"的核心人物，但司马伦发动宫廷变乱时，传檄诸王进京助力。司马肜便从西北边关统兵来到洛阳，张轨也随之返回京师。后来，司马肜"因功"被任为太宰，兼任司徒，主持朝政。

八王之乱，时方多难。面对杨珧、张华及太子司马遹不幸罹难的惨状，张轨哭悼之余，对西晋王朝的命运不禁忧患起来。对于当时的处境，《晋书》作者喟叹：

> 民不见德，惟乱是闻。朝为伊周，夕成桀跖。善恶陷于成败，毁誉胁于世利。内外混淆，庶官失才。名实反错，天纲解纽。国政迭移于乱人，禁兵外散于四方。方岳无钧石之镇，关门无结草之固。

置身于这样的时代，匡君扶国的治世理想早已坍塌成一地碎片，苟且保全家族性命已成为首要问题。

在一般人看来，就张轨当时的身份来说，略加钻营，一切都不成问题。只要坚定追随梁王司马肜，讨好侍奉赵王司马伦，不仅性命得以保全，还可换来家族更高的尊崇和荣耀。在个体生命危难时节，道德自会让位于生存需要，自保就成了必然的人性选择。张轨有理由选择依附权贵，在混乱的浊世里随波逐流，从而谋得纸醉金迷的生活。

但是，他在风雨如晦、飘摇欲坠的离乱时代里保持了冷静而清醒的头脑。张轨和西晋辞赋大家左思皆受张华赏识，和大文人挚虞同为皇甫谧的弟子。贾谧得势后，左思、挚虞连同当世名士潘岳、石崇皆往攀附，结成"金谷二十四友"，集体"著文章称美谧"。逢贾谧乘马车外出时，皆"望尘遮道而拜"，留下诸多历史笑柄。唯张轨远离热闹和市嚣，冷静地在司马肜麾下做着西戎校尉的分内之事，保持了一个文人固有的耿介之气和清醒姿态。

张轨发现，京都洛阳已危如累卵。举目四望，从彼黍离离的二里头到兼葭苍苍的洛水桥，从蔓草萦骨的渭函古道到拱木敛魂的邙山古关，晋室诸王统率乱兵兀自混战不休。他们各自举着"忠义"的旗号追逐着自己想要的东西，令中原大地陷入生灵涂炭的境地。在个人道德和社会规范全面失控之际，所有人都要遭遇生命随时被他人拿去的悲惨命运。天地不仁，以万物为刍狗，即使王公大臣、名士权贵也难逃随意被杀的厄运。从楚王司马玮杀杨骏开始，到司马玮被杀为止，三个月中就有两个大臣被杀，两个藩王丧命。及至后来的血腥混战中，晋室八王中就有七王死于非命。

大量的王公贵戚和朝臣名士在祸乱中死的死，逃的逃，令一些清醒的士人迅疾萌生避离京师的念头。不独张轨，即使一些身居高位者也心怀"颠附戮辱"的忧悸，不求富贵有望，唯图身家性命可保，纷纷自谋远祸之计。

避离京华

《晋书》说，张轨到凉州是想"效窦融事，阴图保据河西"。结合当时情状和后来史实考校，《晋书》的说法纯属扯淡。当时的张轨根本不会想到窦融，也没有这样的宏图大略。他的目的很单纯，只想避离京师变乱和中原杀戮，以保全宗族性命而已。

当时，张轨是朝廷二品大员，唯有通过"外任"方式才能合情合理地离开京都。西晋时地方政权基本保留三国州制，后对原蜀汉和辽东等较难管控的地区实行进一步划分，共建有十九州。张轨任司马肜麾下西戎校尉一职时，凉州时常发生羌乱，张轨曾陪同司马肜多次巡视凉州，对那里的山川地理颇为熟悉。所以，在十九州之中，张轨毫不含糊地选择了凉州。

凉州之名是从汉武帝开始出现的，《通典》称："汉武帝置十三州，以其地西偏为凉州。盖以地处西方，常寒凉也。"西汉时凉州的范围，大概包括今甘肃全省及宁夏、青海、内蒙古的一部分。东汉循而不改，至汉献帝时，曾一度复设雍州，"自三辅距西域皆属焉"。曹魏时，凉州成为正式地方政权建制，州治姑臧（今甘肃省武威市凉州区），西晋时仍为全国十九州之一。显然，西晋时的凉州比两汉时的凉州要小多了，但也包括今甘肃兰州以西河西走廊的全境以及青海、宁夏的一部分。

河西地区一直都是少数民族杂处聚居之地。自西汉设立四郡以后，汉王朝就不断"徙民实边"，将中原汉人大量迁徙于此。自两汉以来，凉州不仅居住着汉族吏民，也有原居之匈奴、氏、羌等少数民族部众。至东汉中后期，凉州接连不断地爆发羌人起义，但这些起义先后被镇压。在中原发生一系列动乱的时候，凉州相对比较安定。

张轨选择凉州，另一个重要原因来自他的"老上级"司马肜。

张轨能取得凉州刺史一职，司马肜是最关键的支持者。他是西北封疆大吏，只有他才有资格推荐出镇凉州的官员，也只有他才能征得相国司马伦的同意，然后才有可能博取晋惠帝的委任状，三者缺一不可。《晋书》称，司马肜"清修恭慎"，在司马伦擅权时获得信任，任为太宰。司马伦倒台后，又被新的擅权者司马冏重用，在皇室宗亲中建立了一定的威望。当时，恰当司马肜主持朝政，而张轨又是其麾下忠实的部属，毕竟有"犬马之劳"和"股肱之功"。张轨据此考虑，向梁王提出出仕凉州的请求，也非为难之事。

经过一番审慎推理，张轨认为到凉州任职似乎没有多少困难。但离开京师到"孤悬天末"的寒凉边地，张轨心内总是不甘。毕竟是京都世家大户，又在繁华帝都生活了数十年，族中多人在朝中为官。何况他的长子张寔年届二十八岁，也在朝中任郎中一职。张轨明白，世乱则人思自全，然求全而不能自全则为愚蠢之举。当时常有动乱消息从凉州传来，家族成员也对西行怀有顾虑，张轨迟迟拿不定主意。但是，淋漓的鲜血和纷乱的现实又刺激着张轨波动不宁的灵魂，敦促他快快做出决断。

张轨思忖良久，仍是难以决断，最后只好求助于易象卦理。

他是皇甫谧的高足弟子，经玄之学颇有造诣。沐身焚香之后，张轨拿出筮草，祷告一番，终于占得一卦，名为"观"卦。"观"有春风浩荡、万物滋生之象，寓社会正处于激烈变数之中。"观"为观望、展示之意，虽然卦象多主吉，但"观"象仍让张轨思虑重重。古时治《易》之人奉行"两卦一起"之理，意为首卦是"主卦"，次卦为"变卦"，动为始，变为终，"变卦"最终决定事理发展走向。于是，张轨再次推演一卦，所得竟是"泰"卦。卦辞迅疾闪过张轨脑际："天地交泰，后以财成天地之道，辅相天地之宜，以左右民。"《晋书》记载，"观"和"泰"两卦相辅来解，竟呈"霸者吉兆"。

张轨凝视卦象，沉默无言，内心却有风暴呼啸。那时他还考虑不到未来能否"成霸"，但此卦坚定了他西赴凉州的决心。

张轨当即进宫谒见太尉司马彤，请求举荐自己担任凉州刺史。

果如张轨所料，司马彤向朝廷提议后，司马伦认为张轨才干足能统辖西陲边事，公卿大臣极力称赞。于是张轨得以出任护羌校尉、凉州刺史，出镇凉州。

后来的历史走向说明，张轨之出河西是一生中最重要的一项决定，连北宋司马光都认为"此固宜永终福禄，沿及子孙者也"。

凉州是个烂摊子

当时的凉州，是一个十足的烂摊子。

从地图上来看，凉州核心地带称为河西走廊，处在青藏、蒙古和黄土高原的交会带上。在三边高原和一边大漠的压迫下，河西走廊宛如一只挤扁了的长葫芦，生硬地镶嵌在西北大地上。好在祁连山南北两麓的冰川融水，经年累月地将这块葫芦浇沃成一片水草肥美的绿洲。从西汉开始，凉州就处在中原帝国政治兴替的坐标轴上，在专制皇权统治国境的战略中始终扮演着较为重要的地理角色。汉武帝击退匈奴之后，徙民实边，初置郡县，又因"凉州之畜为天下饶"，畜牧业极发达，民风淳朴，吏民相亲，呈现出社会安宁的升平气象。

但是，独特的地理位置也令中央王权对统辖凉州常有鞭长莫及之感。中原政局略有变化，皇室的统摄力量略加削弱，凉州就会发生变乱。凉州自古为少数民族杂处聚居之地，东汉以来持续发生的羌胡变乱让帝国首脑头痛不已，曾数度出现"弃凉州之议"，终因有远见的大臣反对而作罢。至三国魏文帝时期，任能臣徐邈为凉州刺史，对瘫痪散乱状态进行整顿，但社会的动荡余波仍未止息。偏隅凉州，乱事迭起，《三国志》《晋书》多有记载：

西平麹演叛……后演复结旁郡为乱，张掖张进执太守杜通，酒泉黄华不受太守辛机，进华皆自称太守以应之……

武威三种胡并寇钞，道路断绝，武威太守毋丘兴告急于则。时雍凉诸豪，皆驱略羌胡以从进等……

敦煌太守尹璩卒，州以敦煌令梁澄领太守事。议郎令狐丰废澄自领郡事。丰死，弟宏代之……

通过不绝如缕的史书记载可以看出，凉州豪雄或发动叛乱自称护羌校尉，或绑架拘羁地方长官自为太守。"雍凉诸豪皆驱略羌胡以从""议郎令狐丰废澄自领郡事"等记载充斥史册。俗谚"溥天之下，莫非王土"，可凉州俨然一块从中原"王土"中剥离出来的域外之地，成了帝国大臣不敢拿捏的一块烫手山芋。

西晋咸宁四年（228年），河西鲜卑在首领秃发树机能的带领下，杀死刺史杨欣，控制了凉州。朝廷任马隆为武威太守，带三千五百士卒前往镇压。秃发树机能战死，鲜卑余部退至大通河与湟水一带。太熙元年（290年），即贾南风勾结司马玮杀害杨珧的前一年，马隆被调至陇右任东羌校尉，秃发树机能后裔若罗拔能趁机集结十万大军，再度将凉州控制。此后，中原爆发"八王之乱"，晋廷无暇顾及河西乱事。

伴随河西地区民族矛盾和冲突逐步升级，凉州地方政权名存实亡。

在动乱、镇压、再动乱、再镇压的"跷跷板"状的兵燹战乱中，"边民死者不可胜数，并凉二州，遂至虚耗"。有学者根据《汉书·地理志》和《晋书·地理志》对武威、酒泉、张掖、敦煌、西海、西郡、瓜州、张掖属国、张掖居延属国的人口记载数据进行分析，西汉时期以上九地居民户数达71270户，计280211口；而至西晋时仅有22200户，边民人口锐减达48.2%。[1]

人口锐减，势必影响农牧业经济发展，河西经济的衰败之势在东汉末年已经凸显，至西晋初期，河西地区的社会经济全面进入萧条时期。

独特的地理环境和人文风貌使凉州成为衡量中原王朝治乱兴衰的临界面，成为反映中国古代民族融合与区域经济开发的一面历史反光镜。在中国古代统一多民族国家的发展史上，凉州之得失于皇权政治之产生关系极重。在社会承平之时，凉州承担着保疆扩土的军事任务，维护丝绸之路畅通。动乱时代则成关中"山陵阛外"，成为战略前沿屏障。

① 刘汉东《五凉时期河西人口研究》，载《甘肃社会科学》1989 年第 4 期。

《读史方舆纪要》载"欲保秦陇，必固河西；欲固河西，必斥西域"，特殊的地域环境及军事背景令垂死的西晋王室仍想继续拥有对凉州的统辖管理。

但是，"偏隅凉州"屡有鲜卑、氐族和羌族掀起的反晋活动，让晋室想不出一个合适人物坐镇其处，朝臣也多以凉州多乱而不愿前往。

所以，当张轨提出出镇凉州时，晋廷上下极力赞同，也盼望张轨统辖河西军事，使凉州这块"烂摊子"再度成为皇权覆蔽下的边陲重镇。

与其说晋廷权臣信任或重用张轨，倒不如说他们把凉州这块烫手的山芋顺手抛给了张轨。

"君子之儒"和"小人之儒"

永宁初年（301 年）三月，张轨率着护卫及边防军五千多人浩浩荡荡地离开洛阳，前往河西。随行之人除了二十三岁的次子张茂及亲族成员外，还有随从属官长史、司马、护羌执事等人。

春到中原，洛河两岸花开草绿，正是一年中水气最柔媚的时节。但是，队伍穿越渭河平原，翻过秦岭之后，越往西走，大地越荒凉。冷峭的西风像鞭梢一般掠过脸面，随行军士叫苦不迭。张轨却越走越心潮澎湃。他喜欢苍凉的大西北，喜欢大西北的坦荡大气，感觉这片土地的风貌恰如他的气质。更何况黄河西岸莽莽苍苍的祁连山背后，就是凶悍的鲜卑骑兵狼一样的眼睛，还有涂炭的生灵和荒芜的田园。一想到这些，张轨的胸臆间涌起建功立业的豪情逸气，鼓动他的心脏快速跳动，血液在他的体内快速循环流淌。

知弟子者莫若其师。张轨初到宜阳女几山磕头拜师时，皇甫谧对这个十余岁的孩童并没有上心。授学一年有余，张轨开始引起他的注意。当时所有弟子皆以"五经"为治学主业，诸多弟子喜欢《诗》《书》，注重写诗作赋，这样容易露才显智。唯张轨注重"五经"之《礼》与《春秋》。皇甫谧诘问时，张轨竟引《左传》言论予以回答："《礼》者，经国家，定社稷，序民人，利后嗣者也。""《春秋》者，仲尼因鲁史策书成文，上以遵周公之遗制，下以明将来之法也。"言词凿凿，令皇甫谧瞠目结舌。更有奇者，他将汉儒董仲舒所撰的《治狱》十六篇反复诵读，并拿着《山海经》中的"禹贡图"考究古九州的地域方位。后来，听说河东儒士裴秀善于绘制各类地图，便请求皇甫谧授以绘图之法。皇甫谧暗暗感叹，面前的这个小小少年有别于其他门生。

张轨十五岁那一年，皇甫谧完成了颇为自负的《高士传》，众生赞不绝口。张轨却向老师提出疑问，《高士传》采尧舜夏商、周秦汉魏八代名士，为何被孔子称颂过的伯夷、叔齐还有后汉班固高度赞扬的龚胜、龚舍皆未收录？皇甫谧说，他写《高士传》的标准是"身不屈于王公，名不耗于终始"。伯夷、叔齐宁肯饿死，耻食周粟，执节很高，但毕竟有过"叩马而谏"的自屈行为；两龚虽然拒绝出仕新莽，晚节很好，但早年出仕汉室。《高士传》所载九十六名高士全是经过钩探九流、水中澄金而得到的没有出仕经历的"高让之士"。张轨对皇甫谧说，儒士出仕有何不可？孔子曾将自己喻为"待贾之美玉"，孟子称之"可以仕则仕，可以止则止，可以久则久，可以速则速"。可见圣人当辅佐君王，"勤力上国，流惠下民"，也是一种高尚品德。皇甫谧认为张轨胸怀大志，识见别具，及长定为国家栋梁之器。

入朝为官后，张轨得到司空张华的器重，而张华的人格魅力又深刻地影响了张轨的人生走向。西晋时期，张华完全称得上是一代大儒。张华在诗文词赋方面"学业优博，辞藻温丽"，留有大量诗赋作品，钟嵘《诗品》将张华之诗列为"中品"。就文学成就而言，张华和西晋文学家陆机、张协、潘岳和左思皆为一流大家，但张华更有名气。据载，左思写成《三都赋》后，张华倾力夸赞褒扬，并推荐皇甫谧为之作序，令《三都赋》名重当世，出现"洛阳纸贵"的局面。更重要的是，张华还是经略朝政、治理国家的能臣。《晋书》称之"朗赡多通，图纬方伎之书，莫不详览"。一次，晋武帝向他询问汉朝宫室礼仪以及建章门户形制时，"华应对如流，听者忘倦，画地成图，左右瞩目。帝甚异之"。所以，当张华遇到年轻的张轨，与之谈论《礼记》《春秋》时，发现张轨修谨知礼，运筹有度，后遂引为知音，多次将之提携拔擢。

在张轨的眼里，张华就是"君子之儒"。三国时诸葛亮曾说：

儒有君子小人之别：君子之儒，忠君爱国，守正恶邪，务使泽及当时，名留后世。若夫小人之儒，惟务雕虫，专工翰墨，青春作赋，皓首穷经，笔下虽有千言，胸中实无一策。

孔子所谓"知其不可为而为之"，就是不管是盛世还是乱世，"君子之儒"当"以天下为己任"，修齐治平，参与社会治理，让国家政局稳定，让黎民生活安宁。所以，张华那种器识弘旷的品德连同积极入世的儒家思想深刻地影响了张轨，成了他朝夕追慕的典范。

行走在西北大地上，张轨头脑里始终翻腾着"小人之儒寻章摘句，君子之儒经天纬地"的话语，多少年暗蕴于胸的济世情怀，希望能在河西大地有一个畅达抒发的机会。

行走月余，渡过黄河，抵达今甘肃永登县西北的一个小地方，古称令居县，西晋以前为护羌校尉驻地。

令居县位于祁连山南端长山岭与乌鞘岭之间的庄浪河畔，两岸台地水土良好，历为世代人民繁衍生息之所。早在东汉时期，朝廷任命平定西羌叛乱的大臣为"护羌校尉"，就临时屯驻此地，持节领护平定西羌乱事。后来，护羌校尉演变为凉州地区的正式官制，行使镇压羌人部落叛乱，隔绝西羌与匈奴交通的职能。令居县也成为护羌校尉常驻之所，一般由武威太守或凉州刺史兼任或管辖。

张轨从令居县驻扎下来，收整营栅之后，迅速遣使骑乘快马，传檄各郡。

檄文称，护羌校尉、凉州刺史已统兵到境，侵入凉州的鲜卑乱兵限日撤出河西，各郡遣兵前来助力，共同恢复凉州社会、经济、生活秩序。

威著西州

时令迫近五月，庄浪河两岸山青树绿，景色渐美，桃花婉转纷飞，杨柳曼妙而舞。入夜，月色融融，花香袭人，军营中的金柝之声由远而近，此起彼伏。每每此时，张轨总要走出营栅，登上长山岭，眺望星空下逶迤延伸的河谷隐入远方起伏的山峰之中。

封疆大吏张轨初到凉州，面临两大困境。

一是鲜卑族反叛，占据河西重要城郭姑臧，乡民被迫举家内迁。二是盗匪纵横州里，抢劫财物，民不聊生。如何突破两大困境，使凉州得到有效治理？从洛河到渭水，再由黄河到谷水，从晨晓到黄昏，关山万里，夜以继日，张轨都在思考这一问题。

对于未来的命运，张轨没有丝毫忧惧。时局维艰，环境险恶，所有的措施和细节都须谨慎小心地盘算一番，但办法总是很多。纵然面前的凉州是一块烫手的山芋，那又如何？

在张轨看来，古代先圣"治大国若烹小鲜"，只要有了烹制工具，再合理调味，掌握火候，烫手的山芋完全可以变成一道好菜。何况其时的张轨还有两大优势：一是拥有精兵五千，二是"以王命守凉州"。

前文曾述，张轨出镇凉州，曾率护卫及边防军五千多士卒前往。虽然正史未予任何记载，但依据其他史料可以轻松得出基本的推论。西汉武帝最早设置"刺史"时，本意是巡行郡县，"省察治状，黜陟能否，断治冤狱"。东汉光武帝建武十八年（42年），刺史没有固定治所驻地，但开始拥有领兵作战的军政大权。魏晋时期，刺史有"领兵"和"单车"之别，单车即不领兵之意。领兵刺史多加将军号，任重者称使持节都督某州诸军事等。其时，张轨任凉州刺史时，虽然没有加将军号，却加封"护羌校尉"，四年后又加封为"安西将军"。所以张轨为"领兵"刺史。

护羌校尉统领的军队称为护羌校尉营，东汉时校尉将营五部，每部编制千人左右，护羌校尉统兵之数当不少于五千。当时各郡皆有地方驻军，称为郡兵。护羌校尉作战时常有郡兵配合，如章和元年（87年），傅育上书朝廷发诸郡兵二万约期击迷吾，陇西太守张纡和张掖、酒泉太守各领五千郡兵配合傅育作战，战争中郡兵发挥重要作用。但是，到了西晋初年，司马炎下令罢免州郡兵马，分封诸王，建立郡国。"竹林七贤"之一的山涛时任左仆射一职，曾反对罢州郡兵，指出"国不可忘战，州郡不宜去兵"，但未被司马炎采纳。

晋武帝于泰始元年分封诸王，以郡为国，郡国依不同规模统领地方兵员。这样一来，各地亲王手上有兵，州郡无兵。所以，西晋时战乱一起，主政一方的郡守便如羔羊一般被拘执和杀戮，乱兵首领往往拥兵"自为太守""自领郡事"。朝廷平乱时，中央不得不动用驻京的中央校尉军队和从各地临时征调的军队来征战。咸宁五年（279年），秃发树机能攻占凉州后，晋廷任马隆为讨虏护军、武威太守，领三年军资，从"洛阳营"中选募三千五百勇士前往平叛。张轨被任为护羌校尉、凉州刺史离开京师时，所统之兵若依旧制则不少于五千之数。《晋书》载：

> 于时鲜卑反叛，寇盗从横。轨到官，即讨破之，斩首万余级，遂威著西州，化行河右。

张轨到任即发兵攻打鲜卑，一战竟"斩首万余级"。若手下无所统之兵，如此盛大的战果如何取得？而且，拥有五千精兵打败万余之敌，创建了以少胜多的著名战例，除显示张轨善于用兵外，也表明张轨到凉州后，已经拥有数万之兵。

因为，他是凉州刺史，具有"以王命守凉州"的朝廷敕命。张轨深知，离乱之世，中原王朝仍然具备"正朔"的权威号召力，晋室的支持就是他全部的政治资本和力量源泉。抵达令居后，立即以"凉州刺史"的名义传檄各郡，联合地方著姓大族，组织兵勇和义军前来助力，并动用朝廷拨给的军费在河西一带发起募兵，征发调动指挥属国系统的羌胡骑士、郡县系统的边地骑士和屯田系统的防卫兵勇，建立起了一支规模相当强大的州兵队伍。

在中原凶险逼仄的环境里待得太久了，张轨到凉州后顿觉身心大振，有一种鲛龙入海、巨鹰翔天的感觉。多年来存贮在身体里的能量酣畅淋漓地发挥了出来，终于找到一种意气风发、身心通泰的感觉。他起先是以保全家族为出发点来到凉州的，到达凉州后才发现这里的崇山峻岭、大漠戈壁、绿洲平湖别具一种疏朗辽阔的苍茫大气，特别适合"倜傥非常之人"在这里建功立业。

张轨平定河西鲜卑叛乱的战争真正进行了四年。《十六国春秋》载：

> 永兴中，鲜卑若罗拔能皆为寇，轨遣司马宋配击之，斩拔能，俘十余万口，威名大震。

"永兴"是晋惠帝司马衷的年号，启用于公元304年至306年之间，到晋怀帝司马炽继位终止。《十六国春秋辑补·前凉录》中补记，永兴二年（305年），张轨平定鲜卑"大破姑臧"。《晋书》载，这一年河间王司马颙、成都王司马颖发动叛乱，张轨曾派兵三千，东奔京师保卫天子。是年六月，京师叛乱平定，张轨开始大规模修建姑臧城。所以，综合各类史料，可以推定，张轨平定鲜卑叛乱的战争真正进行了四年。

四年来，张轨的军事驻地在令居县，而其行政中心应该在金城郡

（今兰州），《晋书》中曾记载张轨在金城郡祭拜汉末烈士冯忠墓之事。四年时间里，张轨"威著西州"，发兵征讨鲜卑部落，打败若罗拔能，将鲜卑乱兵逐出姑臧，安置于凉州之南的河湟谷地，从事游牧生活，与汉族友好相处。

平定鲜卑乱兵之后，晋惠帝从京师遣使抵达凉州，颁令张轨为"安西将军"，敕封为"安乐乡侯"，食邑千户。张轨"威名大震"，获得了上至朝廷下至邑民的充分肯定。

"第一谋主"宋配

起先，张轨从令居遣使向各郡传达檄文，却在旬日内没有任何消息，内心有些着急。

一日在军帐内查看地图，卫兵忽报有人带着兵丁来到校尉大营。张轨急忙迎了出去，但见一名五短身材、面貌黝黑的中年汉子拉着一匹枣红马立于营栅之外，他的身后有数十名兵士也立于战马之侧。

这是第一个统领郡兵应刺史檄文而来的河西将士，名叫宋配。

当时凉州地方纷乱不堪，郡备荒耽，郡守有令难行，更有部分郡府太守早就弃官而走，唯有本地大姓豪门拥兵自重。张轨檄文传至敦煌，郡人推荐曾任狱曹的宋配前来会见刺史。

通报姓名之后，张轨心头一凛，赶紧让人将宋配迎请至军帐。

别看宋配其貌不扬，却是敦煌名门之后，其先祖为东汉桓帝时期的敦煌太守宋亮，三国时的侯史宋贺、郡长宋望等皆为当时名士。西晋初年敦煌郡功曹宋质就是宋配祖父，前面史料中曾述，咸宁四年（278年），宋质废掉朝廷命官梁澄，而扶立本地大族令狐丰为敦煌太守。并于骆驼城布置雄兵万余，强硬阻挡凉州刺史杨欣西进酒泉。这一切，足以显示出宋氏家族的实力。

张轨明白，其时凉州鲜卑为寇，人心涣散。朝廷政治统摄力度极为软弱，著姓大族门第势力庞大，倒有一定威望。安定乌氏张氏集团若能在凉州站稳脚跟，只有获得河西著姓大族的支持方能实现。另外，著姓世家往往注重子弟教育和儒学传承，治理国家和服务社会的人才多出于兹。

宋配到来，张轨十分高兴。一番叙谈后，张轨发现宋配通晓用兵攻守之道，是难得的将佐之才。更重要的是，宋配对河西地区的山川地理、人文风俗烂熟于胸，对于如何收复鲜卑占领之地更有绝伦设想。连日来，张轨和宋配共帐而居，秉烛而谈，制定了用兵河西，收复姑臧的方略。《十六国春秋·前凉录》载：

> 宋配，字仲业，敦煌人也。慷慨有大志，清素敦朴，不好华竞，形状短小，体有麟甲。轨任为谋主。鲜卑若罗拔能为寇，轨以配为司马率兵击之，斩拔能，俘虏十余万，屡立战功。及刘曜入寇，京都倾陷，轨复以配为前锋督护，帅步骑二万径至长安翼卫乘舆，折冲左右。仕至西平太守。

从史料中看，宋配是一位朴素简约、不慕荣华的将士。"体有麟甲"，估计患有顽固的皮肤病，形貌也不伟岸。据传，宋配年轻时因皮肤患有"麟甲"之病，加之形貌矮小而苦恼自卑。后遇一位"高人"对他说，君后世当出将入相，地位高贵。因为自然界中带花斑的动物往往凶猛无敌，如老虎、豹子、蟒蛇等。而人中奇特之士，方身披麟斑，不同寻常。宋配于是勤学兵法，苦练武艺，后成敦煌名士。张轨到凉州后对宋配极为重视，其"股肱谋主"中宋配居于首位，史书中有"河西第一谋士"之称。张轨拜宋配为司马，辅佐全州事务。在平定鲜卑乱兵战斗中，宋配发挥了出色的军事才能，建功最多。

宋配足智多谋，行事磊落，征得张轨同意后，果断将归复的鲜卑、羌族士兵收编入伍，建立"胡骑"，和"将屯兵"协同作战，极大提高了凉州军的作战实力。在和鲜卑首领若罗拔能的最后一战中，"斩拔能，俘十余万"。这一战，让宋配名扬河西，也让张轨在凉州站稳了脚跟，树立了威名。

后来，在拥戴晋廷、关中勤王、征战曹祛、翼卫长安等战事中，宋配屡任前锋、督护、将军等，"折冲左右"，为前凉王国建立了卓越功勋。

永兴二年（305 年），张轨统兵进驻姑臧。发布文告，打击郡境贼盗，安定社会秩序。战乱中离开故土的吏民陆续返迁回来，姑臧又成中国北方著名的富邑大都。

一出"求贤若渴"的戏

出身儒学世家的张轨自幼深受儒家思想的熏陶和影响，深切认识到人才的重要性。

来到河西，他审时度势，反复思量，迅速确立了治理凉州的第一方略，那就是不惜高官厚禄和崇礼卑辞罗致河西著姓子弟。张轨设想，任用他们为国效力，既能笼络著姓大族成为统辖凉州的支持力量，又能增加自己在朝廷及河西的影响力，可谓一举两得。

特别是宋配成为"股肱谋主"后，张轨更加坚定了上述认识。

张轨敏锐地发现，河西的稳定非仰仗河西世家大族不可。只有强宗豪族才能孕育出具有很高文化水平、谙熟封建统治策略的杰出人才。处于小农经济时代的封建国度里，世家大族还拥有大片土地和财产，拥有自给自足的庄园经济和数量众多的依附其间的平民百姓。先前诸多刺史、郡守皆"以王命守凉州"，因缺乏世家大族支持，导致乱事频发，或拘执而死，或弃职而逃。没有了世家大族的支持，地方官员就是无根之苗和无渊之鱼，社会不能稳定，统治很难稳固。

进驻姑臧后，张轨让宋配和张茂陪着自己亲抵敦煌，谒见河西大儒氾腾。

氾腾，字无忌，敦煌郡氾氏大族世家子弟，《前凉录》中载为"氾胜"。晋惠帝时期张轨在宫中任"散骑常侍"，而氾腾因学业渊博、品格高洁，擢为宫廷近侍之臣，后升任为仅次于丞相的"尚书郎"，在朝中颇有声望。贾南风祸乱宫廷时，氾腾辞官归隐敦煌，专志读书为学。张轨曾想，若将氾腾延揽为刺史部幕府成员，天下士人就会追慕而来。

临行前，宋配告诉张轨，氾腾肯定不会应邀出仕。他是一位恃名狷介、耿直激浊的老儒生，返回敦煌后就把家财五十余万尽数散施他人。常说生于乱世之中，祸患隐于富贵，而贫贱才是免去灾祸的不二法门。而后自居茅屋，日以琴书自娱。数年前，敦煌太守张阆拜访他时就吃了"闭门羹"。这次刺史大人前往去请他，估计也不会有好结果。

张轨却想，礼贤才人或延揽人才就得有行为表率。哪怕"做样子"也要做出"求贤若渴"的夸张姿态。毕竟氾腾的名气太大，谒请他的举动肯定会引起很大反响，何况自己和他还是旧交，在朝中也有"姿仪典则"的声望，或许氾腾会给个面子答应担任"州府司马"一职呢？

张轨坚持让宋配陪着自己来到敦煌，前往谒见氾腾。

当时，氾腾隐居于鸣沙山西北党河谷地上的一个小村落，名为石碛村。村人听说刺史大人前来拜见郎中先生，都拥至院前观望。张轨、宋配、张茂等人到来，看到氾腾小院依然柴门紧闭。宋配大声传言，院内悄无声息。张轨和随从人员在外面恭敬地侍立半日后，门内才传来氾腾清越的声音："门一杜，其可开乎？"意思是封闭了柴门，再也不会打开。已经决定"杜门"守德，岂会改变心意会见"大人物"呢？

张轨闻之，不甘心当即离开，仍恭敬地侍立于门外。宋配和张茂劝他返回，他如同没有听到一样。看热闹的乡亲也静静地围在那里不肯散去，但见张轨"色愈恭，礼愈至，不出一言以复"。后来，张轨又往敦煌谒请氾腾一次，结局仍和上次一样。宋配、张茂等人颇有微词，张轨却毫不颓唐，也不气恼，似乎早就知道这样的结局。

直到两月后氾腾病逝于石碛村，张轨才罢了谒请之念。否则，他会把三国时刘备谒请诸葛亮出山时"三顾茅庐"的好戏再在敦煌表演一次。

后来，宋配才完全明白了张轨的用意，他谒请氾腾等著姓名士只是一种过程，而非目的。只要人们将刺史大人在氾腾茅屋前的恭敬姿态传播出去，他的目的就达到了。果然，氾腾虽然没有给张轨长脸，但张轨求贤若渴、礼待士人的故事却传遍了河西大地。

后来，又有一些故事也陆续在河西开始传播，内容都与刺史大人张轨"礼待士人"有关。

比如，氾氏家族中另一名士氾瑗来到姑臧，张轨在刺史府接待他时"膝之前席"，态度极为谦恭。叹曰："此真将相才，吾当与其济世难！"执手挽留，任为中督护。敦煌阴氏大族士人阴澹担任参军一职时，前往大斗拔谷一带处理鲜卑部落与汉人冲突一事，临行前张轨将西域胡商送给他的一匹汗血宝马赠予阴澹。武威郡贾氏大族人家有女及笄，张轨备大礼遣人说媒，娉为长子张寔的妻子。敦煌郡宋氏大族子弟宋澄步入"弱冠之年"，张轨以安定郡张氏宗室女妻之。令狐亚是敦煌郡令狐氏世家子弟，任郡将往临松平乱时受伤回来，张轨前往探视，挽手痛惜而哭，"泣下如雨"……

诸如此类的故事流传西北大地，树立了张轨优待士人的完美形象。

为了笼络世家大族，招募人才为凉州效力，张轨真是费尽了心思。果然，入凉数年，河西大族世家子弟纷纷投靠凉州刺史部，或为幕僚，或为边将，成为治理河西的得力人才。

《晋书》说张轨到凉州后"以宋配、阴充、氾瑗、阴澹为股肱谋主"，宋、阴、氾三家均系河西大族。宋配是张轨的首席谋主，后出任西平郡太守。阴澹和阴充皆为敦煌大族，《魏书》载"轨保凉州，阴澹之力"。敦煌氾氏原系汉武帝黄门侍郎氾胜之的后裔，至晋初，氾衷与索靖、张靤、索纱、索永俱诣太学，驰名海内，史称"敦煌五龙"。氾瑗在张轨麾下任中督护，其后裔氾伟在张寔、张骏时任左长史。

此外，还笼络索氏、李氏、曹氏、张氏、阎氏等敦煌大族。索氏系汉武帝时期名臣都尉索骏后裔，著名人物有索班、索肋和索靖等。索班、索肋和索靖在东汉时任军职，感震西域，索靖乃西晋时著名书法家、文学家，"草书绝人，号得张芝肉"，撰有索子晋诗各二十卷。索统任凉州崇文祭酒，索绥为州府内史。曹氏自称出于汉丞相曹参，李氏自称是汉名将李广后代，张氏自称是汉司隶校尉张襄之后裔。令狐氏也是凉州大族，泰始年间令狐丰竟能废西晋委派的敦煌太守，可见权倾一方。张轨对索、曹、李、令狐等大族人物都委以要职，如任索辅为太府参军、曹祛为郡守、令狐亚为主簿等。

武威、酒泉、晋昌等地也有大族，如酒泉马氏、晋昌张氏、武威贾氏等，张轨也加以笼络，如任马纺为太府主簿，张镇、张琠为郡守，其余的任县令、都尉、州学博士等，使其各得其所，支持张轨的凉州

政权。

张轨笼络河西世家大族策略发挥持续效力，大族人家子弟羡慕衣锦之荣，也竭力寻求在家乡做官的机会。张轨从中选拔贤才，委以重用，很快实现了河西地区政治、经济、社会和教化秩序的重建和恢复。《十六国春秋》中特别点出张轨治理凉州的"拔贤才"举措，体现了张轨开阔的眼界和博大的胸襟。"拔贤才"在当时和后世产生了很大影响，唐朝诗人周昙在《前凉张轨》一诗中就有"益信用贤由拔擢，穰苴不是将家生"的句子。

"拔贤才"建立起了治理凉州的管理机构，保民安境、管理措施得以逐步铺开，社会秩序渐趋稳定。当时中原地区战乱纷繁，而凉州这个多民族聚居地区始终远离兵燹战乱，永嘉年间，长安民谣说"秦川中，血没腕，唯有凉州倚柱观"。凉州举境稳定，俨然成为乱世里的一处"世外桃源"。

大城姑臧

击败鲜卑之后，姑臧成为凉州刺史部驻节之地，再度成为河西地区的政治军事中心。

姑臧城原本由西汉河西匈奴休屠王所建，南北长七里，东西长三里，屋舍参差排列于地势蜿蜒曲折的谷水河畔，犹如龙形，所以又称卧龙城。也有人曾认为，匈奴是"逐水草而居"的游牧民族，故其修筑城池应为依山傍水之地，现武威城西南祁连山脚下的杂木河畔有"磨嘴子古城"，有人推测此处或为匈奴所筑姑臧城遗址，但苦无史料佐证。

凉州社会秩序安定，大量原居民从外乡返回姑臧。追随张轨在凉州为官的河西著姓士人也将亲眷迁至州城，加之拱卫城防需要安置大量军民居于内城，这座原为匈奴所筑的古城就显得有些破蔽狭小了。张轨萌生了"大城姑臧"的念头。

古代地方官员还有一种风尚，那就是常以筑城方式来彰显执政功绩。进驻姑臧的那一年，晋惠帝从京师传来诏书，敕封张轨为"安西将军"，又加封"安乐乡侯"，这在魏晋时期是莫大的荣耀。"安西将军"是东汉以来中原帝国设置的"四安将军"之一，武臣统兵征战日久或以资深者方可充任，是用以褒奖勋臣的封号。建安末年，凉州人段煨带兵诛杀李催，荡平"长安之乱"，汉献帝曾封之为"安西将军"以示嘉奖。而"安乐乡侯"是皇室侯爵名号，侯爵在职官史上称为"超品"，即为超过一品之意。西汉以来侯爵只授予皇亲国戚与极少数的功臣，封侯才会享有"赐予封邑"资格，所以任命张轨的圣旨上就有"食邑千户"的内容。

张轨安定凉州，获得朝廷嘉奖，喜悦之中也想通过筑城来加以庆贺。

张轨开始在匈奴卧龙城的基础上大规模修建姑臧城。

《大唐故张君贾夫人墓志铭并序》追溯张氏先祖"秦雍双阙，前凉表卧龙之城"，揭示了张轨占据卧龙城的史实。张轨修筑的刺史府宫殿与闲豫堂、宫殿等建筑物均位于匈奴城内。《凉州重修护国寺感通塔》载，这些宫殿位于古代阿育王奉佛舍利塔故基之处，五十多年后张轨五世孙张天赐为"凉州王"时曾"舍宫建寺"，所建寺庙即凉州护国寺，唐朝时改称为大云寺。

张轨在匈奴城的基础上予以修筑，以原姑臧城为根基，增筑四座城箱。东城植花园果圃，名曰东苑城；西城殖骏马鸟兽，名曰西苑城；南城置训兵演武场，名曰望帝城；北城为钱粮库邑之所，名曰玄武城。中城内建造宫殿，刺史随从，股肱谋主，居之处理州务。修建后的姑臧城街衢相通，采绮妆饰，颇为辉煌。

唐朝有"凉州七里十万家，胡人半解弹琵琶"之诗，史学家认为"七里"应为"七城"。事实上，张轨筑城之后，其后虽有张氏后裔屡加修缮，但前凉姑臧城仍为"五城"。至隋末唐初，武威人李轨占了姑臧，自称"大凉王"并大修城池，凉州逐成"七城"格局。七城分别是匈奴城、东苑城、西苑城、北城、南城和南城两边的左右厢城。

对于《晋书》记载的姑臧城"南北七里，东西三里"的建筑规模，贾小军教授在《五凉都会姑臧城略论》一文中曾提供了三种计算依据：

一是据梁方仲《中国历代度量衡变迁表》，按照西晋后尺合今0.2452米，1里为1800西晋后尺，则1里约合今441.36米，姑臧城南北长3089.52米，东西长1324.08米。二是以《汉书·食货志》为依据，1里为300步，合1800尺，汉代一尺合今0.231米，则1里合今415.8米，姑臧城南北长2910.6米，东西长1247.4米。三是以嘉峪关新城2号墓出土的曹魏时期骨尺为依据，1尺合今0.238米，则1里为428.4米，姑臧城南北长2998.2米，东西长1285.2米。

如果以上面的第一种计算依据来推理，则姑臧城南北长3089.52米，东西长 1324.08 米，全城面积约 4.03 平方公里。如果上面的计算依据准确，就有一个令人惊讶的发现：直至新中国成立后，武威城仍保持着前凉姑臧城的规模。《武威地区志》载，1996 年县级武威市进行旧城改造，当时武威城南北大街总长 2360 米，东西大街总长 1500 米，全城面积达 3.6 平方公里。不过，进入 21 世纪，武威城市规模发展巨大。《武威日报》于 2019 年 10 月 15 日发表的通讯《从时代变迁看武威城建》载，2018 年武威城区建成区面积为 43.44 平方公里，已经是前凉姑臧城的 10 倍之大。

可以认定，在一千六百多年前，姑臧城就是中国北方的富邑大都。凉州最早的诗人温子升在北魏年间写下了姑臧城的盛况："远游武威郡，遥望姑臧城。车马相交错，歌吹日纵横。"从那时起，姑臧成为凉州名副其实的区域心脏，成为河西最大都会，"襟带西蕃、葱右诸国，商旅往来，无有停绝"。

为"九郡胄子"建学馆

永兴二年（305 年）初夏，一天早晨从姑臧城西莲花山下的一座古老的院落里传出了噼里啪啦的爆竹声。正午时分，锣鼓喧天，人声鼎沸，煞是热闹。这座古老的院落就是后世著名的凉州学馆。

这里原为三国曹魏时期的凉州刺史徐邈创建的学馆旧址，最早称为泉水潭，水傍青山，风景优美。史料记载，东汉末年的儒学博士、敦煌人侯瑾来到姑臧，对门徒说："日后城西边的泉水会枯竭，将有双座楼台立于泉水潭上，与城东门相望，其中定有霸者出现。"神奇的是，曹魏嘉平年间徐邈治理凉州，"立学明训"，带领郡里乡绅建造学馆，果然在城西干涸了的泉水潭上筑起两座楼台，与城东门正好遥遥相望。后来，在持续不断的鲜卑、羌族的起义战事中，学馆毁于兵燹，唯余断壁残垣。一年前，张轨在太守张琠的陪同下，往城西莲花山巡视军务，发现了这处规模庞大的建筑废址，在村人的指点下始知为三国徐邈所创学馆。当时城内正大兴土木修建刺史府邸，张轨便命张瑷划拨资金，派遣工匠修复学馆。

不过，这所学馆和凉州平民子弟无关，是一所专供州郡贵族子弟读书的地方。《十六国春秋》载：

（张轨在凉州）劝课农桑，拔贤才，置崇文祭酒，征九郡胄子五百人，立学校以教之。

张轨打败鲜卑若罗拔能后，在西平郡分出一块地方置晋兴郡，以安置鲜卑及其他少数民族的聚居牧民。又在姑臧西北设置武兴郡，用以安置从中原"避难凉州"的邑民。晋兴郡、武兴郡、金城郡、西平郡、武威郡、西郡、张掖郡、酒泉郡、敦煌郡合为"九郡"。各郡太守选拔拥戴张轨的"股肱"之臣担任。如宋配为西平郡太守、氾彦为张掖郡太守、阴澹为敦煌郡太守、张镇为酒泉郡太守、张瑷为武威郡太守等。为了进一步笼络河西著姓豪族，也为了持续培养经世致用的人才，"征九郡胄子五百人，立学校以教之"。"九郡胄子"即散布凉州"九郡"的贵胄之弟，此举充分体现了张轨的远见卓识。

张轨设置专司州郡文教事业的官职"崇文祭酒"，管理凉州学馆，督促乡射礼仪，并亲自参与订立了凉州历史上最早的教育规章制度，开启了凉州文教事业的兴盛局面。

张轨饱读儒家经籍，来到凉州始终思考医治乱世的良医妙药。在西晋为官时，发现朝中诸多士人空有报国之志而无疏治乱世的良药利器，后来又发现在纲纪崩溃时代纵有良药利器也难挽昏聩颓败的世道。张轨认为治理郡县须先"正人心性，教化天下"，而后社会方得大治。世间的学问只有开启邑民心智的功用意义时才能真正成为人类的精神瑰宝。让文化和智慧的血液始终流淌在民族肌体的脉管里，觉悟了的众生自会知廉耻、懂礼义、善耕耘、勤事业，既而教化大行，仁德施予天下，民富国强的愿望自会实现。

经过一番缜密的思考与探索，张轨萌生了兴办学馆、振兴文教的决心。

《晋书》记载，凉州政局甫一稳定，张轨"征九郡胄子五百人，立学校，始置崇文祭酒，位视别驾，春秋行乡射之礼"，此举在河西地区引起空前轰动。河西著姓大族皆有家学传承习俗，家族曾诞生诸多儒学名流，深知儒家思想对维系封建政治所起的作用，他们支持张轨将振兴教育与倡导教化确定为治理凉州的根本方略。

现在看来，张轨设立凉州学馆，虽以教育和培养士族子弟为主要手段，但对于弘扬河西学术文化和提高区域文明程度具有极为重要的历史意义。

在整个中原大地连一张安静的书桌都摆不下时，凉州传出的琅琅读书声就别具象征意味，标志着中华文明在河西得以延续，也召唤中州学人不断向河西靠拢。

地处戎域，号有华风

张轨设立"崇文祭酒"，在世道混乱、礼义废弛的十六国时代里，实在是一件了不起的创举。

"祭酒"最早是古代的一种特殊礼仪，本为年长者或位尊者在大型飨宴活动中主持举酒祭祀天神先祖，而后宣布开席的一项活动。后来人们把主持酹酒祭神的年长者或位尊者称为"祭酒"，渐渐演化为一种尊号。东汉末年，王莽始将"祭酒"尊号改为官职，在国学则称"国子祭酒"或"博士祭酒"。三国时魏国设"都讲祭酒""文学祭酒"等，"祭酒"分布于朝廷职官、地方职官、幕府属员序列之中，具备治政、幕属、军事参谋等职能。设立时依据已有官职，再以"祭酒"作为官职后缀，以示尊崇。

《晋书》载："索纮，字叔彻，敦煌人也。少游京师，受业太学，博综经籍，遂为通儒。司徒辟，除郎中，知中国将乱，避世而归。"张轨恭请索纮为崇文祭酒，后世称"儒林祭酒"，是州级学官，且给予"位视别驾"这样的崇高地位，享受"从刺史行部，别乘传车"的殊荣，表明了文教兴邦的壮志和移风易俗的决心。

"崇文祭酒"的职责除督促学馆征聘名士入馆执教外，还要"行乡射之礼"。

汉代时学官每年春三月和秋九月皆要诏诸生"习乡射礼"，主要内容就是号召宦绅子弟勤习功课，劝勉进用。张轨采用古代教育礼制，在凉州推行"文治兴邦"和"教化齐俗"的政策，为后世凉州的崇文尚学树立了典范。

置"崇文祭酒"的第二年，凉州刺史部颁布了一条新法令：

> 有司可推详立州已来清贞德素，嘉遁遗荣；高才硕学，著述经史；临危殉义，杀身为君；忠谏而婴祸，专对而释患；权智雄勇，为时除难，诌佞误主，伤陷忠贤；具状以闻。

新法令要求"有司"从民间察访征集凉州自东汉设刺史部以来涌现的有影响力的人物，并"具状以闻"，要求整理撰写出详细的"传记"上报官方。报告将此类人物分为六类：第一类为"清贞德素，嘉遁遗荣"之人，指有美好品德，却被社会遗落埋没，或志在隐逸山林的高士。第二类为"高才硕学，著述经史"之人，指那些矢志求学，终成学博超群的经学大师。第三类为"临危殉义，杀身为君"之人，指为国为民而殉难节烈的具有牺牲精神的勇士。第四类为"忠谏婴祸，专对释患"之人，指坚守正气，劝谏君王，消除灾厄的刚直不阿的骨鲠之士。第五类为"权智雄勇，为时除难"之人，指具有智慧谋略的政治人才。第六类为"诌佞误主，伤陷忠贤"之人，指心术不正，且造成恶劣影响的奸佞之人。

除最后一类为"反面人物"外，前面的五类人物分别具备"德""才""忠""义""勇"的品格。"具状以闻"的工作完成后，张轨颁下诏令，对于最后一类"反面人物"予以劾责斥诉，对前五类人物则标榜奖掖。

张轨高调表彰"忠德义勇"人物，意在弘扬一种惩恶扬善的社会风气。

张轨早年在女几山求学，潜心阅读皇甫谧《帝王世纪》一书时发现，有德君王最常做的事就是车驾民间，礼谒致祭前朝忠臣烈士的墓地和祠庙，通过君王的示范表率作用在社会上弘扬忠君报国的高尚气节。早在令居县"护羌校尉"驻地处理军务时，张轨闻听金城郡"冯忠哭君"的故事后，便带着卫兵前往冯忠墓前致祭。当时传言，冯忠曾是汉末金城郡太守的旧属，有一个名叫阳成远的豪侠号召郡人发动叛变，将太守杀死于郡府之中，时人远避之。唯冯忠前往探视，"赴尸号哭，呕血而死"。张轨认为，"冯忠哭君"的故事体现了"忠君报国"、节烈义勇精神。

张轨在焉支山巡察时，听说了"吴咏避狱"的故事。东汉将领庞参任护羌校尉时，张掖人吴咏前来投靠，成为部下掾吏。后庞参因功得到拔擢，回到京师任为太尉。继任者马贤担任护羌校尉时仍然重用吴咏。庞参和马贤都对吴咏极为亲善信任。数年后，两人在朝中因凉州羌乱之事而互相诬告，朝廷处理时需要吴咏出面作证。吴咏认为"理无两直"，感觉很难为他俩作证，便自刎而死。庞参和马贤听到后，惭愧悔恨，互相和解，出资厚葬吴咏于张掖。张轨当即带着随从，在张掖太守氾彦的陪同下，前往吴咏墓地祭奠。

后来，张轨多次遣吏祭奠二人墓室，并发诏书"旌其子孙"，凉州父老莫不唏嘘感叹。

当西晋社会全面步入离乱之世时，河西强调忠义节烈精神并贯穿察举任用人才的实际举措中。这一举措一方面能召唤亡官失职的官僚团结在西晋的旗帜下共建凉州，另一方面，若西晋亡国则可凝聚"遗民"力量，同仇敌忾，实行保据河西的战略目标。

张轨结合察举和征辟忠义节烈之士措施，而将振兴文教与巩固凉州政权结合起来，既培养了大批人才，也使河西一步步走向安定，河西文化也繁荣起来。《魏书》称赞张轨尊教崇学的功勋时，指出"凉州虽地处戎域，然自张氏以来，号有华风"。

劝课农桑

来凉州之前，张轨早有充足的思想准备。在混乱的社会时局里，凉州好比一艘波谲云诡的海面上的大船。只要依据罗盘订正方向并拥有经验丰富的水手协助，自己会把这艘大船驾驶到理想的彼岸。

但是，初到凉州，张轨发现，驾驶好这艘大船并非易事。

当时，河西刚从长时间的战乱中走出来，社会和生产秩序尚未完全恢复，需要政府组织百姓复业。另外，大量流民正向河西移徙而来，也需将他们安置到相应的土地上。尤其是正在恢复和建立的军政机构急需大量的财政经费。这些问题一下子涌到张轨的面前，令他夙夜难眠。

张轨是善于在事物的千头万绪中抓"主要矛盾"的人。"主要矛盾解决了，次要矛盾就会自行消失。"张轨进驻姑臧之后，发现影响凉州政权存续的主要矛盾就是恢复凉州经济。他想起太武帝司马炎实行过的"劝课农桑"政策，只有"劝课农桑"，才能实现政治抱负、经济繁荣和社会秩序的正常运行。

"劝课农桑"并非始于西晋，是历代封建政府管理农业社会的传统措施。所谓"课"，带有行政督导的含义。"劝课农桑"是通过政府管理职能作用，强化对农业和农民家庭副业及手工业的组织和督促，以充分利用人力和土地资源潜力，最大限度地提高农产品和手工业产品的产量。晋武帝司马炎在全国推行"劝课农桑"，数年之后，西晋社会便呈现出"太康之治"的升平气象。

毕竟在西晋任官三十多年，张轨对"劝课农桑"政策较为熟悉。他明白，推行"劝课农桑"的举措，需要两个支撑点。一是"设官以勉之，严罚以督之"；二是建立一定的土地、人口、生产管理制度和办法，规范管理生产经营活动。

所谓"设官以勉之，严罚以督之"，就是设立完备的行政组织，确立专门的官员对农事活动进行督导管理。经过"拔贤才"举措，张轨很快找到了第一个支撑点。他从河西大族子弟中依据"听取王官更练事业者"的标准选拔配备"郡县长吏"，使之兼具政治和经济管理才能。他们世代生活在本乡本土，对河西民情土俗及农事规律了如指掌。又因家族势力号令一方，便于对百姓进行督导。

对于建立土地、人口、生产管理制度和办法方面，张轨完全效仿西晋的"占田课田制"，顺势找到了第二个支撑点。"占田课田制"是经过对土地与劳力资源进行合理配置，实现"人无余力，地无遗利"。《晋书》对"占田课田制"明确规定：

> 男子一人占田七十亩，女子三十亩。其外丁男课田五十亩，丁女二十亩，次丁男半之，女则不课。男女年十六已上至六十为正丁；十五已下至十三，六十一已上至六十五为次丁；十二已下六十六已上为老小，不事。

略加分析，就会发现，"占田课田制"的出发点是鼓励监督农民进行农事生产。以"男丁"为例，依据晋代劳动力特点评定一个成年男子每年可以耕种田地 70 亩，国家规定最少完成 50 亩的耕种任务，政府只以 50 亩的标准征收一定比例的税额，超过部分不予征税。这里的 70 亩是"占田"，50 亩为"课田"。具体落实中，对没有完成"课田"任务的农民，国家除以实际耕种数征税外，还要加以责罚。

张轨政权颁布"占田课田制"，便于政府对农户的生产过程和生产效益进行监督和考核。设立"垦荒占田"及"耕种课田"两个责任目标，依照劳动者的性别及劳动力状况进行分解，然后落实到生产者那里。生产者若勤于农事，收获便多，在交纳租税外自家所得也多；反之，若惰于农事，则自己所得也少，这样的政策极大地调动了农户的生产积极性。二十世纪八十年代，中国农村实行"联产承包责任制"，农户高兴地说"除了交给国家的，留足集体的，剩下的都是自己的"。农户的这种喜悦自豪的情形，早在前凉推行"劝课农桑"政策时就已经出现了。

"劝课农桑"政策成为后世凉国政权一贯性的经济措施，极大地促进了社会安定与经济发展，小农经济和地主经济获得大力发展，封建经济结构日趋合理。这一时期，河西的农作物品种见于记载的有大麦、小麦、穈谷、瓜果、蔬菜等。麦类中的"卢水麦""昌松麦"属优良品种，武威、敦煌两郡的瓜果和张掖、酒泉的奈李也很著名，出现了"凉州不凉米粮川"的歌谣。

张轨在"劝课农桑"之际也高度重视畜牧业发展，与农业发展相辅相成，构成了凉州政权的强大物质基础。据载，河西游牧民族鲜卑数十部落被安置于湟水谷地西平郡一带，混合祁连山南麓的匈奴余部如赀房、卢水胡，开辟出大量牧场，形成新的畜牧业生产潜力，形成了"凉州畜牧为天下饶"的丰裕景象。凉州也有了给朝廷"输血打气"的资本。张轨坐镇凉州时支援晋廷的物资，就有农产品、马匹以及毡毯等，品类丰富，数量众多，体现了河西经济自给自足的能力和社会的安定发展。

中州避难来者，日月相继

张轨在凉州"内抚遗黎，外攘逋寇"，保宁域内，声名远播。于是，中原人民纷纷投奔凉州。

《晋书》载，"中州避难来者，日月相继"。这样的情形，令张轨既高兴又忧虑。

张轨刚来凉州的那一年，甘肃东南部的汉民和巴氐族人十余万口"入蜀求食"，遭政府官吏强暴阻挡，饥民在巴氐首领李特的带领下发生暴动。两年后，李特战死，其子李雄带兵攻入成都，自称皇帝，国号成，后改汉，史称"成汉"。其后北方少数民族如匈奴贵族刘渊、羯族首领石勒纷纷起兵反晋。黄河中下游成为军阀和酋豪的骑兵纵横驰骋的疆场，平民百姓横遭屠杀，惨遭践踏。中原及关中一带"流尸满河，白骨蔽野"，无数邑民开始四处流亡逃难，"奔进流移，不可胜数"。

当时，从长安到凤翔向西北出陇关到金城郡的"千陇道"上，到处是背井离乡的难民，他们的目的地都是凉州。

起初，张轨看到中原流民涌入凉州，心里暗暗高兴。

农耕经济时代，人口数量的多少与社会经济的繁荣是相辅相成的。特别是凉州在多年战乱中人丁稀少，大量土地闲置，无人垦植。内地流亡人民相继到来，劳动力增加，生产经验传播，正好大规模开垦农田。州府再持续推行"劝课农桑"，增加税收，国力会更加强盛。

但是，如何安置这些中原流民呢？凉州社会刚刚稳定，经济能力的发展水平能否容纳更多人口？面对"日月相继"的流民潮水般涌来，张轨还是有些头疼的。

张轨和他的"股肱谋主"及智囊团成员进行合议，逐渐有了思路。

首先，有计划安置，加强社会管理。将从事农耕的汉民安置在姑臧西北的待垦土地上，将以畜牧为主的少数民族流民安置在西平郡一带的湟水流域。安置时先"框定地界"，有计划、有步骤地依地界逐个推进。当户数达到一定规模设置一个"村坞"，"村坞"数量达到一定规模设置"乡里"，"乡里"数量达到一定规模则设立一个"县邑"。在"村坞""乡里""县邑"成形后，立即选任村长、里正并委派官吏进行管理。

其次，县邑在里正和村长的协助下和定居流民签订文书，以"借粮"的名义发给一定数量的赈济粮。而后"郡县长吏"对安置的邑民"登记造册"，推行"占田课田制"，将这些起先"仰食于政府"的流民迅速转变成开垦河西的劳动者，实现"人无余力，地无遗利"，逐步壮大凉州的经济实力。

两年时间里，凉州刺史部安置的中原流民数量持续扩大，设立的临时"县邑"已经达到十多个，州府官员将这些县邑组成的一个大的临时机构，称为"侨郡"。张轨适时派遣使臣到洛阳，请求朝廷给凉州扩大郡县建制，将这些临时的郡县予以合法化。《晋书·地理志》载：

> （张轨）上表请合秦雍流移人于姑臧西北，置武兴郡，统武兴、大城、乌支、襄武、晏然、新鄣、平狄、司监等县。又分西平界置晋兴郡，统晋兴、枹罕、永固、临津、临鄣、广昌、大夏、遂兴、罕唐、左南等县。

中原流民大规模迁徙河西，凉州人口数量大增，劳动力增多，生产力提升。河西学院高荣在《十六国时期的河西人口》中称，"张轨所置的武兴郡，人口不少于五千户"。若以每户五口人计算，武兴郡安置中原流民接近三万。新迁之民垦荒造田、牧养牲畜，课租纳税，对前凉政治和文化的发展，都带来了积极的影响。

张轨设立"侨郡县"的最大优点是缓解了凉州人口增多和土地使用之间的矛盾，将"中州避难来者"通过郡县户籍管理使之承担课税任务，由消费者完全转化成对国家有利的生产者，这一举措比后来东晋政府在淮南、江南采取的同样举措要早十多年。凉州以"侨郡县"的措施妥善地安置了如此庞大的"就食者"人口，既验证了河西经济的"衣食自给"能力，也验证了张轨卓越的执政能力。

中华高族，播迁凉土

永兴三年（306年）秋天的一个夜晚，挚虞和秘书监缪世征在家中品茶闲聊。二人叙谈政事时，提到冯翊太守江琼等人弃官奔凉之事。挚虞走到窗前"夜观星象"，对缪世征说"天下方乱，避难之国唯凉土耳。张轨德量宏阔，除了他又有谁能开辟这片天地？"

此前曾述，挚虞是张轨的同门师兄，此时在晋廷升任为太府卿。挚虞在女几山师从皇甫谧受学期间和张轨过往甚密，深知张轨胸襟眼界横绝当世，有高士君子操守，故有上述评价。

张轨治下的凉州，日益成为中原儒士瞩目的地方。

挚虞和缪世征叙谈中提到的江琼，字孟琚，河南陈留（今开封市祥符区）人，原为西晋冯翊太守。冯翊郡（今陕西省渭南市）是关中大郡，历为物阜民殷之地。当年春天江琼却弃官掷印，携带家族子弟沿渭水逆流而上，过秦岭，历秦州，径到河西。陈留江氏是中原著姓，世代敦崇儒学，北魏时著名的文字、训诂学家江式为江琼六世孙。《北史·江式传》称，江琼在晋初曾受学于大儒卫觊，"古篆之法埤苍、方言、说文之义，当时并收善誉"。江琼既是西晋名臣，更是一郡之最高行政长官。如今投奔凉州，张轨极为高兴，擢之为刺史部重要幕僚。

这些中原儒士，大多出自著姓大族，在家族之学风行时代，经史文玄，代有传承。当中州兵乱之际，这些官僚和士人带着对族人身家性命的忧虑，希望找到一块"遗种"之地。因为河西远离乱源，再加上张轨敦崇儒教的举措，中原士人对河西更加羡慕。他们来到凉州，无论在朝为官还是在野著述，极大地推进了河西地区的学术繁荣，使姑臧成为北中国的文化学术中心。

如河东闻喜郡裴氏世家，因先人"晋乱避地凉州"，裴佗在凉州修习《春秋杜氏》《毛诗》《周易》，成为北魏名臣，官至抚军将军。河北广平程氏著姓子弟程骏，其六世祖程良原为西晋"都水使者，坐事流于凉州"，祖父程肇为后凉国王吕光的"吏部尚书"。程骏生于凉州，及长师学河西大儒刘昞，后为北魏良吏，著名学者。又如晋阳郡人王横，晋乱奔凉，任张轨麾下参军，子孙居于姑臧。其六世孙王睿后为北魏名臣，官至"侍御中散大夫"。

特别是京兆杜陵人杜耽来到凉州，在西晋社会引起巨大震动。

杜耽是西晋驸马、当阳侯杜预第三子，是京兆杜陵著姓世家之子。晋乱"避地河西，因任张氏"。杜预博学多才，文韬武略，名重晋世。晋武帝伐吴任镇南将军，与张华同为晋朝"开国功臣"。像杜耽这样的家族，无论其族姓阀阅的高贵，还是官爵势力的显赫，抑或是文韬武略的成就，在西晋朝野都属一流。杜氏一门在凉州四世为官，杜耽后裔杜骥后为南朝宋大臣，官至"左军将军"。《宋书·杜骥》载："本中华高族，晋氏丧乱，播迁凉土，世业相承，不殒其旧。"四百多年后，和大唐著名诗人李白齐名的杜甫生于河南府巩县，其为杜耽的第十三代后裔。像杜氏这样的家族投靠张轨，说明前凉政权在北方大地具有了广泛的代表性和强大的号召力。

江琼、杜耽等中州士人来到，张轨十分高兴。在州务暇余便邀请他们至书斋，与之谈经论道，奖掖他们将家族传统中的厚重学养教播凉州。这个看似寻常的举动，在后世中国文化史上却大放异彩。陈寅恪先生认为："托命河西之士庶犹可以苏喘息、长子孙，而世族学者自得保身传代，以延其家业也……中原魏晋以降之文化转移保存于凉州一隅，至北魏取凉州，而河西文化遂输入于魏，其后北魏孝文、宣武两代所制定之典章制度遂深受其影响，故此魏齐之源其中亦有河西之一支派。"

自永熙到永嘉，饱经忧患的西晋显贵和中原儒士将河西看作躲避战乱的好地方，也将中原学术带到凉州，使中原失传的一些经籍学术得以保存下来。由于中原著姓家族都有儒学根基，壮大了河西的士林队伍。胡三省注《资治通鉴》说："永嘉之乱，中州人士避地河西，张氏礼而用之，子孙相承，衣冠不坠，故凉州号为多士。"

平定秦陇之乱

挚虞在京师忧虑"天下方乱"，指南匈奴汉王刘渊发兵进攻河东，攻占蒲阪、平阳一带。既而，河北清河郡人汲桑在赵魏起兵，北方大乱。摇摇欲坠的西晋帝国祸不单行。

是年十一月，把持朝政的东海王司马越毒死了晋惠帝司马衷，而后带领朝臣拥立司马衷弟弟司马炽为帝，是为晋怀帝。

河西仍旧晏然，而河东大地却乱事迭出。永嘉元年（307年），秦州刺史张辅杀了反对自己的天水太守封尚以树威名，陇西太守韩稚屡与张辅意见相左，闻讯遣子韩朴统兵袭杀张辅。

张辅死讯传至凉州，张轨表面不露神色，内心却似飓风掠过，瞬间翻江倒海。

此时的张轨，表面尊晋室为"正朔"，心内却萌动着不为人所觉察的野心。

渭水之滨，官吏相残，社会混乱无序。而镇守关陇一带的南阳王司马模虽有"都督秦雍梁益诸军事"之职，但其有效控制范围不过长安周围数郡，甚至难以完全掌握雍州，根本没有力量来平定关陇之乱。张轨暗忖，此时若趁机出兵，秦陇诸郡便可轻松收归凉州。

这一年，已是张轨治理凉州的第七年。经过七年间的励精图治，凉州国力强盛，兵强马壮。早在平定鲜卑部族反叛时，张轨就建立起了一支强大的州兵，以维持地方秩序和镇压敌对势力。数年经营，已达"武旅十万"。加之凉州雄兵，威名远扬，扫荡秦陇诸郡根本不在话下。

恰当此时，少府司马杨胤向张轨进言，说韩稚违抗上命，擅杀张辅，明公手握重兵镇守一方，应惩不法之徒，这是《春秋》大义。杨胤还将张轨比作春秋时期的齐桓公，说诸侯之间互相残杀、互相吞并时，齐桓公定会出手救助，这就是《春秋》里倡导的"大义"之举。

张轨虽有占领秦陇诸郡的念头，却仍有些犹豫：凉州和秦州皆为朝廷刺史部统领之地，中间隔着黄河，历来井水不犯河水。忽然发兵前往，师出无名，恐对凉州不利。杨胤的建议忽地提醒了张轨，刺史是巡行郡县、省察治状的朝廷大员，纵有过错也自有朝廷处理。太守擅杀刺史，确是"违抗上命"之举啊！

况且张辅是南阳张氏著姓后裔，其祖上是东汉太史令张衡，在中国历史上以天文学家、发明家著称。南阳张氏和安定张氏虽然郡望不同，但同姓族人且同朝为官自有交谊，张轨更有理由起兵征伐韩稚。

张轨即遣中督护氾瑗率领三万兵马，穿越祁连山，渡过黄河，杀奔秦陇大地。

凉州军队出发的同时，张轨遣使乘快马给韩稚送去一信：

今王刚纷扰，牧守宜勠力勤王。适得雍州檄，云卿称兵内侮。吾董任一方，义在伐叛，武旅三万，络绎继发，伐木之感，心岂可言！古之行师，全国为上，卿若单马军门者，当与卿共平世难也。

这封信显示了张轨的文学才华。信中透彻地分析了朝政时局，陈述利弊，动之以情，晓之以理，劝诱韩稚深明大义，迷途而返。韩稚览后心有所动，既而闻报凉州前锋之兵已抵达渭河北岸。韩稚幕僚也劝韩稚不要发兵抵抗，毕竟秦州"兴兵内讧"在前，而张轨发兵讨伐也是题中之义。何况张轨言之凿凿，"全国为上"，并没有滥起兵燹。这样看来，张轨倒是一位"仁义"之君。

韩稚只好遣使奉表至凉州兵营，表示愿意单人匹马来军门谢罪。而后，撤去渭河天堑的守军，凉州大军顺利屯驻渭河南岸。

张轨兵不血刃，平定了秦州兵乱。而后，遣主簿令狐亚将平定"秦州内讧"之事向南阳王府作了禀报。司马模闻之大喜，将天子赐剑送给张轨，对张轨说："自陇地以西，一切军政大事悉委于汝，此剑如同权杖。"此举明显承认了张轨统辖秦州的既成事实，这也是张轨梦寐以求的结果。

张轨推荐姑臧人贾龛接任秦州刺史，除韩稚仍为陇西太守外，其余郡守皆遣凉州官员充任。当时秦州辖陇西郡、南安郡、天水郡、略阳郡、武都郡、阴平郡共六郡，从此秦陇"六郡二十四县"开始纳入凉州的统辖范围。

可以说，张轨"阴图保据河西"的苗头就在这一年开始显露出来。而且，张轨的保据之地以河西为根据地向四边扩张。此期的凉州"西包葱岭，北暨居延，南逾河湟，东至秦陇"，张轨成功地开拓了前凉王国的疆域轮廓。

凉州暗流涌动

司马模时任征西大将军，是中央皇权镇守西北的代表人物。他将天子剑授予张轨，并称将陇地以西的一切军政大事尽悉委托张轨管理。但司马模的授命并非朝廷敕令，只有朝廷发布诏书，授任张轨"都督秦凉二州诸军事"的权责，张轨的统治才有正式合法的权威属性。所以，张轨安定秦陇六郡之后，仍在耐心地等待晋廷任命的正式诏书。

转眼到了永嘉二年（308 年），春节过去了，张轨没有等来朝廷的诏书，却等来了在京都为官的长子张寔。

七年前，张轨赴任凉州刺史，带着家眷随行，却独留长子张寔在洛阳。如果认为张寔在朝廷有职使而不能跟同父亲回到凉州，那就有些简单了。事实上，魏晋以来，外任刺史上任时留儿子在京师为官，实则是"以子为质"。朝廷以此牵制外任官员，以防其独霸一方不听朝廷诏令，甚或割据反叛。刺史往往"以子为质"向朝廷表明忠心，愿意恪尽职守听任朝廷调遣。张轨远赴凉州时留张寔在洛阳为官的良苦用心亦是如此，他的机敏、谨慎和雄才远略由此可见一斑。

张寔也非稀松平常之辈。《晋书》称，张寔幼年时受家学影响，攻读儒家经典，"学问高深明察"，及长"以秀才任郎中"。数年后，曾随朝廷大军参与平定边地战乱，成长为晓畅军事的青年俊彦，官至"骁骑将军"。虽然身在洛阳，却始终担忧父亲执掌的凉州，一切的言行皆体现出对凉州大局的关注和支持。他的婚姻也是"政治联姻"的产物，虽在京师却奉父之命娶了武威郡贾氏大族女子为妻。晋惠帝崩亡，晋怀帝即位，晋廷在内忧外患的夹击之下已经风雨飘摇，张寔决计趁乱离开京师。当时东海王司马越辅政，张寔适时提出返回凉州的请求，而后运用方略竟然得到了朝廷的同意。晋怀帝诏任张寔为"议郎"，抵凉州刺史部协助张轨处理河西政务。来到凉州后，张寔放低身段，掩藏一腔文韬武略，常向居于河西的中原士人讨论治国安邦之术，有"敬贤爱士"之称。

张寔回到凉州，张轨极为高兴。

当时，中原晋室皇权羸弱，政治黑暗，朝臣崇尚清谈而不论世事。衣冠之士"未有能以大义进取者"，世族如琅琊王祥、荥阳郑冲、陈国何曾、河内山涛等，皆无报国之心。北方的匈奴贵族刘渊及羯人豪酋石勒、王弥更率军队乘虚进攻大河南北，凉州政局也呈现出动荡不安的迹象。

当时域内州郡重臣悉委以河西著姓大族担任，他们位高权重，加之地方势力及影响力很大，常有难以驾驭之感。且晋室羸弱，鞭长莫及，偏隅凉州似已成为地方王国。于是，这些有着坚实根基的河西本土大族之人，就有了蠢蠢欲动之念，意欲取代张轨成为河西霸主。

虽然他们行事诡秘，表面平静，但张轨还是觉察到了一缕涌动的暗流。

这一年，张轨五十三岁。张轨自认为身边还有"股肱谋主"和次子张茂，这些蠢蠢欲动之人不会对凉州构成大的威胁。但是，毕竟疆域越来越大，人口越来越多，管理难度也越来越大。张轨感觉自己明显老了，凉州这艘航船正在驶入一片险滩，风浪更大，有一种力所难逮之感。

张寔来到凉州，无疑成为自己的得力助手，张轨极为高兴。

但是，取代张轨的闹剧在凉州还是如期上演了。

是年夏天，北方军民首领王弥统领数万之兵进逼洛阳。张轨想亲率大军往京师"勤王"，许是多年来经营凉州劳神费力之故，竟觉身体大不如以前。遂遣张寔带领北宫纯等人率凉州军入援京师。未料，凉州军刚刚穿越秦岭，正向洛阳跋涉行军途中，张轨就病倒了。他竟日昏迷，经医师诊断为"中风"之症。治疗月余清醒了许多，但说话断断续续，十分费力。张轨便在府邸养病，命次子张茂代管凉州及诸郡事宜。

酒泉郡太守张镇知张轨病重，便暗中召引秦州刺史贾龛，二人密谋打算让贾龛取代张轨，他们秘密遣使至京师，请求尚书侍郎曹祛出任西平太守，图谋构成相依互佐之势。而在凉州刺史部内府中，曾任张轨麾下别驾一职的麹晁也受到张镇利诱，暗遣使者至长安表奏南阳王司马模，声称张轨身体残废，请求朝廷让贾龛代替张轨行凉州刺史一职。

贾龛为三国时期曹魏朝中武威籍著名的肃侯、车骑将军贾诩之后。贾诩曾为曹操出谋获"官渡之役"全胜，被史家称为三国时期最聪明的人。可叹其后裔贾龛，却在大事面前糊涂不堪。他蠢蠢欲动，野心勃勃，准备坐镇兵强马壮、民富国宁的凉州。

贾龛的哥哥贾胤时在姑臧任从事一职，是一位志节刚纯之士，行事为人倒有先祖遗风。贾胤闻贾龛欲往凉州代张轨出任刺史，急遣役差送去一信，称张轨"威著西州，汝何德以代之？"意思是说张轨在凉州已经根深蒂固了，你何德何能去驻足凉州？这封信提醒了贾龛，自己怎么能和"威著西州"的张轨相提并论？况且，张轨长子张寔又是武威贾氏女婿，张贾联姻的目的难道不是"联族"治理凉州吗？贾龛认清形势，赶紧向司马模送去辞呈，表明自己无德无能，难以胜任凉州刺史，退出了张镇、麹晁等人发起的"倒张"联盟。

043

但是，司马模也早有将张轨调离凉州的想法，作为"都督秦雍梁诸军事"的首领，仍有控制秦陇六郡的愿望。因为张轨的强势存在，阻遏了这一愿望的实现。司马模收到麹晁的奏表和贾龛的辞呈后，仍未中止替换凉州刺史的程序。既然贾龛不愿出任凉州刺史，他又想另外推荐侍中袁瑜为凉州刺史。

司马模让僚臣写好奏章，正拟遣人送达京师。其时阴澹从敦煌郡太守调任为州府治中一职，正在关中办理差事。闻讯快马飞奔至南阳王府，请求谒见司马模。阴澹生性豪侠勇烈，一见司马模即割下自己耳朵，将淋漓鲜血的断耳置于案首，说："听说明公没有耳朵，所以割耳相赠！"司马模惊问："先生何出此言？"阴澹说："明公如果有耳，为何没听说张公的西北之治？其到任之前，西凉鲜卑反叛，寇盗纵横。赴任后即讨破贼众，斩首万余，因而威著西州。张公又建立学校，实行乡射大礼，于是凉州大治。张公身体无恙，如今遭人陷害，使之离职实为冤屈！"

这种忠贞死士的劝谏方式令司马模惊骇之余颇为感动，赶紧唤人给阴澹包扎伤口。司马模又想，自己曾为张轨授了"天子赐剑"，现在又替换凉州刺史，岂非"自打嘴巴"？于是，罢了替换凉州刺史之议。《晋书》载，"轨保凉州，阴澹之力"。

这次风波没能撼动张轨在凉州的统帅地位，凉州吏民暗暗欣慰。

"张氏霸凉"的闹剧

一波未平一波又起。两月后，张轨再度卷入凉州动乱的旋涡里。

原来，张掖郡临松山下和姑臧莲花山下各发现一块玄石，民间纷纷传言，"瑞石呈祥，张氏霸凉"。《十六国春秋辑补》载：

> 张掖临松山石有"金马"字，磨灭粗可识，而"张"字分明，又有文曰"初祚天下，西方安万年"，姑臧又有玄石，白点成二十八宿。

临松山下的"金马石"和莲花山下的"星宿石"究竟有什么来头，现在不得而知。或许是张轨故意让人埋在那里，又让老百姓"无意"发现；或许是玄石上果有一些莫名其妙的符号，让"经玄大师"一番牵强附会的解读，便成了奇妙的符瑞图谶。一切均在未知中的两块玄石，在郡人惊讶的传言里显得奇特神秘，在凉州这个平静的世界里掀起一场轩然大波。

据考证，符瑞图谶始于秦朝，原本是巫师、方士编造的预示吉凶的图符或隐语。而至西汉时独尊儒术，崇尚经学，谶书附会儒学经义，迎合时尚而流行开来。在封建蒙昧时代里，符瑞图谶往往左右人们对事物的判断，因此成为野心家篡政夺权的法宝。西晋时士大夫精神空虚，崇尚玄学，符瑞图谶盛行于朝野。南朝文论大家刘勰在《文心雕龙》里评价西晋文学时，竟将符瑞图谶列为文学现象，称之"神宝藏用，理隐文贵，芝夷谲诡，采其雕蔚"。所以，直至西晋末年，凉州邑民看到临松山和莲花山玄石上的图谶文字后，颇觉神奇，"瑞石呈祥，张氏霸凉"的民谣开始传唱了起来。

酒泉太守张镇就是在这一谶言的蛊惑下，开始不安分起来。

张镇就想，"张氏霸凉"之"张氏"应该是敦煌张氏，而非安定张氏。

张镇是敦煌张氏后裔，史料称之为"晋昌张氏"，盖因西晋中叶曾分敦煌和酒泉二郡置晋昌郡，郡治冥安县，即今瓜州县东南一带，那里正是敦煌张氏著名郡望。敦煌张氏敦崇儒学，人杰辈出。东汉时族人张奂长久担任护羌校尉、武威郡太守，张奂和其子张芝同为著名书法家，西晋初年族人张貔学诣太殿，驰名海内，位居"敦煌五龙"之列。前凉时期，张越为梁州刺史、张琠为武威太守，张镇为酒泉太守，皆为藩镇首领，根基牢固，影响广远。

从听到民谣的那一刻起，张镇就兴奋得双眸发光，呼吸急促。但他有自知之明，自认自己的学识和影响力及不上时任陇西内史的弟弟张越。他赶紧给张越写去一信，信中称安定张氏坐镇凉州未至十年，而敦煌张氏盘踞河西已历十世，具有二百多年的雄厚根基。天下方乱，群雄虎争，据地为王，是古之大势，亦为"天时"。张氏大族颇有势力，广田积谷，赀财山聚，此为"地利"。张氏世居河西，诸郡皆有亲族，亲族与其他著姓皆有姻亲，一呼百应，此为"人和"。敦煌张氏可谓"天时""地利""人和"三样俱全。所以，"张氏霸凉"之"张氏"非敦煌张氏莫属。

唐人张怀瓘在《书断》中推断张越为张芝后裔，称"敦煌有张越，仕至梁州刺史，亦善草书"。张越幼年通达儒学，熟知兵法谋略，并因书艺精美，在朝廷曾任常侍一职。晋惠帝时期，张越出任陇西内史，得到南阳王司马模的赏识。收到张镇书信后，自以为才干能力足以应验"张氏霸凉"之谶。当时，南阳王司马模已经奏明朝廷，任张越为梁州刺史。读信后张越对"梁州"顿然没有了兴趣，独对"凉州"付诸巨大心志。他认为，凉州是他的祖居之地，凉州才是他放飞梦想、扬名立万、成就霸业的吉祥之地。

此时，张轨已痊愈，只在内府休养，州府公务仍由张茂代理行使。张轨病愈后闻知前两月发生的"凉州事变"后，仍神色平静如常。身边幕僚以为张轨闻之心情会有些惊异和悲凉，遗憾的是他们从张轨脸上没有读出任何信息。其实，张轨的心智早已开始高速运转，他让张茂命令长史王融、参军孟畅在姑臧城加强戒防。张茂迷惑不解，张轨肯定地说，酒泉太守张镇还会兴风作浪！

张越志在统辖凉州，他抵长安谒见司马模，托病辞了梁州刺史一职。而后，迅速回到河西，拉开了谋划取代张轨，接任凉州刺史的帷幕。

张越踌躇满志，运筹帷幄，让张镇联合西平郡太守曹祛、金城郡太守麹佩，俱带兵屯驻于武威郡边境。而后，精心设定了谋取凉州刺史的两大方略。

一是"废"，即让张镇、曹祛、麹佩等传书武威郡、武兴郡和张掖郡等地，称张轨年老病重之际却让儿子张茂"代摄州务"，是目无朝廷的"霸主"之举。若朝廷举兵责罚，会令凉州百姓遭殃，唯有诸郡联合商议废免张轨刺史之职，方可逃避兵燹之祸。

二是"立"，张越在朝廷任陇西内史时，曾和尚书杜耽交好。前文曾述，杜耽从中州避乱来凉，张轨任为刺史部军司一职。张越授意张镇、曹祛、麹佩等人提议，在朝廷敕令下来之前推举在中原一带颇有影响的杜耽取代张茂代理州事。张越又给拟"暂代州事"的杜耽送去密信，授意他向朝廷上表，奏请朝廷任命张越为凉州刺史。

张越没有想到，生性耿直的杜耽览信大惊。未加思索，径入州府将密信转呈张轨。张轨唤来武威太守张琠和主簿令狐亚，将张越密谋和盘托出，征求他们的意见。张琠和令狐亚都是敦煌人，张琠是张镇的族兄，令狐亚是张镇的外甥。危急之时，张轨此举令二人极为震骇，也颇为感动。此举表明，张轨对他们有绝对的信任之心。

张琠和令狐亚当即表态，一定要阻止张越等人的作乱行为。

张镇、曹祛、麴佩及武兴郡和张掖郡太守集于凉州刺史部，将共议废免张轨刺史之职的联合章表送呈张轨。未料，张轨当即答应辞去凉州刺史一职，倒让张镇、曹祛等人暗自惊讶，甚至略感失落。先前铆足劲儿准备的一人篇"慷慨陈词"未及当厅演说，张轨竟爽快地同意了废免提议。张轨对张镇等人说：

> 吾在州八年，不能绥靖区域，又值中州兵乱，秦陇倒悬，加以寝患委笃，实思敛迹避贤。但负荷任重，未便辄遂。不图诸人横兴此变，是不明吾心也。吾视去贵州如脱屣耳！

细加揣摩，这番告别的话语中含有三层意思。首先自责自己坐镇凉州八年，"不能安定地方"，应该自动离职。其次因为中州叛军作乱，秦陇危急，时势危殆，他再无心仕途。最后说自己身患重病命在旦夕，愿意"隐退让贤"。一番话合情合理，态度相当"诚恳"，大出张镇诸人意料。临了张轨说明，之所以迟迟未能辞职，是因为责任重大，不便马上了结心愿。只是今日聚众苦逼，实是曲解我的心意。说到这里，似乎触及了他的心事，便撂下一句赌气话："吾视去贵州如脱屣耳！"张轨向威逼他的河西著姓之人告白，所以称凉州为"贵州"。

有什么了不起，我离开你们凉州如同脱去脚上的鞋子罢了！

张轨说出上面的这句话，竟然老泪纵横，惹得下面的官吏也跟着眼圈发红。张镇诸人面露为难之色，心内却暗自高兴。

张轨索性将"戏"很认真地演下去，他让主簿尉髦拿着疏表进京替自己辞职，又让张镇等人发布文告，自己从此不再是凉州刺史。然后唤来家臣，安排准备车马，预备回宜阳归家养老。或许他也有些想念女几山的碧溪幽壑和深林清涧了，叹息道："宜阳清净地，何必来凉州！正是女几山的桃李挂果结实时节，返回即可吃到家乡的美味了。"

张轨卸下凉州刺史的一出假戏，却试出了真实的世道人心。

长史王融、参军孟畅看到张镇发布的文告后，气愤之极，扯下文告，直奔凉州刺史部。二人推门而入，劝谏道："晋室多变，人民涂炭，实在依仗明公安抚西方。姑臧已经戒严，张镇兄弟胆敢放肆作乱，亦宣明其罪而诛其死，焉能助狼子野心耶？"张轨默然无语，王融、孟畅黯然而出。

张琠早遣儿子张坦快马急赴京师，上表朝廷："魏尚安抚边疆而获罪，赵充国尽忠报国而遭贬，可为前代史书镜鉴之例。顺阳吏民怀念太守刘陶，为之守墓者逾千人。张刺史莅州亦如慈母抚赤子，百姓爱之犹旱季之禾苗逢甘雨。今闻朝廷听信流言欲换刺史，邑民深恐不安，犹失去父母。适当戎夷胡人扰乱华夏，诚勿轻率搔动。"

令狐亚先世为陕西弘农郡士人，"八王之乱"后从弘农来到凉州即受到张轨重用，此后累世成为"西土冠冕"，所以对张轨极为忠诚。他找到舅舅张镇，责其极为糊涂。当时的情势，张轨在凉州德高望重，兵马如云，势如烈火炽燃。令狐亚判断，凉州的数万大军很快就会兵围酒泉。酒泉一郡之兵即刻会陷入兵祸洪流之中，任何人都能以救助。他劝张镇赶紧归顺张公，才能亲人平安，延续门户，保全家族之福。

张镇闻之，又惊又悔，先前澎湃的"霸凉"野心迅疾平息了下来。他赶紧开始演戏，对令狐亚痛哭流涕地说，皆因鲁连挑拨而误事。于是其麾下功曹鲁连成了替罪羊，张镇将之黉夜斩首，带着首级向张轨投降谢罪。

张越见败局已定，逃至江南一带，后不知所踪。

事后证明，张镇料事正确了一半。敦煌张氏世居河西，诸郡亲族与其他大族人家皆有姻亲，河西著姓之间有着盘根错节的关系。只是张镇没有料到，张轨的人格魅力及经略凉州时形成的人脉关系似能"略胜一筹"，所以张镇料想中的"一呼百应"根本没有出现。相反，他纠集的那些人物和张轨刚一交手便"一哄而散"了。

张坦从京师返回，带来了晋怀帝慰奖张轨的圣旨。司马模也从长安发来诰命，以曹祛、麴佩兴兵作乱，令凉州出兵讨伐。这时候，张寔等人也从京师统兵回到凉州。张轨赦免州内死罪以下的叛党，命令张寔率尹员、宋配领步骑三万余众讨伐曹祛，另派从事田迥、王丰率八百骑兵从姑臧西南出石驴，占据长宁。

后来，曹祛派麴晁在黄阪一线设防抵抗张寔大军，张寔从隐秘小道通过浩亹，在破羌与曹祛交战。曹祛兵败被俘，张轨斩杀曹祛及其牙门将田嚣于姑臧城外。

平定张越与西平麴氏之乱，实是张轨政局衡量凉州士人的一个重要契机。排布加剧安定郡张氏集团与河西著姓势力的融合进程，成为前凉割据凉州、独霸河西的一个历史性转折点。

翼卫乘舆，折冲左右

永嘉五年（311 年）春天的一个上午，张轨在姑臧北城闲豫堂处理公务，常侍送来驿使刚刚送来的书信。张轨一边看信一边站了起来，在案几前开始踱步。

侍坐案侧的张茂和杜耽不禁面露惊讶之色。

原来，信由朝廷太常卿挚虞所写，信中称京师饥荒匮乏，君臣生命危殆，望张轨筹物以济。张轨曾闻听洛阳遭受饥馑日久，没想到情况这么严重。此前京师消息都经朝廷官使送达凉州，这次却是挚虞以私信方式送来。挚虞是张轨的学兄，自张轨来凉州后他从未写过信，第一次写信就哀告京师"饥荒匮乏"，可见，洛阳饥馑之灾极为严重。

挚虞比张轨大五岁，在女几山随皇甫谧受学时二人交往不多，入朝为官后皆与张华交情甚笃，随之两人开始密切来往。张轨志在经国治世，挚虞志在皓首穷经，有《文章志》《三辅决录》等著名世。张华曾给挚虞赠诗一首，称赞他"恬淡养玄虚，沈精研圣猷"。挚虞才学广博，著述不倦，常和陆机等文人诗酒酬唱，后成"文章二十四友"，但挚虞人品耿直忠纯，有别于西晋其他文人。特别是张华被害后，朝臣惧怕株连，无人敢替张华鸣冤。唯挚虞致书齐王司马冏，称张华"忠良之谋，款诚之言，信于幽冥"，希望给张华平反且"恢复名誉"，耿介忠勇之心令张轨极为敬佩。

收到挚虞之信，张轨既担心京师命运，也担心挚虞的个人安危。心中暗暗希望挚虞也像江琼、杜耽诸人一样，来河西避祸，共同治理凉州。

张轨立即让张茂和杜耽给京师准备骏马五百匹、毯布三万匹，遣参军杜勋亲自押运，给朝廷送去，并撰信一封让杜勋带给挚虞，信中诚恳邀请挚虞抵凉，顺利度过乱世的危难时光。

遗憾的是，杜勋等人还未抵达京师，前赵刘聪派遣王弥、石勒等疯狂进攻洛阳，百官奔逃四散。挚虞流离到鄠杜地区，最终饥饿而死。

六月，洛阳城破，晋怀帝被俘，太子司马诠及诸多王公大臣被汉赵乱兵所杀，士兵死者三万余人。洛阳诸陵被掘，宫庙官府化为灰烬，史称"永嘉之祸"。

两月后乱兵攻入长安，张轨遣北宫纯率兵赴援。凉州兵陷入汉赵军队包围圈，北宫纯被逼投降，南阳王司马模被杀。

"永嘉之祸"招致国君和朋友或俘或死，张轨堕入"无国无君，无友无朋"的伤感忧戚之中。他长时间独居一室，暗自垂泪凭吊。时间不久，就又病倒了。

张轨时常检视自己在凉州的所作所为，觉得"尊奖晋室""以王命守凉州"的政策无疑是十分正确的。三年前敦煌大族张越"霸凉"的闹剧发生后，让张轨更加坚定了"尊奖晋室"的方略，只有依托中原王权才能确立统辖河西的"正朔"地位，才能树立在河西本土大族和中原徙居学人中的权威形象，才能凝聚各种势力治理凉州。一般而言，一个地方得到治理，执政者个人的诚意、磊落、修养和担当精神是很重要的因素。张轨将凉州吏民放在心上，代表吏民利益的著姓集团自会倾情拥戴，他甚至为数年前出兵镇压韩稚并占领秦陇六郡以扩大地盘的做法感到愧疚。

为了维护凉州的稳定，张轨少了激荡四野的雄心，多了谦恭谨慎的仁心。他设法在乱世纷纭的时局里理出千头万绪的丝线，在河西大地上编织出安详宁静的图案。土地物产丰美，年景风调雨顺，吏民生活安逸，就是张轨的最高理想。

永嘉六年（312年）九月，雍州刺史贾疋和豫州刺史阎鼎等护卫年仅十三岁的秦王司马邺进据长安。一年后，晋怀帝被害的消息传至长安，司马邺即皇帝位，为晋愍帝，大赦天下，改元建兴。新帝即位，张轨迅速传檄至关中，表达自己"遥尊晋室"的态度，檄文称：

> 主上遘危，迁幸非所，普天分崩，率土丧气。秦王天挺圣德，神武应期，世祖之孙，王今为长。凡我晋人，食土之类，龟筮克从，幽明同款。宜简令辰，奉登皇位。今遣前锋督护宋配步骑二万，径至长安，翼卫乘舆，折冲左右。西中郎寁中军三万，武威太守张琠胡骑二万，骆驿继发，仲秋中旬会于临晋。

张轨的这封激情洋溢的檄文无疑是西晋末年"保家卫国"的最强音，在"普天分崩，率士丧气"的悲观局面下，发出"凡我晋人"皆齐心勠力，共赴国难的勇气和决心。张轨不仅传布檄文，还派遣宋配为前锋都护，统领二万步兵和骑兵，直接赶赴长安，并安排长子张寁率中军三万，武威太守张琠率胡骑二万，择日出发。这封檄文也为张轨赚取了不少"政治资本"。司马邺闻之，急遣使者拜张轨为骠骑大将军，议同三司。

天下大乱，各方诸侯都不听从朝廷的调遣和使命，唯有张轨一如既往地派遣使者朝贡皇帝，一年四季从不废止。好在经过多年的"劝课农桑"，凉州拥有了"勤王""护国"的物力、财力和兵力。特别是永嘉二年（308年）王弥进攻洛阳，北宫纯、张寁率凉州军入援京师，出动军队达七万名之多。洛阳百姓看到旌旗万里、兵势浩荡的阵势，开始传唱歌谣："凉州大马，横行天下。凉州鸥苕，寇贼消；鸥苕翩翩，怖杀人。"后世文学家曾把这首歌题名为《京师为张轨歌》收录于《全晋诗》，盛赞凉州军队像大马一样横行天下，像专杀寇贼的鸥鸟一样英勇无敌。

在《晋书》中，张轨大规模发兵"勤王"的记载就有七次之多。

"尊奖晋室"逐渐演变为凉州的一种政治象征，其结果是张轨持续得到晋室的肯定与嘉奖。直至永嘉八年（314年），西晋王室仍发来诏书，封张轨为太尉、凉州牧、西平郡公。当时张轨已经据有了秦陇诸郡大片土地，志在将秦州并入河西凉州的统辖范围，而朝廷任之为"凉州牧"，并不承认张轨对秦州的节度权辖，是以"固辞不受"。虽如此，但他在关陇、河西一带声誉日益隆盛。

"固辞"西晋封号

晋愍帝司马邺长安即位后，曾下诏各地诸侯出兵攻打汉赵刘聪，迎回晋怀帝灵柩。张轨急遣张寔统兵三万参与司马保率领的秦凉雍兵团，但是别地诸侯都不听从晋愍帝调遣，攻赵之事也就没了下文。皇权溃败，人心离散，晋室诸侯和各地州郡皆各怀心事，各自保存实力以图割据。特别是据有江东的晋王司马睿，拥有雄兵十万却拒绝出兵"勤王"。

关陇、河西一带的形势也悄然发生了变化。一年前汉赵大将赵染率五千精骑攻入长安外城，晋将曲鉴率众五千救援，被刘曜击败，关中大乱。秦州刺史裴苞与东羌校尉贯与占据险要，与朝廷断绝往来，同时也阻住了张轨发兵救助晋廷王室的道路。张轨曾命宋配率兵讨伐，以打通凉州的东向之路。裴苞和贯与竟联合西平郡大族王叔、麹儒强硬对抗，战争进行得极为艰难。

后来，张寔回师援助，斩杀麹儒等，裴苞败退。但是秦陇仍在裴苞等人的占领之下。他们南扼武关，北守陇道，成为阻挡在中原和凉州之间的一块军事壁垒。

日益艰难的时局情势下，凉州表面上仍是晋室统辖的地方政权，其实已成一个事实上的独立王国。裴苞作乱后张轨更加后悔数年前平定秦陇六郡的做法。关中和秦陇地脉相连，是皆依渭水谷地形成的绿洲平原，秦州兵乱，镇守关中的南阳王司马模却无法收复。河西至秦州远隔千里，何况中间还横亘着黄河与祁连山，即使拥有了秦州也不好据守，张轨麾下智能双全的军事将才、中督护氾瑗就在平定秦州后的一次战事中，死于渭水源头的首阳山下。

危在旦夕的西晋王朝如同雨后墙根下的烂泥巴，再也抹不到墙上，张轨对晋廷君臣深感失望。史载，永嘉之乱后晋惠帝皇后羊献容被刘曜掳去，竟奉承刘曜是"天下大丈夫"，晋怀帝被俘后竟甘愿偷生为刘聪仆人，贵为晋廷三公的王衍竟劝石勒称帝。钱穆《国史大纲》称："君臣男女，无廉耻节，犹不如胡人略涉汉学，粗识大义也。"西晋从君主至将相大臣因势变节，晋王室早已不成样子。

这时候，张轨的头脑中才逐渐有了"阴图保据河西"的念头。各路诸侯据地为王，张轨还不想"为王"。但是，晋王室时运不济，运途多舛，唯有"保据河西"才是正理。"保据河西"虽说与儒家正统思想相悖，但对数十万凉州邑民来说却是莫大的福祉。

晋愍帝下诏各地诸侯出兵攻打汉赵刘聪失败后，太府主簿马护曾向张轨建议，河西应该独自出兵攻打刘聪，张轨不置可否。为此，马护向张轨上了一道早表责备张轨，称："明公以全州之力径造平阳，必当万里风波。有征无战，未审何惮不为此举？"

左司马窦涛竟然劝谏张执，要他效法周公举全州之兵倾师东征，张轨也不听从。在刺史部议事大厅，窦涛慷慨陈词：

曲阜周旦弗辞，营丘齐望承命，所以明国宪，厉殊勋。天下崩乱，皇舆迁幸，州虽僻远，不忘匡卫，故朝廷倾怀，嘉命屡集。宜从朝旨，以副群心。

窦涛劝谏张轨要如同周公旦、姜子牙那样，凉州虽为僻远之州，也要不忘匡扶朝廷，遵从朝廷旨意，以满足众人之心。窦涛的谏议博得群僚一片赞扬，但张轨沉默无言。一会儿站了起来，说有些困倦，让张茂扶他进入内室。

只有张茂知道张轨的心思。马护、窦涛这些"腐儒"哪里知道，现在的朝廷已经不是洛阳的那个朝廷，而退据长安的朝廷在胡骑羯兵的围攻下，宛如汪洋中的孤岛，渐被鼓涌的洪流淹没。

大厦将倾，独木难支。凉州无原则地向中原派兵，仅有道德价值，而无军事意义。何况秦陇兵乱，"倾师东征"困难很多，现在出兵抵达长安，翻越祁连山、渡过黄河之后，先要打败裴苞的军队，才能迎战汉赵大军。这样的现状下凭着一腔"朝廷倾怀，嘉命屡集"的热血而出兵拯救晋廷，未免代价太大。更何况"倾覆之下，焉有完卵"，燕赵枭雄兵势大炽，或会攻破秦陇杀奔凉州而来，到那时凉州自保尚且无暇，焉有余力出兵"勤王"？

张轨审时度势，决计不再接受西晋封号。司马邺遣使拜张轨为骠骑大将军、仪同三司时，张轨"固辞"。后又遣使拜为镇西大将军、西平郡公，进位司空，张轨仍"固让不受"。次年，晋愍帝遣大鸿胪、陇西望族辛攀"拜轨侍中、太尉、凉州牧、西平公，轨又固辞"。

永嘉年间，张轨继续壮大州兵，发展经济，保存实力，倾力维护凉州社会的稳定统治。两汉之际的窦融早就指出"河西殷富，带河为固。一旦缓急，杜绝河津，足以自守"。偏隅凉州，兵锋难及，河西一带倒成了远离战乱的安乐之地，前凉"肇基"自此开始。

复五铢，济通会之变

永嘉乱起，张轨保据河西已成定局。独特的地理因素，决定了河西容易成为割据之地。

祁连雄关阻挡了中原及北方乱兵的侵袭，却挡不住河西与周边少数民族部落及西域胡商的交流与往来。凉州处在青藏和内蒙古两大高原之间，居于高原牧区的少数民族常来姑臧，通过牛羊向汉民换取茶叶、铁器等物品。早在东汉时期，"姑臧称为富邑，通货羌胡，市日四合"。那时大量财货聚散于名都姑臧，逢合市盛会，匈奴"驱牛马万余头来与汉贾交易。诸王大人或前至，所在郡县为设官邸，赏赐待遇之"，商品贸易活动极为发达。

早在西晋初年，河西战乱造成了凉州行政瘫痪，社会秩序混乱，东西商路断绝，经济也因此遭受重大的冲击和破坏。张轨经过推行"劝课农桑"措施，经济状况和社会秩序初步恢复，河西商业贸易活动再度兴盛起来。特别是河西与西域间的贸易更加畅通，西域商品大量流入河西。

建兴元年（313年）春，有两位西域商人请求谒见张轨，他们带给张轨的礼物是一对和人身等高的金色胡瓶，造型奇特，精美绝伦。胡商告诉凉州官员，这一对金色胡瓶来自"拂菻国"，极为珍贵。拂菻国即中古史籍中所载的东罗马帝国，首都位于君士坦丁堡，古代亦称大秦或海西国。《太平御览》引《前凉录》也记载了这件事："时，西胡致金胡瓶，皆拂菻作，奇状，并人高，二枚。"

这一对奇特的胡瓶，外观宏丽，来历复杂，引起张轨极大的兴趣。西域商人离开后，他绕着高大的胡瓶转了一圈，仔细端详瓶身上的雕漆和花纹，对边上诸人赞叹说，这真是一件珍罕的礼品！

敦煌人索辅时任刺史部太府参军，对张轨说西域胡商以长于经商闻名，凉州不用钱币，物品相互兑换，导致他们只能带来较少的货物用于交易。索辅趁机向张轨提出"宜复五铢"的建议：

古以金贝皮币为货，息谷帛量度之耗。二汉制五铢钱，通易不滞。泰始中，河西荒废，遂不用钱，裂匹以为段数。缣布既坏，市易又难，徒坏女工，不任衣用，弊之甚也。今中州虽乱，此方主安全。宜复五铢，以济通变之会。

索辅提出建议，群僚纷纷附和。原来，早在两汉时期，朝廷就发布政令制造五铢钱，曾在民间贸易流通不息。而至西晋泰始年间，河西地区荒废不堪，便不再使用钱币，百姓交易之时均以割布分段的方法来计算钱数。绢布既被毁坏，交易起来又非常困难，只会徒然破坏女工的作业，使布帛不能制作衣服，实为严重的弊病。所以索辅建议，如今中州虽战乱不休但凉州安定，应恢复使用五铢钱以畅通买卖贸易。

结合当时河西的商品贸易及钱币存量现状，索辅的建议具有一定的可操作性。西晋以前，由于河西商业发达，民间贮藏的货币数量十分庞大。一些官僚和著姓人家，藏钱往往以数十万计。如前文所述敦煌名士氾腾，弃官返乡后竟"散钱五十万，以施宗族"。像氾腾这样的退隐官僚和富户人家，在河西比比皆是。同时，河西金、银、铜的贮藏量也很大，这也构成了恢复货币经济的前提条件。如今，这些贮存于河西民间的大量的五铢钱停滞弃用，却将粮食和缣布当成度量价格的工具或购买货物的媒介。毁坏物品，携带不便，严重阻碍了凉州商品贸易的发展。

永嘉乱后，关陇一带的战火虽然阻断了通向中原的道路，但通向西域的道路始终畅通。西域的富庶及胡商通货的强烈意愿，令张轨将目光投向西域，他开始重视货币经济对凉州政权带来的利益。张轨甚至迫切地希望通过扩大商业贸易改变供给状况，从而获得在课租之外的商税来补给军国之费。无论是时局变化还是民间需求，恢复货币经济都已成为当务之急。

国艰民窘之时，索辅的建议让张轨脑洞大开：先民在物物交易中使用的金贝、皮币、缣布都是一种等价交换的契约凭据，都是一种保存财富的手段，但"五铢钱"优势明显大于粮食和缣布。虽然推行起来有些麻烦，比如停滞积久的五铢钱如何成为官方合法货币，散落民间富邑大户的"五铢钱"如何成为官方存储的货币等。

但是，这些细节性的问题对于州府"财政大臣"索辅来说，根本就不是问题。当张轨同意索辅的建议后，索辅立即让刺史部将"复五铢"颁令河西诸郡，建立制度，以布帛为标准，用钱交易。州府拿出库存的粮食、铁器及官方拥有的宅第、田园等，从富户大族那里换来五铢钱成为官币。再通过官币支付劳役费、征购马匹、毯布费等方式将五铢钱流通于民间。五铢钱终于在贸易活动中再次"通易不滞"，此举方便了商业贸易，减少了缣布消耗。既有利于社会经济，也有利于民间生活。所以，在立制"复五铢"之后，"钱遂大行，人赖其利"。

张轨恢复货币经济一事，是公元四世纪初期北方历史上破天荒的大事，意义和影响极为深远。

货币恢复流通后，河西与西域间的贸易一下通畅了，西域商品大量流入河西。而河西对西域贸易所处的顺差地位，也使西域的奇珍异宝、金银货币大量输入河西。凉州的经济地位日渐突出，尤其是姑臧很快成为西域商人和使者常来常往的地方。西域诸国多次到这里通贡，西域所产珍珠簏、琉璃榼、白玉樽、紫玉笛、珊瑚鞭、玛瑙钟等，都充入前凉王府。有部分商品产于阿拉伯甚至遥远的地中海一带，前文所述西域胡商送给张轨的那一对金胡瓶就产于巴尔干半岛东端的东罗马帝国。

表立世子

建兴二年（314年）正月，张轨再次病重卧床。他自感殁世之期不远，和身边僚属商议处理一件比较麻烦的事，那就是"表立世子"。

张轨两位儿子都很优秀。长子张寔，字安逊，自幼生活在洛阳世家，深受中原文化熏陶和政治影响。自秀才辟为尚书郎，后随军从征，颇晓军事，因功升为骁骑将军。到凉州后受命镇压内乱，诛曹祛，"徙元恶六百余家"，因功被朝廷封为建武亭侯。

次子张茂，字成逊，"虚靖好学，不以世利婴心"。二十三岁时随张轨出镇凉州一直协理州务，熟知凉州风物民情，且"雅而有节，能断大事"，一直是张轨在凉州的得力助手。从永嘉二年（308年）张轨第一次发病时就开始代行州事。重要的是，张茂已经自觉地进入继任"州牧"的角色中了。南阳王司马保曾征辟他为从事中郎，并推荐他担任黄门散骑侍郎到朝廷任职，都被张茂推辞。晋愍帝又征他为平西将军、秦州刺史，命之主持雍州军政，他仍以父亲年迈久病为由拒而不受。他的愿望只是接替父亲继任"凉州牧"。

但是，封建社会"家天下"的传子之法是嫡长子继承制。从儒家所预设的社会政治发展模式来看，"嫡长子继承制"是周公"制礼作乐"的重要内容，符合家族本位的伦理要求，也具有"成仁"的道义基础。晋愍帝继位后，曾下诏书封张寔为副刺史，张寔应该是官方钦定的凉州刺史部的合法继承人。但是，张茂主持刺史部州务已达四年，工作勤勉，备受称誉。现在立长子张寔为"世子"，似乎有些不合情理。

"表立世子"让张轨徘徊在儒家礼制与世俗情理之间难以抉择。

《晋书》载，"轨后患风，口不能言，使子茂摄州事"。《魏书》又载，"轨年老多疾，拜寔抚军大将军，副凉州刺史。未几，轨风病积年，二子代行州事"。

从史料来看，张寔为"副刺史"之后，张茂仍没放弃"州牧"权位，竟和张寔分庭抗礼，出现了"二子代行州事"的尴尬局面。

可见，在张轨病重期间，张寔和张茂为争夺"世子"之位，曾出现了不和谐的迹象。

张轨的"股肱谋臣"也分为两派。长史张玺、太守张琬、参军氾祎和常侍贾摹等支持张寔，时常在张轨耳旁絮叨着"立嗣当立嫡长子"的道理。司马阴澹、祭酒阴充、太守宋配、主簿索辅等支持张茂，他们认为张茂已"摄州事"四年之久，谙熟州务，是"世子"的合适人选。

众说纷纭之中，张轨想起了凉州谋士贾诩。三国时期，选择权位继承人也曾是困扰魏主曹操的大问题。曹丕和曹植谁适合做继承人？曹操征求贾诩的意见，贾诩闻之却长时间保持沉默。曹操诘责时，他只说了一句话："君不见袁绍刘表耶？"原来汉末袁绍和刘表因为立世子时未选长子，招致家族内乱，骨肉相残。一句话提醒了曹操，遂立长子曹丕为世子。

贾诩的故事也提醒了张轨，他当即决定，立张寔为世子。

那一年，秦陇裴苞乱兵被关中将军贾疋镇压。张茂黯然离了姑臧，接受晋愍帝的敕令，到了上邽（今甘肃天水市清水县），任了秦州刺史，领平西将军一职。

两道遗言

建兴二年（314年）农历五月二十六日，清晨，姑臧南城西平公府邸传出一片哭声。是日，州府发布文告，晋国侍中、太尉、凉州牧、西平公张轨辞世，终年六十岁。

《晋书》载，张轨病重期间，曾叮嘱子孙"素棺薄葬，无藏金玉。善相安逊，以听朝旨"。辞世后，张寔、张茂等遵从遗言，以公卿规制简单办理丧事，后葬于建陵，即今武威市西北太平滩一带。凉州吏民闻之，莫不唏嘘感叹。据载，张轨恩师皇甫谧逝世后，也留下遗言"不设棺椁，不加缠敛，不修沐浴，不造新服，殡含之物，一皆绝之"。可见，孔孟之"厚生薄葬"的儒家传统思想在这一对师生之间实现了较好的传承发扬。十年后，前凉第二位国君张茂在辞世前，也对子孙说："气绝之日，白帢入棺，无以朝服，以彰吾志。"

张轨弥留之际，又留下一道遗言。《晋书》载：

> 吾无德于人，今疾病弥留，殆将命也。文武将佐咸当弘尽忠规，务安百姓，上思报国，下以宁家。

这段遗言是张轨经过深思熟虑后，留给子孙的告诫。核心内容就是四句话："弘尽忠规，务安百姓，上思报国，下以宁家。"这四句话是张轨生命精神的真实写照，完全体现了他的治世理想。

张轨在凉州内抚遗黎、外攘逋寇、敦文崇教、劝课农桑、设侨郡县、安置流民、恢复五铢、振兴礼教，所有举措的出发点就是"弘尽忠规，务安百姓"。张越篡取凉州刺史时，张坦赴京师向朝廷奉表陈情，内中叙述张轨与凉州百姓间的密切感情，称"刺史之莅臣州，若慈母之于赤子，百姓之爱臣轨，若旱苗之得膏粱"。张轨践行"弘尽忠规，务安百姓"的政治追求，凉州士人才有这一番情真意切的话语。

"上思报国，下以宁家"的"上"和"下"，表明了儒士张轨的两个理想层级。第一层级是"上"，那就是"思报国"，在张轨眼里，西晋是国，凉州是家。永嘉乱前，凉州具备报效晋王室的条件，张轨所有的表现都是"思报国"，所以听从朝廷调遣，挥兵四方征伐，创下了"凉州大马，横行天下"军事品牌。永嘉乱后，关陇阻断，国亡政息，"思报国"的理想破灭了，那就启动第二层级的理想，即"下以宁家"。所以保据河西，创造凉州物阜民殷、兵强马壮的"家天下"环境。

张轨靠卓越的历史眼光和卓识的治世才能，在凉州大地实现了自己的宏伟理想。

在东晋十六国的历史洪流里，凉州这艘航船在安定张氏的驾驶下，行驶了整整七十六年。

张轨之后，船长兼"舵手"依次为张寔、张茂、张骏、张重华、张耀灵、张祚、张玄靓和张天锡。以张骏执政时间最长，达二十二年；以张耀灵为最短，不足两个月。

张氏经略凉州，"历五世九主"，开启了古国凉州的一段辉煌历史。国祚七十六年的"前凉"与当时战乱不息的中原地区相比"略胜一筹"，独安于多灾多难的北方大地。

因为"凉州独安"，姑臧成为当时经济和文化的三大据点之一，对于后世魏齐隋唐的经济和文化产生了极大的影响。

贰

张骏
安民拓疆

人物关系图

张骏

家室

祖父：张轨，凉州刺史、前凉肇基者
父亲：张寔，前凉王
叔父：张茂，继兄张寔任前凉王
儿子：张重华，继任前凉王。
儿子：张祚，张重华薨，继任前凉王
儿子：张天锡，前凉末代国王

师友

谢艾：张骏"胄子学堂"同学，后任前凉大将军。
王济：张骏、谢艾"胄子学堂"同学，三人并称"西河三杰"

谋士

氾祎：前凉辅政大臣，重要谋士
马谟：前凉大臣，任长史，重要谋士
张淳：前凉外交大臣，任治中从事
宋辑：前凉军事大臣，任中坚将军
索询：重要谋士，任理曹郎中

对手

刘胤：后赵将军，大败前凉五郡兵马总帅韩璞，攻取前凉河南之地
王擢：后赵将军，进攻秦陇，宁戎校尉张瓘统兵战于三交城，获胜

十四岁少年的际遇

一个十四岁的少年，如枝杈初展的小树，又如羽翼未丰的雏鸟，既想独立承受天地间的风雨浸沐，却又留恋父母宽大翅膀的护佑。

然而，对于张骏而言，这一切，都消失了。

建兴八年（320年），张骏十四岁。

是年六月，他的父亲凉州刺史、西平公张寔遇刺身亡。张骏感觉，不仅护佑自己的宽大温暖的翅膀消失了，似乎天地也瞬间坍塌了。

关于张寔之死，《晋书》记载得颇为诡异。两名刺客原本是张寔的亲随，时任州府帐下护卫牙将，名叫阎沙和赵仰。而主谋来头很大，是凉州天梯山、第五山一带"燃灯教"教主刘弘，门下受业弟子有千余人，而拥戴他的信众达万余之多。《晋书》载：

> 初，寔寝室梁间有人像无头，久而乃灭，寔甚恶之。京兆人刘弘者，挟左道，客居天梯第五山，然灯悬镜于山穴中为光明，以惑百姓，受者千余人，寔左右皆事之。帐下阎沙、牙门赵仰皆弘乡人，弘谓之曰："天与我神玺，应王凉州。"沙仰信之，密与寔左右十余人谋杀寔，奉弘为主。寔潜知其谋，收弘杀之。沙等不之知，以其夜害寔。

天梯山、第五山是祁连山脉的两座子山，位于姑臧城东南。天梯山是北凉王沮渠蒙逊最早开凿石窟的地方，后世有"石窟鼻祖"之称。第五山风景优美，历为隐逸之士栖居悟道之地。《太平寰宇记》载，凉州南有第五山，"夏函霜雪，有清泉茂林，悬崖修竹，自古多为隐士所居"。

打着宗教旗号的刘弘从京兆长安来到这里，"然灯悬镜，以惑百姓"，追随者众多，连刺史张寔的左右亲信都成了信徒。于是，拉开了颠覆前凉政权的帷幕。他首先对信徒灌输"天与我神玺，应王凉州"的思想，其次便是暗害张寔。他让人在刺史寝室放置无头人像模型，想让张寔惊惧而死。没有得逞，便让阎沙和赵仰设计刺杀张寔。

农耕时代里宗教很容易在底层邑民中蔓延传播，但情势的发展之快颇让人不可思议。

张寔已经暗中知道了刘弘意图，令牙门将史初往天梯山"收弘杀之"，却疏于自己的寝宫防备。阎沙和赵仰也动了杀机，定于当夜刺杀州牧。两股势力同时发力，最后两败俱伤。张寔遇刺身亡，刘弘被囚之于姑臧，斩杀于市。

张寔遇刺后，凉州朝野悲痛凭吊。

他主政凉州六年，继位之初以谨慎、勤勉且善于纳谏而受时人称赞。凉州刺史虽说只是封疆大吏，但从洛阳退缩至长安的晋廷对地方统辖能力已形同虚设，封疆大吏实质上已成"河西王"。但张寔总是很谨慎地将称王之念掩藏得不露形迹，始终将"遥尊晋室"奉为治国基本方略。每年都派遣使臣带着地方珍奇、经史图书、名马彩帛等贡物献给京都，长安危难时则派兵勤王。

《晋书》载，建兴四年（316 年）前赵王刘曜发兵攻陷长安时，勤王之兵"死者太半，亡逃不可制，唯凉州义众千人，守死不移"。

两年后，投降前赵的晋愍帝司马邺被刘聪掳至平阳（今山西临汾），司马睿在建业（今南京）即皇帝位，改年号为太兴。张寔虽然发送檄文拥戴司马睿为帝，却在州郡拒绝使用东晋年号，仍称建兴六年。凉州已然独立于江南晋室，史称"前凉"。

政权性质发生变化，张寔也一改先前作派，变得有些恃物无睹，不可一世。《晋书》称："寔自恃险远，颇自骄恣。"

《魏书》中有更加奇特的记载：张寔被刺前一年，姑臧城中的小孩子开始传唱一则歌谣："蛇利砲，蛇利砲，公头坠地而不觉。"其实，这是刘弘为惑乱人心而特意编造的谶谣。"蛇利"即佛教中的"舍利"，指佛陀涅槃后留下的遗骨。佛教中供奉舍利具有"一切所愿，任意满足"的吉祥功德。"砲"同"炮"，《说文解字》称"炮，毛炙肉也，从火，包声"即为"焚烧"的意思。如果佛舍利遭火焚烧，灾难也就降临了。由此推测，风行天梯山一带的"燃灯教"或许是佛教初传中原后，刘弘等人附会佛教经义而创造出来的民间宗教。

有人听到谶谣后觉得奇怪，就提醒张寔要加强州府戒严，可惜张寔"颇自骄恣"，不当一回事。等到"潜知其谋"，竟被刺身亡，时年五十岁。

少年张骏还未从父亲暴亡的痛苦里走出来，又身陷州府"嗣位"纷争之中。

按照"家天下"执掌政权的传承规则，应该"父死子继"。在州人固定的思维里，张寔逝世后，张骏即可顺利继位成为"凉州王"。

但是，左司马阴充等人认为张骏年龄幼小，当推举张寔之弟张茂继位。

六年前，张轨立世子时，河西著姓分为两派，阴澹、宋配和索辅等人力推张茂，而张玙、氾祎、贾摹等人支持张寔。如今，张寔逝世，阴氏、宋氏大族人家授意阴充再次推举张茂继任，凉州贾氏大族和敦煌张氏自然力推张骏继位。

张寔死得突然，未及留下遗言。州府突遇变故，支持张茂的势力又太强大，张骏最终和"凉州王"宝座失之交臂。

张茂如愿继任凉州刺史、西平公，继位后在州郡发布诏令，谥张寔为昭公，任十四岁的张骏为抚军将军。

这一年，张骏忽地感觉自己真正长大了。

失去了父亲，张骏的世界里少了足可倚靠栖身的大树，却忽地多了许多屏障，遮断了通向未来的路。

封为霸城侯

按照张骏的性情，能否成为"凉州王"也非迫切之愿。

　　只是阴充等人阻止他嗣位的理由也太过勉强。汉武帝刘彻的儿子刘弗陵即位时才八岁，而汉殇帝刘隆即位时不足一岁，还在襁褓之中就当上了皇帝。即使本朝晋愍帝司马邺即位时也才十三岁。自己堂堂十四岁的男子汉，怎么就"年龄幼小"而不得继州牧之位？

　　永嘉元年（307年）五月，张骏生于姑臧刺史府邸。一年前，为了笼络河西著姓大族，张轨命长子张寔娶了凉州贾氏大族女子为妻。张寔虽然在洛阳任骁骑将军，因京师局势动荡不宁，自己又时常随军从征，故将家小仍安置于凉州。那一年，恰逢"大城姑臧"全面完工，州城街衢相通，焕然一新。小孙子的诞生给凉州再添一喜，张轨十分高兴。

　　这一年是丁卯年，张骏属相为兔。据传，张骏乳名就称为小兔子，他三四岁时机灵好动，家人亲切唤为小马驹。张轨闻之，笑着说，幼为马驹，长为骁骏。《说文》称，"骏，马之良材也"。莫若取名为"骏"，取字为"公庭"。《穆天子传》记周穆王游历之事，有"天子八骏"之说，"骏"当为治理国家之栋梁，"公庭"是古代国君宗庙的厅堂或朝堂。《诗经》中就有"硕人俣俣，公庭万舞"的句子。

　　张轨的取名理论一说，众幕僚大声称好。

　　在前凉"五世九主"之中，最富光华的国主就是张轨和张骏。前者对前凉王国有开山立业的"肇基之功"，后者"西控诸戎，东攘巨猾"，开辟了凉国史上最宽广的疆域。后世"凉王"张祚将张轨谥为"武王"，而将张骏谥为"文王"，一武一文，并重当世，看来是有理由的。史料中对二人少年时期的描述也颇为相似，张轨"少明敏好学，有器望，姿仪典则"，而张骏"十岁能属文，卓越不羁"，二人皆有神童秉赋。

　　安定张氏家族世代以儒学著名，母亲贾氏本为大族人家女子，颇识经史文字，张骏幼年即在刺史府邸度过蒙学时光，五岁进入"九郡胄子"学堂读书受教。其时的凉州已经荟萃了"避地河西"的中原鸿儒及本土学术大家，如精通《方言》《说文》的陈留人江琼、专注经玄之学的京兆杜陵人杜耽、善治《春秋》《毛诗》的闻喜人裴伦、擅长天文历算的广平人程良、长于《易象》解说的敦煌人索绥等。

《北史》作者李延寿在评论十六国文苑成就时，曾发出"区区河右而学者埒于中原"的喟叹。张骏生长在大家云集、文教发达、学术昌明的时代里，加之聪明早慧，自然成长为精熟"儒家六艺"的少年。

建兴四年（316年），张骏十岁。按《晋书》的记载，已能写出一篇篇炳炳烺烺、璧坐玑驰的好文章，只是恃才放旷，傲睨自若。估计张寔叱责多次，也没有多少收敛。这一年，因出兵"勤王"有功，晋愍帝嘉奖凉州，张寔便遣使抵长安，赍表朝廷册封十岁的儿子。愍帝准奏，敕令封张骏为霸城侯。

侯爵是封建时代里的"超品"荣耀，一般只授予皇亲国戚与极少数功臣。"八王之乱"中赵王司马伦执掌朝政，曾封儿子司马诩也为霸城侯。估计西晋王朝国祚式微，爵位也不甚值钱了，才封张骏为霸城侯。

张寔是想通过一顶硕大的官帽来捺压张骏的桀骜顽劣性格，但这样隆重的侯爵之冠根本起不到任何作用。

张骏依然我行我索，《晋书》载："（骏）十岁能属文，卓越不羁。而淫纵过度，常夜微行于邑里，国中化之。"粗略一读，都会得到一个印象，刺史府贵公子张骏纯是一个劣迹斑斑的"问题少年"，并且"问题"很严重，"国中化之"意为张骏是诸多浪荡子的头儿，严重带坏了社会风气。

而在《魏书》里，对少年张骏的记载更是不堪入目。

张骏真是这样的孩子吗？

"正史"里的少年张骏

结合各类史料，仔细清理张骏的成长线索，结合其卓越的诗文才华和治世能力，可以拼合出他完整的性格体系和人格印象。反过来再读

《晋书》里描述少年张骏"淫纵过度，常夜微行于邑里"的记载，感觉有些太过刺眼，甚至不成体统。这样的记载，和张骏整体的人生经历与品德形象格格不入。

《晋书》里的张骏，少年放浪不羁而中年创建功勋，这样的反差也太大了。

世上不乏浪子回头、洗心革面、回归正途的事例，但落实到凉州刺史张轨之孙、张寔之子张骏的头上，这样的记载有些离谱。一个有着优雅姿态的青年才俊，满身充盈的书卷气息难道不能消弭心底暗萌的坏欲望？一个有着柔弱性格却精神强大，有着极高的艺术修养和治世才能之人，且是在儒学世家背景下成长起来的贵胄子弟，怎么会是一个"浪荡子"？

结论只有一点，《晋书》里的记载是不真实的。

《晋书》的记载源于五凉时期凉州文人撰写的《凉书》《凉记》等地方史学著作。

从前凉开始，河西士人热衷经史学术，有不少文人公修或私修史书，相沿成习。如前凉索绥作《凉国春秋》五十卷，刘庆著《凉记》十二卷，张谘著《凉记》八卷；北凉索晖、刘昞和高谦之各著《凉书》十卷，宗钦著《凉记》一卷，段龟龙著《西凉记》十卷等。后来，北魏史学家崔鸿整理各家《凉书》《凉记》，收录编纂成《十六国春秋》，成为《魏书》《晋书》《资治通鉴》等正史叙述十六国事略的底本。

关于少年张骏，在《十六国春秋别传》里记载：

> 张骏，字公庭，寔之世子。永嘉元年生，幼而奇伟，十岁能属文。茂之四年，拜使持节大都督、大将军、凉州牧、西平公，大赦境内。刘曜遣使拜大将军、凉州牧。

在崔鸿笔下，少年张骏的经历清爽而简约，而至《晋书》中，则变为：

骏字公庭，幼而奇伟。建兴四年，封霸城侯。十岁能属文，卓越不羁，而淫纵过度，常夜微行于邑里，国中化之，及统任，年十八。先是，愍帝使人黄门侍郎史淑在姑臧，左长史范祎、右长史马谟等讽淑，令拜骏使持节、大都督、大将军、凉州牧、领护羌校尉西平公。赦其境内，置左右前后四率官，缮南宫。刘曜又使人拜骏凉州牧、凉王。

《十六国春秋》的作者崔鸿与五凉时代相隔不远，他的记载应当真实可信。而相隔二百多年的唐人房玄龄等在编纂《晋书》时，将《凉书》材料注水扩大，内容膨胀了近二倍，添加了"淫纵过度，常夜微行于邑里，国中化之"的情节，附会编造痕迹极为明显。

关于少年张骏"淫纵过度"的事迹，在北齐文人魏收的《魏书》中，具有更加露骨的描述：

骏少而淫佚，常夜出微行，奸乱邑里，少年皆化之。性又贪惏，有图秦陇意。以谷帛付民，岁收倍利，利不充者，簿卖田宅。

《晋书》里的少年张骏仅是"淫纵过度"，而至《魏书》则更加直白，不仅"少而淫佚"，还有"奸乱邑里"的情节。这哪是贵族小王子，纯为市井奸恶之徒。似乎张骏生活的地方也不是州郡安宁的姑臧大都，而是一个混乱无序的乱世乡邑。特别是评论张骏"性又贪惏""岁收倍利"的说法，皆与《晋书》《十六国春秋》和《资治通鉴》等史书的记载完全不符。

为什么会这样？原来，生活在南北朝时期的北齐文人魏收人品很差，且因考证不精确、治学不严谨等缘故，所撰《魏书》甫一面世即遭人诟病。有史学家直接指出《魏书》记事"妄有非毁"，实为一部"秽史"。

《隋唐嘉话》载："梁常侍徐陵聘于齐，时魏收文学北朝之秀，收录其文集以遗陵，令传之江左。陵还，济江而沉之，从者以问，陵曰'吾为魏公藏拙'。"表明魏收当时就为人不齿。唐朝史学家刘知几在《史通》中批评魏收，"论王业则党悖逆而诬忠义，叙国家则抑正顺而褒篡夺，述风俗则矜夷狄而陋华夏"，并指摘《魏书》错讹之处竟达数十处之多。

而房玄龄等人编纂《晋书》时，又依据《十六国春秋》和《魏书》材料，不加考证，以"淫纵过度"的文字评价传主。《旧唐书·房玄龄传》曾尖锐地批评《晋书》，称"史官多是文诵之士，好采诡谬碎事，以广异闻，又所评论，竟为绮艳，不求笃实，由是多为学者所讥"。现代历史学家吕思勉在《读史札记》中也指出，"《晋书》好博采而辞缺断制，往往数行之间，自相矛盾，要在知其体例，分别观之耳"。

看来，《晋书》《魏书》等所谓"正史"，其记载的少年张骏极不靠谱。

少年张骏是什么样呢？

一个有思想的顽劣少年

张骏十岁时就能披读群籍，出口成章。聪明早慧的孩子往往富有个性，很早就具备独立思考能力，具有较强的主观能动性。所以，张骏幼年口无正言，好发奇谈怪论。在常人看来，未免有些行事荒诞。

其实，张骏生活的魏晋时代里，文人常有任性率真、豪放旷达的习气，如刘伶醉酒裸行、阮籍穷途而哭、嵇康竹林打铁等。在当时的社会环境里，张骏"常夜微行"等逾越礼数行为和这些大文人相比，根本就算不了什么。

而在张寔隐秘的心意里，早就将张骏以"人君之子"的标准予以培养。作为刺史府"贵胄之子"，张骏是唯一合格的执掌凉国政权的人君继任者。古代宗法制度特别要求，人君之子就要从小进行理想和人格规范教育，在道德规范方面自然应该是邑民楷模。他首先要成为德才兼备、文质彬彬的"君子"，然后才能成为邑民拥戴的仁义宽和、容载万物的一国之君。

一日，张寔将上面的一番道理说给张骏听，谁知张骏对答："曹阿瞒少年荒唐，终成一世人杰；周子隐任意使气，故后皆称英雄。"张寔大怒，顺手抓起案头的一块铁如意就砸了过去，张骏赶紧躲避才免于头破血流。张骏抱头鼠窜，张寔气得吃不下饭。

曹阿瞒是曹操，周子隐是周处。曹操少年时"好飞鹰走狗，游荡无度"，周处年轻时"不修小节，纵情肆欲"。前者为一世枭雄，创建霸业；后者出任龙骧将军，屡建奇功，史书皆有记载。张寔被反驳得无话可说，又气又恼，事后想想也觉好笑，暗佩坏小子读书倒能活学活用。

张骏是一个顽劣少年，但绝非那种心灵空虚、精神萎靡的"小痞子"，他是一个有思想有个性的顽劣少年。如果抛却了调皮捣蛋的秉性，张骏确实是一个读书种子，诗文创作和学问探究倒有一定的见解。

谢艾和王济是张骏在姑臧"胄子学堂"的同学，谢艾为三国曹魏朝中典农中郎将谢缵之后，为河南陈郡阳夏谢氏大族人家子弟，"八王之乱"后随先人流寓凉州，后被张重华任用为文武兼备的大将军。王济和晋武帝时期的骁骑将军王济同名，虽然同为晋阳郡人，但凉州王济先祖为王横，在张轨时期奔凉任参军。王济和张骏年龄相仿，谢艾则年少几岁。三人相处甚洽，时人称为"西河三杰"。

谢艾年少气盛，喜欢写长文，王济正好相反，喜欢写短章。张骏评点二人作品，指出谢艾和王济各有特点，文章有长短，但不以长短分优劣。谢艾的文章落笔似行云流水，汪洋恣肆，有疏朗辽廓之胜。王济之文惜墨如金，字字珠玑，有工巧清丽之奇。张骏认为，将谢艾的文章删改成短文，或将王济的文章增加文字变为长文，就没有先前文章的优势了。这样的评论在当时很有影响，南朝梁代文论大家刘勰编纂《文心雕龙》，在诠解文章"熔裁"之法时，就引用张骏的评价文字，称"昔谢艾、王济，西河文士。张骏以为'艾繁而不可删，济略而不可益'"。刘勰认为，好文章就要像张骏称道的谢艾和王济一样，就要写得"情周而不繁，辞运而不滥"。

建兴七年（319年）春，陇西人李卓曾任南阳王司马保麾下相国一职。因司马保"政刑不修"，李卓率宗族从关中投奔张寔，其堂弟李良亦随同奔凉。李良"高亮果毅，有智局"，曾娶南安郡梁氏大族女子为妻。

某日，李良抵刺史府谒见张寔，张骏侍坐于侧。席间，张骏对李良说，君名为良，妻又姓梁，"良""梁"同音，后世子孙为避讳而不敢称舅氏之姓，莫若改名为"弇（yǎn）"。弇者，器量宏阔而内蕴深博也。《吕氏春秋》云"深处必弇"，《庄子》云"其器宏以弇"。昔有儒士耿弇弱年立功，为光武帝刘秀大将军、开国勋臣。凉州仰仗李君建立武功勋德，如同耿弇辅助汉室一般！

张骏的这一番话说出来，举座皆惊。

古人姓名大多由父母或尊贵长辈所取，尊人姓名是基本修养。少年张骏竟让李良改名为李弇，在座诸人面面相觑，张寔气得脸都发绿了，拿眼直瞪张骏。

倒是李良赶紧起身称谢，夸奖张公子改名改得好，此后己名即为"弇"了。李良后来果改名为李弇，历仕张寔、张茂、张骏三朝，官至天水太守、卫将军，封安西亭侯。九十多年后，李暠以敦煌为都创建了"西凉"王国，人们才知道，李弇原是李暠的祖父。

少年张骏成了凉州的"异类"，荒唐的举止和怪僻的行为难掩其自内而外散发的灼灼光华。

"手莫头，图凉州"

张骏的经历可以得出一个推论：问题少年的"问题"大多出自父母

身上。即便现在，也是这样。

张寔殁世后，张骏身上的"问题"立马消失了，完全变成了一个循规蹈矩的楷模少年。

失去了父亲的护佑，张骏也失去了先前的那种潇洒脱尘、天马行空、无拘无束的日子。特别是舅父贾摹之死，改变了张骏整个精神面貌，似乎先前的机灵、幽默和睿智从他身上忽然消失了。这个早慧型、才子型的书生变得内敛、低调、沉默，甚或有些木讷和迟钝。

建兴八年（321年）春天，姑臧城的孩子们莫名其妙地开始传唱一首歌谣："手莫头，图凉州。"张骏听到歌谣后，颓然坐于椅上，半晌没有话语。他明白，在这万物复苏、生机勃发的季节里，舅父贾摹的生命就要枯萎了。

手莫头，"手"字上面为"莫"，"莫"字上面有一"草头"，不正是贾摹之"摹"吗？"图凉州"，不就是要逆乱造反吗？

史书读得多了，也就知道了谶谣的来历。在愚昧落后的封建农耕时代里，谶谣不过是野心家编造出来以愚弄邑民的一种手段而已。有时候用来"成大事"，有时候用来"杀人"。果然，"手莫头，图凉州"的歌谣唱了几天，张茂就收捕了贾摹。《晋书》载：

> 凉州大姓贾摹，寔之妻弟也，势倾西土。先是，谣曰："手莫头，图凉州。"茂以为信，诱而杀之，于是豪右屏迹，威行凉域。

贾摹是张寔妻弟，张骏亲舅，张茂却依两项理由而将之诛杀。一是有了"谋逆"迹象，无风不起浪，姑臧城里传唱的谶谣就说明了这一点。二是"势倾西土"，有号令天下，发动叛乱的政治和物质基础。在吏民看来，为了消除动乱因素，维护凉州社会长治久安，杀了贾摹的理由显得非常充足。

张骏知道，贾摹遭诛无别的原因，只不过他是自己舅父而已。

张琠、氾祎这些当时和贾摹一起反对张茂继任州牧的人也知道，张轨殁世后曾"代摄州事"达四年多久的张茂因为他们的反对而没有继任州牧，张寔逝世后又力推世子张骏任州牧，如今张茂终得执掌凉州刺史，焉能不报昔日之仇？

早在张寔当政时期，在凉州政权中处在功高权重地位的河西著姓中分了派别，出现了"党争"。姑臧贾氏、晋昌张氏和敦煌氾氏为一派，属于支持张寔的派系，视为"贾党"。凉州阴氏、敦煌宋氏、索氏则为支持张茂的派系，成为"阴党"。"两党"之间，凡遇利于己派利益举措则支持，反之则反对。相互掣肘，影响政令推行。这一切曾令张寔很烦恼，张茂继任后这样的情形愈演愈烈。

半年前，刘曜派部将呼延寔发兵攻打桑壁（今临洮县西南，洮河西岸），驻守桑壁的凉州守将阴鉴系阴澹之弟，时任宁羌护军。呼延寔的兵士包围了桑壁，临洮人翟楷、石琮等趁机作乱，情势危急，"河西大震"。参军马岌为阴澹旧部，建议张茂统兵亲征，以解阴鉴之围。而对立派氾祎立即跳了出来，极力反对。《晋书》称：

> 长史氾祎怒曰："亡国之人复欲干乱大事，宜斩岌及安百姓。"岌曰："氾公书生糟粕，刺举近才，不惟国家大计。且朝廷盱食有年矣，今大贼自至，不烦远师，遐尔之情，实系此州，事势不可以不出。且宜立信勇之验，以副秦陇之望。"

都是州府官员，每临大事见仁见智发表意见，而氾祎一开口即建议杀了马岌以安百姓。争辩之激烈表露出"两党"之间矛盾之深、隔阂之大。后来，张茂还是采纳了"阴党"意见，带兵亲征，将阴鉴从桑壁之困中解救了回来。

从前凉肇基到张茂执政，凉国的勃兴与发展是安定官僚和河西著姓缔结政治联盟的结果。几乎从"拔贤才"开始，张轨就意识到了一个严重的问题：笼络任用河西著姓共同治理凉州，无异于铸造了一把"双刃剑"。河西著姓子弟贡献才华，使凉州得到大治，而他们也因之执掌州郡重要权柄。稍有不慎，"双刃剑"就会将双方刺得血迹斑斑。十年前，姑臧贾畟取代张轨的闹剧和晋昌张越的作乱事件，就显示了这样的苗头。

张茂最终下定了决心，先杀贾畟以削弱州府中张骏系的势力，同时威慑河西著姓大族，有利于河西政局的根本稳定。

张茂认为，到了自己这一代，安定张氏集团已经完全控制了河西统治，也到了教训震慑"势倾西土"著姓大族的时候了。这一招果然厉害，一时之际，"豪右屏迹，威行凉域"。

在州府的刀光剑影和血雨腥风里，张骏曾长时间处在惊惧之中。

古今中外，为争夺王权皇位而发生杀戮的事件实在是车载斗量。八王之乱，不就是为争夺王权皇位而发生的皇室内乱吗？也是十年前，前赵王国的刘聪封弟刘乂为皇太弟，诏示天下，自己百年之后刘乂将继皇帝位。随着儿子刘粲渐大，刘聪就后悔了。后来，刘粲向刘聪诬告刘乂谋反，刘乂皇太弟身份被废，不久又为刘粲所杀。

饱读史籍的张骏感觉有一股隐隐的杀机萦绕在府邸周围。大凡文人，时局窘迫时，只有深居简出，韬光养晦，才是情非得已的最好选择。

"功名之所就，存亡安危之所堕"，荀子的这些话语便是张骏这个阶段的真实写照。他完全消弭了"凉州王"的奢望之念，也将自己齐家治国平天下的豪情逸气掩藏于心底。成日价邀几位友朋诗侣相聚，吟诗纵酒，寄情山水，游离王权中心，使自己更像一个胸无大志的纨绔子弟。

有时候则独居一室，耽于诗书文赋之中，操琴煮酒，品诗赏文，聊以遣怀抒性。他央人购来上好的霸陵纸，苦练书法，苦吟诗句。读自己喜欢的曹操的诗，写自己喜欢的长歌短句，《张骏集》中的诸多篇什大多完成于这个阶段。

张茂的烦恼

古语云，到老始知非力取，三分人事七分天命。多少豪情壮志，在命运面前也会变得灰头土脸。

执掌凉州大印之后，张茂首先收捕诛杀阎沙及其党羽数百人，以安定州郡人心。而后雄心勃勃，踌躇满志，意欲大展宏图，成就一番伟业。但仅过了两年，就有些灰心丧气了。

刘曜部将呼延寔围攻桑壁的那次战事中，张茂遣平虏护军陈珍率氐羌之兵奋力击退呼延寔，解阴鉴之困，并顺带一举收复南安，继而张茂遣韩璞率军攻取陇西地区。张茂设置秦州，凉州军队屯驻于冀城。到了第二年，晋王司马保都尉陈安自称秦州刺史，向前赵刘曜称藩。他占据上邦，陇上氐羌皆降附，聚兵达十余万。陈安遂自称大都督、大将军、雍凉秦梁四州牧、凉王，对凉州构成巨大威胁。

建兴十年（323 年）六月，刘曜从陇上诸县发兵向凉州推进，由陇西、南安、冀城构成的三角形防线虽然发挥出很好的牵制和防御作用，但刘曜兵势大炽，使凉州的情势一下子危艰了许多。

张茂想增兵秦州东援，但自从杀了贾摹之后，"豪右屏迹"，凉州大族离心离德，支持之人甚少。他想在姑臧城北修筑灵钧台以贮放军粮物资，又屡次受到旧臣幕僚的激烈反对。

这一切，令张茂十分烦恼。

在千丝万缕的担忧和顾虑中，张茂在这一年冬天忽患重病。

张茂膝下无子，眼看着凉州这艘大船就要搁浅了，而自己又忽染顽疾。为了父亲张轨舍命打造的这份基业，张茂想起了张骏。他任命张骏为武威太守，然后诏令进驻刺史府，协理州务。

当十七岁的侄子一脸沧桑地站在面前时，张茂的双眼湿润了，面前的一切写尽宿命难逃的人生世相。回望执掌凉州的三年，张茂有一种

"物是人非事事休"的感觉。

执掌凉州三年，张茂唯一让人称道的政绩就是修筑了灵钧台。

灵钧台至今仍存于凉州城北海藏寺大殿之后，古台森然，雄畴无际，台上有一块经烟熏火燎后难辨尊容的《晋筑灵钧台》石碑。仔细端详，碑文极简，右侧小字竖写"东晋明帝太宁中凉王张茂之古台"，中间大字竖写碑之主题"晋筑灵钧台"，左侧小字竖写落款"安肃兵备使者摄甘凉道事廷栋立"。

《晋书》载，张茂修筑灵钧台决心很大，曾不顾朝臣非难，先后两度启动了筑台工程。建兴八年（321年）二月，张茂修筑灵钧台，周围有八十多个城墙，地基有九仞之高。但是，武陵人阎曾夜晚假托张轨"化身"前来责骂。太府主簿马鲂等人也劝谏张茂不宜大兴劳役修亭筑台。张茂迫于朝中反对势力，就暂时停止了筑台工程。然而，他忽患重病后，让张骏颁令，再次征发兵民修筑灵钧台。别驾吴绍仍以劳民伤财为由再次带人劝谏，张茂置之不理。

张茂固执地认为，在内忧外患的危难局势下修筑灵钧台会给凉州带来福祉。巍峨的高台可向国人充分显示凉国的威严，登高远望、眼界开阔，具有振兴士气的鼓舞作用。即使兵败危亡之际，仍可利用高台本身的防潮和通风功效囤积物资，组织兵力做好最有效的战略防御工作。可叹举国之境无一人能够理解张茂的良苦用心。他决定"独断专行"，痛斥吴绍等人："今事未靖，不可以拘系常言，以太平之理责人于迍邅之世！"一席话，令众臣无言以对。

数月后，气势磅礴的灵钧台便矗立在凉州大地上了，张茂的生命却化为一缕青烟，飘散在凉州浩瀚无垠的天空中了。

建兴十一年（324年）五月，前凉第二位国王张茂溘然而逝，终年四十八岁。

张茂逝世前，拉着张骏的手，动了感情，留下最后的遗言：

昔吾先人以孝友见称。自汉初以来，世执忠顺。今虽华夏大乱，皇舆播迁，汝当谨守人臣之节，无或失坠。吾遭扰攘之运，承先人余德，假摄此州，以全性命，上欲不负晋室，下欲保完百姓。然官非王命，位由私议，苟以集事，岂荣之哉！气绝之日，白帢入棺，无以朝服，以彰吾志焉。

突然的变故，让张骏回不过神来。当年张寔遇刺暴亡，张骏没来得及聆听父亲遗言。如今，这个令人敬畏、惊惧、威严的叔父让病魔折腾得奄奄一息，临终执手相嘱形同亲生父子。张骏心内曾存的芥蒂、猜忌、抱怨一瞬间烟消云散。想起张茂为了凉州宵衣旰食、忧心若醒的事例，也想起自己三年来的隐忍、委屈和困顿的日子，张骏忍不住号啕大哭。

臣僚屡劝不止，不禁纳闷，这个小主子悲哀尤甚，当年亲生老子殁后也没有这样扯天扯地地哭过，他这是怎么了？

具备国王的天才秉赋

初掌凉州大印，张骏竟有一丝惶恐不安。曾经幻想过登上王座后意气风发的情形，但"国王"的冕旒真正绑到头顶的时候，张骏却有一丝失重的感觉。看来，古人所谓"欲心若怡，必展其宏；欲戴王冠，必承其重"的说法还是有些道理的。

这一年，张骏十八岁。这位青年儒生初登王位感觉很别扭，如同穿了一件不合身的新衣裳，有的地方长，有的地方短。他年轻气盛又涉世未深，兴替之年政务冗忙，处理政事时常流露出青涩、冒失和冲动的苗头，让辅政僚臣氾祎等人极为失望：这位公子哥就不是一个当国王的"材料"。

某日，新任刺史张骏在闲豫堂宴饮群僚。欢声笑语之际，有人说起枹罕郡太守辛晏倚仗军权祸乱地方。张骏闻之，当场命令左司马窦涛统帅两万人军前往征讨，次日出发。

群僚面面相觑，氾祎赶紧制止。

氾祎说辛晏祸乱地方过错有多严重尚不清楚，州府应遣吏巡视核查后按律治罪，贸然兴兵，难服州人之心。但张骏根本不听，依然坚持进军枹罕的命令。为了增加政令的权威性，还在宴席上摔了一只琉璃杯子。

次晨，从事刘庆再次劝谏："国王不因喜怒而出兵，不靠冒险侥幸取胜，必须等待天时人事，然后兴起。辛晏父子残忍凶狂，其灭亡指日可待，怎么能在饥荒之年大举用兵，严寒之时去进攻城池呢？"张骏却说敕令已发出，大军已准备进发，收回成命影响刺史权威，怎么行呢？

刘庆固执地说："有什么不可以？从前周武王回兵以等待灭殷的时机，曹公缓和对袁氏的用兵是为了让他自毙，怎么独独殿下以回兵为耻呢？"一席话言之有理，张骏无话可说，只好收回了出师枹罕的命令。

一月后，辛晏和父亲来到姑臧，陈说枹罕郡务，检讨自己郡内违规之事，请求州府降罪。张骏训责之后又加以劝慰。辛晏返回枹罕，后成为前凉的一员征战主将。氾祎和刘庆的劝谏避免了一场兵燹，挽救了一员战将，张骏深为自己的轻率鲁莽而暗自愧悔。

初登大位，张骏一时没有从纯粹的文人转换到威严的国王角色上，这不能怪他。后世南唐的词人李煜倾一生时光也没有完成这样的转换。王国维评价南唐国主李煜时说，词人必先有赤子之心，然后始有绮丽悱恻之句。似乎他不应该当国王，更适合当词人。张骏和李煜的区别是，他很快就完成文人到国王的转变，虽然这种转变有些痛苦和无奈，但他的华丽转变还是让周边的僚属大吃一惊。

张骏决计改了文人固有的轻狂、率性、随意和散漫，直面自己身上的虚伪做作、装腔作势等缺陷。像父亲张寔一样，他下令属官百姓指摘自己的过失，言论确凿者则奖以布帛羊米等物。虚心纳谏，勤政爱民，逐渐成长为能断大事、处变不惊的"凉州王"。

建兴十二年（325年），偏安江南的晋元帝司马睿死讯传至凉州，张骏诏令凉州大办丧事，令百姓"聚哭三日"，以示遥尊晋室为"正朔"。继而，揖次县令上表奉报，有黄龙见于嘉泉。氾祎建议张骏称王，自建国号，认为"建兴"是愍帝司马邺的年号，司马邺早已凶终，早应该改了国号。数年来朝廷远遁江南，音信隔绝，元帝死后两年，消息才能传来。如今黄龙见于凉州为祥瑞之兆，宜乘势改立年号，以图大业。

此时张骏显示出成熟的领袖谋略，他明白自立国号是迟早的事，即使不立国号，自己也是天定的"河西王"。但在周边胡羯羌氐诸国环视之下，凉州独为汉人统辖的一块地方，也因尊奖晋室为"正朔"才得维系吏民人心。若立国号，人心涣散，且自觉树敌，会引周边诸国征伐。但他对群僚说出的一番话，又成了另一种样子。他说，先祖遗言"上思报国，下以宁家"，叔父遗言"上欲不负晋室，下欲保完百姓"，自己不敢违背先祖之言。并放出狠话，谁再说出这番话语，必以谋逆之罪诛之。

080

这一番义正词严的训诫话语，让群僚再次面面相觑。

张茂的遗言，让张骏强烈感觉到东晋"正朔"王朝在凉州的权威性和公信力仍在发挥重大作用。张茂遗言中称自己"官非王命，位由私议"，意为战乱频仍中没有顾得上让东晋册封，所以其继任的"刺史"职务和"西平公"勋爵终是"私议"，死后只能以平民礼仪入葬。

"官非王命，位由私议"是张茂一生的隐痛，现在也成了张骏的一块心病。如今通向建康的道路又被前赵阻断，请求东晋朝廷给自己册封已不可能。时间一久，各郡豪酋及州府官员也会暗地里不服气，怎么办呢？

张骏在凉州为晋元帝高调办理丧事时，聘史淑为司仪。史淑为晋愍帝的使臣，刘曜进攻长安的那一年来凉州履行朝廷差事，因关陇大乱而滞留姑臧。史淑代表晋室宣读官府祭文时，张骏脑际迅速闪念：史淑是晋愍帝的使臣，他宣读的诏书不就是晋室皇帝的敕命吗？

经过紧锣密鼓的一番准备，在长史氾祎和马谟的主持下，在姑臧闲豫堂隆重地举行了一场册封大典。史淑着五旒佩绶使臣官服，进行册封，张骏带着州府官员也着晋室朝服跪拜听诏。史淑庄严宣示，晋帝封拜张骏为使持节大都督、大将军、凉州牧、领护羌校尉，西平公。按西晋制度，使持节对郡太守以下官吏有生杀之权，大都督得都督中外诸军，大将军位列三公之上。同时，"都督知军事，刺史治民，各用人"。

通过史淑做戏，张骏既为自己正了名，又取得了专制一方和辟署官吏的权力。

张骏立即遣使将朝廷册封自己的职官、封号传檄诸郡，并下令"大赦境内，置左右前后四率官，缙南宫"。"四率官"即四卫率府官员，是皇权的标志性规模。《晋书》称，"晋武帝建东宫，置卫率，初曰中卫率。泰始五年，分为左右卫率，各领一军。晋惠帝当政时，愍怀太子在东宫，又加前后二卫率"。张骏借"事晋"为名，以史淑为道具，巧妙地上演了一出强化王权的政治剧目。

这一切，令氾祎目瞪口呆。他暗自思忖：少主张骏原来是当国王的一块好"材料"，而且具有一个"好国王"的天才秉赋。

夙承圣德，心系本朝

国王如戏子，自古皆然，登上高位的人总免不了要装模作样，演戏给吏民看。史淑"代表"晋廷颁发册封敕书的戏，让张骏在州人面前有了治理凉州的"正朔"授权。但是，张骏和几个僚臣都很清楚这"戏"是怎么回事，心里总没有底气。

于是，张骏不停地向建康派遣使臣，顽强地想和东晋朝廷取得联系，以得到他们的真实册封。

另外，当时北方分裂割据情势日渐危窘，也促使张骏真想得到东晋政权的呼应与支持。当时凉州的东部有匈奴刘曜以长安为都建的前赵王国，东北部羯人石勒以襄国城（今邢台市桥东区）为都建有后赵王国，北部有铁弗部首领赫连勃勃在河套地区建立的胡夏政权，南部是巴氐族首领李雄的成汉王国，西南祁连山一带被吐谷浑部落占据。西面为龟兹、焉耆等西域诸国。

当时，凉州最多拥有军队五万人，而前赵拥有军队三十万人，后赵二十万人，即使成汉也有近十万人的军队。凉州这个小小的汉族政权，在匈奴、羯、巴氐、吐谷浑和西域诸国的挤压下，独存的压力非常大。要想长治久安，只有一个策略，那就是联络东晋，东晋的光复就是凉州的光明。

但是，前赵、后赵和成汉诸国相连成环，横亘在凉州与东晋之间。凉晋两地被阻隔，山高水长，天遥地远。数年来，张骏的使臣一批批从凉州出发，最后皆渺如黄鹤，杳无音信。

张骏顽强地遣使联系江南东晋王室，可谓惊心动魄。在他心里，时间悠远和道路阻隔都不是问题。古语云，"精诚所至，金石为开"，只要执着地去做这件事，顽强地寻找解决途径，定能成功。

为了打通南下东晋的通路，张骏曾先后遣使称臣于刘曜和石勒，但他们对东晋政权怀有深仇大恨，"借道"无异于与虎谋皮，从凉州出陇右经关中南下之路显然无望打通。张骏决计取道汉中，经过成汉李雄割据土地而通向东晋。张骏料想，李雄祖先曾与祖父张轨同在晋室为官，属晋室旧臣后裔，"借道"之事或可行之。所以，张骏嗣位第二年就立即与李雄"修邻好"，李雄也表示愿称藩东晋，但"借道"之事却进行得极为艰难。

从建兴十四年（326年）开始，张骏多次派傅颖等使节到成都谈判"借道"之事，李雄都不同意。直到七年后，张骏再遣治中从事张淳出使成都，"称藩于蜀，托以假道焉"。张淳富有辩才，利用李雄与仇池国主杨初的矛盾，反复游说，李雄终于心动，同意"借道"。

凉汉联盟建立，"借道"成功，前凉即向东晋"募兵通表，后皆达京师"，也由此凿通了一条影响深远的"水上文化之路"。即南出松潘小道，在嘉陵江上游乘舟入蜀，改行长江道，直通建康。"水上文化之路"促进了江南文化同河西文化、西域文化的交流融合，在中国文化史上发挥了重要作用。

后来，张骏又遣护羌参军陈宇、从事徐虓、华驭等至建康，结果后赵和东晋战火又起，陈宇等人滞留江南。晋廷征西大将军庾亮给晋成帝司马衍上疏，言"陈宇来等冒险远至，宜蒙铨叙"。于是皇帝诏任陈宇为西平相，徐虓、华驭为县令。

建兴二十一年（333 年），东晋使臣贾陵从建康来到姑臧，带来朝廷加封张骏的诏书。张骏惊喜异常，赶紧写了一道谢表，遣部曲督王丰带人送达建康：

东西隔塞，逾历年载，凤承圣德，心系本朝。而江吴寂蔑，余波莫及，虽肆力修涂，同盟靡恤。奉诏之日，悲喜交并。天恩光被，褒崇辉渥，即以臣为大将军、都督陕西秦雍凉州诸军事。休宠振赫，万里怀戴，嘉命显至，衔感屏营。

张骏写这道谢表确实动了感情。从建兴五年（317 年）司马睿在建康称帝建立东晋到建兴二十一年（333 年），晋王室和凉州"东西隔塞"了整整十六年，张氏父子怀着"凤承圣德，心系本朝"的心情也期待了十六年。所以，接到诏书，张骏的心情确实有点儿"悲喜交并"。

更重要的是朝廷敕封他为"大将军，都督陕西秦雍凉州诸军事"，虽然此期前凉统治的地域也只有河西走廊和秦州一部分土地，陕西雍州等地已被刘曜占据，但这样的敕命标志着张骏拥有了勠力向东发展并扩大地盘的"合法"依据。

凉晋双方历尽曲折，总算实现了政治往来，"自是每岁使命不绝"。以当时大势来看，通表东晋能唤起汉族士民的民族心理，使更多吏民

"心系凉国"，实现强敌压境时同仇敌忾的凝聚力。从战略上讲，还能实现东西呼应，与东晋互为掎角，一旦受到后赵威胁时，可借助东晋兵力牵制敌人，减少正面压力，同时也给成汉政权造成一定遏制，使其在凉赵之间保持中立。

得到晋廷的正式册封后，张骏的梦就开始燃烧了。只要中央王朝的声息存在，他的梦就永远是亮闪闪的。这个梦可以让他安心等待，等待时机到来。若与东晋配合行动，转守为攻，就可连旌万里，水陆并进，收复陕西雍州。而在等待的日子里，他仍要小心地和后赵和成汉保持着友好关系，最终实现保全河西的计划。所以，在与石勒分境后，"惧勒强，遣使称臣于勒，兼贡方物"。

此后，张骏所有给东晋的奏表里，反复表达的只是一个意思，自己忠心耿耿在等待朝廷光复北方失地，也希望朝廷能尽快发兵逾江而来，驱除戎狄，拯救黎民百姓于水火之中。

建兴二十四年（336年），后赵石勒和成汉李雄相继而死，张骏赶紧给东晋又送去一份奏表：

> 伏惟陛下天挺岐嶷，堂构晋室，遭家不造，播幸吴楚。宗庙有《黍离》之哀，园陵有殄废之痛，普天咨嗟，含气悲伤。臣专命一方，职在斧钺，遐域僻陋，势极秦陇。勒、雄既死，人怀反正，谓季龙、李期之命曾不崇朝，而皆篡继凶逆，鸱目有年。东西辽旷，声援不接，遂使桃虫鼓翼，四夷喧哗，向义之徒更思背诞，铅刀有干将之志，萤烛希日月之光。是以臣前章恳切，欲齐力时讨。

张骏认为"勒、雄既死，人怀反正"，是出兵收复失地的绝佳时机。此时成汉与后赵"东西辽旷，声援不接"，北方百姓即使是软弱的铅刀，也心怀"干将之志"，愿意发出微弱的萤烛之光来承接皇帝的日月光华。所以恳切请求朝廷出兵，和凉州兵马联手"齐力时讨"。

奏表遣使送去，东晋没有任何回应。张骏仍不甘心，次年，再遣使臣送去一道奏表：

> 陛下雍容江表，坐观祸败，怀目前之安，替四祖之业，驰檄布告，徒设空文，臣所以宵吟荒漠，痛心长路者也。且兆庶离主，渐冉经世，先老消落，后生靡识，忠良受枭悬之罚，群凶贪纵横之利，怀君恋故，日月告流。虽时有尚义之士，畏逼首领，哀叹穷庐。臣闻少康中兴，由于一旅，光武嗣汉，众不盈百，祀夏配天，不失旧物，况以荆扬栗悍，臣州突骑，吞噬遗羯，在于掌握哉！愿陛下敷弘臣虑，永念先绩，敕司空鉴、征西亮等泛舟江沔，使首尾俱至也。

这份奏表风格大变，在对晋成帝司马衍"天挺岐嶷"赞谀的前提下，开始指责其"怀目前之安，替四祖之业"的苟且偷安的做法，表达出对朝廷"宵吟荒漠，痛心长路"的失望与喟叹。最后仍是强烈表达出希望东晋政府出兵光复中原，凉州将给予军事的配合和支援，从而一改"遐域僻陋"局面，大展"势极秦陇"的宏图愿望。

085

诗怨东晋

但是，懦弱腐败的东晋政权，任张骏千呼万唤，始终不肯出兵北伐。

早在建兴元年（313 年），司马睿禁不住范阳人祖狄屡次请求北伐的奏议，遂任之为豫州刺史，准予北伐。但朝廷只拨给千人粮饷，三千匹布，军队则自行招募。祖狄顶着"刺史"的空头官帽竟率部曲百余渡过长江，自行募兵两千。数年来苦心经营，勠力北伐，竟然收复了黄河中下游以南的地区。但是，晋廷政治腐败，君主只想偏安江南，轻视北伐并扼制狄军后路。太兴四年（321 年），祖狄忧愤成疾，病死军中，北伐失败。

次年，扬州牧王敦在武昌起兵叛乱，司马睿惊惧而死。晋明帝司马绍继位后，虽倾力平乱，但政局依然动荡不安，焉有余力念及北伐。直到咸康五年（339年），征西将军庾亮再次提出北伐，终遭朝臣反对而罢。

张骏经年累月地希望东晋北伐，但这种希望宛如夜空里的璀璨烟花，繁华散尽终成一片黑暗。先前满满的期待在心里构筑的宏伟蓝图，眼看成了西域沙滩上的海市蜃楼。失望之余，张骏开始抒发对东晋政权的不满与怨望，留传后世的《薤露行》一诗就强烈表达了这种情绪：

在晋之二世，皇道昧不明。主暗无良臣，艰乱起朝廷。七柄失其所，权纲丧典刑。愚猾窥神器，牝鸡又晨鸣。哲妇逞幽虐，宗祀一朝倾。储君缢新昌，帝执金墉城。祸衅萌宫掖，胡马动北坰。三方风尘起，猃狁窃上京。义士扼素腕，感慨怀愤盈。誓心荡众狄，积诚彻昊灵。

这是一首罕有的反映西晋灭亡、义士怀愤等重大历史事件的史诗。真实地记述了晋武帝司马炎驾崩后，惠帝司马衷愚弱昏聩，遂有杨骏专权，贾后乱政，以致引起"八王之乱"，五胡乱华的历史事实。

此时的凉州虽是偏隅中原的独立政权，但并未建立国号，名义上仍是晋朝藩镇。张骏仍身为朝廷大臣，表面上仍需维护君臣朝纲义理。张骏却写诗嘲讽本朝得失，指责君臣过错，言辞直露激烈。他直率地以"主暗无良臣"的诗句评价武帝和惠帝"晋之二世"的朝政特点，以"哲妇逞幽虐"的诗句讽刺皇后贾南风干政弄权的卑劣行径，犀利地揭示"胡马动北坰"的政治渊源。此诗不仅用简练的语句勾勒了西晋灭亡的过程，还吐露了自己建功立业的伟大抱负，这样的胆识、勇气和开拓精神在当时的文学创作中极为鲜见。

《薤露行》本为送葬哀挽之词，用以送王公贵人。曹操曾作《薤露行》借古乐府写时事，揭示汉末重大历史变故，被誉为"汉末实录，真诗史"。张骏以《薤露行》表达晋室覆亡、义士怀愤等重大历史事件，这是对建安诗歌精神的直接继承。但是，曹操的《薤露行》追忆东汉末年皇帝"播越西迁移，号泣而且行"的悲惨局面，表达出臣民"微子"的悲哀与感伤。诗风委婉，语气平和，仍不失君臣礼数。张骏的《薤露行》则一改汉魏六朝挽歌单纯的咏史怀古风格，以个人怨望之情入诗，具有强烈的身世之慨与时代特点。《论语》说"诗可以兴、可以观、可以群、可以怨"，张骏的《薤露行》可以说是对孔子诗学理论的实践之作。同时期的东晋诗坛，"平典似道德论"的玄言诗盛行，相比之下，更能显出此诗的难能可贵。

张骏基于"夙承圣德，心系本朝"的质朴心意，期待晋室光复北国而心意落空，将自己的真实感受融于时代兴替的洪流之中，完成了这首千古名诗，成为魏晋文学的代表作品，收录于各类选本之中。后世诗评家将曹操的《薤露行》、曹植的《送应氏》、王粲的《七哀诗》、张骏的《薤露行》等现实主义诗篇并称为魏晋时期的"一代诗史"。

睦邻外交

在等待东晋逾江北伐的日子里，张骏在凉州加紧强国兴兵举措，并寻找一切机会扩疆拓土，实现"势极秦陇"的宏伟意图。为了赢得中兴凉国的时间，张骏运用谋略，对强大的邻国前赵和成汉实行睦邻外交政策。

嗣位之初，张骏坦然接受刘曜给他的"大将军、凉州牧、凉王"封号，遣参军王骘聘于刘曜，"款诚和好"。又遣使节傅颖带厚礼出使成汉，为"借道"联通东晋，同时为共同抵御前后二赵，商议缔结军事联盟。

建兴十三年（325 年），张骏致书李雄，劝李雄去掉帝号称藩于晋，李雄复书说：

吾过为士大夫所推，然本无心于帝王也，进思为晋室元功之臣，退思共为守藩之将，扫除氛埃，以康帝宇。而晋室陵迟，德声不振，引领东望，有年月矣。会获来贶，情在暗室，有何已已。我乃祖乃父亦是晋臣，往与六郡避难此都，为同盟所推，遂有今日。琅邪若能中兴大晋于中州者，亦当率众辅之。

李雄表示早有"扫除氛埃，以康帝宇"的愿望，只是"晋室陵迟，德声不振"，让国人失望。最后表示如果"兴大晋于中州"的时机成熟，自己愿意"当率众辅之"。凉汉之间使节频频往返，建立了牢固的军事联盟。

睦修邻好，无疑是当时最好的国策。其时前赵国力正盛，对付强大的后赵也游刃有余，攻打前凉根本不在话下。刘曜基于后赵石勒时时觊觎关中的军事威胁，决定对西境张骏实行安抚。张骏也不敢招惹刘曜，以免自取战祸。只是在称藩修好策略的掩护下，紧锣密鼓地部署防务。在接受刘曜封号的当年即指派宋辑和魏纂带领军队到陇西和南安，把两千多户人家搬迁姑臧，将两郡地带充为军事防区，随时准备迎击前赵军队的进攻。

后来疆场形势对前赵不利，张骏立刻转变政策，态度变得强硬起来。

建兴十四年（326年）夏，后赵出动步骑四万，由石虎统帅进攻前赵中原地区，并在洛阳城北的石梁戍重创前赵军队，迫使刘曜一步步撤退到关中。张骏听说刘曜军为石勒所败，便去其官爵，复称晋大将军、凉州牧。

张骏颇识时务，在军事割据政权的缝隙里，随时调整对外政策，寻求更加适应前凉霸业的邦交策略。他的谋略外交和积极推进王权政治的活动，是将家族利益与政权利益统筹考虑而采取的一个步骤，也是将前凉割据政治导向兴盛的开端。

一场失败的战争

建兴十五年（327年），张骏认为收复秦陇大地的绝佳战机到了。此时前凉国力大增，已有"武旅十万"。他决定对前赵发动一场战争，将张茂时期丢失的秦陇"六郡二十四县"复归于凉州版图。

是年春天，后赵石虎统兵西进，意欲攻取今山西永济县一带的蒲阪重镇，刘曜抽调秦雍诸州兵力前往抵御。张骏急遣武威太守窦涛、金城太守张阆、武兴太守辛岩、扬烈将军宋辑等率军东进与陇西郡守韩璞会合，进攻讨伐秦州诸郡。张骏任命韩璞为五郡兵马总帅，负责指挥此次军事行动。

刘曜闻之，遣部将刘胤统五千兵马前来抵御，在狄道（今甘肃临洮）驻军集结。

韩璞统领凉州五万大军，兵强将勇，旌旗蔽日，浩浩荡荡进兵越过沃干岭，屯丁阿干堡（今兰州阿干镇一带）。

辛岩建议立即向刘胤驻军发起猛攻，韩璞却屯兵不发。辛岩说："凉兵数万之众，又有众多氐羌精锐兵士，应该速战消灭敌人。拖久则战机消失，或恐失败。"韩璞却搬出星宿易理占卜之学，说服辛岩等人不要冒进。认为"太白犯月，辰星逆行，白虹贯日，不宜妄动"。又颇为自负地说："刘曜与石勒相互攻战，刘胤必不能持久。我们持久不动，即可拖垮敌军。"

韩璞是一员老将，张寔当政时曾屡建战功，颇晓天文地理，运兵以谨慎持重为特点。但是，这次他却失算了。两军相持达七十多天，刘胤军营钉子般扎在狄道古镇，丝毫没有撤离迹象。倒是凉州兵团军粮匮乏，难以为继，招募来的氐羌兵士又发生变乱，扬言返回姑臧。韩璞大窘，赶紧派遣辛岩到金城郡督运粮草。

刘胤闻报大喜。凉州兵团是前赵军队的十倍，却屯驻两月而不敢发起进攻。现在营中的羌将胡兵已不听调遣。刘胤正担忧己方粮草将尽，难以长期坚持下去。现在韩璞分兵运粮，可谓是天赐良机！如果击败辛岩，韩璞等不战自溃。刘胤立即精选三千骑兵，对将士说："彼众我寡，唯有死战方可获胜。若怯敌失败吾辈则悉数死于此地，望诸人磨砺戈矛，竭勇出战！"

刘胤亲率三千骑兵在沃干岭袭击辛岩，辛岩兵败。韩璞统兵前来解围，前赵骑兵奋力拼杀，凉州兵团大溃，死者两万余，降者无数。刘胤合兵乘胜追击，渡过黄河，攻陷令居，占据振武，兵锋直指姑臧，河西大为震恐。

张骏派将军皇甫该率三万兵至乌鞘岭抵御，时后赵攻打蒲阪正急，刘胤引兵退回秦州，姑臧危难遂解。

这一战，金城太守张阆、袍罕护军辛宴率众数万投降了前赵，凉州尽失河南之地。

河南兵败，张骏愧悔不已。这一战，让张骏看到了凉州兵团和前赵军队在战斗力方面的差距，也痛责自己用人不当，派遣征战勇气不足而战法传统守旧的老将韩璞为五郡兵马总帅，贻误战机，招致大败。本来是一次对前赵带有"攻伐"性质的进攻，意在壮大前凉声势，却惨遭失败，令凉州吏民的士气信心大受挫折。

愧怍之余，张骏还是不甘心秦陇大地的丧失。秋天，刘曜发兵东征石生，长安空虚。张骏以田猎之名大肆阅兵练武，拟再次出兵袭击秦雍，以收回河南失地。

理曹郎中索询劝谏说："刘曜虽然东征，刘胤还留守秦陇。道路险阻遥远，易守难攻。刘胤若依氐羌轻骑抵御凉军，横冲直撞很难预料。更糟糕的是，如果刘曜停止东面战事，倾力来攻打凉州，我们将如何拒之？近年来频繁出战，敌兵威胁近郊，外有饥弱之民，内部资财又消耗空虚，这不是爱民之举啊！"

一席话有理有据，让张骏打消了出兵秦雍的主意。这一场失败的战争，让前凉君臣深刻认清了凉州的"家底儿"。逾越陇西防线去逐鹿中原难度很大，若想霸业有成，只能如窦融那样立足河西，图谋发展。

张骏自此在河西推行偃文修武政策，待机而动。其时境内拥有张轨父子创建的人脉资源，河西著姓恪尽职守。境外恰逢两大枭雄刘曜和石勒相互攻伐牵制，无暇分兵侵凉。于是左右逢源中，凉州独得安宁。《晋书》称"自轨据凉州，属天下之乱，所在征伐，军无宁岁。至骏，境内渐平"。

建兴十八年（330年），后赵石勒攻灭前赵，刘曜设在秦陇地区的驻防军队悉数撤去，张骏趁机出兵占据秦陇，不费一兵一卒，收复河南之地。张骏在秦陇置武卫、石门、候和、漒川、甘松五屯护军。此举将南安、陇西、湟中与西平郡联结起来，沿洮水向西逶迤延伸至白龙江、西倾山一带，带山河以为固，构建起一道保据河西的重要军事防线。

石勒称大赵天王，遣孟毅拜张骏为征西大将军、凉州牧，和前凉以秦岭为线，分境而治。

总御文武，咸得其用

南伐之战中，韩璞以十倍于前赵的兵力竟兵败秦陇，州人愤慨不已。臣僚皆曰，宜诛韩璞以谢民愤。

韩璞自知罪责难逃，便让亲兵捆缚了自己双手，送抵州府领罪。

张骏见此情景，赶紧走下大堂，亲解其缚，连声道："这是我的过错啊，将军不得领受此等耻辱！"张骏赦免了所有参战将领的罪责，勉励他们反思过失，总结经验，继续为凉国尽忠尽职。在场臣僚无不惊讶，韩璞磕头谢恩，泪如雨下。州府官员赞扬国主是一位宽宏大量的仁义之主，深得吏民尊敬信任。

一场失败的战争，倒显出了张骏的雄才大略。赦免韩璞之举，显示了宽和仁爱的政治方略，臣民感恩戴德，各自展现出聪明机智，勠力同心，大大提升了凉州国力的发展。

两年后，西域长史李柏表奏戊己校尉赵贞谋叛，请求州牧准予平叛，张骏准奏。事实上，设于柳中城（今新疆鄯善）的西域长史府的赵贞和治所在高昌城的戊己校尉赵贞在掌管屯田事务时发生矛盾。李柏便以谋叛之名请求出兵征伐，赵贞大怒，果然发动叛乱，切断了凉州通往西域的道路。州府另遣大将统兵前往征伐时，知悉双方的矛盾原委。

真相大白后，群僚认为李柏诬告赵贞，处置不当，酿成大乱，"议者以柏造谋致败，请诛之"。张骏借口霸业初展，正是用人之际，赦免了李柏，并用秦穆公和孟明视的故事开导群臣，"竟以减死论，群心咸悦"。以此为开端，下令实施轻刑宽政，说："昔鲧殛而禹兴，芮诛而缺进，唐帝所以殄洪灾，晋侯所以成五霸。法律犯死罪，期亲不得在朝。今尽听之，唯不宜内参宿卫耳。"

原来，汉魏旧律有父母犯死罪子女"禁锢"之条，晋初定律令已省去"禁锢"，但因凉州僻远，又乱事较多，并未照晋令执行。张骏借李柏事予以改定，州府官僚及其亲属俱各欢喜。休众息役益于社稷民生，故张骏治理凉州时期，史家誉为"刑清国富"。

建兴十五年（327年）秋天，张骏以田猎之名进行阅兵练武活动，参军索孚骑马陪侍于侧。二人皆以箭射远处黄羊，索孚竟能十中八九。张骏讶而问之，索孚对曰：

> 射之为法，犹人主之治天下也。射者弓有强弱，矢有铢两，弓不合度，矢不端直，主虽逢蒙，不能以中。才不称官，万务荒怠，虽以尧舜之君，亦无以治也。

索孚，字国明，敦煌著姓索靖之后，既崇文学又尚武艺，深得张骏重用。其以射箭之法喻治国之道，对张骏启迪很大。射箭以选择弓箭为关键，治国以善用人才为要害，如果"才不称官，万务荒怠"，即使尧舜之君也不能很好地治理天下。南伐之败的原因就是自己误用韩璞，对方"才不称官"结果招致损兵折将，丧师失地，教训惨痛。

张骏决计仔细考核官员治世才能，根据他们的擅长及性格特点任以不同官职，使之各尽才能，各得其所。前凉在张轨及张寔执政时创建了广博的人脉资源，至张骏执政时，境内人才济济，为张骏任贤选能提供了较好的人力资源。当时主政地方的军政大员有武威郡太守窦涛、敦煌郡太守黄斌、酒泉郡太守马岌、金城郡太守张阆、武兴郡太守辛岩、沙州郡刺史杨宣、西域长史李柏等。内理州务、外出使节的州府文官有徐虓、华驭、耿访、傅颖、张淳、索询、刘庆、王骘、氾祎、阴据等。统兵征战的武将有麹护、宋辑、魏纂、牛霸、张冲、张植、陈宇、阴鉴、阴预等。还有著述不辍的州府学人在朝中或任儒林祭酒、记室主簿和著作郎等职，如张谘、宋纤、索绥、张耽、祈嘉、王济、谢艾等。

张骏带有晋朝文人的率真、达观、随性、自由精神，朝中文臣武将似也受国主影响，在强权面前，鲜少拘束与畏葸心理，多显豪放不羁的磊落姿态，较好地释放了天性和才华，在前凉"五世九主"朝中，唯张骏　朝的官员最富个性特征和人性光华，从而赢得其他王国首领的称赞。

据载，参军王骘出使前赵时，刘曜对他说："贵州必欲追踪窦融，款诚和好，卿能保之乎？"王骘毫不思索地回答："不能！"刘曜与臣僚诘问原因时，王骘从容对答："齐桓贯泽之盟，忧心兢兢，诸侯不召自至。葵丘之会，骄而矜诞，叛者九国。赵国之化，常如今日可也，若政教陵迟，尚未能察迩者之变。况鄙州乎！"王骘以春秋时齐桓公会诸侯之史，联系赵国时局变化予以对答，令前赵宫廷举座而惊，刘曜环视边上诸臣，叹曰："此凉州高士，使乎得人！"

又如别驾马诜冒死出使后赵，张骏的奏表"辞颇謇傲"触怒石虎，竟机警周旋，得以脱险返回凉州。治中从事张淳出使成汉王国，在成都言说李雄"借道"以通东晋时，李雄拟将张淳"盗杀江中"。张淳觉之，建议李雄将自己斩杀于市，称"今盗杀江中，威刑不显，何足以扬休烈，示天下也！"李雄大惊，急忙吩咐左右，"张淳壮士，当相放还河右耳"。

参军王鸾、别驾马诜和从事张淳为凉州文臣武将中的杰出代表，他们的事迹体现出如同苏秦、张仪那样纵横捭阖的人格气度，彪炳史册，令人敬仰。所以，《晋书》称，"骏有计略，于是厉操改节，勤修庶政，总御文武，咸得其用，远近嘉咏，号曰积贤君"。

"徙石为田"的宏大工程

建兴二十四年（336年）秋天，一彪人马离了姑臧城，越过焉支山，栖栖惶惶地行走在河西古道上。中间车轿里乘坐着一位四十多岁的官员，正是数年前陪张骏田猎时"以射箭之法喻治国之道"的参军索孚。

不过，其时他已有了一个新的职务，称为"伊吾都尉"。

索孚因激烈反对张骏提出的"治石田"运动，触怒张骏，被张骏从京官贬为地方官。若贬为一般的地方官倒好，张骏特意将索孚贬至距姑臧两千多里的大漠之中的伊吾县（今新疆哈密市伊吾县）任都尉，负责西域边郡事务。

原来，河西自张轨肇基以来，"中州避难来者，日月相继"。而至张骏时期，境内渐平，刑清国富，前凉政权也进入鼎盛时期。此时，中州及北地之人持续来凉者络绎不绝。张轨时期曾设立"侨郡县"安置流民，缓解了凉州人口增多和土地使用之间的冲突。但是，大量人口涌入，造成河西人口稠密，耕地面积严重不足。为了缓解这样的矛盾，张骏推行"治石田"运动。

"治石田"的实质，就是将沙石土地开垦改造成良田。官府组织人力，首先将荒地表层的沙石移去，称为"徙石为田"；而后从别处运来土壤覆在表层，然后种植谷物，称为"运土植谷"。"治石田"运动推行了好几年，已经初见成效，最终获得了"亩收三石"的效果。

但是，"治石田"运动从刚开始推行就受到臣僚反对，特别是参军索孚，认为"治石田"是劳民伤财、得不偿失之举，谏曰：

> 凡为治者，动不逆天机，作不破地德。昔后稷之播百谷，不垦磐石，禹决江河，不逆流势。今欲徙石为田，运土植谷，计所损用，亩盈百石，所收不过三石而已，窃所未安。

张骏看到奏议特别愤怒。当面斥责索孚："孟子曰，'天时不如地利，地利不如人和'，汝辄言'天机''地德'，独忘'人和'乎？邑民食无谷衣无褐，何言国泰民安？今初植谷则收三石，若假以时年土壤性能渐佳，则收谷未尝三石以上？假以十年百年收谷倍增，邑民各得其安，有何不可？孟子又云，'民为贵，社稷次之，君为轻'，今之凉国当以安置流民为重，何所未安？"

斥责一通仍不解恨，张骏当场颁下敕令，将参军索孚官秩下调，贬为都尉，由"京官"遣往西域伊吾县任"地方官"。

其他臣僚吓得不敢作声，从此再没有人反对推行"治石田"之策。"治石田"成为前凉安置流民的又一举措，既利于邑民安居乐业，又利于政府课田租税收入，成为凉州广田积谷、长治久安的一项利民措施。

"徙石为田，运土植谷"，扩大种植田地面积，体现了帝王版的"愚公移山"精神。也只有张骏才能设想出这样的宏大工程，因为他既具备国王的霸气与魄力，又具备诗人瑰奇的想象能力与浪漫的创造才华。

不独"治石田"决策的推行，张骏还一度敕令将秦陇一带的楸树、槐树、柏树和漆树移植于河西大地。《晋书·李暠传》载，"先是河右不生楸槐柏漆，张骏之世取于秦陇而植之，终于皆死。而酒泉宫之西北隅有槐树生焉，玄盛又著《槐树赋》以寄情，盖叹僻陋遐方，立功非所

095

也"。张骏将楸树、槐树、柏树和漆树等东南地带的树种移植于河西，人们以为"皆死"，但数十年后"酒泉宫之西北隅"竟然长出了槐树，"西凉王"李暠惊喜异常，遂作《槐树赋》以寄情。

张骏继位之后，曾将张轨"弘尽忠规，务安百姓，上思报国，下以宁家"的遗言亲自书写，让人装裱后悬至州府大堂。他也较好地继承了张轨"务安百姓""劝课农桑"等治理传统。继位第二年春天，为了宣示州府重视并鼓励发展农事桑蚕生产，张骏曾带着官员和家眷妻女，穿着麻布粗衣，来到郊外田野"亲耕藉田"。

建兴十八年（330年），河西境内发生饥荒，谷价踊贵。围绕如何赈饥问题，群臣展开讨论。管理市场交易事宜的市丞谭详主张将仓谷贷与百姓，秋后三倍征还。从事阴据提出反对意见，称：

> 昔西门豹宰邺，积之于人；解扁莅东封之邑，计入三倍。文侯以豹有罪而可赏，扁有功而可罚。今详欲因人之饥，以要三倍，反裘伤皮，未足喻之。

张骏采纳了阴据的意见，免除了赈灾贷粮的利息。安定民生，减轻百姓负担，始终是张骏勤修庶政的根本措施。《十六国春秋》中记载一件奇事："咸和九年（334年），天雨五谷于武威、敦煌，植之悉生，因名天麦。"奇事固不可考，但也从侧面反映出张骏政府重视发展农事桑蚕生产，凉州出现了风调雨顺、庄稼丰收的景象。

这个阶段，张骏自我感觉良好，有一种成就感。在他的治理下，前凉政权进入鼎盛时期，民富兵强，威名远扬。

西域诸国朝贡不辍

日本京都龙谷大学图书馆中保存着一份珍贵文物，名为《李柏文书》，是前凉唯一有史可证的重要人物的文书遗迹。文物共三件：一件为残纸，疑为初稿；另一件为九行，用墨丰润，为二稿；再一件为十二行，墨色枯，全用笔尖写，为三稿。其中一件文书长二十二厘米，宽二十七厘米，书法风格带有隶书笔意，显露出东晋流行的行书风貌。

这是西域长史李柏于建兴十五年（327 年）五月七日写给焉耆王龙熙的一份书信：

> 五月七日，海头西域长史、关内侯李柏顿首顿首。别王数年，恒不去心，今奉台使来西，此月二日到此，未知王消息，想国中平安，王使回复罗，从北虏中与严参事往，想是到也。今遣使符太往，相闻通知消息，书不悉意。李柏顿首顿首。

前文提及"李柏请击叛将赵贞"兵败后险被诛之，因张骏"善政"而免于死罪。文书起首自署"西域长史李柏"，显然仍任原官旧爵。书信残稿中有"逆贼赵"等文字，李柏给焉耆王写信是与击赵贞事有关。李柏书信中"慰劳诸国"对象指焉耆王龙熙，慰劳的原因亦与讨"逆贼赵"有关。"今奉台使来西，此月二日到此"，表明李柏自凉州商议击赵贞事后，曾返回海头（今新疆罗布泊南古城）。

《晋书》载，"初，戊己校尉赵贞不附于骏，至是，骏击擒之，以其地为高昌郡"。此事发生在建兴十五年（327 年）秋，迫于形势，李柏急于想在前凉攻击赵贞之前得知北虏和焉耆方面的消息，故而史学家认为此信写作时间应该是该年五月七日。

西域长史和戊己校尉皆为西晋在西域设立的地方军政建制，在行政上隶属于凉州刺史节度，但由于驻地楼兰距姑臧较远，后归敦煌郡直接管辖。永嘉乱后，西晋亡国，李柏和赵贞皆归附前凉张寔。而到张骏执政以后，发生了"李柏请击叛将赵贞"事件。前凉平定赵贞叛乱后，西域举境安顺，年年朝贡不辍。史载，建兴十八年（330年），"西域诸国献汗血马、火浣布、犎牛、孔雀、巨象及诸珍异二百

097

余品"。

　　然而，仅过了两年，焉耆王龙熙攻占龟兹，联合鄯善、疏勒诸国发动叛乱，将前凉设立的西域长史逐回内地，扬言不再臣属凉州。张骏大怒，和臣僚商议攻伐焉耆，恢复对西域三十六国的统辖权属。

　　史载，焉耆之所以攻占龟兹，源于两国之间历史悠久的宿怨。早在西汉时期，龟兹曾与班超的军队一起降服焉耆，故而结怨颇深。西晋初年，焉耆王龙安在匈奴的支持下侵略龟兹，受到龟兹王白山的反击而惨遭失败。龙安年老病重，自知痼疾难愈，临终前叮嘱爱子龙会"汝能雪之，乃吾子也"。龙会继任焉耆王后，对父亲临终遗言耿耿难忘。后来，龙会突袭龟兹并攻灭塔里木盆地其他诸国，而后任其子龙熙为焉耆王。其时天山南麓除吐鲁番和哈密外，余国悉属焉耆。龙熙已成名副其实的"西域霸主"，士马强盛，跃马横刀，根本不把前凉放在眼里。所以在前凉设置高昌郡还不到三年，就联合西域诸国取消朝贡，不再臣属凉州。

098

　　建兴二十三年（335年）六月，前凉王张骏派遣征西将军杨宣率兵攻伐焉耆，《晋书》对这次战事记录得较为详细：

　　骏遣沙州刺史杨宣率众疆理西域，宣以部将张植为前锋，所向风靡。军次其国，熙距战于贲仑城，为植所败。植进屯铁门，未至十余里，熙又率众先要之于遮留谷。植将至，或曰："汉祖畏于柏人，岑彭死于彭亡，今谷名遮留，殆将有伏？"植单骑尝之，果有伏发。植驰击败之，进据尉犁，熙率群下四万人肉袒降于宣。

　　这次"疆理西域"是前凉对西域发动的规模最大的一次战争。随杨宣出征的将军有西域校尉张植、奋威将军牛霸、蛮骑校尉张冲等，行军途中"至于流沙，士卒无水干渴，死者过半"。战斗中龙熙顽强抵抗，战斗地方有"贲仑城""铁门关""遮留谷""尉犁"等。不过，此战彻底征服了西域诸国，焉耆王龙熙率四万士卒，裸身肉袒，向前凉军队投降。焉耆、车师、于阗工并遣使贡方物。从此，西域成为前凉割据政权的管辖区域。史料揭示，这次战斗中涌现出的猛将张植勇力过人，降龙熙四万人，战功赫赫。后世张重华当政时，张植曾在后赵攻打金城之役中屡立战功。

此后，张骏始终加强对西域的政治管属和军事统辖，一有动乱苗头，即出兵征伐。《十六国春秋》中记载了前凉征伐西域的战争共四次，除前述两次外，一次发生在咸康八年（342 年）正月，张骏遣将军和骠、谢艾，"讨南羌于阗和，大破之"。另一次发生在永和元年（345 年）十月，"骏复遣兵，伐焉耆，降之"。

张骏对西域的经略措施，沟通了河西与西域联系。特别是高昌郡的设置，结束了历代中原王朝只使用军事手段统辖西域的历史，开启了以行政方式管理西域的先河。经过前凉的治理，汉族文化圈不断向西延伸，将前凉边塞推移至阳关和玉门关以西，促进了边疆地区的开发以及西域与中原经济和文化的交流，因而发挥出极为重要的历史作用。

跨据三州，带甲十万

张骏遣征西将军杨宣"疆理西域"的这一年，姑臧城里开始流传一首歌谣："鸿从南来雀不惊，谁谓孤雏尾翅生，高举六翮凤凰鸣。"意思是说羽翼未丰的雏鸟已长成翻飞云际的凤凰鸟，将要冲腾九霄，放声鸣叫。这样的歌谣，暗寓张骏将僭称帝号。

伴随着歌谣，姑臧城也显出许多"异象"。《晋书》载，"有彩虹五里，隆隆如钟鼓之声"。又载，"闲豫堂前的闲豫池，池中有五龙，昼日见彩，移时乃灭，水通变色，遂铸铜龙于其上"。又载，越明年，得玉玺于河，其文曰"执万国，建无极"。

诸多祥瑞迹象表明，张骏到了称王称霸的时节了。于是，群僚纷纷劝他称"凉王",统领秦凉二州牧,在州境置公卿百官,如同魏武帝、晋文公那样建立一方霸业。未料,张骏断然拒绝。他说:"此非人臣所宜言也。敢有言此者,罪在不赦。"

张骏很聪明,他看重实效,不要虚名。

在他的深谋远虑里,称王称帝后必然招引其他割据政权的军事行动,也给境内邑民留下河西背离中原帝室的"僭越"印象。《晋书》载,"时骏尽有陇西之地,士马强盛。虽称臣于晋,而不行中兴正朔"。他虽然没有称王,但境内吏民皆以"国王"称之。

抚平西域的那年四月,后赵石虎遣将军王擢进攻秦陇,宁戎校尉张瓘统兵与王擢战于三交城(今四川彭州市西),获大胜。此时,前凉全部拥有秦陇之地,史载"跨据三州,带甲十万,西包昆域,东阻大河"。张骏重划疆域和行政,将原先仅有凉州一州的行政建置改变为凉、河、沙三州建置。《十六国春秋》载:

100

> 分武威、武兴、西平、张掖、酒泉、建康、西海、西郡、湟河、晋兴、广武合十一郡为凉州,以世子重华为五官中郎将、凉州刺史。分兴晋、金城、武始、南安、永晋、大夏、武成、汉中八郡为河州,以宁戎校尉张瓘为刺史。分敦煌、晋昌、高昌三郡及西域都护、戊已校尉、玉门大护军三营为沙州,以西胡校尉杨宣为刺史。骏自称大都督、将军、假凉王、督摄三州事。

张骏虽称"假凉王",而行事做派和真国王没有什么两样。他在宫廷演六佾之舞,车驾悬豹尾之饰。所置官僚府寺皆模拟中原晋廷予以设置,仅略微改变了一下称谓而已。三州官府僚属皆称"臣民"。次年十二月,"鄯善王元孟献女姝好,号曰美人",张骏在姑臧城另建宾遐观,付与美人居之。为了体现姑臧城的"王都"特点,张骏敕令重修姑臧城,在南城建起气势磅礴的谦光殿,"画以五色,饰以金玉,穷尽珍巧"。谦光殿为主殿,四面各建四座陪殿,《晋书》载:

东曰宜阳青殿，以春三月居之，章服器物皆依方色；南曰朱阳赤殿，夏三月居之；西曰政刑白殿，秋三月居之；北曰玄武黑殿，冬三月居之。其傍皆有直省内官寺署，一同方色。及末年，任所游处，不复依四时而居。

史料记载了谦光殿陪殿的命名，略加考校，发现这些命名体现出浓浓的儒家文化意趣，《周礼》中就有以色彩命名不同季节的记述，如"春为青阳，夏为朱明，秋为白藏，冬为玄英"。张骏以南城为凉国宫城，从此南城也称为"中城"，以谦光殿作为仪礼主殿成为五凉时期河西执政者的居住地，从此成为各方势力进行权力争夺的角斗场。中城之南则为市井之邑，总体格局呈现出"宫北市南"的都城格局。

北魏孝文帝迁都洛阳后，将姑臧城"宫北市南"的格局融入新都洛阳的营建中，将洛阳城市场置于南，延及后世，影响了隋唐长安城都城的布局。隋朝建立后在汉长安城东南另建大兴城，唐代又将隋大兴城扩筑为长安城。大兴城和长安城兴建时继承北魏洛阳城、东魏北齐邺都"宫北市南"的城市格局，标志着都城建筑文化中的"宫北市南"的凉州特色成为北魏洛阳城及后世都城营建的典范。陈寅恪先生在《隋唐制度渊源略论稿》中指出：

前后凉之姑臧与后来北魏之洛阳就宫在北而市在南一点而言，殊有相似之处。又姑臧本为凉州政治文化中心，复经张氏增修，遂成河西模范之城邑，亦如中原之有洛阳也。

从那时起，大凡古代都城格局其源头皆可追溯到前凉张骏修筑的姑臧城，这是前凉对中国传统文化的一大贡献，也是凉州文化中最为学者所称道的精华内容。

从那时起，张骏将建邦立国活动一环扣一环展开，"始置祭酒、郎中、大夫、舍人、谒者等官。官号皆仿天朝，车服旌旗拟于王者"。他所采取的保据策略和行政措施发挥重大效用，境内渐平，士马强盛，带领前凉王国步入强盛繁荣阶段，标志着张氏霸业的真正确立和封建王权体制的正式运行。

日昃忘食，枕戈待旦

在古代，为保证统治阶级最高权力更迭的连续性和稳固性，有一项重要的举措，就是册立"世子"和"储君"。《清史稿》中曾借康熙皇帝的言论道出册立"储君"的重要性，认为"自古帝王继天立极，抚御寰区，必建立元储，懋隆国本，以绵宗社无疆之休"。

建兴二十四年（336年），众臣僚向张骏建言，躬逢国家平安兴盛，宜册立世子以寓凉国事业后继有人，张骏没有答应。中坚将军宋辑上疏陈述利害，指出册立"储君"的必要性：

礼急储君者，盖重宗庙之故。周成、汉昭立于襁褓，诚以国嗣不可旷，储官当素定也。昔武王始有国，元王作储君。建兴之初，先王在位，殿下正名统，况今社稷弥崇，圣躬介立，大业遂殿，继贰阙然哉！臣窃以为国有累卵之危，而殿下以为安逾泰山，非所谓也！

宋辑谏疏言辞恳切而激烈，认为急立"储君"是正宗庙之大事。并以张氏立储传统来说事，点出建兴初年张寔册立张骏为世子而"正名统"的史实，指出而今"社稷弥崇，圣躬介立"，不应该让"储君"缺失。并以警醒言辞说服张骏，国有危难隐患，更宜册立储君以应不虞之变。

张骏仍犹豫不决，拿不定主意。

宋辑谏表中"臣窃以为国有累卵之危，而殿下以为安踰泰山"之语也道出了张骏几年来的担忧。张骏览表后忧心若醒，夙夜难眠。

其时，辽西鲜卑段辽部常与辽东慕容皝相攻，辽又多次侵扰后赵边境，燕赵两国遂夹击段辽。成汉国内发生内乱，汉王李寿联络川西豪族龚壮等人发动叛乱，意欲废李期而自即王位。周边诸国战乱纷纷，唯河西举境安宁。但这些王国首酋多以豪强著称，国内拥有雄兵健马，军事强盛，一旦侵犯凉国，则有"累卵之危"。

古之执掌权柄而成大事者往往有一个优秀秉赋，那就是"能谋善断"。张骏"能谋"却不能"善断"。安定张氏统治集团的首领张轨、张寔和张茂皆能"断大事"，唯独到了张骏这里，一切优柔寡断了起来。优柔寡断是传统文人的根性，而至张骏这里，表现更加突出。每逢冗难国事，他就表现出犹豫两难迹象，似乎患严重的"选择性恐惧症"。

如咸和初年，几经犹豫取舍，终遣使称藩于前赵刘曜。随后又后悔起来，急遣将军宋辑、魏纂徙陇西、南安二千余家于姑臧。后赵石勒遣使拜封张骏为征西大将军、凉州牧。张骏起初拒不接受，还扣留石勒使者。"后惧勒强，遣使称臣于勒，兼贡方物，遣其使归。"他认为霸业初成之时应该改变前期"宽刑简政"措施，以强化社会治理。参军黄斌说"臣未见其可"，便自己犹豫起来，后又召集群僚在闲豫堂议论半日，最后还是放弃了"严刑峻制"策略。

在《晋书》《十六国春秋》的记载里，张骏似乎很少以自己的意志办成过一件大事。诸多大事决定施行，一经臣僚反对，就停辍息事。他想命窦涛统两万大军征讨辛晏，从事刘庆阻止，就罢兵不征。韩璞河南兵败次年，他欲"大蒐讲武，将袭秦雍"，但理曹郎中索询反对，就取消了此次军事行动。

除优柔寡断外，张骏执政后期，曾长期处在忧惧不安之中。少年时遭遇父亲张寔遇刺事件，又亲历叔父张茂诛杀舅父贾摹事件。贾摹系狱后，皆传贾氏兄弟亦雇人刺杀张茂，州府出现人人自危的局面。张骏当政后，河西著姓之人中犹有不服安定张氏统治，时有动乱迹象。张骏为了消除忧虑，就鼓励奖掖州人给自己提意见，指摘朝政得失，以之消除国王、臣僚与邑民之间的矛盾。史料中有很多张骏鼓励臣僚给自己提意见的记载，如：

> 每患忠言不献，面从背违，吾政教缺然，而莫我匡者。
>
> 夫法唯上行，制无高下。且微黄君，吾不闻过矣。
>
> 十四年五月，雨雪降霜，骏避正殿，素服，命群僚极言得失……

犹豫不定，忧惧不安，充斥了张骏后期的政治生涯。他原本就是一个单纯的文人，河南失守、后赵侵扰、西域骚乱、岭北灾荒、著姓纷争等事件堆叠在一起，开始折磨他敏感脆弱的心灵。时间久了，精神压力很大，使之形成了惊惧不安、患得患失的心理疾病。

张骏的睡眠越来越不好，年轻时"常夜微行"是需要释放旺盛精力的浪漫激情表现。而至中年，以国事为忧，小心翼翼，忧心忡忡。加之性格柔软多虑，思维又老是处在国事的焦虑与艺术的亢奋中，脑细胞长时间高度运转，更加落下了长时间失眠的痼疾。这一切，严重地侵蚀了他的身体健康。

某日，张骏前往闲豫堂处理政事，入座时被镶金戴玉、凌驾四宇的国王宝座磕碰了一下，就后退一步将宝座连踢几脚，而后安坐在边上的普通方凳上，连声说还是这个凳子比较舒服。群僚见之，面面相觑，亦无人敢去劝阻。

谦光殿初建之时，张骏犹能四季以居之。《十六国春秋》载："张骏立谦光殿成，后池中有五龙，昼日见，移时乃灭。水通变绿色，骏即为铜龙以厌之。骏卒不胜此殿。"后来，干脆避居内堂，常常夙夜难眠，于是喜带亲随"微行邑里"。

治中从事张淳出使成汉时，曾在李雄面前评价张骏："寡君以乃祖乃父世济忠良，未能雪天人之大耻，解众庶之倒悬，日昃忘食，枕戈待旦。"可以说，"日昃忘食，枕戈待旦"便是张骏后期执政情形的真实写照。

这一切，让人常有疑虑：张骏是一个注重文人情怀和书生意气的人，加之性情柔弱，怎么来管理国家？

幸运的是，在他治理凉州期间，外患虽然存在，却军事未兴，终没有陷吏民于兵燹战乱之中。境内吏民和睦相亲，鲜有内乱发生，得以保据凉州二十二年的太平岁月。

国事悉委于世子

最终让张骏作出册立世子的决定，缘于一个奇特的梦境。《敦煌实录》载："凉文王张骏梦一人鬓眉皓白，自称子瑜，曰'地上之事付汝，地下之事付我。'王寤，问之，有侯子瑜先死，得其曾孙亮为祁连令矣。"侯子瑜即汉末敦煌名士侯瑾，据传此人能听懂鸟语，预知后事。侯瑾嘱张骏管好"地上之事"，看来，是应该考虑处理好一些大事的时候了。

经过一个阶段的思虑，张骏同意了宋辑"册立世子"的建议。

史料记载，张骏在凉州有四个老婆。"王后"严氏、"贵妃"马氏，还有"美人"两名，分别是刘氏和鄯善王献贡的西域女子。张骏任凉州刺史前就娶严氏，后封为王后，可惜严氏没有为张骏诞育子嗣就病故了。此后，马氏升为"王后"，生子张重华。刘氏因貌美得到张骏宠爱，封为"美人"，生两子，一位是张祚，另一位是张天锡。居于"宾遐观"的鄯善国"美人"则终生未育。

张骏曾进一步完善凉州教育体制，在州府设立国子学堂，"以右长史任处领国子祭酒"，主管国子学堂，张祚、张重华、张天锡自幼皆入国子学堂精读儒家经典。

三个儿子中，长子为祚，次子为重华，再次为天锡。古代承袭制度的基本原则是"立嫡立长"，所以正妻马氏所生的嫡子张重华被册

105

立为世子。《晋书》载，建兴二十七年（339年），张骏"立辟雍明堂以行礼，十一月以世子重华行凉州事"。为了保障世袭制度的推行，张骏将京畿军政大权交给张重华，还任之为五官中郎将，"并领三署郎从"。

张骏虽自称大都督、假凉王、督摄三州事，但将重要的国事皆委于世子张重华处理。自己则和谢艾、王济、马岌、程肇、江琼、宋纤、索绥等一帮文人相与论讲经义，写诗习文活动，度过了一段相对安宁的日子。

那个阶段，世子张重华也参与凉州文人谈文论道活动，大大推动了凉州的学术活动。《晋书》中曾记载了姑臧闲豫堂中的一场"学术沙龙"：

　　（重华）顾问索绥曰："孔子妇谁家女？老聃父字为何？四皓既安太子，住乎还山乎？"绥曰："孔子妇姓亓官氏。老聃父名乾，字元果，胎剖无耳。一目不明，孤单，年七十二无妻，与邻人益寿氏老女野合，怀胎八十年乃生老子。四皓还否，臣尚未悉。"重华曰："卿不知乎？四皓死于长安，有四皓冢，为不还山也。"

这则史料真实再现了凉州学术活动的活跃情形，学术讨论涉猎文学、史论、经学和玄学。"孔子老聃""商山四皓"成为普通学术研讨内容，体现出凉州学术研究活动的深度与高度。张重华幼得家学真传，后入国子学堂接受儒学教育，并在张骏的亲自教导下读书习文，学问渊博且识见卓著。通过与索绥的问答，可以窥见其聪明睿智的风韵。皇室成员与文人臣民平等讨论，一问一答，气氛融洽，大有《论语》所载"孔子侍坐"的热烈雅致气息。

史料中的索绥，字士艾，敦煌人，以才学和著述显名。前凉曾有著作郎张谘撰《凉记》八卷，惜记事简略。张骏任索绥为记室祭酒，命之著《凉春秋》五十卷，开启了凉州私人修史著述之风。索绥笔耕不辍，曾有《六夷颂》《符命传》十余篇文章名世。

在这种学术活动的推动下，王济、谢艾各有诗作名世，马岌所撰诗歌《题宋纤石壁诗》也深得张骏赞赏。

《东门行》和"天竺乐"

永元三年（501年），江南文人刘勰完成《文心雕龙》，对战国屈原到刘宋王朝之间的两百多位重要作家进行评论。他见解独到，眼界颇高，一般作家难入其法眼，连东晋陶渊明都在书中"一语未及"。

刘勰独对凉州作家张骏情有独钟，在《文心雕龙》中曾两次予以评述。前文曾述，他引用张骏评价谢艾、王济诗歌的语句，说明诗歌创作当"重熔裁，明隐秀"的道理。而在评价晋朝散文"笔札"创作时，再次指出：

逮晋初笔札，则张华为俊。其三让公封，理周辞要，引义比事，必得其偶，世珍《鹪鹩》，莫顾章表。及羊公之《辞开府》，有誉于前谈；庚公之《让中书》，信美于往载。序志联类，有文雅焉。刘琨《劝进》，张骏《自序》，文致耿介，并陈事之美表也。

这则评论在言及"晋初笔札"时，刘勰将张华的《鹪鹩》、羊祜的《辞开府》、庚亮的《让中书》、刘琨的《劝进表》和张骏的《自序》相提并论。特别称赞刘琨的《劝进表》和张骏的《自序》"文致耿介，并陈事之美表也"。"笔札"即后世所谓"随笔"和"小品文"，专指那种富有抒情意味和讽喻特色的短小散文，包括语言优美生动的序、跋、传记和书信等。此类文章往往反映作者日常生活状况及趣味，渗透着文人独有的生活情趣和审美风尚。张骏的《自序》在《全晋文》中未载，但通过张骏呈给东晋皇帝的奏表，可以看到其"笔札"创作的高超水平。

张骏将国事"悉委于世子"之后，创作了大量的诗歌作品。《东门行》便是此期较为著名的作品，诗歌借乐府古题描绘昔日姑臧城郊外秀丽和煦的春日景色，为魏晋古体诗中的上乘之作。韩兆琦编写的《魏晋南北朝诗选》中，收录《东门行》全诗如下：

> 勾芒御春正，衡纪运玉琼。明庶起祥风，和气翕来征。庆云荫八极，甘雨润四坰。昊天降灵泽，朝日耀华精。嘉苗布原野，百卉敷时荣。鸠鹊与鸧黄，间关相和鸣。芙蓉覆灵沼，香花扬芳馨。春游诚可乐，感此白日倾。休否有终极，落叶思本茎。临川悲逝者，节变动中情。

全诗二十句，构成十副对联。前四联写春天总体景色特征，微雨润泽之后，姑臧郊外雨霁云散，现出祥风和来、晴空耀日的美好景色。中间四联则细致描摹，如电影中跟镜头一般，画面上依次呈现田野里的"嘉苗"和"百卉"、池沼里的"芙蓉"、缀满枝头的花朵"芳馨"四溢。而"鸠鹊与鸧黄、间关相和鸣"又为静态画面添加动感，营造出一片鸟语花香、生机勃勃的绮丽景象。写景至此，诗人顺势道出人物此时独有的情绪："春游诚可乐，感此白日倾"。情景交融，意境优美。

最后两联道出诗人的无限感慨。面前景色让张骏联想到人生的终极意义，"休否有终极，落叶思本茎"，暗合自己"尊奖东晋"的政治主张，具有强烈的思国怀古意绪。"临川悲逝者，节变动中情"流露出诗人因时序变化而萌生的沧桑之感。全诗较好地继承了汉魏以来"乐府"诗"卒章显其志"的艺术手法，结尾表达志向，升华主题，大大拓展了写景诗的意境和主题。

《东门行》摒弃了东晋玄言诗人"淡乎寡味"的风格，注入诗人的真情实感。文论专家认为张骏诗歌继承"建安诗风"，但没有建安诗人曹操、王粲的那种悲壮豪情，字里行间浸渗着无可奈何的追悔和感伤气息。估计是"偏隅凉州"的张骏和"建安七子"所处的时代环境大不相同，故而诗风少了慷慨悲壮之气，而多了惆怅幽怨之思。诗人通过丰富的词汇描绘了优美迷人的凉州郊野风光，从侧面反映了前凉时期河西农耕文化比较发达，人与自然和谐相处的情景，流露出时不待我、只争朝夕、积极作为的精神情怀。

为了在凉州重振儒家礼乐文化，奉行孔子"用乐之和弥补礼之分"的古训，张骏在宫廷集合艺人表演"六佾之舞"。按周礼规定，皇帝或天子在宫殿表演的舞蹈为八佾之舞，分八行八列，共六十四人。诸侯及宰相所表演的舞蹈规模要次一等，称为六佾之舞，分六行六列，共三十六人。至建兴二十三年（335 年），张骏"疆理西域"之后，西域诸国年年向前凉纳贡，贡品中就有乐人和舞者，当时概称"方伎"。其实，鄯善国王贡献的那位"美人"也是一位技艺绝伦的乐舞艺人。张骏在"六佾之舞"表演中融入西域乐舞艺术成分，大大拓展了宫廷乐舞的表面内容。

数年后，西域乐舞艺人中有一支《天竺乐》队伍，演唱的歌曲有《沙石疆》、舞曲有《天曲》。所用乐器有凤首箜篌、琵琶、五弦笛、铜鼓、毛员鼓、都昙鼓、铜钹、贝等九种，由乐工十二人演奏，舞蹈一般是二人舞。张骏极为喜欢，在表演中融入河西乐器和音乐风格，至张重华执政时，已经发展为完备的宫廷乐舞。而至隋朝，《天竺乐》由凉州传入中原，被官方定为宫廷"九部乐"之一。

张骏是武威历史上见诸史载的第一位创作诗歌作品的诗人，也是五凉时期中国北方重要的作家。他敦崇儒教，兴办学校，重振礼乐，重视学术传播和文学创作活动，推动了凉州儒学事业的兴盛发展。

最后的两件大事

前凉建兴三十四年（346 年）六月二十三日，张骏薨于姑臧。张骏主政凉州，在位共二十二年，享年四十岁。《十六国春秋》载：

永和二年夏五月戊子，骏有疾。梦出游不识其处，见玄龟向之张口，而言曰："更九日，当有嘉问。"遂经九日，六月丙戌，薨于正德殿。晋穆帝遣使册赠大司马，谥曰忠成公。秋七月葬大陵。

古代典籍对于君王之逝往往通过一些"神示"和"异象"情节来突出人物的传奇色彩。《十六国春秋》作者崔鸿也未能免俗，通过"玄龟寓言"来表达张骏之逝的奇特性，此类描述殊不可信。但逝后东晋穆帝追赠谥号为忠成公，葬于大陵，这些细节都是真实可信的。

张骏墓地大陵不可考。1969 年武威雷台观下发现一座古墓，出土"马踏飞燕"等青铜器九十九件。部分铜车马俑上有"守张掖长张君"等字样，有专家认为这就是张骏大陵。但是，著名考古学家郭沫若说这是一座汉墓。关于雷台古墓是汉墓还是晋墓，半个世纪以来专家学者屡有纷争，终没有一个定论。

张骏是个有才华的国王，生于儒学世家，幼得家学真传，流传下来的诗文共八卷，可惜在隋末已见残缺。张骏也是个幸运的国王，在其执政时期，凉国举境安宁，开创了前凉国力最强盛的时代。憾英年早逝，河西大地悲声一片。世子张重华和凉国臣僚举国发丧，竟违背前代国王"素棺薄葬"的传统，陪葬物品极为丰厚。五十多年后，即后凉咸宁二年（401 年），"三河王"吕纂当政时张骏大陵被盗。《晋书》载，盗首胡安璩被缉拿归案，官府缴获所盗掘陪葬物品"水陆奇珍不可胜计"。

张骏逝世前一年，完成了两件与凉国社稷密切相关的大事。一是削除威胁凉国政权的阴氏著姓大族势力，扫清张重华执掌凉州政治障碍。二是在酒泉南山立西王母祠，"以裨朝廷无疆之福"。

前凉肇基以来，为了调配好王国首脑与著姓臣僚之间的权力均衡，安定张氏集团曾伤透了脑筋。治理凉州需要著姓人家"贤才"，而著姓大族又容易坐大形成影响政权的地方势力。张轨执政时期，河西著姓大族尚能较好地团结在一起。张轨逝世后，著姓大族出现了"张寔系"和"张茂系"派别。前文曾述，张寔派系称为"贾党"，由姑臧贾氏、晋昌张氏和敦煌氾氏构成；张茂派系称为"阴党"，由凉州阴氏、敦煌宋氏、索氏构成。"阴党"先在张轨患病之时支持张茂摄行州事，后又在张寔逝世之后支持张茂为国主，从而与张骏系产生极深的政治矛盾。

张骏执政后曾特意裁抑"阴党"势力，阴充已卒，阴澹告老退隐敦煌，阴据由武官身份调离军界任从事一职。但至后期，阴氏势力仍很强大，阴鉴为镇军将军，阴预为宁羌护军，皆为军界实力人物。他们拥有重兵，掌握地方大权，让张骏颇为忌惮。

张骏暗忖，若后世性格柔弱的张重华坐镇凉州，阴氏大族将会是最危险的动乱因素。张骏开始处心积虑地谋划削夺阴氏军事权力。直至逝世前的一年，张骏密令主簿魏纂上书弹劾阴氏家族核心人物阴鉴，诬其私造谶符，欲谋逆叛乱。张骏当即敕令，将镇军将军阴鉴逮捕入狱。

阴鉴为了免于屈打成招，冤枉家族成员及乡党友朋，就在狱中引颈而亡。阴氏子弟或被革职，或被缉拿，部分家族成员为避祸而徙离姑臧。《魏书》载："骏以阴氏门宗强盛，忌之，乃逼澹弟鉴令自杀，由是大失人情。"

第二件大事与酒泉太守马岌所请有关。《晋书》载：

酒泉太守马岌上言："酒泉南山，即昆仑之体也。周穆王见西王母，乐而忘归，即谓此山。此山有石室玉堂，珠玑镂饰，焕若神宫。宜立西王母祠，以裨朝廷无疆之福。"骏从之。

起先，马岌建议修建西王母祠，张骏没有答应。但马岌言及"以裨朝廷无疆之福"，张骏就动了心思。汉武帝泰山封禅、汉光武南郊祭天不就是为了显示"君权神授"的人主身份吗？修建西王母祠，祭拜酒泉南山，佑护张氏子孙据有凉国，福祚延年，也是一件有意义的大事。

一年后，南山西王母祠建成，红墙碧瓦，翘檐飞甍，甚是宏丽。张骏在马岌陪同下参加祠堂开光典礼，而后登上南山巅峰，焚香礼拜，祈佑凉州大地，国运昌盛。

从酒泉返回凉州的第二年，张骏安然而逝。

转头一切皆成空

张骏辞世，中坚将军宋辑、主簿魏纂等官员表请世子张重华为使持节、大都督、太尉、护羌校尉、凉州牧、西平公、假凉王，赦其境内罪囚。张重华尊奉马氏为王太后。

不过，张重华继位后，凉国政权的大厦又延存了三十年，就轰然倒塌了。

一切都应了一句古话：休言人间千秋事，转头一切皆成空。

张骏替张重华削除了威胁政权的大族隐患，又在酒泉南山礼拜祈佑，旨在保全张氏子孙保据河西而福祚延年。他没有料到，毁了前凉累世基业的却是他宠爱的马氏夫人。

马氏夫人形貌俊美，一头长发又呈现出天生的栗黄色泽，更显惊艳美丽。加之能歌善舞，作风强悍霸道，外界呼为"金头马氏"。永安三年（327年），马氏为张骏生下儿子张重华。张骏对她宠爱有加，任之专权跋扈，恃宠而骄，成为他勤政悯民生涯中的一大败笔。

张重华继位，太后马氏搬至谦光殿永寿宫。她忍受不了守寡的寂寞，竟与庶子、长宁侯张祚私通。七年后张重华去世，其子张曜灵继任国土，年仅十岁。两月后，马太后竟推荐张祚出任前凉国君，张曜灵被害。这场政变，成为前凉宫闱一大奇闻。

张祚成为国王后拥有佳丽无数，开始冷落风姿不再的马太后。她寂寞难耐，又勾搭上右司马张邕。和平二年（355年），河州刺史张瓘起兵攻打张祚，张祚被辅国将军宋混杀死。马太后宣布废掉张祚，改立张重华年仅七岁的次子张玄靓为王。后来，宋混杀了张瓘，马太后令张邕杀死宋混。再后来，张骏小儿子张天锡起兵，杀了张邕和傀儡国王张玄靓，马太后抑郁而死。

张氏宗室内乱不绝，凉州大姓也起兵反抗。十年间的争权夺位斗争，使河西国势人衰。

前凉升平二十年（376年），前秦主苻坚出兵灭凉。秦将梁熙、苟苌、毛盛、姚苌等统步骑十三万西渡黄河，杀奔姑臧而来。秦军之盛，"戎狄以来，未之有也"。

天锡大惧，俯首向梁熙请降。前凉所统郡县也相继降秦，前凉遂亡。

《晋书》载："自轨为凉州，至天锡，凡九世，七十六年矣。"

西晋时贾南风干政招致朝政昏聩，天下大乱。张骏在《薤露行》中唱叹，"哲妇逞幽虐，宗祀一朝倾"。没有料到，自己殁世不到七年，凉州就上演了贾南风般的宫廷闹剧。三十年后，"三方风尘起，獯狁窃上京"，凉州又上演了西晋覆亡的经典悲剧。

在后世历史印象中，作为前凉国王的张骏往往被人忽略，而作为东

113

晋诗人的张骏却声名显赫。康熙四十二年（1703 年），翰林庶吉士车万育编纂诗词声韵格律启蒙读物《声律启蒙》时，写道：

张骏曾为槐树赋，杜陵不作海棠诗。晋士特奇，可比一斑之豹；唐儒博识，堪为五总之龟。

《槐树赋》的作者是西凉王李暠，而清朝文人误以为是前凉王张骏所作。可见，张骏作为诗人的名声在官府及民间传播甚广。

吕光

中路"福地"是凉州

人物关系图

家室

父亲：吕婆楼，前秦功臣，官至太尉
儿子：吕绍，后凉第二位国君
儿子：吕弘，后凉大司马、车骑大将军
儿子：吕纂，后凉第三位国君
侄子：吕隆，后凉末代君主

师友

王猛：前秦开国功臣，大将军，升任吕光为鹰扬将军
符坚：前秦国王，以吕光为股肱之臣，任为骁骑将军，封都亭侯

吕光

谋士

鸠摩罗什：后凉佛法国师
杜进：平定凉州重要谋士、武威太守
郭黁：后凉太史令，专管占卜及军事
张资：后凉州府内史，负责摄州县诸事
段业：后凉宫廷著作郎，专司诰令文书

对手

梁熙：前秦凉州刺史，统兵拒吕光入凉
沮渠蒙逊：卢水胡匈奴首领，拥戴段业反叛后凉
秃发乌孤：西平郡鲜卑首领，自称大都督、大单于，反叛后凉
姚兴：后秦第二代国主，发兵攻灭后凉

西伐大兵过凉州

前秦建元十七年（380 年）六月里的一天，姑臧城发生了一桩奇事。

雄壮牢固的当阳门楼头竟有一处檐角毫无征兆地坍落了下来。折裂坠落的石梁和瓦当将城墙上戍守的两个士卒砸得头破血流，后经救治，一死一伤。

刺史梁熙惊问太史令郭靡，郭靡占卜一番神秘地说道，边境将有战事发生。有两个外国国王会来朝觐君主，但他们返回的时候，一个国王会死在凉州。

史载，郭靡精通星相八卦之说，占卜灵异。果然，一月后西域鄯善王休密驮和车师前部王弥寘来到长安朝觐国王苻坚。一年后，他们又随吕光征伐西域的大军来到凉州。《晋书·郭靡载记》称，"岁余而鄯善王及前部王朝于苻坚，西归，鄯善王死于姑臧"。

古代的战争，大多有个理由。有了理由，自己的军队就是正义之师；没有理由，则师出无名，发动战争的元凶就要背负荼毒生灵的恶名。建元十二年（376 年），苻坚出兵攻灭前凉的理由是张天锡"虽称藩受位，然臣道未纯"。六年后，他又要发兵攻打西域龟兹国（今新疆库车县一带）。不过，这次的理由很奇特，欲以战争方式"迎请"高僧鸠摩罗什抵达中原。

《高僧传》载，骁骑将军吕光率兵七万，将西伐龟兹及焉耆诸国。临发时，苻坚对他说："朕闻西国有鸠摩罗什，深解法相，善闲阴阳，为后学之宗。朕甚思之。贤哲者，国之大宝。若克龟兹，即驰驿送什。"

一代枭雄苻坚知道，仅以罗致一位高僧而悍然发动战争未免会遭人诟议，于是对外宣称龟兹不臣属中原王朝，犯有"僭越"之罪。《晋书·苻坚传》载，"梁熙遣使西域，称扬坚之威德，并以增彩赐诸国王，于是朝献者十有余国"。而"朝献者十有余国"里正好没有龟兹。这样一

117

来，苻坚出兵攻打龟兹就师出有名了。

建元十八年（382年）九月，吕光率陵江将军姜飞、轻车将军彭晃偕同部将杜进、康盛、窦苟等拔营出征，以鄯善王休密驮、车师前部王弥窴为前导，去讨伐西域龟兹及焉耆诸国。一月后，吕光大军进至凉州，士卒疲惫不堪，吕光颁令屯兵姑臧，休整旬日。

不料，鄯善王休密驮暴死凉州，又耽搁数日。

凉州刺史梁熙置办酒宴热情款待吕光及诸将，而后协助吕光料理了休密驮丧事，并补给了充足的粮草。

吕光大军离开姑臧的时候，梁熙带州府官员亲送吕光至当阳门，二人殷勤话别。吕光向梁熙抱拳致意后，回望了一下当阳门嵯峨的楼头，便纵马驰入逶迤前行的大军之中。

梁熙没有料到，三年后，吕光成了自己一生中最致命的"克星"。

吕光也没有料到，这座享誉北国的名都姑臧会成为他后半生建邦立国的一块"福地"。

118

前秦股肱之臣

吕光是略阳（今甘肃秦安）人，其先世为汉高祖刘邦皇后吕雉的族人，西汉时期周勃等诛灭诸吕时，其先人吕文和从沛县逃脱，西奔略阳，世代为当地大族。吕光的父亲吕婆楼是前秦官员，曾辅佐苻坚登位，屡有大功，官至太尉。

咸康三年（337年），吕光出生在枋头，即今河南浚县西南一带。据传，吕光出生时，天空中出现神异之光，吕婆楼遂取名为吕光。吕光十岁时就表现出非凡的军事才能。在和一群孩子进行"打仗"游戏时，同伴们推他为"主将"。少年吕光竟将"战将"和"士卒"调配得合理周详，有板有眼，儿童们极为佩服，就连边上观看的大人也啧啧称奇。

吕光不喜欢读书，只爱好架鹰跑马。长大后，身高八尺四寸，形貌奇伟。据传，吕光的眼中有两个瞳孔，而且其左肘上长有一个肉印。他性格沉着刚毅，为人宽厚有大量，喜怒不形于色。形貌奇伟，器量不凡，很早就显露出雄才大略的胸襟和气度。

更重要的是，吕光后来逢到了苻坚麾下的大将军王猛，此人成了他步入仕途的"天德贵人"。

《晋书·吕光载记》中记载了他们的初次会面："王猛异之，曰'此非常人'，言之苻坚，举贤良，除美阳令，夷夏爱服，迁鹰扬将军。"可见，王猛认为吕光不同寻常，就推举他出任美阳县令，深得治下百姓爱戴，不久升任为鹰扬将军。

吕光在前秦参加第一次战斗时，就树立了骁勇矫健的威名。

那是永兴二年（358年），并州张平叛秦自立，吕光随苻坚前往讨伐。其时，张平养子张蚝武艺高强，膂力过人，有"万人敌"之称，与秦军前锋邓羌对峙十余日，难分胜负。不久，苻坚抵达铜壁，张平出动全部兵力迎战。张蚝单马冲击秦军，反复四五次，无人能敌。吕光出战，竟刺张蚝于马下。张平大败，只得投降苻坚。

自此，吕光威名大振，苻坚擢之为宁朔将军。

吕光不仅作战勇猛，而且通晓军事，用兵颇有谋略。建元四年（368年），前秦赵公苻双和燕公苻武联合发动叛乱，苻坚遣军征讨却相继兵败。无奈之下，命宁朔将军吕光与武卫将军王鉴一同出征。当时叛军逼近榆眉，王鉴欲速战速决。吕光阻止，他认为叛军新近获胜正士气高昂，建议避其兵锋，以待良机。过了二十多天，叛军粮尽退兵。吕光挥兵出击，大败叛军，斩首一万五千级。两月后攻陷上邽（今甘肃天水市），斩杀苻双和苻武。

后来，吕光在攻灭前燕和平定苻重洛阳之乱、苻洛幽州之乱、李乌蜀地之乱等战争中皆能克敌制胜，显示了运筹帷幄的征战智略，在前秦建立了一定的威望。累迁幕府长史、太子右率、步兵校尉、破虏将军、骁骑将军等职，封都亭侯。特别是吕光行事沉稳、矢忠不二的品行深得苻坚信任，成为前秦王国的股肱之臣。

119

前秦征伐西域，劳师袭远，又远涉流沙，路途迢远。此一番行军征战注定困难重重，将是一场史所罕见的恶战。苻坚思虑好长时间，最后确定以吕光为帅。他认为只有吕光能在困境中创造奇迹，定能夺得出师大捷。

吕光统兵西行，是自张骞出使西域以来中原王朝对西域地区规模最大的一次军事行动。在车师前部王弥寘的引导下，号称七万的前秦大军离了凉州，穿行在茫茫沙漠之中。战马的铁蹄和飞动的车轮在丝路古道上搅起巨龙般的漫天尘雾，向古国龟兹席卷而去。

龟兹王白纯

西伐大军进抵高昌时，苻坚即亲率一百一十二万大军攻打东晋，拉开了"淝水之战"的帷幕。吕光闻讯，陷入进退两难的境地。若返回中原助战又没有苻坚敕令；若继续进兵，高昌距焉耆数百里，距龟兹约一千多里，队伍仍需跋涉半月方可抵达。只恐那时接到回师助战的命令，队伍离中原会更远，返回耽搁时日会更长。于是指挥大军屯驻高昌，拟待苻坚命令。

部将杜进说："将军统兵西来是奉王命出征，应当尽快进兵，勿在等待观望中贻误战机！即使王命班师返回，也应先攻伐焉耆、龟兹后再说。何况古人又云'将在外，君命可有所不受'，望将军勿迟疑！"新任鄯善王胡员吒也来谒见吕光，极力鼓动吕光尽快进兵。于是吕光继续挥军前行。

但是，此后行军旅途中的艰难困苦远出乎杜进诸人意料。吕光大军在茫茫戈壁和沙漠中行进三百多里，沿途皆无水源，将士恐惧异常。吕光此时反倒沉稳淡定，尽显将帅勇略，鼓舞将士说："吾闻昔日汉皇遣李广利征伐匈奴，精诚感动天地，行至大漠而涌出飞泉。吾等也要发挥忠纯精诚之心，坚定前行，皇天相助，定克大功！"似乎上天真有成全吕光建功立勋的愿望，不久果然天降大雨，平地涌起三尺水波，士卒无不欢欣鼓舞。吕光于是顺利进军至焉耆。

焉耆乃西汉时西域旧国，位于车师国南部，鄯善国东南部，国都名为员渠城，当时有人口三万多人，士卒六千人。焉耆国王泥流见前秦大军来势凶猛，赶紧出城投降了吕光。周边诸国见状也纷纷称属纳贡，吕光大军一路势如破竹，前锋直指龟兹。

大兵压境，龟兹国一片混乱，吏民纷纷逃亡至邻国避难。王宫诸臣皆劝国王白纯向秦国投降，连高僧鸠摩罗什也奉劝白纯放弃抵抗。但白纯心意已决，欲倾全国之力组织军队进行抵抗。

白纯是龟兹历史上最富个性特征的一位国王。史载龟兹国存在了一千四百多年，正史记载的国王共达十七位之多，唯有白纯留下的历史印迹最为深刻耀眼。白纯既有中原秀士般的锦绣心肠，又有西域豪杰般的侠肝义胆。他尊奉鸠摩罗什为佛法国师，开凿石窟，绘画造像，发展宫廷音乐文化，创立形成了龟兹乐舞。面对前秦军队的进攻，白纯奋力抗击，表现出一国之君的刚烈气节。吕光统兵前来，周边诸国纷纷投降，唯有白纯毫无惧色，兀自提戟上马统兵迎敌，壮烈勇毅之气直贯霄汉。白纯的勇猛抵抗，致使吕光大军征伐西域的步履整整迟滞了两年。

白纯知道，这是一场迟早会到来的战争。

早在汉宣帝元康元年（65 年），龟兹王绛宾与解忧公主的女儿弟史结为夫妻，后遣长女和女婿入朝，汉室以公主驸马的礼数隆重接待，馈赠甚多。绛宾夫妇"乐汉衣服制度"，绛宾之子垂德继立，曾自称"汉外孙"。直至西汉末年，龟兹与中原王朝关系极为密切。东汉和帝永元年间，汉室迁西域都护府于龟兹，龟兹代替乌垒（今新疆轮台东）成为汉朝经营西域的军政中心。从那时起至魏晋时代，龟兹国始终是中原王朝的属国。即使东晋初年，仍臣属于河西前凉王国。

然而，前秦攻灭前凉之后，白纯却要硬生生地从这种从属关系里挣脱出来。不仅无视前秦的存在，还要出兵征伐鄯善等国，推行区域称霸活动。如同一匹烈性的汗血宝马，不愿忍受牢笼羁縻之苦，而驯服者又

121

不允其飞扬跋扈。一方拒绝戴上辔头，一方顽强加给羁绊，一番撕捉踢打的闹腾自然在所难免。

苻坚颇具雄才大略，白纯也兼具枭雄之姿。烽烟初起，白纯早就联合疏勒、狯胡、温宿和尉头等国，内外聚兵七十余万。他想，七十余万大兵难道不能抵敌七万之兵？何况前秦士卒长途跋涉，劳师袭远，犯了兵家之忌。龟兹联兵以逸待劳焉有不胜之理？

那几天，有人发现，白纯沉凝无言的姿态里显出笃定自信的神色，眼睛里跃动着渴望厮杀、渴望胜利的豪情逸气。

延城保卫战

吕光大军逼近延城，白纯将城外的吏民迁进城里，令击胡侯统领国中之兵环城固守。

吕光命部众在龟兹城南集中。每隔五里设立一个营寨，挖战壕、筑高垒，到处设下疑兵。前秦将士用木头做成人形兵俑，给兵俑穿上铠甲摆陈在营垒上，弓弩手杂列于兵俑之后，大队兵马隐伏于战壕之中。一场血腥的战争开始了。《十六国春秋》中详细地记载了这场战争：

> 光军其城南，五里为一营，深沟高垒，广设疑兵，以木为人，被之以甲，罗之垒上，以为持久之计。白纯驱徒城外人入于城中，附庸侯王各婴城自守。光攻城益急。将军窦苟，洛阳人，以壮勇知名，从吕光攻龟兹，每登云梯，入地道，或时坠落，苏而复上，光深奇之。

可以看出，战争进行得极为激烈。一是吕光攻城的频率较为急迫，"攻城益急"说明求胜心切。二是吕光的将士非常勇敢，将军窦苟无论是登云梯还是下地道都身先士卒，"或时坠落，苏而复上"。吕光攻城之势极为勇猛，龟兹守城将士的防御之势也极为顽强。吕光攻城历时数日，就是不能攻下延城。

北凉文人段龟龙创作的《凉州记》是一部专门记录后凉奇闻、玄怪、神异等内容的野史，书中对吕光攻城过程进行了神话般的描写。据传，数月后吕光曾夜梦金象飞出龟兹城外，就对部将说："此谓佛神去之，胡必亡矣。"于是，再次对延城发起猛攻。当吕光大兵聚拢而来时，白纯倒有了一种想快速解决战斗的心思，就燃起狼烟。浍胡王见到约定的烟火信号，就派其弟呐龙和侯将馗率领二十多万骑兵，并且带领温宿和尉头等国国王，会聚五十多万人马赶来增援。吕光见状又引兵退去。

白纯、呐龙和侯将馗各领兵二十多万呈"丁"字状将前秦军队围困于延城西郊。西域各国部众娴于弓马，善使长矛，铠甲坚硬，箭射难入。吕光指挥大军突围时屡被打败，只好固守大营鏖战，情势极为不利。后来，白纯改变战术，组建骑兵阵法主动攻击吕光大营。西域骑兵冲锋时手持皮革绳索做成的套索，纵马投向吕光大营，士卒被套中者即被拖入军营或俘或杀，前秦军士惊惧异常。众将只好搬移营栅，拉开各营之间的距离，并在营栅两侧分散部署弓弩手，当西域骑兵发起冲锋时，便集中放箭，使他们的皮革套索难以企及。

白纯看到吕光大军新的阵营，暗喜不已。急召呐龙、侯将馗和麾下击胡侯诸人商议。白纯提出以吕军营栅数量分拨士卒，各遣一大将统领，拟择一风高月黑之夜，同时向各个营栅发起攻击。进攻要领为环合严密，奇速突击，务将各个营栅独立隔开，而后集中精锐先聚歼一处营栅，然后合兵再击另一营栅。这样一来，不出旬日即可全歼前秦犯兵。诸将大喜，依计分拨军士，操练准备夜袭之事。

但是，有着十数年攻伐征战经验的吕光看到这样的作战格局，立马显露出了很高的指挥谋略，对部将说："敌众我寡，营垒相距又远，力量分散，恐被敌军各个击破。"于是吕光指挥军队迁移营垒，联结成掎角之势，让部将率军士操练勾锁战法。营垒之间分派精锐骑兵驰骋逡巡，使西域联兵无隙可乘。这样一来，白纯的分割聚歼战术未及施行，吕光大军已经改变了原来的营栅分布与战术格局，有效地抵御了西域骑兵的

123

凶狡袭击。这样打打停停，延城保卫战整整进行了一年。

延城陷落

建元二十年（384年）七月的一天，前秦大军屯营之地发生了一桩奇事。

据传，军士在夜间发现营栅外面出现一个全身黝黑的庞大怪物，体形绵长硕大如同横亘的河堤一般，头上的触角竟歙歙晃动，目光灼亮如闪电。等到黎明时分天空忽地布满云雾，至晨云雾散去，那怪物渐渐遁去形迹。士卒查看怪物停留的地方，其形迹南北长达五里，东西宽达三十余步，卧在地上留下的鳞甲碎屑仍依稀可见。

杜进早年为前秦四府佐将之一，精通兵法，才识超群。外加作战勇敢，后被吕光擢为部将。他说："此为乌龙，龙是神兽，一般显现于国君建功之时，《易经》上说：'看见神龙在野，这是福德普照的征兆。'看来将军道合天意，德符幽显，定创大业。"吕光暗喜："果真乌龙助战，吾等克敌制胜必在近日。"不久西北方起了乌云，暴雨骤然而至。

此时西伐大军困厄延城已逾一年之久，现在又三面受敌，时日一长，定遭全军覆灭，吕光甚是忧虑。《凉州记》又载，乌龙遁去不久，吕光左肘上的肉印现出"巨霸"两字。吕光以示杜进，杜进大喜，以为战胜西域联兵之期已至。杜进想出一条奇谋。由他和窦苟各引勇士五百，挖地道潜至呐龙和侯将馗的营栅之侧，到时候大军佯攻白纯大营，呐龙和侯将馗定然打开营门发兵援救，伏兵即可趁机攻入营栅。吕光闻之大喜，遂用杜进之策。

半月后，杜进和窦苟各带勇士已经掘地潜至预定的地方，吕光命令康盛趁夜引兵两万向白纯军营发起猛烈攻击。呐龙和侯将馗见状，果然拥兵出营，拟去救援白纯。结果被彭晃和姜飞各统兵两万阻敌迎击。杜进和窦苟各引五百勇士乘乱凶猛杀进呐龙和侯将馗的营栅之中。二人大惊，亟欲回兵退回营栅时，彭晃和姜飞又挥兵掩杀过来，斩杀一万余人。吕光军大获全胜。

狯胡国呐龙、侯将馗被乱兵冲散，各个引兵退去。白纯在康盛之兵猛烈攻击下也失了营栅，只好和众都尉引兵退至内城。吕光大军突围成功，兵势大振，大军聚拢后，进至延城南门外屯驻。此时，疏勒国王闻讯，就将国事委于太子，命佛陀耶舍辅助，自己亲率国中胜兵两万，驰援龟兹。结果进至半途，就传来了延城陷落的消息。

原来，白纯退兵至内城的次夜，吕光麾下将军杜进和窦苟奋兵猛攻延城南门，窦苟帐下几位勇士从西北角缒绳而上，将一戍楼点燃，火光盈空，亮如白昼。龟兹守城士卒大乱，西门被姜飞率五百猛士强力攻入，延城遂破。

吕光在陵江将军姜飞、鄯善王胡员吒、车师前部王弥寘的簇拥下从西门昂然步入延城。城中塔庙千数，宫室壮丽，焕若神居，诸将无不暗自惊叹。吕光想起了出发时符坚"示以中国之威，导以王化之法。勿极武穷兵，过深残掠"的叮嘱，急忙命令麾下诸将约束士卒，严明纪律，禁绝烧杀奸掠。

吕光等步入王宫囿苑，但见危楼高墙，玉柱烁硪，金碧辉煌。长廊纵横，廊间彩绘佛陀本生壁画，形神毕肖。殿内云顶檀木作梁，水晶玉璧为灯，白珍珠为帘幕，绿漪石为柱础。殿中宝顶上悬着巨大的明月珠，熠熠生辉，似明月一般。地铺白玉，内嵌金珠，凿地为莲，莲瓣以碧玉缀成五茎模样。如此穷工极丽的王宫，吕光倒是第一次见。

吕光升座，令杜进统兵全城搜捕龟兹王白纯和国师鸠摩罗什。次晨，杜进回报，白纯已从暗道逃跑，正派兵追捕。鸠摩罗什仍在王新寺诵经修法，已派人加以看护。龟兹国及周边属国的三十多位侯王在龟兹王弟白震的带领下，主动投降吕光。吕光新立白震为王，并犒赏将士，让参军段业作《龟兹宫赋》以颂扬征伐龟兹取得的辉煌战功。

符坚得知吕光平定西域后，任命吕光为使持节、散骑常侍、安西将军、西域校尉，都督玉门以西诸军事。只是关中战乱，道路断绝，任命诏书未能送达西域。

自前秦攻灭前凉以后，从中原到西域的商旅活动日渐稀疏，政治、经济、文化往来一度濒于断绝。《晋书·吕光传》载，吕光打败龟兹后，名声大振，西域胡王中昔日未宾服中原王朝者，也不远万里，前来延城表达归附之意。他们呈上汉代所赐节符，吕光皆和他们交换节符，订立盟约。因鸠摩罗什而引发的这次战争，竟然起到了连通内地和西亚交通要塞的重要作用，丝绸之路再次得以复兴，商贸交流日益频繁。

这次军事行动，吕光创立了中国军事史上长途奔袭以少胜多的一次成功战例。

龟兹乐舞徙至凉州

建元二十一年（385 年）九月，吕光带着鸠摩罗什离开龟兹，返回中原。

龟兹人生活富奢，家家贮有葡萄美酒，有的人家富足甚达千斛。这些贮存的美酒历经数年犹甘洌芳醇，士卒大多沉溺于美酒之中。起初，吕光军事上取得重大胜利，"抚宁西域，威恩甚著"。又见西域富饶安乐，"欲留王西国"。鸠摩罗什主动劝告吕光："此凶亡之地，不宜淹留！推运揆数，应速言归，中路必有福地可居。"

吕光听了鸠摩罗什的劝告，便召集文武诸将讨论"留王西国"还是"返回中土"。麾下众将因离开中原太久，皆有强烈的思乡情绪，纷纷请求返回家乡。吕光念及苻坚的托付，也体谅将士思乡之苦，遂采纳了鸠摩罗什班师回朝的建议。

吕光出征西域历时三年，行程万里，降服西域三十六国，抢掠奇异珍宝无数。史载，吕光离开龟兹时，"以驼二万余头致外国珍宝及奇伎异戏、殊禽怪兽千有余品，骏马万余匹"。其中的"奇伎异戏"即指包括龟兹乐舞在内的各类艺人。

战争还有另一种影响，暴力征服之后，征服者却往往被臣属国的文化反征服，这种反征服就是文明的征服。吕光在平定龟兹之前，根本不知道龟兹乐舞。占领龟兹后，才惊叹世上竟有如此奔放、热烈、明快的乐舞。

吕光发现龟兹的乐器极为丰富，除中原的箫、笙、筝之外，还有许多从未见过的乐器，如弓形箜篌、凤首箜篌、五弦琵琶、二弦横笛、答腊鼓、筚篥、羯鼓、手鼓、大鼓、腰鼓、铜钹、铜角、唢呐、拍板等。乐器奏鸣时，热烈跳跃的旋律时而似太阳普照万方，时而似风暴横扫沙漠，时而似骑兵疾驰荒原。当龟兹宫女应弦而舞时，但见裙裾翩翩，袖袂如云，似缤纷的花雨，又似旋飞的蝴蝶，令人目不暇接。唐代史学家杜佑在《通典》中对龟兹乐舞的表演场景进行了生动的描述：

> 洪心骇耳，抚筝新靡绝丽，歌响全似吟哭，听之者无不凄怆。琵琶及当路琴瑟殆绝音。皆初声颇复闲缓，度曲转急躁。按此音所由，源出西域诸天诸佛韵调……举止轻飘，或踊或跃，乍动乍息，跷脚弹指，撼头弄目，情发于中，不能自止。

在杜佑的笔下，乐曲由"闲缓"转至"急躁"，艺人"踊跃动息"，灵动形象，韵味无穷。舞者"情发于中，不能自止"，表现出全身心投入表演的那种陶醉状态。

吕光被迷倒了，觉得龟兹乐舞不是人间所有，那是天上飘来的仙乐妙舞，而且一定是仙人饮葡萄酒时演奏的音乐和即兴而起的舞蹈。吕光早已被这种别具异域情调的艺术完全征服。

这些乐舞艺人被吕光安乘于驼轿里，装着他们的乐器和服装行头的大木箱都被绑在了驼背上，随着吕光大军返回中原。十七年后，后秦攻灭后凉，乐舞艺人从凉州徙至长安。三百多年后，龟兹乐舞成为大唐帝国皇宫里的"国演剧目"，连诗人元稹都在《连昌宫词》中由衷感叹："逡巡大遍凉州彻，色色龟兹轰发续。"

127

《隋书·音乐志》称："西凉者，起苻氏之末，吕光、沮渠蒙逊等据有凉州，变龟兹声为之，号为秦汉伎，魏太武既平河西得之，谓之西凉乐。"吕光喜欢龟兹乐舞还要进行改编创演，使之成为风靡河西的西凉乐。所以，后世将吕光誉为龟兹乐舞弘传至中原大地的"文化使者"，可谓实至名归。

吕光统领步兵十万、铁骑五千，加上从西域掳掠的这些珍宝和骏马，成了以后称霸河西所倚仗的军事力量和物资基础。当然，此番西行最大的战争收获是完成了苻坚交给他的任务，"恭请"高僧鸠摩罗什踏上了返回中原的迢迢路途。

攻占河西

吕光大军渐至高昌，高昌太守杨翰在高桐和伊吾两个关口设有重兵把守，扬言如果没有刺史梁熙的通关文牒，吕光大军不得进抵凉州。

吕光大军只好在高桐关外扎营屯驻，未料数日后前锋军探来报，高桐和伊吾两关防兵竟然悉数撤去。吕光果断下令进兵至高昌城下，杨翰带兵打开城门，迎吕光大军入城。

原来，两年前前秦出兵伐晋，东晋以八万军力大胜八十余万前秦军，创下名垂史册的"淝水之战"。战后前秦元气大伤，先前被苻坚征服统一的鲜卑、羌族等部族酋豪纷纷反叛，各自建立割据政权。先是慕容垂逃回前燕故地，复国称王，慕容宗族的子弟跃马披甲，遍地狼烟。什翼犍之孙拓跋珪亦在牛川称王复国，羌族首领姚苌等人也重新崛起，丁零、乌丸相续起兵反叛。北方大地重新四分五裂，陇右以东皆陷入分裂割据状态。时任凉州刺史的梁熙十分清楚眼前的这种混乱时局，却也一筹莫展。

当吕光大军东返的消息传来时，杨翰赶紧遣使至姑臧传送谏文至刺史府邸，劝说梁熙派兵据守高桐、伊吾两个关口，以拦阻吕光大军东犯凉州。只是梁熙不纳杨翰建议，亦不发兵助守高昌。吕光也闻知苻坚伐晋失败，长安处境危险，打算停止军队东进。杜进劝谏，"梁熙文雅有余，鉴识不足，不会接纳良士谏议。凉州部众定然离心离德，亦加速推进，万勿担忧"。吕光遂纳杜进之谋，迅速抵达高昌。太守杨翰迫于吕光神勇威武，就举郡投降了吕光。

数日后，吕光大军越过玉门关。玉门关始置于汉武帝开通西域后设河西四郡之时，因从西域输入玉石时曾取道于此而得名。汉时为通往西域各地的门户，故址在今甘肃敦煌西北小方盘城。元鼎年间修筑酒泉至玉门间的长城，玉门关随之设立。自此成为中原与西域交通取道的标志性关隘。历史上一直认为玉门关西则为西域蛮荒之国，玉门关东则为东土繁华之境。直至唐朝，诗人王之涣写的《凉州词》中，仍有"羌笛何须怨杨柳，春风不度玉门关"的哀怨之词。

在古代，最富庶的地方也往往会沦为最酷烈的战场。对于拥兵自重的大王或山大王而言，富庶的地方犹如一块肥肉，肉越肥，争抢得越激烈。前凉时张轨治理凉州以来，中原地区战乱频仍，河西举境却比较安定。张氏历代统治者采用保民安境、教化治埋措施，出现了"凉州不凉米粮川"的丰裕景象。从那时起，凉州成为富庶繁华的北方大邑，也就成为那些拥兵自重者争夺的首选之地。

从前秦攻灭前凉开始，凉州就沦为烽烟四起、兵燹不断的战场。据《武威地区志》载，十六国前秦时期至清末，发生在凉州大地上的较大的战事就达两百多次。

建元二十一年（385年）九月，吕光大军穿过玉门关，进逼敦煌城下。敦煌太守姚静打开城门，举郡投降。数日后，晋昌郡（今甘肃瓜州县一带）太守李纯送来降表，率全郡吏民投降吕光。吕光兵势大振，挥军东进，兵锋直逼酒泉。

事实证明，杜进对凉州刺史梁熙的评价极为准确。

梁熙乃一介儒士，善为辞赋，与其兄梁谠俱以文藻清丽为时人所重。建元十二年（376年）苻坚兼并前凉之后，即以梁熙为凉州刺史，并将凉土之豪酋七千余户东徙长安。吕光自西域回师，梁熙已坐镇姑臧近十年之久，基本上控制了凉州全境。淝水之战后，前秦四分五裂，凉州已成梁熙独立执掌的一个军事地区。吕光大军进逼高梧、伊吾两关时，杨翰曾对梁熙说："今关中扰乱，京师存亡未知，自河已西迄于流沙，地方万里，带甲十万，鼎峙之势，实在今日。"美水令张统也曾劝谏梁熙：

> 将军世受殊恩，忠诚夙著，立勋王室，宜在于今。行唐公洛，上之从弟，勇冠一时。为将军计者，莫若奉为盟主，以摄众望，推忠义以总率群豪，则光无异心也。资其精锐，东兼毛兴，连王统、杨璧，集四州之众，扫凶逆于诸夏，宁帝室于关中，此桓文之举也。

结合当时情势来看，张统谏言确有一定的远见卓识。他主张梁熙奉苻坚的堂弟、前秦唐公苻洛为"盟主"，以遏制吕光"异心"。五年前苻洛因发动幽州叛乱，遭苻坚遣吕光统兵镇压，兵败后被流放至西海（今青海湖一带）。张统认为，速遣使迎请苻洛抵凉，以"大秦帝室"名义号令关中。此后联合周边军事势力，"合四州之众，扫凶逆以康帝室"。这样做实在是春秋时期齐桓公、晋文公那样的霸业之举。

但是，举凡成就霸业之人，往往是乱世之中别具"倜傥非常之才"的人物。他们往往具有雄才大略的气质，山岳倾而不动心，风暴临而不变色，审时度势，纵横捭阖。而在关键时刻却能果断出击，勇猛如山间的狮虎，迅捷如空中的鹰隼。可惜"文雅有余、鉴识不足"的梁熙显非这样的人物。他先是放弃高梧和伊吾两关，后又不纳杨翰、张统之谏。为了防止别人打着苻洛的旗号作乱，竟暗遣武士迅速至西海刺死了唐公苻洛。

当东返大军进抵玉门时，梁熙自以为坐拥凉州胜兵雄关，未将吕光放在眼里。吕光占领敦煌后，梁熙仍不当回事，而是非常文雅地起草了一道檄文，责备吕光："汝为都督玉门以西诸军事、西域校尉，今统兵抵凉，是何用意？"事实上，当时关中战乱，姚秦大军阻断道路，苻坚的任命诏书根本未予送达。吕光自然不知苻坚命之"都督玉门以西诸军事"之职。吕光也回传一道檄文至凉州，斥责梁熙阻止西伐大军东归，没有共赴国难的诚意。吕光的檄文虽然洋溢着浓郁的书生意气，但做法毫不含糊。他在传檄的同时，即遣姜飞统领大军向酒泉猛进。此时，梁熙才慌了手脚，急忙派儿子鹰扬将军梁胤和振威将军姚皓、别驾卫翰率五万兵众，在酒泉堵截吕光。

吕光也遣彭晃、杜进为前锋，发兵进攻酒泉，一场争夺凉州的战争再次开始。

和攻打龟兹延城的战事相比，争夺凉州的战斗就简单多了。吕光大军与梁胤在安弥（今酒泉肃州区东）发生了一场恶战。战争进行了两日，凉州关兵难抵西返虎狼之师。梁胤大败，率数百骑逃亡。杜进挥兵追击，将梁胤诛杀于马鬃山下的弱水西岸。武威太守彭济闻梁胤大败，遂发兵攻入姑臧，擒住梁熙，而后传檄向吕光投降，吕光大喜。

旬日后，西伐大军顺利进驻姑臧，吕光斩梁熙于姑臧城当阳门外。当押送梁熙的囚车走过当阳门楼时，不知心中有何感想？三年前吕光兵过凉州，梁熙曾统领州府官员在此殷勤相送。三年后，吕光统兵西返，竟在此间斩杀了梁熙。真是世事变幻莫测，时光白云苍狗，一切都难以说得清楚。

《晋书》曾借西凉主簿氾称之口，对梁熙治理凉州进行了精当的评价："梁熙既为凉州，藉秦氏兵乱，规有全凉之地。外不抚百姓，内多聚敛。建元十九年姑臧南门崩，陨石于闲豫堂。二十年而吕光东反，子败于前，身戮于后。"这样看来，梁熙"外不抚百姓，内多聚敛"而招致众叛亲离，死于非命也是咎由自取。

太安元年（386 年）九月，逃离长安的苻坚被后秦主姚苌缢死。吕光闻讯，大恸不已。他颁令凉州举境为苻坚服丧，规定"长吏百石已上服斩缞三月，庶人哭泣三日"。于是，凉州大地上举行了一场隆重而滑稽的丧仪！长安的苻坚死了，却让凉州食禄百石以上的官员披麻戴孝三个月，让普通百姓哀声哭泣三天三夜。

131

不过，吕光很快就"化悲痛为力量"了。冬十月，大赦河西，自立为"三河王"，建元太安，定都姑臧，史称"后凉"。

鸠摩罗什从此寓锡凉州，度过了十七年的时光。吕光特在城中建造了一座规模宏大的寺庙，称为姑臧大寺。因为大寺住持为西域高僧鸠摩罗什，河西吏民便把此寺称为"鸠摩罗什寺"。

"三河王"的烦恼

《高僧传》载，后凉太安二年（387年）正月，姑臧忽地刮起遮天蔽日的大风。鸠摩罗什见风向异常，就对吕光说："不祥之风，当有奸叛，然不劳自定。"意思是说，这是不祥之兆，有人要反叛作乱，但不用劳师动众，自会平定下来。吕光想起在龟兹时鸠摩罗什说过"中路必有福地"的话语，此后果在龟兹至长安的"中路"凉州据地称王。现在闻听鸠摩罗什的判断，便深信不疑。

其实，这是聪颖的鸠摩罗什通过吕光的内政形态而感觉到后凉政权蕴藏着巨大的民族矛盾和政治危机，然后借助玄怪的自然现象提醒吕光。

鸠摩罗什的预测很快就应验了。不久传来消息，梁谦发动叛乱，最后被部将杀死，内乱自然得以平息。吕光对鸠摩罗什的钦佩之念还未消除，又传来了金城郡郡守尉佑占据外城起兵反叛的消息。其后，尉佑的堂弟尉随也占据鹯阴（今甘肃省白银市平川区）起兵响应。

尉佑是后凉内府主簿，因和彭济同谋擒获梁熙，很受吕光宠信。后来曾进谗言使吕光杀害南安人姚皓、天水人尹景等十多位名士，导致河西士人开始疏远吕光。待吕光擢之为金城郡守，未至一年竟悍然作乱。吕光大怒，即遣部将魏真前往讨伐。尉随从鹯阴起兵抵抗，后败逃奔至尉佑营中。吕光又遣部将姜飞统大军前往征伐，尉佑带乱兵仓皇逃至兴城一带。姜飞拟发兵乘胜攻打兴城，不料军中发生内乱。麾下司马张象、参军郭雅图竟图谋杀死姜飞，以应尉佑。事泄后，竟引叛兵千人归附了尉佑。尉佑以兴城为据点，将周边反抗后凉的乱兵聚合一处，兵势大炽，姜飞只好统兵折返姑臧。

频频暴发的凉州内乱，令吕光非常烦恼。鸠摩罗什奉劝吕光采取悯民宽政方针，禁绝滥杀无辜。境内即可吏民安乐，盗寇不起。吕光不纳，鸠摩罗什极为失望。佛法讲究"缘起"，要获得清净安乐就必须谋求清净平和的因缘。从"因果循环"的角度而言，如果自己残暴杀生，无论如何也不会求得清净安乐的生活环境。如果肆意加害他人，便和受害者结下恶缘，未来将痛苦不堪。但是，吕光乃一世豪酋，从不理会鸠摩罗什讲析的这些佛理禅言。

后凉建国伊始，吕光以关陇氐族首领身份统治凉州。又运用残暴手段驱役吏民，自然不会受到河西著姓望族的拥戴。军事统治手段意味着以少数氐人统治众多的河西邑民，必将陷入民族对抗斗争的汪洋洪流之中。

吕光初入姑臧，河西各族人民与氐族统治者的矛盾就很尖锐。后来他听从尉佑谗言，大开杀戒，残暴杀害了中原来凉的中州士人。招致文臣武将心灰意冷，君臣离心离德。民族矛盾进一步激化，在后凉国形成了众叛亲离、内乱不断的局面。

后来，又爆发了前凉后裔张大豫借民族矛盾而发动的复辟战争。

张大豫是前凉君王张天锡世子。张天锡投降前秦后，前秦长水校尉王穆带着张大豫投靠河西鲜卑秃发部落，驻留在魏安（今甘肃省古浪县东）一带。太安元年（386年）二月，魏安人焦松、齐肃和张济等人聚集数千人，在揖次迎立张大豫为"凉州王"，攻陷昌松郡（今甘肃省古浪县），举旗反叛吕光。

张大豫先祖张轨、张骏及其后裔统治凉州长达七十六年，在河西诸郡颇有声望。所以，张大豫起兵事件得到了凉州吏民的广泛响应。吕光派辅国将军杜进前往讨伐，竟被张大豫击败。

其时，建康太守李隰、祁连都尉严纯和阎袭皆起兵响应张大豫，兵马迅速发展至三万。张大豫指挥军队屯驻杨坞（今武威市凉州区西），前锋直逼姑臧，后凉情势一下危急了起来。

大兵压境之际，吕光倒也宝刀未老，犹有征战攻伐的过人勇略。是年四月，吕光统兵击溃王穆大军，斩杀秃发奚于等两万多人。张大豫率领部众从西郡（今甘肃省永昌县西北）败退临洮，驱赶抢掠五千余户百姓，据守在俱城（今甘肃省岷县境内）。吕光遣部将徐炅攻打张大豫，张大豫逃奔广武（今甘肃省永登县），被郡人捕捉送归后凉。一月后，吕光在姑臧南门闹市将张大豫斩首。

太安二年（387年）十二月，吕光部将徐炅和彭晃相继起兵叛乱。既而西平太守康宁也杀死湟河太守强禧，自称匈奴王，起兵反叛吕光。王穆则袭据酒泉自称大将军、凉州牧对抗吕光。康、徐、彭、王遥相呼应，对后凉政权构成巨大的压力。

吕光当机立断，趁叛将尚未连兵之际，迅速出兵击败徐炅。徐炅只好投奔彭晃，彭晃趁机东结康宁，西通王穆，对吕光政权继续构成强大的军事威胁。

数年来，吕光为平息境内的反叛事件疲于奔命，兀自征战杀伐不休，忿恨烦恼不已。

可是，吕光从不思考琢磨，是什么原因造成了这样的局面？

从前凉开始，凉州一直是少数民族杂处聚居地区，吕光又是以关陇氐族首领身份和武力手段来统治凉州，所以很难受到河西著姓望族的拥戴。吕光政权纯是军事殖民的产物，必将以少数氐人去统治人口众多的河西各族邑民。因而，从吕光入驻姑臧起，河西各民族与氐族统治者的矛盾就尖锐地呈现出来，后来就出现了"一州之地，叛者连城"的纷乱局面。

一州之地，叛者连城

后凉太安二年（387年）九月，巴丹吉林沙漠边缘黑水城西南的戈壁荒漠上，数千名背负箱囊的百姓缓慢地行进在凛冽的朔风里。

他们被编成十多个长队，扶老携幼，呼男唤女，驱赶着牲畜，鱼贯前行。几百辆骡马拉着盛满行李和什物的大轱辘车行进在队伍的边上，鸿雁的悲鸣声里夹杂着军士鞭打百姓时的叱骂之声。

这是吕光攻下西海郡（今内蒙古额济纳旗一带）后，将当地邑民长途迁徙至凉州的行军图景。

那时候，为了便于统治，那些攻占了郡县的将领常常纵兵将财物掳掠一空，而后强令百姓抛下故土，带着妻子，驱赶牲畜迁徙不别外，给邑民带来的不便和痛苦更加深重。是年十月，后秦王姚苌为巩固根据地，就将秦州（今甘肃天水）三万户豪强百姓迁徙到安定（甘肃定西一带）。两年后，南凉秃发利鹿孤兵袭姑臧，掳掠武威居民八千余户而归，其后又将显美、丽轩二千余户徙至乐都，迁徙途中百姓怨声载道。

《晋书》载，吕光攻下西海郡后，徙数千人至凉州。人们怨恨至极，作歌说："朔马心何悲，念旧中心劳。燕雀何徘徊，意欲还故巢。"迁徙的人们在途中"遂相扇动"，发动哗变，吕光镇压，将之悉数迁至河西走廊。

后凉建国初期，各种社会危机已经暴露出来了。《凉州记》也载，张掖郡的督邮傅曜考核下属的各个县衙，到丘池县时，县令尹兴竟把前去考核的督邮给暗杀了，并将尸体投到一眼枯井中。据传，督邮傅曜就托梦给吕光："臣张掖郡小吏，案校诸县，而丘池令尹兴赃状狼藉，惧臣言之，杀臣投于南亭空井中。臣衣服形状如是。"吕光醒来后仍然能看到傅曜的身形，过了很久才消失。丘池为张掖古郡三县之一，曾是吕氏氏人的军马粮草基地。吕光梦醒大骇，即遣使者前去核实真相，结果竟如梦中傅曜所述一致。吕光大怒，就杀死了县令尹兴。可见，吕光当政时期，吏制混乱，官吏贪腐成风。

这一年冬天，凉州发生了一场史所罕见的严重饥荒。《晋书》中记载"时谷价踊贵，斗值五百，人相食，死者大半"。仅仅"人相食，死者大半"即可想象到大饥荒带来的饿殍枕藉、哀鸿遍野的惨状。

大饥荒过去仅两年，后凉又发生了蝗虫灾害。《后凉记》载，凉王吕光麟嘉二年（390年），以沮渠罗仇为西宁太守。往年蝗虫所到之处，"产子地中，是月尽生。或一顷二顷，覆地跳跃，宿昔变异"。比起饥荒，蝗虫灾害造成的损失还不那么凄惨。但是，十年后，又一次的大饥荒降临凉州，凉州大地再次沦为人间炼狱。《资治通鉴》载：

> 后凉神鼎元年（401年），沮渠蒙逊、秃发傉檀频来攻击，河西之民，不得农植，谷价涌贵，斗直钱五千文，人相食，饿死者千余口。姑臧城门昼闭，樵采路断，民请出城，乞为夷虏奴婢者，日有数百。隆恐沮动人情，尽坑之。于是积尸盈于衢路，户绝者十有九焉。

和十年前的历史记载相比，当时"谷价涌贵，斗直五百"，这一年的饥馑之灾似更严重，已经"谷价涌贵，斗直钱五千文"，都是"人相食"的惨状，十年前"死者大半"，这一年竟然"饿死者千余口"。

更加不同的是，姑臧饥民不愿坐以待毙，纷纷请求出城"乞为夷虏奴婢者，日有数百"，这里的"夷虏"就是卢水胡人沮渠蒙逊和河西鲜卑首领秃发傉檀。这是明显的投降行径，后凉统治者焉能许之，于是就把这些请求出城的邑民全部活埋了，以至于"尸盈于衢路，户绝者十有九焉"。

这样看来，后凉割据政权已经耗尽了基本的社会资源，政权崩溃只在旦夕之间了。《晋书·吕光载记》称："吕氏政衰，权臣擅命，刑罚失中，人不堪役。一州之地，叛者连城，瓦解之势，昭然在目。百姓嗷然，无所宗附。"

凉州奇人郭黁

郭黁真是一位凉州奇人，原籍西平（今西宁）郡，自小研读《老庄》《周易》，推演卦理和占卜星相在前凉时期就已暴得大名。

前凉张天锡当政时期，郭䴥曾在西平郡任主簿一职。当时前秦军队常常攻打凉州，每遇战事，太守赵凝都要让郭䴥筮卦占卜。升平二十年（376年），郭䴥对赵凝说："如果郡内二月十五日前在监牢里走失了囚犯，秦国大军定然到来，凉国就要灭亡。"赵凝闻之，就反复叮嘱申约下属县吏昼夜警备，一定要严防囚犯越狱走失。孰料，二月十五日的傍晚时分，监牢里关押的一位鲜卑折掘部落的小头领颇有手段，竟越狱夜遁。是年九月，苻坚果以步骑十三万大举进攻凉州，张天锡被迫出降。

前凉灭亡后，郭䴥投靠了凉州刺史梁熙。因星算占卜灵异准确，梁熙常常让其参与凉州军政、外交和战争等郡国大事。

吕光入驻凉州后，郭䴥在后凉王室任太史令一职。梁谦和彭晃叛乱的那一年，西海郡太守王桢反叛。消息传来，郭䴥奋力鼓动吕光前去征伐，认为师出定克大捷。后凉左丞相吕宝疾言劝阻："长途旅行去奔袭敌人，从古至今皆非易事，况且国王出师乃天下人关注之事，岂可怀侥幸之理，劳师动众？此议万勿采用。"郭䴥当场和吕宝打赌："若大王军队征伐不利，愿伏斧钺之诛。若克大捷，丞相则责己缺智乏术。"

吕光将信将疑，遂发兵平叛，果然获得大捷。

吕光大惊大喜，将郭䴥比为三国时期的曹魏术士管辂，自此对郭䴥极为器重。

《晋书·郭䴥载记》记载了郭䴥的另一件神异之事：

光将伐乞伏乾归，䴥谏曰："今太白未出，不宜行师，往必无功，终当覆败。"太史令贾曜以为必有秦陇之地。及克金城，光使曜诘䴥，䴥密谓光曰："昨有流星东堕，当有伏尸死将，虽得此城，忧在不守。正月上旬，河冰将解，若不早渡，恐有大变。"后二日而败问至，光引军渡河讫，冰泮。时人服其神验。光以䴥为散骑常侍、太常。

这次吕光主动攻打西秦乞伏乾归，郭黁却以"不宜行师"为由而阻止。太史令贾曜也会星算占卜之术，认为出师大利，定能攻克金城郡（今甘肃兰州）。吕光难以判断，便让贾曜和郭黁随行，统兵渡过黄河。旬日后，前锋吕延大军果然攻克了金城郡。一向预测神异的郭黁为何会出现这么严重的失算，差点儿错失克捷良机？

吕光纳闷不解。贾曜也趁机诘责郭黁。郭黁却说"虽得此城，忧在不守"，并奉劝吕光赶紧渡河返师，否则将有大难。果然，次年正月，前线传来战事失利、金城郡再次陷落的讯息。吕光赶紧指挥军队西渡黄河，当最后一拨士卒刚刚渡讫，封冻的河冰就塌崩了，"时人服其神验"。

这一年，是东晋太元七年，后凉麟嘉四年（392年），征伐西秦大军顺利渡过黄河，返回姑臧。吕光更加敬重信服郭黁，擢之为散骑常侍。《晋书》中记载的郭黁颇具神异色彩，特别是其推卦占卜犹如神助，没有一卦不应验的。

吕光在河西建国后，郭黁经过几番占卜，认为凉州代吕者为王姓之人。然而，此王非彼王，数年后姚兴灭掉后凉，后秦任命的统辖凉州的刺史姓王名尚，果如郭黁谶言。张捷、宋生兵围姑臧时，有人从宫廷里逃出，对众将说吕统刚刚病死。郭黁占卜一番，肯定地说吕统还没有死。不久，张捷遣往后凉宫城刺探消息的士卒来报，吕统之死果为虚假情报。

郭黁曾对他人说："凉州谦光殿日后将被鲜卑和匈奴居之。"后来秃发傉檀、沮渠蒙逊果然先后入主姑臧。《晋书·李暠载记》载："（李暠）尝与太史令郭黁及其同母弟宋繇同宿，黁起谓繇曰：'君当位极人臣，李君有国土之分。家有马草马生白额驹，此其时也'。"后来，李暠果真在敦煌创立了西凉国，起事之年家中果生白额驹。

吕光忙于四方征战叛乱，未料"奇人"郭黁也树起了反旗，在河西大地掀起了一场血雨腥风。

姑臧东苑之乱

后凉龙飞二年（397年），春天，郭黁树起了反叛后凉的大旗。

在后凉政权中，散骑常侍又称"常侍"，亦为尊贵之官，一般以学问渊博、知书达礼的士人任职。《晋书·职官志》载，常侍之职，入则规谏过失，出则骑马散从，以备国王随时顾问，故又称"散骑常侍"。只是侍从顾问并无实权，乃是虚职。郭黁认为自己的官职升迁太慢了，追随吕光征战杀伐五年，劳苦功高，却仍是一个"散骑常侍"。因为得不到提拔重用，常怀怨望之情。

只是郭黁有所不知，吕光创建后凉之后，采取重用氐族裔人统辖王国，中央和地方政权机构多为氐人担任官吏，汉族和其他族人难得官居要职。《晋书》载，"光妻石氏、子绍、弟德世至自仇池，光迎于城东"。吕光驻守凉州后，迅速集结吕氏家族势力，使他们分头承担军国重任。他将氐族贵族中的吕姓和石姓一直作为后凉政权的中坚力量。这吕姓和石姓既支撑着后凉政权，也为争夺政权骨肉相残。诸吕子弟中的吕纂、吕他、吕绍、吕方、吕宝、吕延、吕弘、吕超、吕纬、吕隆等，以及外戚石氏中的石聪、石元良等，均位居将军、郡守之职。

当时，即使同为氐族显贵，在权力分封中也受到一定的限制。吕光称天王后，封诸吕子弟公侯者二十人。外戚石氏虽然同为政权中坚力量，但是石氏中的石聪、石元良等素有勋绩的人士皆居将军和郡守之职。非氐族人士如汉族官员段业、王祥等人则只能担任偏裨之职。偶居要职者，也极易因谗获罪。

不仅朝政如此，军事管理也以氐族贵族子弟为主。大凡凉州的关隘要冲，如高昌郡等地，吕光皆派宗室子弟前往镇守。史载：

群议以高昌虽在西垂，地居形胜，外接胡虏，易生翻覆，宜遣子弟镇之。光以子覆为使持节、镇西将军、都督玉门已西诸军事、西域大都护，镇高昌，命大臣子弟随之。

吕光的氏族集团也是一个汉化程度较深的民族，后凉政治也有继承前凉的地方。但是，靠有限的氏族势力去统治多民族的河西，又不主动吸收其他民族优秀人才参政议政，这样的政权必将后凉政治拖入落后与被动境地。其依靠氏族势力加强统治的做法致使外族权臣离心离德，凉州各族人民的反抗持续不断，使吕光的后凉政权举步维艰，整个河西社会难得有数月之安宁。

龙飞二年（397年），郭黁认为吕光年老，太子羸弱，太原公吕纂凶暴，预言不久将祸起萧墙。于是经过几个昼夜的精确谋算，终于推定代吕者乃王姓之人，便与后凉仆射王祥相约反叛。王祥在郭黁的蛊惑鼓动下，野心萌动，竟然同意共举"义旗"。

郭黁和王祥约定，拟率东南二苑之众夜烧洪范门起事。不知哪个环节出了问题，王祥事泄。起事的前一天，宫内禁军兵围南苑，逮捕了王祥及其余党。郭黁闻讯，铤而走险，独据凉州东苑反叛。

未料，这起反叛事件点燃了凉州各族人民对吕光政权郁积已久的仇恨火焰。大批汉族吏民皆视郭黁的反叛是"圣人举事"，遂群起而应。既而凉州大族张捷和宋生等召集戎夏三千人反于休屠城（今甘肃武威市凉州区四坝镇一带），后与郭黁合兵一处，共推略阳氐人杨轨为盟主，立誓推翻吕氏政权。

吕光派遣太原公吕纂讨伐郭黁，郭黁与之战于白行（今甘肃清水堡西北），吕纂大败，士卒死伤无数。郭黁兵势大振，趁势挥兵向姑臧掩杀而来。乱兵如麻，姑臧又一次陷入危难之中。

吕光惊惧不已，调集郡县重兵，亲自坐镇指挥，全力平叛。大小经过五次恶战，兵围姑臧的危难情势稍解。数月后，吕纂与西安太守石元良合兵一处，共击郭黁。郭黁兵败，率余部投奔西秦。

郭黁为人偏执狭隘，残忍无情。东苑起事之后，曾拘押了吕光的八个小孙子。战事进行中又先胜后败，恼羞成怒，竟下令将吕光的八个孙子全部抛到长刀枪尖上刺死。然后剁下四肢，分开尸体，将鲜血盛到碗中，兑酒后与众将一起喝下盟誓。周围之人不忍直视，郭黁却举止如常，谈笑自若。

吕光闻报，悲戚得数日间难以进食。他大概忘记了昔日诛杀姚皓、尹景等十多位名士时的血泊场景了。不知通过自己的悲戚能否晓得他人失去亲人的那种剧烈的痛苦？

而后，别人每每提及郭黁，吕光犹愤恚怒极，咬牙欲碎。据载，当时南凉秃发乌孤入侵，与后凉在昌松郡（今甘肃省古浪县）频频发生战事。因郭黁任"常侍"一职，朝臣皆简略直呼其职为"常侍"。"昌松"与"常侍"读音接近，使臣奉报前线战况，每提"昌松"皆令吕光想起"常侍"郭黁，恼恨之余竟将昌松郡改名为东张掖郡。

吕光的两大文士

吕光对中原儒士一直怀有排斥和轻蔑之意，独对张资和段业一直很器重。

张资，又名张谘，敦煌人，自小聪颖好学，成年后博览群书，满腹经纶，精通文略。前凉张寔时期，曾任州府内史，撰《凉记》八卷。前秦时隐于乡野，著述不辍。吕光征召张资入仕，官拜中书监。他曾为吕光制定了氐人犹摄州县诸事的郡县运行制度，才高识广，谦恭温雅。后凉王廷里也有一些文人，在功利和欲望面前往往面目狰狞，唯有张资，柔韧淡然，儒雅寥廓，谨从儒家法度让他成为一道风景，是以吕光非常敬重。

一天，张资突然重病缠身，卧床不起。吕光心中非常焦急，招募各地名医前来救治，都无效果。后来有一位善使巫术魔法的西域"头陀"来到中书监官邸，言称能治好张资的病。吕光非常高兴，赏了不少银两。鸠摩罗什知道对方是个江湖术士，并无实际的疗病技艺。他对张资说："术士焉能治好阁下之疾？只会徒劳繁重，贫僧或可试治。"但是，鸠摩罗什发现，张资已经病入膏肓，汤药与针灸之术皆无效力。不久，张资医治无效而死。吕光大恸，厚殓而葬。

和张资的志得意满相比，段业是后凉国屡不得志的典型文人。他是京兆（今陕西西安）人，博涉史传，颇有才华，曾在杜进麾下任记室一职。后来杜进荐之于吕光，吕光爱其才而委以参军之职，后随吕光出征龟兹。延城陷落后，吕光看到龟兹宫殿奢华壮丽，就让段业作《龟兹宫赋》以贺之。段业沉吟片时，立时吟出精彩华章：

西郡延都，城郭三重。嵯峨凛世，瑰玮华雍。峙峦岚以逶迤，循平冈而玲琮。瞻此龟兹宫之为状也，褐殿丹墀，翘檐飞甍。槛轩嶒起，描紫绘形。视彼廊画之神奇兮，似天神之莅临。抚诸彩壁之璨琰兮，乃金像之炫闳。幔亭绣榭，琦玉瑛钟。筚篧交鸣，恍天阙之清音。琼阁舞影，疑仙女之姿容。登楼远眺，胜景涌瞳。人烟朴地，纤陌屋舍千间。桑拓连亘，葡萄美酒万觥。奇珍异宝，写哉难寄深情；矫饰精佩，赋之谁与歌咏？呜呼！王愿万祀之厚飨兮，却一朝而灭空。夷君络绎朝靓，狄酋惶恂而遁。江山邈形，天意难料，非关通神之才，谁能克成乎此勋？

段业所撰《龟兹宫赋》，错采华丽，词句顺畅，喟叹龟兹宫修建绮丽华美，逶迤绵连。暗讽龟兹王万祀功业一朝破灭成梦幻，最后盛赞吕光攻克龟兹的丰功伟绩。当时众将喝彩叫好，鸠摩罗什也对参军文士印象格外深刻。特别是"江山邈形，天意难料，非关通神之才，谁能克成乎此勋"的语句，吕光听了极为受用。

回到凉州后，吕光任段业为著作郎，在宫中供吕光差遣。可惜，吕光对儒士的态度只是欣赏而不加以重用。

段业认为自己是一代大儒，可吕光却任以小儒即可胜任的著作郎一职，自然郁闷不乐。起初，鸠摩罗什奉劝吕光悯民宽政方针、禁绝滥杀无辜即可保境安民，而吕光不纳罗什之谏。段业也这样劝谏吕光。吕光诛杀武威太守杜进之后，段业曾大胆进言："朝廷采取严酷的刑法治理邑民，绝非圣明君王所为。"吕光说："商鞅当政时法律严峻，而兼并诸侯，统一国家。吴起治理郡国方法不讲究亲人情面，而实现了统霸荆蛮之地的大业。"

段业劝吕光说："明公承受上天眷命，方才君临四海，景行尧舜大业。尽管这样还恐怕有弊端啊。岂能用商鞅、吴起那样的下等方法来治理麾下的道义神州呢？难道这就是凉州吏民愿意接受的治理举措吗？"

吕光闻听段业之言，改容谢之，开始下令在凉州境内减轻刑法，实行宽简之政，但为时已晚。

麟嘉元年（389年），吕光借故杀掉了和段业平素亲善的一位儒士。段业闻讯，黯然神伤好些时日。不久托疾辞去著作郎一职，僻居于凉州天梯山，创作出《九叹》《七讽》共十多篇诗文以讽刺时弊。吕光读到这些诗文却也没有生气，尤其喜欢《九叹》之诗，感觉诗意氤氲，才气葳蕤，仍然激赏段业之才，遂招段业回至王廷，任为建康太守。

段业赴任仅数年，就被沮渠蒙逊和沮渠男成所迫，拉开了反叛、建国、被反叛乃至被杀戮的凄惨悲剧。

人的命运往往就是这样的奇特，更多时候，看似不得已而为之的一些选择，却招致人生际遇滑向另一段万难想到的命运轨道。如果没有吕光滥杀西平太守沮渠罗仇事件，沮渠蒙逊也不会临松起兵；如果没有沮渠蒙逊的军事胁迫，段业至死也不会反叛吕光。

段业自认为有纵横捭阖之策，其实缺乏权谋智略。后来段业重用汉族士人遏制和弱化沮渠蒙逊的军政权力，导致和沮渠蒙逊关系的恶化。未至三年，沮渠蒙逊发动了反叛段业战争，攻入张掖，在王宫俘虏了段业。

此时的段业，全然没有了一介儒士的豪情逸气，竟向自己的下属苦苦哀求："吾本孤身一人，受汝豪族推举而忝列为王。诚望留吾一命，遣回长安，和妻儿相见。"但是，这一番声情并茂的话语并未能打动沮渠蒙逊。次日，段业被诛杀于张掖南城门外。一代儒士，可怜命殒河西。

143

南凉和北凉崛起

龙飞三年（398 年）四月的一个夜晚，吕光带着随从来到姑臧大寺。原来临松卢水（今甘肃张掖）匈奴人沮渠蒙逊拥戴建康郡（今甘肃高台县西骆驼城）太守段业反叛后凉。段业自称使持节、大都督、龙骧大将军、凉州牧、建康公，改年号为神玺元年，史称"北凉"。段业派沮渠蒙逊领兵攻打后凉重镇西郡，一举而克。北凉军队兵威将猛，气势如虹，威震河西。

一年前，西平郡鲜卑首领秃发乌孤反叛后凉，自称大都督、大单于、西平王，国号亦为"凉"国，史称"南凉"。秃发乌孤带兵攻克后凉金城郡，吕光派遣将军窦苟讨伐南凉军大退兵。后凉乐都、湟河、浇河三郡投降南凉，岭南羌胡数万落也归顺南凉，秃发乌孤也趁势改称"武威王"。此时，段业反叛，晋昌郡守王德和敦煌太守孟敏等闻讯，皆举郡而降。吕光准备派他的儿子、时任秦州刺史的吕纂率精兵五万前去讨伐。

当时，后凉王室有两种意见。一种意见是派军队加强张掖郡的防守，提防段业继续东侵。待平定杨轨叛乱之后，腾出兵力再去攻伐段业。另一种意见认为段业叛乱初起，乃是一群乌合之众，还未形成合力。吕纂善于用兵，若乘势征伐，不费吹灰之力即可取胜。

吕光左右为难，举棋不定，就来拜访鸠摩罗什。鸠摩罗什很清楚支持出兵的众人不过是揣测吕光心意后故意迎合讨好而已，就告诉吕光："吾观察此行，未见其利。"吕光闻鸠摩罗什如此一说，遂打消了派吕纂出师的念头。后来，段业又遣王德和孟敏合兵攻打张掖，张掖郡王吕弘兵败弃城逃离，张掖郡失守，后凉国举境震惊。

吕光大怒，仍遣吕纂率精兵五万前往征伐，结果吕纂进至合黎（今甘肃高台县）就中了沮渠蒙逊埋伏，全军覆没。

吕纂仅带几名亲兵，经过一番勇力搏杀突出重围，狼狈逃回姑臧。

144

吕光懊悔未听罗什之言，经此一役，后凉军队遭受重创，境内败绩已现。

南凉秃发乌孤曾让吕光颇为头疼，现在北凉崛起，吕光的另一位更加强悍的敌人沮渠蒙逊出现了。

不过，吕光至死也不会承认，这两大强悍的敌人正是他自己亲手制造出来的。房玄龄指出，"向使矫邪归正，革伪为忠，鸣橄而蕃晋朝，仗义而诛丑虏，则燕秦之地可定，桓文之功可立，郭黁段业岂得肆其奸，蒙逊乌孤无所窥其隙矣。"吕光推行氐族统治，不任用贤良，且滥杀无辜，将许多"才自清明志自高"的文臣武将变成了后凉的敌人。

后凉天下，一国四分

吕光事事偏袒氐人贵族，借故诬罪其他民族官员，对那些居要职的文士和武臣借口屠杀，招致外族权臣离心离德，纷纷叛变。其中最令人扼腕叹息的就是枉杀了汉族官员杜进和卢水胡人沮渠罗仇。

杜进原为前秦四府佐将之一，曾随吕光平定西域及建立后凉政权功勋卓著，吕光任之为辅国将军、武威太守。后凉以姑臧为都，武威郡显为河西诸郡之冠。别郡太守皆由氐人贵族子弟担任，唯有汉人杜进被任为武威郡太守，可见吕光对杜进极为器重。杜进在武威郡任上，也显示出极高的治理才华，他执法严明，急吏缓民，深得邑人爱戴。因是统辖首郡的辅国将军，出行时的车驾仪仗也颇有阵势，仅逊于吕光的车驾仪仗规模而已，因而遭到氐人贵族的忌恨。

张大豫叛乱发生后，吕光遣辅国将军杜进统兵攻打，结果兵败而返。此后，吕光外甥石聪出使后秦抵达长安，返回后吕光打听中原吏民对凉国统治的评价。石聪趁机进谗言道："从中州人口里，只知道凉州有个杜进，实在没有听说过舅舅你的名字。杜进功高位重，有震主之虞，不得不防啊！"吕光闻言，沉凝无语，半年后就随意找个借口将杜进诛杀。

杜进被杀，令那些曾经追随他冲锋陷阵的汉族武臣心寒齿冷，暗怀忌恨。后遂各个反叛，如梁谦、彭晃和徐炅皆是如此。

后凉尚书、卢水胡官吏沮渠罗仇曾随吕光进攻西秦，吕光弟吕延因贸然追击兵败被杀。战后，吕光以败军之罪诛杀了沮渠罗仇及其弟沮渠麴粥。沮渠罗仇和沮渠麴粥是位于马蹄山下的临松薤谷一带的卢水胡匈奴首领，吕光这次的诿罪滥杀行为，直接缔造了让其终生头疼的强悍敌人沮渠蒙逊。

是时，凉州大族张捷等人的戎夏乱兵与郭黁东苑乱军合兵一处，聚兵五千余屯于休屠城（今甘肃武威市凉州区四坝镇）一带。两年后，李暠又自称大将军、护羌校尉、秦凉二州牧，在敦煌起兵反叛，疆域广及西域诸国，史称"西凉"。

一时之间，后凉王国危机四伏。一开始吕光还调集军队，四处亲征。后来便让几个儿子出兵，奈何叛乱烽火四起，后凉国势渐至萎缩。军事上的节节失利，使吕光又急又气，后竟积劳成疾。

史载，吕光沉毅凝重，宽简有大量，但用人不当，最后招致众叛亲离，一国四分。

后凉国至中叶后期，其国土已经被南凉、北凉、西凉蚕食瓜分。吕光建国初期，拥有前凉张轨所统辖的所有河西地区，后来还一度取得枹罕（今甘肃临夏），故自号"三河王"，即寓指统辖金城水、湟水、赐支水流域的大片国土。至吕光末年，后凉所能控制的范围已经缩小到只有武威、昌松（今甘肃古浪）和番禾（今甘肃永昌）三郡而已，后世当政者吕纂、吕隆等也只能称为"天王"，再不敢以"凉王"自居。"后凉天下，一国四分"，可谓精当之极。

"崇尚文教"的一面

无论是历史还是现实，揣度人性是一件很复杂很困难的事情。

即便是高尚的君子有时候也难免在心内萌生一些卑鄙龌龊的念头，残暴的恶人有时候也会做几件善事。吕光一生征战杀伐不休，罔顾邑民生计，却在发生蝗灾的那一年，竟然车仗驾临乡间"躬临扑虫"。

《凉州记》载，吕光亲自带领侍从在凉州扬川一带、潒水北岸的农田里下地捉虫，"大驾所到，虫寻除尽"。意思是后凉皇帝到的地方，蝗虫竟然一下子消除了形迹，"是以麦苗损耗无几"。究竟是吕光带人捉尽了蝗虫，还是皇帝莅临乡村，感动天帝将蝗虫驱除殆尽？《凉州记》记载至此，就语焉不详了，但从中可以看到残暴的吕光也有亲民友善的一面。

又如，段业写诗文讥讽时世，表达了对他治下的后凉社会的不满，吕光不仅不生气，还赞赏不已，颁令王廷传习诵读。段业直谏其"法酷政猛"时，也"改容谢之"。可见，吕光也有崇文尚教、虚心纳谏的胸怀与雅量。

东晋十六国时期的凉州和中原其他地方相比，是一个儒士云集、书籍贮存丰富的地区。早在西晋元康年间，处于京都洛阳皇权中心的朝臣张轨对政局混乱的西晋王朝的命运和自己的前途极为忧虑，决计效法西汉末年窦融出牧河西。张轨避祸凉州之举，也惊醒了诸多中原士人。既然"伴君如伴虎"，那么身居京都就如同蜗居于虎狼窝中。不如赶紧像张轨一样，离开京师，找一处世外桃源颐养天年。当时的凉州，就成了文人儒士眼中避离乱世的桃源之所。

吕光执掌凉州初期，对儒家知识分子也很重视，敦煌人宋繇、金城人宗钦等学者儒士都曾在后凉政权中担任重要职务。他任命"博览群书，满腹经纶"的张资为中书监，"博涉史传"的诗人段业为著作郎。段业僻居天梯山作创作《九叹》《七讽》等十多篇诗文传至后凉宫廷后，吕光极为赞赏。

吕光和五凉政权的其他统治者一样，虽然不重视佛法教化，却也有"崇尚文教"的意愿。攻破龟兹后，在犒赏将士的集会上竟令段业作《龟兹宫赋》，俨然一介豪士。

《凉州记》载，"太安三年（388 年），白雀巢于阳川令盖敏室"，吕光认为是祥瑞之兆，曾召集群臣文士为白雀写诗作赋，当场就有一百多人献了诗赋。

吕光也重视自身的文化学习，形成很高的汉族文化素养。他自己也能诗善文，从《晋书》本传存录的吕光创作的《平西域还上疏》《下书讨乞伏乾归》《遗杨轨书》等文章来看，尽管都是应用文，然甚有文采，颇值一读。

特别是《遗杨轨书》，历为后世文人称道：

> 自羌胡不靖，郭黁叛逆，南藩安否，音问两绝。行人风传，云卿拥逼百姓，为黁唇齿。卿雅志忠贞，有史鱼之操，鉴察成败，远侔古人，岂宜听纳奸邪，以亏大美。陵霜不雕者松柏也，临难不移者君子也，何图松柏雕于微霜，鸡鸣已于风雨。郭黁巫卜小数，时或误中，考之大理，率多虚谬。朕宰化寡方，泽不逮远，致世事纷纭，百城离叛。勠力一心，同济巨海者，望之于卿也。今中仓积粟数百千万，东人战士一当百馀，入则言笑晏晏，出则武步凉州，吞黁咀业，绰有余暇。但与卿形虽君臣，心过父子，欲全卿名节，不使贻笑将来。

这是一封简单的书信，却颇有策论之风。杨轨，字云卿，曾任后凉后将军一职。郭黁、张捷和宋生等召集戎族和汉族三千人在休屠城造反时，共推他为盟主。其时消息传至王宫，吕光忧心忡忡，写了这封书信以劝杨轨。书信起笔先写杨轨参加造反仅是"行人风传"，自己不会相信。因为杨轨不会"听纳奸邪，以亏大美"。中间写郭黁"巫卜小数，时或误中，考之大理，率多虚谬"，而自己"中仓积粟数百千万，东人战士一当百馀"。最后希望杨轨不要造反，和自己"勠力一心，同济巨海"。

整体观之，《遗杨轨书》说理透彻，逻辑严密，具备古人策论写作时惯用的"起、承、转、合"的完整结构，具有"气盛言宜"之功效。特别是"陵霜不雕者松柏也，临难不移者君子也""入则言笑晏晏，出则武步凉州"等词句，深得汉代文赋的骈骊相偶、错采华丽的韵致。

终年六十三岁

南宋史学家胡三省在《资治通鉴》卷一百零七之"孝武帝太元十二年"条后注曰："吕光新得河西，党叛于内，敌攻于外，虽数战数胜而根本不固，宜不足以贻子孙也。"可以说，吕光从创建后凉初期至后凉政权覆亡的整个过程中，境内社会秩序维持最长时间估计连一年都不到。甚至可以说，在河西"五凉"政权的更迭时期，后凉国的统治是最糟糕、最混乱、最溃败也是最短暂的。

房玄龄在《晋书》中对吕光称天王前的事迹评价极高，特别是出征西域时"铁骑如云，出玉门而长骛；雕戈耀景，捐金丘而一息"。认为那个时期的吕光智勇双全、承风雾卷、宏图壮节，是值得称道的。而其割据凉州之后，内政昏乱，亲离众叛，又不修天地之大德，"非其人而处其位者，其祸必速；在其位而忘其德者，其殃必至"。古人云，德不配位，必有灾殃。"德薄而位尊，智小而谋大，力小而任重，鲜不及矣"。这些言论用于吕光的身上，真是恰如其分。

"五凉"政权中，前凉张氏历八主共五十二年，南凉历三主共十八年，北凉历三主共四十二年，西凉历二主共二十一年，而后凉仅历三主共十七年。长时间处于战乱频仍、生民离乱的社会现实里，吕氏王朝从攻伐西域开始囤积的社会资源和民间资本已经消耗殆尽。

长期的征战杀伐生活连同内忧外患的严峻环境，让吕光没有了据地称王的快乐，反比称王前更感身心疲惫，久而积劳成疾。

龙飞二年（397年），即沮渠蒙逊拥戴建康太守段业举义反叛的那一年，吕光卧病在床。王室招高僧鸠摩罗什为吕光治病，病情时好时坏，很不稳定。

龙飞四年（399年），十二月，年老多病的吕光觉得没有康复的希望，便将太子吕绍立为天王，他自称太上皇。吕光告诫吕绍说："现在国

149

家处于多难时期，秃发乌孤、乞伏乾归和沮渠蒙逊都想伺机吞并姑臧。吾殁之后，让吕纂统帅六军，让吕弘管理朝政，汝自无为而治，定会渡过难关。若互起猜忌，祸起萧墙，凉国就会很快灭亡。"

吕光又对吕纂和吕弘说："吕绍非经天纬地之才，因为是嫡长子才当了天王。现在凉国内外交困，汝等兄弟应和睦相处，如果自起干戈，祸端就会很快降临。"吕纂和吕弘哭着说，"不敢"。吕光拉着吕纂的手说："汝性粗暴，吾甚忧之，望鼎力辅佐吕绍，勿信任何谗言。"吕纂涕泣如雨，连连点头。

是年，吕光去世，终年六十三岁，庙号太祖，谥号懿武皇帝，葬于高陵。

吕光殁后，鸠摩罗什在姑臧大寺默默为其进行了超度仪式。昔日吕光统兵攻伐龟兹时金戈铁马，雄姿英发，那是何等的意气昂扬。当时连前秦太子苻宏都执其手羡慕赞叹："君器相非常，必有大福！"如今墙橹灰飞烟灭，桂宫淑殿俱成荒丘颓岭，万般功业皆归于无穷无尽的空寂之中了。

这一切，倒真应了《北凉歌》中"功名利禄付与酒一壶，帝王将相几抔土"的谶言了。

五天国王

龙飞四年（399年），吕绍二十岁。这是一生中最多彩最亮丽的年华。就在这一年，他第一次面对了从未经历过的精神重压。

吕绍，字永业，为吕光王后石氏所生。早岁陪母亲寓驻仇池老家，即今甘肃成县一带。吕绍性敛讷言，文弱憨厚。在充斥着权诈与搏杀凶险的冷兵器时代，让这样的人来当王，估计也非后凉君臣所愿。倒是具有阴冷刚硬秉质的吕纂颇具王者气度，深得吕光赏识。

吕纂形貌伟岸勇壮，常年领兵作战，《晋书》称其"统戎积年，威震内外"。麟嘉元年（389年）二月，即吕光定都姑臧后的第三年，十一岁的吕绍才陪着母亲石氏、叔父吕德世从仇池来到姑臧，唯唯诺诺地立到了吕光面前。而其时吕纂已追随父亲吕光转战河西，屡建战功，被拜为武贲中郎将，封太原公。

吕光平素喜欢吕纂，因为在他的身上能看到自己年轻时驰骋疆场的影子。所以，当吕光开始考虑册封世子时，吕纂的模样就曾矗立在他的大脑里。可惜吕纂是姬妾赵氏所生，非嫡长子。

有个阶段吕光甚至想到既然吕纂非嫡子，那就立吕弘。吕弘作战勇敢，颇有谋略，虽非长子却也是嫡子，当国王大可超过吕绍。可恨圣人创立的"国王守则"有言，立嗣当立嫡长子。几位老臣也时常在耳旁絮叨着同样的道理。吕光行事旷达不羁，唯独立嗣问题上踯躅再三，最后还是依了圣人创立的规矩。吕光册立吕绍为世子，对吕纂和吕弘说，"永业才非拨乱，直以立嫡有常，猥居元首"，要求他们"善辅永业，勿听谗言"。

吕光病逝，国王的冕旒自然落到了吕绍的头上。虽然此前有过数十次的想象憧憬，但尊崇无极的王权终于放到自己手中时，吕绍还是有了一丝惶恐不安。吕绍深知，吕氏诸弟兄各个拥兵自重，皆有觊觎王位之心。吕纂如狼似虎，吕弘阴阳怪气，吕纬冷言相诮，堂弟吕超对自己倒很忠诚，而其兄吕隆却是个绵里藏针的阴险主儿。

如今，父亲刚逝，吕绍感觉王宫大院里处处隐伏着危机凶险的因子。

依照当时的情势来看，吕纂还没有萌生篡逆之意，吕绍也不怎么提防吕纂。倒是吕绍的胞弟吕弘始终在意昔日被弃世子的往事，于是就派尚书姜纪找到吕纂，说："主上昏庸懦弱，无德承载郡国大业。大哥威望功业素来著名，应该为社稷考虑，万不可拘泥小节。"吕纂原本就是不拘小节之人，闻此言心头顿时激灵了一下。于是当天夜里，带领几百个身强力壮的兵士翻越北城，攻入广夏门。吕绍大惊，急令虎贲中郎将吕开率领禁军在端门迎击吕纂，吕超也率两千士卒协助吕绍抵敌。

然而，王宫禁军将士惧怕吕纂威名，只有一个名叫齐从的左卫将军在吕纂的额头上劈了一刀，被吕纂左右擒伏，余众悉数溃散。

吕纂带着兵士从青角门进入禁城，昂然登上谦光殿。吕绍从谦光殿

151

逃到紫阁，用一根细细的绸绫带结束了自己的生命。《太平广记·述异记》载：

> 吕光承康元年，有鬼叫于都街曰："兄弟相灭百姓弊。"微吏寻视之，则无所见。其年光死，子绍代立。五日，绍庶兄纂，杀绍自立。

也就是说，吕光死才五日，吕纂就逼杀吕绍，自立为王。

后凉宫廷风云突变，令人目眩神迷。吕光尸骨未寒，遗言如昨；吕纂泪迹未干，誓言犹耳。"猥居元首"的吕绍最终还是失了王位，丢了性命。

吕氏兄弟的颠覆闹剧

隆安四年（400 年），凉州大地接连发生许多奇异的怪事。《晋书》载：

> 纂立。有猪生子，一身三头。龙出东箱井中，于殿前蟠卧，比旦失之。纂以为美瑞，号其殿为龙翔殿。俄而有黑龙升于当阳九宫门，纂改九宫门为龙兴门。罗什曰："比日潜龙出游，豕妖表异，龙者阴类，出入有时，而今屡见，则为灾眚，必有下人谋上之变。宜克己修德，以答天戒"，纂不纳。

吕纂当王之后，姑臧郊野农户人家有一头母猪，于夜产下一只"一身三头"的怪物，人莫名之。几天后的一个夜晚，巡行士卒发现，有一条犹如龙形的庞然大物酣卧于谦光殿阶前平地。黎明时分，逾墙呼啸而去。朝中大臣皆曰："龙翔凉国，此为祥瑞之兆。"吕纂大喜，就把谦光殿更名为龙翔殿。

满朝纷乱的谄媚礼贺声中，只有鸠摩罗什出言反对。他说："潜龙异常现身，猪狗妖态现形，这是警示国王，有人会发动叛乱，谋害国王。国王应勤修德政，加强防备，以应上天的劝谶。"可惜吕纂刚愎自用，对鸠摩罗什的提醒置若罔闻。不久果然发生了吕弘谋反叛乱事件，吕纂想起鸠摩罗什的劝箴之言，暗佩其见识非常。

吕纂逼杀吕绍后，假意劝说吕弘即王位。吕弘不敢受命，说："因为吕绍是弟弟而继承了大统，众人难以心服，故违先帝遗命。大哥年长而贤明，当速登大位，以定国家。"吕纂于是即天王位，大赦境内罪犯，改年号为咸宁。给吕弘封了许多官，"使持节""侍中""大都督""都督中外诸军事""大司马""车骑大将军""司隶校尉""录尚书事"等很长的一串头衔，最实惠的还是改封其为番禾郡公，封地广阔，俸禄丰裕。

吕纂对吕弘很不错，但吕弘还是郁郁不乐，何也？吕弘认为，先前他和吕绍都是嫡子，吕绍为王而自己却为相，自然心里气不过。而现在，吕纂乃庶子，更加没有资格继承王位。当时吕纂虚意谦让王位，更兼怕其兵势强大，自然不敢接受。现在吕纂果真为王了，吕弘便在心里恼恨不已。

吕弘终于横下心来，决定在东苑起兵反叛，索性再用兵力去将那个原本属于自己的天王位子夺回来。吕弘便劫持了后凉旧臣尹文等为谋主，率兵从东苑出发，攻打吕纂。似乎吕纂早有提防，吕弘的乱兵刚出东苑，吕纂部将焦辨统镇抚之兵竟神速而至，不消半日就将吕弘部众击溃。

吕弘逃至广武，被吕方擒伏。吕纂闻讯，遣力士康龙将其杀死于广武郡南城。

夺了天王之位的吕纂也有宽宏大量、容忍前敌的性格亮点。吕超处心积虑地想要除掉他，政变发生时也带兵抗击吕纂，后事败逃亡广武。吕纂让征东将军吕方转告吕超，"汝实忠臣，忠贞义勇精神可嘉，只是不明白治国大体和权变事宜罢了。望汝能继续发扬忠诚节操之德，为凉国效力"。吕超上疏表示感谢，吕纂便赦免吕超，擢之为番禾太守。

吕纂没有想到，赦免提拔吕超的做法，却让他感受到了养蛆成蛹、养虎为患的终生憾恨。

153

隆安五年（401 年），吕超擅自讨伐鲜卑部落，扩大自己的封地。吕纂闻报大怒，令之入朝觐见。吕超非常害怕，到了姑臧之后，吕纂斥责吕超："汝依仗兄弟勇武，成伙结阵，竟敢欺侮寡人，吾当杀汝以谢天下！"吕超惊惧非常，使劲磕头认错，吕纂便也罢了。吕纂本意就是要恐吓一番吕超，让其收敛一下蛮勇之心，并没有杀他的心思。但吕超心思敏忌，惊惧之下暗萌先行诛灭吕纂之意。大堂议事结束后，吕纂把吕超及诸大臣带到内殿一起宴饮。吕超的哥哥吕隆多次劝吕纂喝酒，已致昏醉。后乘坐步辇车带着吕超等在宫内游览，吕超趁机拿剑刺死吕纂。

此前一月，吕纂和鸠摩罗什一起下棋，吕纂吃掉鸠摩罗什的一颗棋子，就说"砍掉胡奴的头"，这本是棋坛上的戏谑玩笑之语，意指鸠摩罗什是西域胡人。鸠摩罗什也不恼怒，平静地说："胡奴的头是砍不掉的，只恐怕胡奴要砍掉别人的头。"鸠摩罗什这句话本来是提醒吕纂要心存警戒，因为吕超的乳名叫"胡奴"，要防备吕超可能会给他带来不测。

可惜吕纂不以为意，后来果真被吕超刺杀身亡。

末代天王

后凉"末代天王"便是吕隆。《晋书·吕隆载记》称"美姿貌，善骑射"，似乎是个美男子。考其政绩，不过是个徒有其表而才能贫弱的小白脸而已。凉州人将这样的男人称为"绣花枕头"，意为外形华丽而实则草包一个。

吕超杀死吕纂，让其即天王之位时，吕隆竟惶恐而不敢接任。吕超说："如今好比乘龙欲飞九天，岂可自甘居于下层？"吕隆于是即天王位。为了安抚吕隆和天下邑民，吕超将早在番禾得到的一个小鼎拿出来，传示域内，说是神灵降下的吉兆。吕隆遂心定神安，大赦天下，改年号为神鼎，是年即神鼎元年（401 年）。

继位两个月之后，南凉秃发利鹿孤兴兵前来讨伐，吕隆亲自统兵前去迎敌，结果惨遭败绩，吕隆退回姑臧，环城固守。眼睁睁地看着秃发利鹿孤强掳后凉两千多户邑民撤往湟中，不敢出城追击。

吕隆畏敌如虎，对境内邑民的杀戮和迫害却毫不手软，残暴程度犹甚于吕纂。为了树立威名，大杀西州豪望，引起世人不满。将军魏益多趁机发动变乱，密谋诛杀吕隆，结果事泄。吕隆发兵攻杀魏益多后仍不解恨，将之诛族，死者三百余家近千余人口。

年后，凉州大饥，后凉都城姑臧谷价飞涨，一斗值五千文钱，出现人吃人的情况，饿死十多万人。城门在白天就闭卜，路上见不到樵夫和拾柴的人，百姓中请求出城去给夷虏当奴婢的人每天有几百个。吕隆担心这样会扰乱人心，就果断下令将这些出城投降的人全部坑杀，尸骸堆满于途。凉州大乱，内外嚣然，人不自固。这时，魏安人焦朗遣使送信给后秦国主姚兴：

> 吕氏因秦之乱，制命此州。自武皇弃世，诸子兢寻干戈，德刑不恤，残暴是先，饥馑流亡，死者太半，唯泣诉昊天，而精诚无感。伏惟明公道迈前贤，任莺分陕，宜兼弱攻昧，经略此方，救生灵之沈溺，布徽政于玉门。

焦朗的这封信道出了吕隆治下的凉州实情，"德刑不恤，残暴是先，饥馑流亡，死者太半"，揭示了凉州邑民"叫天天不灵，呼地地不应"的苦难无奈之状。最后乞求姚兴发兵，攻打凉州，"救生灵之沈溺，布徽政于玉门"。说穿了，这是一份乞求为内应的"投降书"。中国传统文化历来仇视投降反叛的行为，认为是"卖主求荣"的丑恶行径。但是，包括《晋书》的作者在内，提及焦朗的这份"投降书"，非但没有斥责鄙视之意，反觉句句实情，字字在理。

姚兴见状大喜，遂派陇西公姚硕德率兵四万进攻凉州。吕超出战，大败逃回。姚硕德统兵逾金城关向姑臧杀奔而来，后凉国举境震惊。吕隆遣吕超带了很多珍宝，前去向姚兴递交了投降书，准予鸠摩罗什抵长安弘法。

十七年前，鸠摩罗什曾劝导吕光不宜耽留西域之地，并"推运揆数"，告诉吕光"中路必有福地可居"。吕光果然在返军至长安的"中路"凉州，居地称王。

但是，吕光治下的凉州却没能成为一块"福地"，灾难和杀戮充斥四野，兵连祸结，动荡离乱，纯属一个酷烈的战场。什么是人生的苦谛？只要看看凉州这个酷烈的战场，满山遍野的尸骨和鸠形鹄面的流民，就不难悟解佛陀所言的人生诸般苦难世相。纷纭芜杂的凉州乱世却成就了一代佛法宗师鸠摩罗什。羁縻凉州使之成为深谙汉地文化典籍的佛法学者，由精通佛学的经师变成佛法翻译家，由渊博的学者变成见识独具、思想深邃的佛学家。

两年后，姚兴派部将齐难等率四万步骑兵来到姑臧，迎接吕隆投降并办理接管凉州驻防事宜。

离开姑臧的时候，吕隆带着吕胤等家臣到太庙向吕光告别。抵庙，吕隆声情并茂地向吕光神位朗诵早已写好的祭文："陛下往运神略，开建西夏，德被苍生，威振遐裔。枝嗣不臧，迭相篡弑。二房交逼，将归东京，谨与陛下奉诀于此。"估计朗诵的时候触动了心中的伤感往事，读至"将归东京，谨与陛下奉诀于此"时竟唏嘘怆泣，俄而悲泣大哭，酸楚凄伤的场景感动了随行的齐难麾下的诸多军士。

而后，在后秦重兵护卫之下，吕隆东返长安。

十七年前，吕光统领十万大军入主凉州，经过十七年的激烈搏杀，仅剩万骑随吕隆仓皇东徙，余者皆已化为烟尘，随风飘零于无形。

两月后，后秦刺史王尚抵达姑臧，开始治理凉州。三年后，王尚离开姑臧，南凉秃发傉檀宣告迁都姑臧。又五年后，北凉沮渠蒙逊打跑了秃发傉檀，正式迁都姑臧。又过了二十七年，北魏拓跋焘攻陷姑臧，灭了北凉，凉州遂成北魏属地。

唯有凉州大地上那些沉默的山峦、鸣咽的河流和叹息的村庄成为五凉政权兴衰更替的历史见证……

肆

鸠摩罗什
蕴其深解，无所宣化

人物关系图

家室
祖父：鸠摩达多，天竺国笈多王朝宰相
父亲：鸠摩罗炎，天竺国宰相世子，龟兹国佛法国师
母亲：耆婆，龟兹国王室公主，后出家

师友
佛图舌弥：龟兹国雀离大寺方丈，鸠摩罗什拜师学习小乘佛法
佛陀耶舍：疏勒国佛学大师，鸠摩罗什拜师修习大乘佛法
白纯：龟兹国王，拜鸠摩罗什为佛法国师、王新寺主持
吕光：前秦骁骑将军，秦苻坚之命统兵进攻龟兹，迎请罗什入关弘法
姚兴：后秦第二代国王，从凉州迎请罗什抵长安译经
法和：后秦高僧，罗什曾撰《赠沙门法和》

鸠摩罗什

门生
什门四圣：道生、僧肇、道融、僧叡
什门八俊：道融、昙影、慧观、僧䂮、道常、道标、僧叡和僧肇
什门十哲："八俊"之外加道生和慧严

生于龟兹王室府邸

前秦甘露五年（363年）春，西域龟兹国库车河两岸的胡杨树吐出了嫩绿的芽叶尖儿，雀尔达格山南麓的山峰也在春风的抚摸下逐渐润泽明朗。

王宫内新寺前面的场地上新搭了一座巍峨的法坛，坛上悬挂幡幢，宝盖璎珞。坛中止座上端坐着龟兹著名的律师卑摩罗叉，座右放置一张小桌，雀离大寺住持佛图舌弥坐于桌前。下首八位大僧端坐两侧，对面而列，俱闭目诵经。

坛下正中设一香案，燃烛供花，案龛下蒲团上跪着一位年轻的僧人。僧人周边诸多沙弥左右班立，双掌合十，和着钟磬之音，佛号齐诵，场面肃穆庄严。

这位年轻的僧人就是鸠摩罗什，时年十八。王新寺的大德高僧正在为他主办"具足戒"受戒礼仪。参加礼仪的诸多信众无不纳罕，何方沙弥竟能令名德大师佛图舌弥主持戒仪，且著名律师卑摩罗叉亲自担任引礼剃度师傅？

其实，当时的鸠摩罗什已经建立了"声满葱左，誉宣河外"的隆盛名声。

他从十岁离开龟兹到罽宾、疏勒、温宿等地修学佛法，五年后重返龟兹。虽然还是一位未受"具足戒"的小沙弥，但他在龟兹讲经说法，声名大振，俨然高僧。

《高僧传》记载，前凉王张骏太元二十一年（344年）秋天的一个早晨，鸠摩罗什诞生于龟兹国的王室府邸，而其父鸠摩罗炎乃佛国天竺的国相后裔。

当新生婴孩嘹亮的哭声从王宫廊前浓密的白杏树叶间传过来时，当了父亲的鸠摩罗炎脸上仍是一片迷惘之色。他成年之后，决计要选择适

159

合愿心的生活方式，却饱尝命运之神给予他的禁锢与无奈。他无意于高官厚禄，父亲鸠摩达多却要逼他继嗣天竺国相之位。他无意于娶妻成家，龟兹国王却要嫁妹于他。他还没有做好一个父亲的思想准备，儿子鸠摩罗什却已呱呱出世。

这一年，鸠摩罗炎从家乡天竺来到龟兹已逾三载。

龟兹国位于天山南麓塔里木河北岸的丝绸之路要道上，首都延城位于今新疆维吾尔自治区库车县。其国东通焉耆，西通姑墨，北通乌孙，是西域诸国中的强国之一。天竺是东印度古国，公元前 6 世纪至公元前 5 世纪古印度由迦毗罗卫国王子释迦牟尼创建佛教，之后即在古国天竺传播开来。

鸠摩罗炎就生活在恒河岸边的巴连弗邑上城的一个贵族府邸，家世显赫。其时罗炎之父鸠摩达多正是笈多王国当朝宰相。按照王国世袭制度，达多的宰相之位将由长子罗炎继承。罗炎却拒执意弃家皈佛，天竺王室和国相家族成员在聆听罗炎的一番惊世骇俗的道理之后，自然举族坚决反对。鸠摩达多决定动用家族权威，威逼鸠摩罗炎和一婆罗门贵裔女子结婚，而后顺利继承相位。

于是，鸠摩罗炎偷出旃檀佛像，毅然逃离天竺。来到龟兹，国王白纯对鸠摩罗炎极尽礼遇，聘其为国师。

然而，鸠摩罗炎做梦也没有想到，来龟兹以后，国王白纯竟要"以妹妻之"！《晋书·鸠摩罗什传》记载得十分清晰：

> 鸠摩罗什，天竺人也，世为国相。父鸠摩罗炎，将嗣相位，乃辞避出家，东渡葱岭，龟兹王闻其名，郊迎之，请为国师。王有妹，年二十，才悟明敏，诸国交娉，并不许，及见炎，心欲当之，王乃逼以妻焉。

似乎是王妹耆婆一见钟情，"心欲当之"，国王才"逼以妻焉"。其实这桩婚姻与鸠摩罗炎的家世也有着很重要的关系。白纯想通过嫁妹为手段，来建立龟兹王室与天竺国权贵之间的婚姻关系。白纯素有雄才大略，自然明白，在战乱频仍的时代里两国王室之间联姻的政治意义将远胜于其他外交手段。

最终让鸠摩罗炎放弃抗衡、答应成婚的是王宫寺庙中的阿罗汉达摩瞿沙的一席话。达摩瞿沙说，数日来耆婆茶饭不思，水米未进，生命奄奄一息。佛陀说，救一人命胜造七级浮屠，若一味顽固拒绝，或可造成伤生害命之孽。达摩瞿沙一席话让罗炎悚然心惊，终于妥协，答应了龟兹干妹的婚事。

鸠摩罗炎也发现，耆婆真是一位奇特而美丽的女子。她聪敏才高，聆听佛法典籍即诵即能解悟其中妙义。罗炎曾听天竺相士说过，女子身有赤黡为罕异之事，是必生智子的特征，耆婆的胸口确有一颗宝石般光艳的红痣，罗炎暗暗惊奇。

耆婆怀孕之后表现出的奇异禀性更令罗炎惊诧莫名。首先是怀孕后记忆能力与理解能力都倍增于从前。其次是竟能无师自通梵语文字，且能神悟超解。

阿罗汉达摩瞿沙曾对罗炎说："耆婆怀孕后的这般奇异现象定是怀有智慧超群之子的征兆。据传，舍利弗在母胎时，其母就智慧倍于常人。"鸠摩罗炎知道，舍利弗在佛祖所有的弟子中智慧第一。那么，这些奇特的现象是否就预兆着耆婆正孕育着一个智慧通达的"天才神童"？

公元 344 年秋天的一个早晨，当新生婴孩嘹亮的哭声从浓密的白杏树间传过来时，罗炎停住急行的脚步，懵立廊前，形如木俑。想到三年来，自己从天竺跋山涉水来到龟兹的许多往事，以及和耆婆结婚乃至婴孩出生前的诸般奇异迹象，有一种如梦如幻的感觉。

耆婆出家

史载，鸠摩罗什自幼天资超凡、聪慧卓异。一般而言，六个月大的孩子顶多只会发出咿咿呀呀的玩闹声音，而小罗什却能说出清晰的话语。一般三岁孩子的智商并未发育，有时教读一些简单的文字仍显困难，而罗什却能识得梵文文字，似乎是无师自通。五岁时，鸠摩罗什就开始独立阅览经卷，显出了头脑灵活、智力超群的"神童"禀赋。

在龟兹，鸠摩罗炎恬然度过了两年的美好时光。但是，就在他渐渐满足且沉溺于居士生活之际，耆婆提出了一个令人无比诧异的要求：她要出家为尼。

那时候，佛教在龟兹取得了压倒一切的态势，王宫贵族纷纷遁入空门成为一种社会风俗。耆婆就是在这样的社会氛围中成长起来的，如愿的爱情和美好的婚姻并未能泯灭她心中的佛法之灯。所以，结婚两年后她提出出家要求，原本也没有什么可惊讶的。

但是，经过"逼婚"手段而使鸠摩罗炎偏离自己设想的人生轨道，耆婆自己却要出家？颠倒荒诞，竟至于此！鸠摩罗炎在愕然之际有一丝恼怒情绪。宋代普济禅师在《五灯会元》一书中，曾有"早知今日事，悔不慎当初"的语录，可以肯定的是，早在禅宗大师弘法的二百多年前，龟兹国师鸠摩罗炎就有了这种刻骨铭心的独特体悟。

最后，鸠摩罗炎强烈反对，耆婆暂时打消了出家为尼的念头。

永和四年（348年），耆婆又生下一个男孩。她怀抱着新生的婴儿，无微不至地关怀照料着五岁的罗什。至此，鸠摩罗炎一直悬着的心终于落到了实处。鸠摩罗炎兴高采烈地为第二个儿子取名为弗沙提婆。

可是鸠摩罗炎没有想到，在弗沙提婆刚满两岁的时候，耆婆又一次固执地提出：一定要出家为尼！

历史典籍中对于耆婆出家的记载极为简略，《出三藏记集》和《晋书》中均一笔带过，唯有《高僧传》对耆婆出家的缘由进行了简约的描述。据载，耆婆出家是"刹那开悟"后的一种决绝选择。佛教学者说，刹那开悟意味着佛法因缘的如约而至。

但是，如果仅从佛法角度来解读耆婆出家的行为，就显得有些概念化和简单化了。

因为，纵是清醒的信仰意识到付诸行动之间也总有一定的距离，何况还有称心如意的丈夫、两个幼小的儿子和美满的家庭？通过耆婆拒绝别国王族子弟礼娉求婚之事到热烈爱上罗炎的举动可以看出，耆婆是个审慎而理智的人，成为两个孩子的母亲之后更是确立了不能率性而为的社会角色。何况皈依佛陀是德者和智者的选择，从来不会率性而为，至少不会草率从事。

"耆婆出家"为后世史家留下了几多猜想和几多悬念，也为鸠摩罗什的身世背景罩上了扑朔迷离的神秘气息。毕竟横亘了一千六百年的洪荒岁月，当时的真实情状如何，谁也难以推定预测。

东晋永和七年（351 年），耆婆正式出家为尼，在阿丽蓝比丘尼寺修行学佛。七岁的鸠摩罗什也随同母亲一起出家，皈依佛门。

东晋十六国时期，中原大乱，西域地区相对社会安定，邑民生活富庶康乐。《管子》云，"仓廪实而知礼节，衣食足而知荣辱"。富庶康乐社会里的人们便有了佛法修行的精神需求，故而西域地区佛法大兴，以至于有很多妇女愿意出家为尼。应该说，耆婆出家就是此种环境里潜移默化的结果。

耆婆在阿丽蓝比丘尼寺修习佛法，鸠摩罗什则被送到雀离大清净寺，拜佛图舌弥为师。

雀离大清净寺又称苏巴什佛寺，虽以寺为名，其实是一座楼阁连亘、佛殿栉比、宏伟壮观的寺庙建筑群落，故又名为苏巴什佛城。佛城背依祥云缭绕的雀尔达格山南麓，坐落在库车河两岸。此时佛图舌弥在雀离大清净寺宣讲小乘教法，名冠葱岭南北。

据说，鸠摩罗什在修习《阿毗昙经》时，如同成年人阅读幼儿园的大字课本一样，极为容易。鸠摩罗什每天能熟读并背诵一千偈，每一偈是三十二个字，一千偈就是三万二千字，这种能力除过目能诵的天才之外，常人实在难以做到。近代大儒梁启超曾对鸠摩罗什生平做过考证，认为鸠摩罗什仅在幼年时能背诵出的佛经就达四百多万字！鸠摩罗什天资聪慧，不管多么幽深玄妙的经句，不仅背诵流畅，而且能无师自通而解悟佛理。

据传，佛图舌弥准备逐本解释经句时，没想到鸠摩罗什已尽悉经中佛理，一时在龟兹佛徒中传为佳话。

童年的"护法神"

耆婆带着聪慧的儿子出家，在龟兹国引起巨大轰动。人们先是觉得惊奇，后是觉得感佩。惊奇是因为美若天仙的王妹竟然要放弃俗世里的滚滚红尘，感佩是因为地位尊崇的王室亲眷却要抛弃荣华富贵矢志皈佛。众多邑民借供养之名前去看望母子二人，并奉送食物到耆婆和罗什修行的寺庙。时间一长，耆婆感觉不妥。她担忧吏民奉送食物丰厚，会影响僧人的佛法修为。于是，萌生了带鸠摩罗什离开龟兹，远避他国潜心修法的念头。《高僧传》载，"时龟兹国人以其母王妹，利养甚多。乃携什避之"。

永和九年（353年），鸠摩罗什年届九岁。耆婆禀明王兄白纯，告别鸠摩罗炎和小儿子弗沙提婆，带着幼小的鸠摩罗什离开龟兹，游学他国。

耆婆是童年罗什的"护法神"，她果断引导，使鸠摩罗什蹚过苦难岁月的河流，直接面对浩如烟海的佛学世界，使之感受到生命的卑微与信仰的崇高，激发了渴求佛法真谛的好奇心与求知欲。

鸠摩罗什的艰苦磨炼从童年时代就已经开始，特别是他离开龟兹后的经历，颇具传奇色彩。

耆婆陪着罗什驻锡罽宾，拜高僧盘头达多学习《阿含经》等小乘佛法。鸠摩罗什系统学习了《中阿含经》和《长阿含经》总共四百多万字的佛学著作之后，对《阿含经》中佛陀教说的"所持""所归"和"所聚"之义竟然阐述得准确而又精当。盘头达多不禁感叹，自己逢到了一位"旷世少有的佛学天才"。后来，又继过一场辩经活动，罽宾国王对鸠摩罗什的聪明才智钦佩不已，尊十岁的罗什为国师，鸠摩罗什在罽宾国内受到了广泛的拥戴和尊敬。

数年后，鸠摩罗什受邀疏勒国讲经说法，逢到著名佛教学者佛陀耶舍和须利耶苏摩。

佛陀耶舍精通"说一切有部"小乘教法，又兼修"诸大菩萨众"大乘佛法。在他学问思想的影响下，鸠摩罗什对大乘佛法产生了浓厚的兴趣。须利耶苏摩是西域莎车国王子，在疏勒修行，专以大乘施化，诸学者皆尊崇为师。鸠摩罗什拜须利耶苏摩为师，学习大乘经典佛法《方等》著作。经过苏摩的悉心教导，聪慧异常的鸠摩罗什很快领悟出了大乘佛法的精要所在，思想发生了根本性的逆转，由小乘转习大乘。

在疏勒，鸠摩罗什的生命之树长出了最清晰最深刻的一道年轮。他的一生经历了许多波折，改宗大乘是最关键的一件大事。如果没有改宗，就不会有东去凉州的传奇经历和中原译经的宏伟业绩。

在疏勒学法一年之后，国王白纯敦促耆婆母子返回龟兹。离开疏勒路过温宿国时，温宿国王闻罗什大名，遂迎鸠摩罗什抵王宫为其讲经说法。当时有一位在西域诸国颇有声望的僧人也在温宿活动。此人专习小乘教法，在西域素有"神辩莫秀，振名诸国"的声誉。听说佛学渊博的少年罗什到温宿，就和鸠摩罗什在王宫里进行了一场著名的"辩经"活动。鸠摩罗什运用《方等》大乘诸经中的所言"一切法皆无"的空宗奥旨，和温宿僧人的"说一切有部"理论展开辩论。温宿僧人渐趋败落，垂首认输。最后，这个偏激自负的"高僧"败北之后心悦诚服地俯拜于地，虔诚地请求鸠摩罗什收其为徒。一个有名望的成年僧人拜十三岁的小沙弥为师，在西域诸国堪称奇迹。

消息很快传到龟兹，国王白纯闻之大喜，亲往温宿迎接耆婆母子回国。

鸠摩罗什在温宿时，年约十三岁，离开温宿到龟兹，或年十四。十四岁的僧人还未受"具足戒"，仍是一个寺庙里常见的小沙弥，还不能称为严格意义上的佛徒。

但是，鸠摩罗什回到龟兹后，白纯在王宫修建寺庙，称为王新寺，颁令罗什驻锡王新寺，讲经说法，声名大振，俨然高僧。

母子分别

返回龟兹两年后，耆婆决定赴天竺修习佛法，以遂平生之愿。

耆婆始终修习小乘教法，小乘修行是以征得四种果位为最高境界，分别为须陀洹果、斯陀含果、阿那含果和阿罗汉果。那个阶段，耆婆告诉罗什她已证得"斯陀含果"，要去天竺佛国登第"阿那含果"。

耆婆虽然自己修持小乘教法，但鼓励鸠摩罗什在西域和中原弘扬大乘佛法，显示出非凡的胸襟和宽广的眼界。但是，鸠摩罗什只是一个少年沙弥，在龟兹佛教界难以形成较强的影响力。当时龟兹佛教仍是小乘教学占据主导地位，鸠摩罗什老师佛图舌弥是小乘佛教僧团的首领。龟兹王宫主管的寺院有八座，其中七座寺院归佛图舌弥管辖，而鸠摩罗什仅主持王新寺，有僧九十人。那么，大乘佛教将在龟兹国如何弘扬光大？想到鸠摩罗什未来面对的较为复杂的弘法局面，耆婆不禁面露忧戚之色。

离开龟兹的时候，耆婆仍然教导鸠摩罗什要以更大的包容心和宽容度来对待以后的佛法弘扬事业，又叮嘱鸠摩罗什好好修习卑摩罗叉所传的《十诵律》，终身遵循止恶修善的佛法戒律。鸠摩罗什回答，《十诵律》是体现佛陀根本精神的圣典，他自当严加修持，谨从律藏。

在鸠摩罗什的传奇人生中，耆婆离开龟兹去天竺的事件具有神谕般的预言意义。据说，临行前耆婆曾和鸠摩罗什有过一次长谈。耆婆告诉罗什，像《方等》这样的大乘佛学才是佛教中最精辟的教义，值得佛学大师去宣扬。而要想真正应化佛陀的意旨，就必须到遥远的中国去。但对个人而言，这又是一种非常艰苦的磨炼，需要牺牲许多美好的东西。耆婆说完这些话后，忽地沉默了，似乎说出的这番话语也是再三思虑的结果。

耆婆的话语体现了当时印度和西域大多佛法学者的一种普遍认识，他们认为中国缺乏宗教，到中国来弘法度人、成佛济世是最能体现佛陀精神的大德善行。所以，此前已有不少印度或西域的佛家弟子到中国弘扬佛教，仅《高僧传》记载抵达中原弘法的域外高僧就不下二十人。

鸠摩罗什当然明白母亲话语里的拳拳心意，他对母亲说，一个有使命感的人是不会在乎个人得失的。只有让大乘佛法在东边日出的地方流传下去，才能洗净那里人世间的尘垢和罪恶。就像一块在火炉里熔化的黄金一样，不管变成什么形状，黄金终究还是黄金。所以他一定要去东土大地，即使身当炉镬之苦也不怕！

耆婆的这番话语体现了母亲对儿子的一片良苦用心。耆婆先是期许鸠摩罗什要担当弘传大乘佛法于东土的大任，却又指出利他与利己之间的矛盾冲突，既显示出母亲支持儿子要以顽强的意念来完成弘法东土的事业，又隐然担忧儿子将在未竟的岁月中遭遇艰难困苦而犹豫两端的复杂心意。另外，也通过两种矛盾结局的预想来考验鸠摩罗什弘扬佛法的心志。

王新寺正殿西侧的菩萨经堂，母子二人在拱龛前的蒲团上相对打坐。数盏铜碗酥油灯在经堂里抹出了一方澄明的空间，也为拱龛上的菩萨塑像、两边的童俑和拱龛下蒲团上的母子弥上一层古铜红的色泽。殿外，星河无语，苍穹如水，偶有轻邈的管弦之音从王宫那儿隐约传来。殿内，母子二人推心置腹，款款絮语。当鸠摩罗什以"虽复身当炉镬，苦而无恨"的语句表达了自己百折不悔、舍身弘法的坚定意志后，耆婆大感欣慰。

曾经有人发出感叹，源自天竺的佛法之所以能够越过葱岭、远涉恒沙、历经千难万险而在东方古国绽开瓣瓣莲花，正是因为具有耆婆母子这样的弘法志士，秉承佛法理想，前赴后继、弘法传教的结果。

耆婆还对国王白纯说，她要走了，龟兹国将面临一场灾难，估计国

167

家将要覆亡。白纯对妹妹的预言根本也没有放在心上，那时候国内施行强硬的统治手段，政权尚很稳固；对外偶有战事，也节节胜利。他不会想到自己固若金汤的城邦王国会在十多年后土崩瓦解，只是颁令佛图舌弥准备好王妹远行时所需的一切物事。疑惑的是耆婆为什么会对白纯说出这番"先知先觉"的话？这一切，在任何历史典籍中都找不到相关史料，成为耆婆生命轨迹中留给世人的最后一团神异的谜云。

为了亲睹佛陀的圣迹，追寻心中的净土和理想，耆婆告别了鸠摩罗什，离开了龟兹。

送别母亲，鸠摩罗什心里一定不是滋味。十年前和母亲同去罽宾，触风冒雨、跋山涉水的艰难情状犹历历在目。这次母亲孤身前往天竺，前路渺茫，艰险难知。可是，耆婆历来是性情果敢之人，鸠摩罗什望着母亲渐行渐远的背影，只有黯然垂泪，双掌合十，默默祈祷母亲一路平安。

自此，母亲和儿子，一个在天竺，一个在龟兹。相隔高耸入云的大雪山，今世不再相见。但有佛光共照，对于虔诚的佛徒而言，这已经足够。

道流西域，名被东国

鸠摩罗什和温宿高僧辩经的那一年，前秦征东大将军苻柳遣参军阎负、梁殊至凉州，劝喻凉王张天锡投降，张天锡最终称藩于前秦。前凉王张骏于十多年前设置的"西域长史"也渐趋消失，西域诸国遂得脱离前凉的统辖，吐鲁番盆地较为强盛的龟兹等国蠢蠢欲动，萌发了称霸西域的政治野心。

一年后，鸠摩罗什返回龟兹，苻坚已在长安自称大秦天王，史称"前秦世祖宣昭皇帝"，改元永兴。前秦建元十三年（377 年）正月，苻坚例朝，太史启奏，有一巨星灼闪，耀亮于外邦天空分野之际。朝中文臣奏曰，此乃祥瑞之兆，当有人德智人自外国入辅中国。苻坚乃悟曰：“朕闻西域有鸠摩罗什，将非此耶？”这一年，鸠摩罗什虽然只有三十四岁，就已经是西域高僧，连前秦国王苻坚都知其大名。

鸠摩罗什游学西域回到龟兹，受到信众的空前崇拜。《出三藏记集》卷十四载：

（岁什）及还龟兹，名盖诸国。时龟兹僧众一万余人，疑非凡夫，咸推而敬之，莫敢居上。西域诸国，伏什神俊，咸共崇仰，每至讲说，诸王长跪高坐之侧，令什践其膝以登焉。

当时，鸠摩罗什讲经说法时，僧众一万多人“疑非凡夫，咸推而敬之，莫敢居上”。这些“僧众”包括鸠摩罗什的经师佛图舌弥和律师卑摩罗叉在内，西域诸国信众皆来龟兹听鸠摩罗什讲法，“伏什神俊，咸共崇仰”。当时西域三十六国中，于阗、疏勒和龟兹皆为佛教传播较为盛行的国家，而别国信众皆涌入龟兹闻听罗什说法，可见其声誉在西域地区已经极为隆盛。

东晋十六国时期，佛教的传播已经如火如荼。这种状况激发了两种文化交流现象，一是中原高僧前往西域，由东向西源源不断地谒求佛法经典，二是西域高僧来到中土，由西向东不断送经传法。这种“取经”和“送经”的文化交流现象汇成了西域和东土之间的文明联结纽带。那些佛徒成了两地文化交流的最初使者，他们孤独行走，艰难跋涉，在人类文化史上谱写了一首首史诗。至龟兹王白纯当政之际，鸠摩罗什在西域推行大乘教法，此期两地高僧的这种文化传播活动更加频繁。

交流传播的另一个结果，便是导致鸠摩罗什“道流西域，名被东国”。

建元十八年（382 年）二月，车师前部王弥寊和鄯善王休密驮来到长安朝见苻坚。苻坚赐以朝服，引见西堂。二王游说苻坚，表示愿意为

169

向导，以伐西域诸国。苻坚同意了他们的请求，遂遣骁骑将军吕光、陵江将军姜飞等率兵七万，西伐龟兹。

出征前苻坚对吕光说："朕闻西国有鸠摩罗什，深解法相，善闲阴阳，为后学之宗，朕甚思之。贤哲者，国之大宝也，若克龟兹，即驰驿送什。"

遗憾的是，苻坚最终没能见到这位尊崇仰慕了数年的龟兹高僧。

建元十九年（383年），鸠摩罗什四十岁的这一年，吕光统兵七万攻打西域，经过长途跋涉刚刚进兵至高昌，苻坚就迫不及待地发动了进攻东晋的"淝水之战"，结果铩羽而归。淝水战败后，慕容垂率先发难，其族人皆拥兵呼应，一时间前秦境内风云突变，乱兵如潮。先前那些部族酋豪、亲信旧臣纷纷反叛自立，中国北方再度陷入四分五裂的局面。

三车法师

建元二十一年（385年）九月，鸠摩罗什随同吕光大军离开了龟兹。

当东返大军进抵玉门时，吕光始知长安被姚秦占领。一年后，逃离长安的苻坚也被后秦主姚苌缢死。于是，吕光攻下凉州，以姑臧为都，自立为"三河王"，创建了"后凉"割据政权。

鸠摩罗什从此寓驻凉州，度过了其生命中最艰难也最重要的十七个春秋。

四十一岁是多么富于才华和创造力的年龄！但是，鸠摩罗什刚到凉州的数年，生活几近无聊和无趣。

后凉太安元年（386年），鸠摩罗什建议吕光在姑臧修建了一座寺庙，规模宏大，当时称为姑臧大寺。河西各地僧人仰慕罗什之名前来拜访者络绎不绝，西域和中原高僧也常来凉州交流研习佛学。因为大寺住持为西域胡僧鸠摩罗什，河西吏民便把此寺称为"鸠摩罗什寺"。

姑臧大寺的镇寺之宝就是吕光从龟兹带回来的优填王旃檀瑞像。

鸠摩罗什离开龟兹时，曾特意带上了王新寺里供奉的优填王旃檀瑞像和佛骨舍利，这样的情形，在《红史》等藏文史籍中可见重要的信息：

大军到达该地时，该地之王问道："上国与我等并无仇怨，大军为何来此？"将军回答说："要取觉卧像、佛祖舍利、班智达三者，若不与即行交兵。"该地国王说道："觉卧像和舍利此处实有，可以送上，班智达已于去年去世，遗有一子，名叫鸠摩罗穷哇，年届十八岁，也可送上。"于是将三者送出，将军统兵将这些带回。

"班智达"梵文原意是博学和智慧之意，后来将所有博学的佛法学者统称为班智达。史料中进兵至龟兹的将军就是吕光，他对国王说明来攻伐龟兹的三个目的，"要取觉卧佛像、佛祖舍利、班智达三者"。"觉卧佛像"便是鸠摩罗炎从天竺带至龟兹的佛国至宝优填王旃檀瑞像。佛祖舍利是否存于龟兹，史料中没有记载。"老班智达"当指鸠摩罗什父亲鸠摩罗炎，而"鸠摩罗穷哇"即鸠摩罗什，说其时鸠摩罗什年届十八或恐笔误所致。

鸠摩罗什将从龟兹带回来的优填王旃檀瑞像供奉于新建的姑臧大寺。一千六百多年前的凉州，鸠摩罗什寺成为这一时期丝绸之路上最重要的思想传播和文化交流场所。

吕光虽是个有谋略的军事家，但却是一个很糟糕的"凉州王"。从后凉建国伊始，王室权力争斗和境内动乱事件就没有停息过。在混乱的时代里，佛教思想的光芒不能穿透笼罩在后凉国度里的苦难迷雾，不能成为慰藉邑民心灵的信仰柱石，一代高僧也只能在波折无常的岁月里隐忍苟活。

虽然内地高僧不断慕名来到姑臧大寺，但由于语言不通，他开坛讲经的场面也没有龟兹那样的盛大风光。佛教的研究、修习和传播活动只能在很小范围内进行，鸠摩罗什似乎每天都能听到自己的生命在平庸岁月中渐渐老去的声息。

有一段时期，鸠摩罗什在凉州的生活不再受禁忌约束，他索性将一些滞重的思绪慢慢消解到冗长的季节里。他唯一能够做到的就是，将弘法的愿望如同种子一般深埋到平庸岁月的深层厚土中，然后静静地等待，等待春天的到来破土而发。

吕光在龟兹已威逼鸠摩罗什"破戒"，到凉州后尊鸠摩罗什为国师，赐给绫罗绸缎、金银器皿无数，而且还赐给很多侍女。鸠摩罗什出门时大讲排场，三匹马车一起上路，自己乘坐一车，侍女乘坐一车，用具和食品等再装一车，共三车，威风凛凛，极尽奢华。姑臧吏民将鸠摩罗什称为"三车法师"。

但是，谁也不会知道，在欢乐和奢华生活的背后，从鸠摩罗什心底涌出的那种针刺般的痛楚。他除了通过这种方式来消解心中的无奈与痛楚外，还有什么办法？

姑臧吏民也惊讶地发现，每逢黄昏时分，有位穿着玄色僧衣的中年僧人从大寺走出来，沿着顺时针方向绕着寺院一圈儿一圈儿地行走。人们知道了这是一种名曰"转庙"的朝拜仪式，也知道这位中年僧人便是西域高僧鸠摩罗什。

夕阳的晖光下，穿着宽大僧袍的鸠摩罗什显得那样的羸弱和瘦小。可是，普通的吏民哪里知道，他那看似羸弱的躯体里潜藏着多么刚毅的心灵，看似平静的外表下荡漾着多么澎湃的情怀，看似安顺的姿态里蕴蓄着多么奇崛的愿心。

蕴其深解，无所宣化

在凉州，吕光拒绝听从鸠摩罗什"悯民宽政、禁绝滥杀"的建议，对鸠摩罗什在凉州创建道场、设坛讲法、弘传大乘的建议更是置之不理。所以，他便采取明哲保身的态度，游离于政治旋涡之外。《高僧传》将鸠摩罗什在凉州的生活情形概括为"蕴其深解，无所宣化"。

鸠摩罗什对"三车法师"的称号也了无兴趣，更多时候便在姑臧大寺打坐修行。佛祖超脱世俗苦难的经义一直在内心翻腾不息，并时时提醒自己在空虚的岁月中勿让信仰黯淡。他时常默念自己的母亲和在母亲面前的誓愿。在鸠摩罗什看来，只有追求佛法信仰才能获得生命的永恒，才能为平庸的生命赋予圣洁之光。

佛教的信仰包括"信"和"仰"两个方面："信"就是一种敬畏。敬畏一种伟大的情感，那就是慈悲为怀的佛陀精神。"仰"就是一种向往。向往自己达到某一种精神境界，那就是"普度众生"，普度芸芸众生脱离生死世界而涅槃升华至净土世界，这才构成了信仰。鸠摩罗什在凉州数年，目睹了悲惨的战事造成的血流成河、哀鸿遍野的现实，悲悯而又无奈。于是，弘传大乘佛法，消弭世间的争斗和恨怨，去度化众生离苦脱难，便成了鸠摩罗什在凉州的弘法信仰。

在污泥浊水的环境里保持一点儿清醒的觉悟意识往往是一件痛苦的事。生命如草，苟全性命已然不易，倘能使佛法修养和识见显著于天下，为邑民建树一种信仰，更是弥足珍贵。

可叹吕光只知道凭借武力和暴力"履至尊而至六合，执敲扑而鞭笞天下"，从来不会采取任用群贤、保民安境、教化天下的措施来消解境内愈演愈烈的深重矛盾，依然穷兵黩武、征战杀伐不休！吕光从不参悟佛法所谓"因欲缘欲，以欲为本"招致"亲族辗转共争"，最后"彼当斗时，或死或怖，受极重苦"的业果。

后凉建国之初，凉州即沦为一个酷烈的战场。目睹或听闻了诸多杀戮的事件，鸠摩罗什先是心惊胆寒，而后陷入长时间的沉思。

当吕光颁令诛杀姚皓、尹景等十多位中州名士时，数十口亲族无奈呼号，引颈待割。当郭黁将吕光的八个孙子全部磔肢，吕光悲戚得数日内难以进食。后秦姚兴又屠灭郭黁及其全家性命，郭黁族人也呼天抢地，悲愤难禁。东晋刘裕攻灭后秦后又将姚氏世家诛族，漏网而逃

173

的姚氏子孙心情又将如何？如此沿袭残害屠戮，周而复始，绵延无有绝期。

只要人群和王国存在，沿袭残害的劫难就难以躲避，似乎成了尘世间永难消除的毒瘤与痼疾。比如吕光、郭黁和姚兴，加害他人时冷酷残忍，亲朋受害时惊怖恐惧。既有如此因果累业，何不"放下屠刀，立地成佛"？既然"苦海无边"，何不"回头是岸"？

很长时间里，鸠摩罗什耽于这样的痛苦思索中，怎样让世人"放下"和"回头"？

鸠摩罗什的脑海里始终闪现着《弥勒成佛经》中弥勒菩萨的形象，弥勒的上生信仰把理想国安置在属于欲界的"窦率天"上，而其下生信仰则是发大愿心把世俗的理想化王国建立在人间。现在的弘法现实就是在痛苦的离乱之世里如同弥勒那样"下生"人间，让佛法光芒弥布尘世。待佛法大弘、教化大兴之时，消了欲望，断了恶念，兵荒马乱的尘世才会变成极乐净土，浑浑噩噩的时光就会变得宁静沉实。

在冷酷杀戮的悲惨时代，鸠摩罗什忧心若醒，那种运用佛法来醒世和救世的菩萨心境也愈加强烈，而内心存储的悲伤、无奈、孤独无助的感觉也积淀得越加深重。

只是在凉州弘传佛法的环境太险恶了，弘传佛法的土壤太贫瘠了。有时候鸠摩罗什真想闭上自己的眼睛。闭上了眼睛，外面的残暴和乱世便不复存在，在"蕴其深解，无所宣化"的生活状态里，唯有佛陀独留心中。

姑臧城里的西域胡僧

姑臧大寺位于后凉王宫西侧约两里之地，即今凉州城北大街北端。离大寺往东北行走约两里路就是北城门，当时称广夏门。出了广夏门就是前凉大陵墓地和建造巍峨的宗族祠堂。再往西北，是张茂修筑的灵钓台，周边古木参天，郁郁葱葱。树间溪流清涧，碧水流淙，风光怡然。

数年来鸠摩罗什多次向吕光建议，在凉州创建道场、设坛讲经、弘传大乘佛法以教化人心。吕光置之不理，鸠摩罗什只好大多时间寓居大寺，有时候则离开大寺，走出城门，走向乡村。

凉州吏民发现，姑臧城里的西域胡僧刚开始仅穿行于寺庙和王宫之间，过了几年后就开始融入凉州市嚣，每天都笑吟吟地来到集市，用半生不熟的汉语和人们打着招呼。后来，集市上的小贩都认识了他，他也知道了凉州的蔬菜和物品。有时候，还出现在小茶馆里，和一些读书人模样的汉子饮茶叙话。

又过了几年，西域胡僧明显地老了，双眼凹陷，下巴上长着浓郁的髭须，鬓发业已斑白，但精神矍铄，语言诙谐。人们都说这个胡僧医道高明，连辅国将军杜进、著作郎段业和中书监张资大人都邀请他到府邸给家人治病。还有人说，这个胡僧会星算占卜之术，连国王都请他到宫中算卦预测军国之事。但从外貌着装来看，这个胡僧又极为普通，会说一口流畅的边地汉话，穿着玄色的直缀领僧袍。如果不是凹陷的双眼和连鬓的胡须外，其言谈举止和中原汉僧无异。

此外，这个西域胡僧有个古怪的习惯。每逢黄昏时分，他就从大寺山门走出来，沿着顺时针方向开始"转庙"。从山门开始转一圈刚好是三千步，数步诵佛，连转三圈，感觉自己的灵魂游走于三千大千世界，置身于沐着佛法晖光的百万菩提众生之间，心意沉实安定。

每隔一个阶段，鸠摩罗什总要走出姑臧城，云游乡间，旬日而返。从姑臧城的当阳门出来，触目而及的便是凉州南部连绵横亘的祁连山，远处的山峰终年覆盖着皑皑白雪。雪水融化成泉水，泉水又渗洇流经谷底形成六条大河，依次是大靖河、古浪河、黄羊河、杂木河、金塔河和西营河，沿河谷两岸排列着参差栉比的农舍村庄。

从前凉开始，无论是上游六大河谷还是下游绿洲大地，凉州一直是多民族融汇聚居地区。六河流至祁连山脚在武威绿洲上汇聚成了一条气

175

势磅礴的大河，史称谷水，后世称为石羊河。"凉州不凉米粮川"，前凉时期的凉州原本是一个富庶的地方，谷水两岸农耕业和畜牧业都有较好的发展景现。

但是，由于连年战乱，导致土地荒芜、衰草连天、农舍疏落，没有一丝富庶繁茂气息。荒野上三三两两地走着些避灾躲难的流民，一个个鸠形鹄面，衣衫褴褛。

鸠摩罗什心情始终很沉重。当他看到弥漫的战火中弃耕的土地，看到流浪的邑民在荒凉的土地上蹒跚的身影，他们无助的面容以及面对苍天无语的悲愤，心中常存悲悯之感。

可是，护持佛法的明王在哪里？弘传佛法的正道又在何方？鸠摩罗什从没停止过对社会、对众生、对佛法的苦苦思索。

在凉州，佛法的光芒太过微弱了，不能洞穿包裹在"人性"外壳上的贪欲、仇恨、嗔怒、暴戾的甲胄，杀戮和残忍的罪孽仍像瘟疫一样流布于世间。也许，佛陀的事业太孤独了，尘世挤满了欲望和罪孽的灵魂，"利他""善心"的呼唤难以驱开弹丸大小的一方澄澈的天空啊！

鸠摩罗什在凉州显示出了一位佛法尊者所特有的忍辱精神和柔韧耐力，他坚信唯有佛法才是唤回冷酷社会里的人性与良知的法门利器。悲惨的社会现实让他真切地感受到了弘传佛法、高举大乘火炬的重要性和迫切性。

《佛地经论》认为，佛法弟子被称为菩萨，是因"具足自利利他大愿，求大菩提，利有情故"。体现菩萨精神的根本内容是"六度"，指由此岸世界过渡到彼岸世界的六类途径，即布施、持戒、忍辱、精进、禅定和智慧。鸠摩罗什深知，"六度"之中，"布施"是佛徒对于贫困厄者的无私救助，是体现慈悲精神的根本原则，"持戒""禅定"和"智慧"为实现菩萨精神的三种实践法门，唯有"忍辱"和"精进"则是坚定的信仰者和弘道者必须具备的两种品格。

在凉州，当佛法信仰受到漠视和排斥，弘法行为遇到阻力和打击时，鸠摩罗什常以"忍辱"和"精进"的菩萨品格来要求自己，忍受着常人难以忍受的精神压力和肉体折磨，坚持弘法信仰，百折不挠，蕴蓄智慧，勇往直前。他秉承众生皆苦、空色不二的佛法思想，将因缘相系、善恶报应的理念融汇在自己的佛法修悟与思考之中，用自己的生命态度和佛教伦理精神洗练出一片通晓五明的菩提心。

佛法思维向深处开掘

鸠摩罗什从龟兹到凉州，个人身份的最大的变化就是由高高在上的宫廷国师沦为民间的佛法学者。

吕光虽然也奉罗什为国师，但其不崇奉佛法，所以凉州的国师和龟兹的国师绝不能同日而语。龟兹的国师昔日登上金狮座时"诸王皆长跪座侧"，万民敬仰，而凉州的国师却无法设置道场登堂讲经，只是王宫中一位普通的预测卦师。

据《高僧传》载，鸠摩罗什虽然精通医道，可是后凉吕氏集团却宠信江湖术士，甚至连后凉重臣张资都因轻信江湖术士贻误疾病而死。鸠摩罗什很有智慧，能洞悉时局的发展规律并准确推知事物发展的结果，但吕氏首领大多刚愎自用，鸠摩罗什只好借用魔术和隐语预言吉凶。鸠摩罗什因而游离于王权中心，抹下了"佛法国师"的桂冠，由高层走向低谷，由宫廷走向民间，具有了审视人间苦难和弘扬佛法的崭新角度，也具有了更自由、更宏阔的佛法眼界。

在凉州这个酷烈的战场上，鸠摩罗什目睹了战争给人间带来的无数灾难，感受到动荡离乱时代里的不安与冷漠、残酷与偏执、恬淡与血腥，更加觉得弘传佛法的必要性和迫切性。

凉州的经历引导着鸠摩罗什的佛法思维向深处发掘。

《杂阿含经》认为，对凡夫来说，"受乐时增贪，受苦时增瞋，常受不苦不乐时增痴。不仅身受苦乐，心亦沉溺于苦乐中并增长三毒"。对

177

于智者来说，"多闻于苦乐，非不受觉知，彼于凡夫人，其实大有闻；乐受不放逸，苦触不增忧，苦乐二俱舍，不顺亦不违"。可见，智者和愚者身受相同，心受却异。区别就在于智者彻悟了诸法之虚妄不实，缘起性空，于是不会有任何的执着与挂碍。因而也没有了丝毫的烦恼与束缚，这就是菩萨的心境。

鸠摩罗什就是这样的智者。在凉州，经年累月地置身于纷乱、灾难、血腥的战事氛围中，萌生了利用佛法来消除人间苦难的菩萨心境。他整日在大寺闭目打坐，苦苦思悟通过佛法解脱生民苦难之道。在佛陀的眼里，众生的生死存亡，其实全由人的"心"来支配，既不能责怪大自然，也不能抱怨造物主。一旦出现没有原则的暴政、没有劳动的财富、没有道德的奴役、没有奉献的信仰，社会就会变得复杂动荡，人心就变得急躁乃至暴躁，纷乱和战争就会发生，一切不会逃出因缘和合的必然规律。只有大弘佛法，以正心修身，消除贪嗔暴戾，人皆虔心向善，升平和乐的社会景象才会逐渐呈现。

所以，鸠摩罗什时常寄语芸芸众生，苦厄之时，当胸怀佛陀，自会大彻大悟，眼如明镜，心如止水。

菩提心是一切众生安乐的根本，是一切法心要素中的内核，以之消弭灾难，消除烦恼，并终生得到苦难的解脱。这一片菩提心，也让鸠摩罗什不再觉得悲伤无奈，孤独无助。

178

抄写佛经，学习汉语

鸠摩罗什无数次地默念自己在母亲面前发下的誓愿，佛祖超脱世俗苦难的经义也一直在他的内心里翻腾不息。鸠摩罗什明白，永存"利众""利他"的菩萨心境才能获得佛法的永恒，才能为沦落苦海里的生命赋予慈悲喜舍的佛法光芒。

在那些暗愗的岁月里，鸠摩罗什开始抄写佛经，只有抄写佛经的时光能让他心臆沉实笃定。名曰抄写，其实是默写，即将自己幼年时熟记于心的那些佛经一边暗诵，一边用古老的龟兹文字书写出来。龟兹文据传是公元三世纪到公元九世纪居住在新疆的吐火罗人所创，故而又称吐火罗文。

鸠摩罗什精通梵文，在抄写的过程中又对照遗落在后凉宫廷里的梵文原经订正了许多错讹。有一天，当抄写整规的龟兹佛经叠放在面前时，他就想，如果把这些佛教经典用汉字抄写出来，中土识文断字的人们就能够读懂佛教中的深奥义理，然后会把领悟到的心得体会讲给他人，这样口耳相传，佛法经义就会得到空前的传播与弘扬。

想到这一点，鸠摩罗什激动得彻夜难眠。但同时另一个问题也摆在了面前，那就是自己不会使用汉地的语言文字。于是，另一个设想又从头脑里萌发出来了，鸠摩罗什决计开始学习汉语和文字。

鸠摩罗什出现在姑臧街巷、集市、茶舍和庙会上，有意识地用汉语和凉州邑民进行说话交流，缓慢而顽强地开始学习汉语。他常常出城云游至远乡僻地观看凉州农人的农耕活计，用生涩的汉语艰难地和乡下农人交流，了解他们的生产习俗和生活情形。从那时起，鸠摩罗什融进姑臧的百姓之中，逐渐体会了汉地语言在不同的生活场景中的精微含义。

后凉时期，曾有一些西域商人和邑民先于鸠摩罗什来到凉州，具有"胡汉两娴"的语言能力。鸠摩罗什通过他们的翻译帮助，学习汉语的进度提高很快。鸠摩罗什原本聪慧超常，语言领悟能力很强，未至一年，汉语口语交流能力就达至圆熟流畅的程度。而后，鸠摩罗什跟随后凉宫廷里的一些文官学习汉字的认读和书写，两年后，鸠摩罗什就能够阅读后凉宫廷里收藏的一些汉文经卷了。

麟嘉五年（393年），鸠摩罗什在后凉宫廷发现了一本汉文经卷《首楞严经》，经书后记中写道："凉州刺史张天锡在州出此《首楞严经》……时译者龟兹王世子帛延善晋胡音。延博解群籍，内外兼综。"读了后记，心下涌起一波热浪。这本经书就是鸠摩罗什的故国龟兹舅家世子

179

帛延所译。

帛延来凉州讲经弘法的那一年，鸠摩罗什二十七岁，已经结束了第二次游学西域的活动回到了龟兹。帛延在姑臧寓驻译经的地方位于后凉王宫谦光殿东侧的正听堂湛露轩。吕纂当政后改谦光殿为龙翔殿，改正听堂为湛露堂。湛露堂是王宫里会见宾朋的厅堂，鸠摩罗什曾在此堂和吕纂共同度过一些饮茶弈棋的闲适时光，曾经留意过舅家前辈佛法大师帛延的译经场所。

《首楞严经》全称《大佛顶首楞严经》，又称《楞严经》。在佛教史上，有"开悟的《楞严》，成佛的《法华》"的说法。据说《楞严经》可以帮助众生明心见性和避免魔障的干扰，这是证道的前提。《法华》可以帮助众生树立圆顿的一乘见地，这是成佛的基础。《金刚经》可以帮助信众开启智慧之门，这是修道的指针。在大乘学者眼里，这三部经典处于大乘"纲宗"地位。所以，大乘僧人终生都要修习研读这三部经典。

但是，披阅这部汉本《首楞严经》时，鸠摩罗什遇到了很大的困难。《首楞严经》是一部宣化"禅""净""律""密""教"等内容的经典，鸠摩罗什对经义原本极为熟稔，可帛延译成的汉文典籍中竟有部分经义不能很好地理解，有的地方感觉和佛陀本意有所出入。

鸠摩罗什经过苦苦思悟，想通了问题的症结，一是自己对《首楞严经》中关于"律法"和"密咒"的经义没有吃透，经义理解层面仍存隔膜；二是帛延译经时汉语表述能力存在障碍，需要汉人儒士帮助书写才能翻译完成。翻译时口笔分途，口授者非娴汉言，笔受者罕明梵音，于是，出现了经义不合原旨的讹误。

《首楞严经》后记中也说，凉州儒士赵浦、马奕、来恭政以及寺僧释慧常等参与了译经活动。他们助译而成的经典中又掺杂了大量的汉地传统文化所固有的典故、传说、俗谚和成语等，而鸠摩罗什理解汉语典籍的能力还很薄弱，所以不能很好地理解这部凉州译本。

披阅汉文典籍

凉州译本《首楞严经》中，确实蕴含了汉地文化典籍中的叙述技艺、典故传说、文言俗谚等方面的知识因子。不能通达汉语，自然难以解悟这些汉译经本中所载佛陀的箴言妙句。为了解读汉译经本，也为了深刻谙习中原文化中薪火相传的处世智慧，鸠摩罗什开始耗费时间研究散落于凉州大地的历史文化典籍。他广泛接触凉州儒士，在耳濡目染中受到儒学熏陶，感知、领略并掌握汉族儒士的诗文辞赋技艺，理解其中承载的儒道义理。

东晋十六国时期的凉州和中原其他地方相比，是一个儒士云集、书籍贮存丰富的地区。早在元康年间，处于京都洛阳皇权中心的朝臣张轨对政局混乱的西晋王朝的命运和自己的前途极为忧虑，决计效法西汉末年窦融出牧河西。张轨避祸凉州之举，也惊醒了诸多中原士人。既然"伴君如伴虎"，那么身居京都就如同蜗居于虎狼窝中。不如赶紧像张轨一样，离了京师，找一处世外桃源颐养天年。当时的凉州，就成了文人儒士避离乱世的桃源之所。

后凉创建初期的凉州，仍是十六国时期中原文化的三大据点之一。中原汉人儒士携带大量汉文典籍汇聚于凉州，凉州成为汉族主流文化的荟萃交融之地。唐代史学家李延寿撰《北史》时曾发出惊叹："区区河右，而学者埒于中原。"文人儒士来到凉州，他们携带的书籍数量更是可观。

难能可贵的是五凉政权的统治者都有"崇尚文教"的显著特点，在倡导儒学的同时，也十分重视自身的文化学习，具有很高的汉族文化素养。前凉王张骏是凉州历史上见诸史载的第一位创作诗歌作品的诗人，也是五凉时期中国北方重要的作家之一。西凉王李暠也颇具文学才华，著有《述志赋》《槐树赋》等数十篇诗赋，称得上是魏晋六朝抒情赋篇中的上乘之作。即使后凉王吕光，虽然不重视佛法教化却也有"崇尚文教"意愿，自己也能诗善文。

后凉宫廷中也有大量汉人儒士担任官职，如敦煌人宋繇任侍中、金城人宗钦任内史等。此外"博览群书，满腹经纶"的张资为中书监，"博涉史传"的诗人段业为著作郎。作为后凉国师的鸠摩罗什常常出入于王廷宫室，自然有便利机会读到这些诗文，也很容易地就和这些名重河西的文人学士相互来往。鸠摩罗什在耳濡目染中受到儒学熏陶，逐渐领略并掌握汉族儒士的诗文辞赋技艺。

鸠摩罗什羁縻凉州，许多人认为是大不幸。从其后世传承于世的佛法思想及弘扬佛教的卓越贡献而言，留驻凉州，实乃鸠摩罗什之大幸。

这个阶段，鸠摩罗什向后凉宫廷儒士借阅藏书，对借来的书籍大多进行抄录和批注，特别是《左传》《战国》《论语》《诗经》等大量的汉文经典让鸠摩罗什爱不释手。

182

为了全面掌握汉文经典的文字表述技巧，鸠摩罗什拜访当时的饱学之士，常邀请张资、段业等儒士来大寺喝茶论道，在和这些文人的交流中全面领略汉文经典中的文言章法，理解并掌握汉族文化的精粹与灵魂，从而感受他们的那种深植于内心的书卷气息和儒雅风度。

后来，鸠摩罗什已能够熟练地用汉字书写诗词文章，不仅文辞顺达还兼具一定的文学韵味。

高超的汉语读写能力

很多学者在谈及鸠摩罗什寓驻凉州的经历和意义时，皆轻描淡写地称之"学会了汉语"，为翻译佛经打下了基础。

鸠摩罗什寓驻凉州的经历和意义仅是"学会了汉语"？且不说此番论调的肤浅、偏狭和武断，仅就翻译佛经而言，一个西域僧人只要"学会了汉语"，就具备了翻译佛经的基础条件吗？

翻译佛经是一项复杂又艰巨的精神活动，需要不断探寻佛陀和信众的心灵，而后才能磨砺出佛法的生命之火和智慧之光。隋朝时在洛阳主持译经的彦琮法师在《辩正论》中指出，翻译佛经之人必须具备八个基本条件，其中一个条件是"旁涉坟史，工缀典词，不过鲁拙"。即要求译经人要通晓中国经史，具有高深的文学修养，才不疏拙于通译文字表达规律。

岂止佛经翻译，所有的双语翻译最基本的要求是要精通两种语言和文字，才能熟练地将彼此所承载的思想内容进行巧妙而艺术的转换。传译者的知识越广博，越能精确表达原著的义旨。如前所述，鸠摩罗什在凉州不仅学会了汉语，而且大量披阅汉文典籍，理解并掌握了汉地文化典籍的精粹与灵魂，形成了高超的汉语读写能力。

那么，鸠摩罗什的汉语读写能力究竟有多"高超"呢？

僧叡在《大品经序》中描述，鸠摩罗什译经时"手执胡本，口宣秦言，两释异音，交辩文旨"。鸠摩罗什手里拿着梵文经本直接脱口译出汉语，还要分别向弟子解释佛经在梵汉两种语言环境中的不同文旨。可见鸠摩罗什使用汉语的水平已经达到极为纯熟的地步。

有人把使用语言的水平由低到高分为三个层级，依次是准确熟练、清晰简明和艺术美感。鸠摩罗什的汉语读写能力事实上已经达到了最高层级，即具备了汉语表达中的鲜明生动的艺术美感。鸠摩罗什写给慧远法师的书信不仅合于汉地传统文章的章法结构和文言句式，而且颇具文采。所撰写的《十喻诗》《赠慧远偈》等偈诗皆具有一定的古典诗歌的意境与韵味。即使佛经中的一些佛陀偈语，鸠摩罗什也翻译成中国短诗的形式，如出自《金刚经》中的最末一句偈言，鸠摩罗什译为"一切有为法，如梦幻泡影；如露亦如电，应作如是观"。形象生动，极富艺术感染力。

鸠摩罗什曾用汉语写过一首《赠沙门法和》的偈诗，寥寥数语，传递佛法领悟心得，却意境优美，具有"言有穷而意无尽"之感，深得汉魏六朝诗歌精微深婉的风致。

凉州文化是以传统儒学为主的汉文化与西域文明相互融合而形成的独特文化类型。其既保留了汉地文化的精华内容，又吸收了外来文化的新鲜成分，兼备众学，融贯中西，富有西北地域特点和中原时代精神。在兵连祸结、动荡离乱的十六国时期，凉州文化无疑是最先进的文化类型。鸠摩罗什天资聪慧，学博超人，悟性非常，在凉州文化的涵蕴熏陶下自然形成了较高水平的汉语文学素养。故而，后期在长安主持译经时，所译经文义理周详，文从字顺，辞藻优美，既通俗易懂又富于文学色彩。

这种独具特色的译经范本使鸠摩罗什赢得了"佛教翻译第一人"的声誉，并对中国语言文学产生了深远的影响。

凉州的佛教活动

184

龙飞三年（398年）夏，后秦国王姚兴遣使来到姑臧，携带大量珍宝礼物谒见吕光，请求迎请鸠摩罗什到长安传播佛法。吕光拒绝接受姚兴礼物，也不同意鸠摩罗什到长安。《高僧传》载，"诸吕以什智计多解，恐为姚谋，不许东入"。

在普遍崇奉佛法为国教的十六国时期，精通"三藏"的鸠摩罗什是"国之大宝"，诸国皆愿得之。因其"智计多解"，若敌国得之对凉国自然形成不利因素，故而鸠摩罗什的活动范围曾受到吕氏集团的监控与禁锢。那个时代，其他僧人皆可在王国之间自由出入，从事佛法活动，唯独鸠摩罗什的活动被限制在后凉境内。又因其"佛法国师"的地位和身份，大多信众难得在王宫大寺内随意见到他的身形。

南凉和北凉相继崛起之后，曾有一些佛法高僧在凉州境内活动，如昙霍法师曾在乐都弘法，建议国王秃发傉檀不要"穷兵好杀"，应该"安坐无为，则天下可定"。北凉国王沮渠蒙逊的堂弟沮渠京声精通佛法，世称"人中狮子"，年轻时曾"度流沙，至于阗"，寻师学法。北凉沙门慧嵩、道朗也有极为高深的佛法修为，曾独步河西，后成为昙无谶在凉州翻译佛经时的重要助手。法显西行求法时，在凉州境内逢到高僧智严和宝云，当时另一高僧竺佛念也已由凉州至长安协助外国僧人翻译佛经，被誉为"译人之宗"。

但是，在历史典籍里却没有任何关于鸠摩罗什和这些凉州境内的高僧相与咨禀佛法的记载。特别是凉州高僧智严、宝云和竺佛念，都没有和鸠摩罗什在姑臧交流佛法的历史记载，但后期均成为鸠摩罗什长安僧团中的重要成员。

鸠摩罗什在这种相对封闭和冷寂的佛法环境中，孤独悟法，淡然度过十多年的羁縻时光。

大概因为修禅悟法和大弘佛法总是一个温和的、缓慢的、恒久的过程，既然万事万物皆因缘和合而成，大弘佛法也需讲究缘起。缘起时，护法的檀越或明王自会出现，佛法大弘的局面也会出现。缘未起时，则无人无心无天无地无万物，然佛道犹在，道法自然，需在禅定中安然等待。

鸠摩罗什常常告诫自己，不必焦虑，不必彷徨，独自调伏己心，唯求成佛得道，蕴蓄形成具足智慧，待缘起时方可"普度众生"，大弘佛法。所以，在"无所宣化"的环境状况下，鸠摩罗什独居荒凉枯寂的姑臧大寺，修禅悟法，独自求索思考佛教义理，搜集整理佛法典籍，并在一定范围内开展了必要的弘法传教活动。

十六国时期，河西地区的佛教已经有了较大发展，凉州也成为当时的一个译经中心。释道安在东晋宁康二年（374 年）所编的《综理众经目录》收录有"凉土异经"五十九部，计七十九卷。而当时三十岁的鸠摩罗什仍在龟兹讲经说法，可见凉州译经开始得比较早，并且具有一定的规模。所以，有大量的佛经散落于凉州民间及宫廷之中。鸠摩罗什曾在后凉宫廷里发现并搜集到龟兹王世子帛延翻译的《首楞严经》，而后鸠摩罗什开始致力于搜集、整理梵本经籍。凉州文史工作者李林山先生

185

曾经研究指出：

鸠摩罗什在凉州抄撰了《众家禅要》，后来译成《坐禅三昧经》三卷。此经在凉州流传多种抄本，鸠摩罗什悉心甄别，订正"初四十三偈"。《大智度论》"原本有十万偈，每偈三十二字，共三百二十万字"。鸠摩罗什在凉州收集了其中的一部分，另在长安搜集小部分，后译出初品三十四卷，其余为略译。还在凉州搜集到《摩诃般若波罗蜜经》的异译本《放光般若经》《光赞般若经》。《首楞严三昧经》原是前凉所译，凉州流传最广，鸠摩罗什考其"事数"之异，也重新进行了翻译。在凉州搜集到的《中论》古本，释文是古印度青目著，鸠摩罗什后来翻译时作了删改。[①]

研究者认为，鸠摩罗什在凉州多方搜集到的还有《妙法莲华经》《弥勒成佛经》《富楼那问经》等。可以说，鸠摩罗什译经时的参考本，大多数是在凉州搜集到的，有些是在凉州通过西域胡商邮驿而来。此文虽为一家之言，结论及论据仍有存疑之处，但鸠摩罗什在凉州搜集整理佛经是不争的事实。

姑臧大寺修建之后，吕光敕令将从龟兹带来的举世闻名的旃檀瑞像供奉至大寺正殿里。元人程钜夫在《敕建旃檀瑞像殿记》中指出，旃檀瑞像在"西土1285年，龟兹68年，凉州14年，长安17年，江南173年，淮南367年"。北宋太平兴国八年，日本著名高僧奝然到扬州时也反复考证说："瑞像佛约在龟兹60余年，在西凉吕光城14年。"明万历二十五年（1597年）八月鹫峰禅寺《旃檀瑞像来仪记》碑和康熙五年（1666年）四月二十九日弘仁寺所立《旃檀佛西来历代传祀记》中均有详细记载。从公元385年到401年，旃檀瑞像在凉州实际供奉了17年。

① 李林山《鸠摩罗什的传奇弘法生涯》，载《甘肃日报》2016年7月12日。

鸠摩罗什和凉州信众为佛像进行了开光仪轨法会，远近吏民闻旃檀瑞像乃佛之真像，皆前来拜谒佛像。在姑臧大寺旃檀瑞像的影响下，鸠摩罗什的大德盛名在凉州大地传播开来。

鸠摩罗什来到凉州之后，陆续有许多弟子从西域跟随而来，长期留驻在凉州诵经学佛。吕光过世之后，凉州及北方一带的佛法弟子也慕名来到凉州随从咨禀佛法。汤用彤在《汉魏两晋南北朝佛教史》中根据来源地把鸠摩罗什的弟子分为"原在关中的弟子""从北方来的弟子""从庐山来的弟子""从江左来的弟子"和"不知所从来的弟子"。其中"从北方来的弟子"中就包含那些从凉州跟随鸠摩罗什的弟子。

鸠摩罗什悉心搜集梵本佛经，研读佛学经义。通过弘法活动，使佛教渐渐融入后凉宫廷和民间，为后来北凉昙无谶的译经活动奠定了社会基础，也为抵达长安后大规模从事佛经翻译做好了准备工作。

187

菩提心灯

龙飞四年（399 年）十二月，吕光病逝，二十岁的吕绍继位当了后凉国王。

其时，吕氏诸弟兄各个拥兵自重，皆有觊觎王位之心。吕绍感觉国王之位岌岌可危，便问计于鸠摩罗什。鸠摩罗什占卜一卦，面色如常，唯沉默无言。

卦理究竟如何？吕绍追问甚切。鸠摩罗什缓声道："《佛说琉璃王经》云：'知汝威德，过足如斯；宿命之罪，谁当代受。'国王应该虔修佛道，化解定业。"吕绍问曰："宿命定业，果难逃避？"

鸠摩罗什诵出"假使百千劫，所做业不亡；因缘会遇时，果报还自受"后，沉默无言。昔年吕光攻城略地，屠戮生灵，杀人无数，造下恶业，而今后世子孙将要代为偿报定业。佛陀有言："食福同时，而受祸一处。"鸠摩罗什看到弱年世子吕绍栖惶无依，也动了恻隐之心，便安慰吕绍当谨修善德，宽政爱民，自可度过眼前危机。并向吕绍建议，应当弘扬佛法，教化人心，自可物阜民殷，国泰民安。鸠摩罗什诵出"见国荒毁，伤残之痛。出家遵道，皆为沙门"的佛陀语录，吕绍点头称是。

据载，吕绍只当了五天国王，就被庶兄吕纂逼杀。吕纂篡了王位，未至半年。吕绍之弟吕弘又发动东苑兵变，吕纂发兵击溃吕弘，将之追杀于广武郡南城。此后，吕超和吕隆时时藏有刺杀吕纂夺取王位之心。

鸠摩罗什斡旋于吕氏王廷，冷眼目睹了吕氏兄弟间角逐、残杀、颠覆王权的一幕幕荒诞闹剧。佛陀在《法华经》里训喻众生，哪里有苦难众生就到哪里去救度。对饥饿的人们施以食物，对病苦的人们施以药剂，对愚痴的人们施以弘法教化。把慈悲喜舍的福荫带给众生，使沉溺于生死苦海的人们脱离苦境，这样就拥有了成佛必具的菩萨心。

鸠摩罗什在吕氏兄弟的颠覆闹剧中感受到了芸芸众生的苦难与无奈，逐渐生成了弘扬佛法以解除众生的愚痴、痛苦和迷惘的菩萨心境。

咸宁二年（400 年）四月，前凉王张骏大陵被盗，朝野震惊。当了国王还不到一年的吕纂又急又恼，颁令严诏查办。不久，盗首胡安璩被缉获，经彻查，五十多户人遭株连，悉数入狱。结案后，因盗墓被杀者达千人之多。

《晋书》载，"胡安璩盗发张骏墓，见骏貌如生"。盗贼启开张骏棺时，看到已死五十四年的张骏竟然面色如生，惊骇不已。胡安璩盗取史上留名的多件珍宝外，"水陆奇珍不可胜计"。可以说，这是凉州中世纪地下文物遭遇的最大的一次洗劫事件。

鸠摩罗什闻之，极为骇异。在凉州驻锡十多年，自然知道张骏为一代国主，为王有德，为文有采，为政悯民，尤以不惑而薨令人嗟叹不已。其时殁世已逾五十年，犹不得寝墓而安。可见此时后凉社会道德礼数丧尽，社会教化风气濒于全面溃败之际。不由得心中翻腾出佛陀之语，"尊圣敬善，仁慈博爱"应该是一种常态的美好的社会生活状态，所以佛陀宣示"当求度世，拔断生死众恶之本；当离三涂，无量忧怖苦痛之道"。

可是，吕纂治下的凉州，"众恶"公行，生民堕于"忧怖苦痛之道"，连长眠地下的仁君之魂都不得安寝。什么时候才能佛法大兴，营建"彼佛国土"，使整个后凉社会"皆积众善，无毛发之恶"呢？佛陀说，"于此修善十日十夜，胜于他方诸佛国中为善千岁"。意为越是生灵涂炭的痴愚恶乱之世，奉行善道的佛法行为越弥足珍贵。

鸠摩罗什目睹了吕氏兄弟相互残杀、相互角逐、颠覆王权的一幕幕荒诞闹剧。他曾告诫吕氏子弟"从非怨止怨，唯以忍止怨，此古圣常法"，终久未能遏止兄弟间的残害杀戮。《佛说琉璃王经》中琉璃王诛杀释迦族，最终萌生慈哀之心，责备自己："吾为国主，不忍小忿，岂当急战，使所害弥炽乎？"缘集而成，缘散而灭，不如让闹剧愈演愈烈。最终天火而来，燃灭一切于无形，而后燃亮澄照世间的佛法之灯。

在凉州，鸠摩罗什面对吕氏兄弟治下的种种乱象，灾疫频传、战争不断，人们犹如处于暗无天日的囚牢之中，惊恐于每一刻的无常变化，内心难得片刻安宁。就一直思忖，一定要燃亮佛法明灯，驱走充斥世间的黑暗无明，解开众生的痛苦迷惘。以佛法之光明，引领众生皆得脱离黑暗之窟，步步趋向光明之途。

189

僧肇来到凉州

隆安四年（400年）秋，一位十七岁的清俊少年从长安出发，来到凉州，找到了鸠摩罗什。

少年姓张，长安邑人，年少聪慧，擅长书法，因家道清贫，就受人雇用以抄书为业。因为这个特别的职业，少年在缮写典籍之时得以遍观经史，备尽旨趣。尤其喜欢玄微之学，常把《庄子》《老子》作为自己修身悟道的圭臬大论。读老子《道德经》时，曾叹曰："美则美矣，然栖神冥累之方，犹未尽善也。"后来见到凉州高僧竺佛念在长安翻译的《维摩经》时，欢喜顶受，披寻玩味，暗暗惭愧，而后欣慰地对人说"始知所归矣"。后来就在长安出家为僧，法名僧肇。《高僧传》载，僧肇游历长安寺庙学法时，闻听游僧说起寓居凉州的鸠摩罗什，遂从长出发，往凉州寻师学法。

僧肇来到凉州，汉地佛教文化和西域佛教文化的激荡与碰撞更加强烈。僧肇结合其卓越的汉族古典文化修养和罗什切磋佛法，令鸠摩罗什大开眼界。僧肇以《老子》中的"无名天地之始，有名万物之母"句中的"无"来旁证龙树菩萨"因缘所生法，我说即是空"的"空"。以《庄子》的"抟扶摇而上者九万里"中的"扶摇"来比喻《首楞严经》中"理属顿悟，事则渐除"中的"顿悟"。僧肇还通过诗经中的"彼美人兮，西方之人兮"（《诗经·邶风·简兮》）比喻佛陀大德，以《楚辞》中"朝饮木兰之坠露兮，夕餐秋菊之落英"（《楚辞·离骚》）中的香草木兰来夸赞尊者品德高洁，并告诉罗什古代早有"以美人喻君子，以香草喻美德"的文化传统。这一切令鸠摩罗什感觉新奇而又形象，暗暗佩服中原文化的博大精深，也暗暗佩服僧肇的博闻强记和对古典文化深刻的理解。

鸠摩罗什讲大乘佛经时，僧肇才发现，面前的大师确是传说中的博闻强志之人。东晋十六国时期，只有通过知识僧人手工抄写方能将部分佛经留存于世，手工抄写的经本史称"写本"。事实上，"写本"记载的佛经数量非常少，大多经本全凭师徒间的口耳相传、口诵心记方式相与传授。鸠摩罗什幼年即暗诵各类经典数百万言，至凉州后仍每日暗诵不辍，重要佛典已经烂熟于胸。

僧肇发现，鸠摩罗什虽年过半百犹口诵流利异常，不得不惊叹罗什的超强记忆之功。

师徒传习经典时，鸠摩罗什先口诵梵文或胡语，再口译为汉语。译成汉语的术语有疑惑的时候，二人就反复切磋，找到一个最得当的汉地语汇。这样教学相长之下，鸠摩罗什初步形成了熟练的佛法翻译能力，僧肇得到了严格专注的佛学理论的培养修炼，后成一代名僧。

这个阶段，师徒对部分经籍进行了讨论、整理和初译工作。宣建人在《伟大译经家鸠摩罗什大师传》第九章《吕光称王，什公试译》中认为，鸠摩罗什在凉州后期校读了龙树所撰的《十二门论》，而后译出了《龙树菩萨传》。估计此期僧肇已到凉州，并协助鸠摩罗什进行了《龙树菩萨传》《禅经》《阿弥陀经》和《贤劫经》等经籍的整理和初译工作。

史载，鸠摩罗什刚到长安时的第六天，僧叡请求传习禅法，罗什即在很短的时间内抄撰整理众家禅要，翻译编订了三卷《禅经》。而后翻译佛经呈现"井喷"之势，在不到两个月的时间里即译出了《阿弥陀经》一卷，后未至一月，又翻译完成了《贤劫经》七卷。既而《大智度论》《大品般若经》也相继译出。

试想，如果没有在凉州对这些经本的思考、整理和初译准备工作，鸠摩罗什在长安的译经工作就很难呈现"井喷"之势。因为"井喷"需要内蕴积久的贮量和能量，鸠摩罗什就在凉州十七年里蕴积了深邃泓阔的佛学感悟和佛法思想，形成了译经弘法的渊博贮量和浑厚能量。

自此，僧肇一直在凉州陪侍鸠摩罗什，终其一生奉鸠摩罗什为师。

通过僧肇，鸠摩罗什也了解了中原内地佛教的弘法状况和发展形势，了解到佛图澄的弟子竺法雅为弟子讲经说法时，常把佛经中的事理通过佛法之外的典籍理论加以比照诠释，所以僧肇也谙熟这种诠解佛法的"格义"方式。鸠摩罗什在凉州开始关注中国佛经翻译的历史和发展现状，知道了释道安、竺法护等中原佛法翻译家的译经成就，对后秦主姚兴、古都长安、三秦大地上的法门寺、敦煌寺、五重寺等充满了无限的神往之感。

姚秦的仰慕

东晋十六国时代里，民族关系格外复杂，民族矛盾也格外突出。

那时候，南方与北方之间、北方割据王国之间对人口的拘禁与管理极为严酷，诸国边境之间百姓邑民禁绝往来。但是，有一种人可以在国与国之间自由穿行，这种人就是僧侣。僧侣是佛教的忠实传播者，佛法之所以能在东土流传，与东来传法和西去求经的诸多僧人做出的巨大贡献是分不开的。佛法弟子承担了佛教在国家与地区之间相互交流的媒介作用，成了那个时期维系国家与民族之间文化联结的精神纽带。

动荡离乱时代，偏偏佛法大兴。北方五胡诸国中的大多数割据政权都较为信奉佛教，除了君主个人信仰因素之外，尚有国家统治的需要。佛法教义可以为胡族王国提供统治合理化的理论，可以维系动乱时代的人心，以稳固胡人政权的统治根本。

由于这样的原因，羌人姚苌在创建后秦王国后，朝野崇奉佛教。

白雀九年（394年），姚苌因病而薨，姚兴继位，史称后秦文桓帝。前秦时期，苻坚曾对归顺了前秦王国的姚苌很不放心，就让其长子姚兴在宫内任太子舍人，其实就是把姚兴拘禁宫中作为人质。姚兴长时间待在前秦王宫，在苻坚和道安的影响下，对西域高僧鸠摩罗什充满敬仰向往之情。姚苌起兵反叛苻坚时，姚兴从长安冒死出逃，投奔父亲军营。后秦建国后，姚苌和姚兴均遣使后凉，恭请鸠摩罗什抵长安弘法，但吕氏统治者均未予答应。

隆安四年（400年），姚兴最后一次遣使后凉向吕隆敬呈了恭迎高僧的国书，这也是后秦恭请鸠摩罗什抵国弘法的第三次"外交"活动。

早在晋太原八年（383年），即吕光征伐龟兹诸国的那一年八月，姚苌率羌族兵马随苻坚参加著名的"淝水之战"。"淝水之战"只打了四个月，苻坚的八十万大军被东晋谢安指挥的八万军队打得落花流水，而后在"风声鹤唳，草木皆兵"的惊惧中退回北方，苻坚统一南北的希望彻底破灭。姚苌在关中羌人的推举下自称"万年秦王"，建都长安，史称"后秦武昭帝"。

姚苌在苻坚麾下任龙骧将军时，吕光任骁骑将军，苻坚正拟遣之西伐龟兹。在和东晋即将展开大战的关键时刻，苻坚竟然分派军队去攻打数千里之遥的西域龟兹，令姚苌等诸将难以理解。后来得知攻打龟兹不过是以战争的方式罗致一位大德高僧，更让姚苌等诸将颇觉惊奇。但是，吕光西征的这次奇特的军事行动，让姚苌等人深刻地记住了龟兹高僧鸠摩罗什的名字。

两年后，姚苌俘杀苻坚，吕光也带着鸠摩罗什从西域返回凉州。姚苌和吕光一样，曾是苻坚的爱将，他长于以计代战，以智取胜，注重收抚人心，网罗贤才为其效力。姚苌治军有方，奖惩严明，多次为前秦出战，屡建大功。在胡人首领中，姚苌比吕光大八岁，同在苻坚麾下冲锋陷阵，两位将军之间应该有着很好的交谊。

前秦亡国后，姚苌据长安创立"后秦"，吕光据姑臧创立"后凉"。姚苌知道鸠摩罗什抵达凉州，就曾遣使抵后凉，向吕光提出迎请鸠摩罗什抵长安弘法的要求，吕光不但没有答应，竟颁令杀死秦使。原来，吕光感于苻坚礼遇之恩，对苻坚极为忠诚。姚苌却俘杀苻坚，占了长安，令吕光愤恨不已。

后来，后秦攻灭伏乞乾归的西秦王国，姚兴再次遣使后凉，向吕光提出拟迎请鸠摩罗什抵国，吕光仍不答应。再后来，后凉继任者吕纂、吕隆等均禁绝鸠摩罗什入秦。《高僧传·鸠摩罗什》对后秦遣使恭请罗什抵国遭拒及后来终于入秦的过程记述得较为详细：

　　及姚苌僭有关中，亦挹其高名虚心要请。诸吕以什智计多解，恐为姚谋，不许东入。及苌卒，子兴袭位，复遣敦请。兴弘始三年三月，有树连理生于庙庭。逍遥园葱变为茝，以为美瑞，谓智人应入。

可见，十七年来后凉吕氏王族既不弘法，又不放行鸠摩罗什去后秦，理由就是鸠摩罗什聪睿博学，智计多解，恐为姚谋，而对凉国不利。

《高僧传》对鸠摩罗什去长安之事进行了美好的铺垫与渲染。据说那一年，长安城内发生了两大异事。一是空旷的王宫大院里两棵本是独立的槐树，一夜之间竟然缠结在一起，成了一棵"连理树"。二是后秦皇家苑囿逍遥园内长得好好的一畦青葱，一夜之间竟然全都变成了香草白茝。连理树素有夫妻和睦、君臣和合之喻，而白茝是一种风骨劲节的植物，古时常常指代贤良之臣。后秦君臣大喜，"以为美瑞，谓智人应入"。

姚兴闻讯暗喜，莫非鸠摩罗什将要来到秦地？

由"中路"到终途

后秦弘始三年（401年），风云际会，岁在辛丑。

后秦与后凉的一场战争，促使鸠摩罗什抵达秦地弘法。是年九月，陇西公姚硕德伐吕隆大胜，吕隆上表归降，"方得迎什入关"。姚秦两代君王恭请鸠摩罗什抵国的曲折原因，致使后世将这次军事行动视为争抢鸠摩罗什的一场宗教战争。

世界军事史上，关于战争的起因，有的简单明朗，有的复杂莫测，但归类起来不外为了争夺权力、土地、财富、人权、自由，甚至还有爱情。但为了一个大德高僧而发动战争，似乎仅鸠摩罗什一例。为了一位大德高僧，中原王朝不惜劳师动众两次兴兵出征，并因此造就一个王朝的兴起和另一个王朝的覆灭，这在中国历史乃至整个世界历史上都是不多见的。

这次战争导致了两个结果。一是吕隆取消大王称号，臣属后秦。姚兴任吕隆为使持节、镇西大将军、凉州刺史、建康公，统领凉州兵马诸军事。二是敕令姚硕德以隆重的礼遇迎请鸠摩罗什抵长安，即刻启程。"即刻启程"反映出姚兴盼望鸠摩罗什抵达秦地的急迫心情。

鸠摩罗什吩咐僧肇及诸弟子，背上行囊，在陇西公姚硕德的陪同下，从凉州启程，往长安而去。

十七年前，鸠摩罗什由龟兹启程，经凉州"炉镬"般的磨砺，最后抵达长安译经弘法，完成了一代宗师成长的艰难历程。龟兹是他的"起点"，少年罗什脱颖而出，"誉满葱左"。凉州是他的"中路"，经委顿磨挫而蕴积了弘传佛法的能量。长安便是他的"终途"，聚徒传经，译经弘法，遂成光明殊胜的菩萨尊者。从这个意义上讲，"中路"凉州果然是一块"福地"，既是吕光称王的"福地"，也是一代佛法宗师的成长的"福地"。

生命原本脆弱，世事原本无常。因为战争随时就会发生，灾难随时就会出现，死亡随时就会降临。鸠摩罗什目睹动荡离乱、民不聊生的社会现实，经过"般若波罗蜜多"而蕴蓄形成了一位菩萨尊者应有的"普度众生"的"具足智慧"。

十七年来，鸠摩罗什游走于凉州大地，没有条件聚徒说法和设坛讲经，但可以托钵乞食于村邑，可以宣法说教于民间，可以弘扬传播"修行正心，一心向善"的佛法思想于凉州乱世。鸠摩罗什坚信佛陀所谓"诸恶莫做，众善奉行"即是成佛得道的不二法门。

凉州是一代宗师鸠摩罗什成长经历中极为重要的一个地域符号。没有凉州，就没有鸠摩罗什。更进一步说，没有凉州十七年的坎坷经历，鸠摩罗什就不会对弘法利生信仰萌生更深层次的感受与领悟，就不会如此近距离地接触、掌握和精通汉语文字以及众多中原文化典籍，就不会积累丰厚渊博的汉地知识储备作为后世译经的思想基础，就不会造就中国佛教译经大师第一人，也不会出现比较系统的汉文佛教经典。

195

因为凉州，鸠摩罗什才成长为中国乃至世界佛教史上具有划时代意义的佛法宗师。

点亮"草堂烟雾"的奇景

弘始三年（401年）农历十二月二十日，中夜时分，古都长安的外郭城西段，景耀门前护城河上的吊桥吱吱呀呀地放了下来。城楼上戍守的士卒看到，河对岸的空地上立着一彪人马，灯笼火把映亮了夜空，护城河的冰面上摇曳着一溜耀眼的光带。

这是陇西公姚硕德迎请鸠摩罗什车仗的护卫部队。

鸠摩罗什的车仗缓缓进入景耀门，穿越八街九陌抵达皇城，寓驻在姚硕德安顿的衙邸。清晨，后秦王姚兴在宫城见到了鸠摩罗什。这一年，鸠摩罗什整整五十八岁。凉州十七年的羁縻时光毕竟漫长了一些，何况姚兴得到罗什之后，十分高兴，待以国师之礼。鸠摩罗什便如蛟龙游至大海，鼓波涌浪，施风播雨，内蕴的"深解"终于喷薄而发。

逍遥园位于长安城北渭水之滨的终南山圭峰北麓，原为西汉帝国后宫驯马游猎的皇家苑囿，名为上林苑。汉武帝刘彻当政时，盘踞凉州的河西匈奴休屠王太子金日磾被霍去病俘获，曾在此为武帝养马，后擢为辅政大臣。后秦皇帝姚苌占据长安后，发现此地风光优美，就修建了一处名为澄玄堂的行宫，并将苑囿命名为逍遥园。鸠摩罗什抵达长安后，向姚兴提出愿意到远离皇宫的僻静之处清修佛法，姚兴便安排罗什驻锡逍遥园的西明阁。姚兴本人则一有空闲就到澄玄堂，常和罗什晤言相对，切磋交流佛法。

姚兴对鸠摩罗什"甚见优宠。晤言相对，则淹留终日；研微造尽，则穷年忘倦"。于是，朝中大臣以及南北谈玄的贵族达人竞相以僧侣为师，僧侣成了社会生活中备受追捧的对象。国王优宠西域名僧鸠摩罗什的消息遍传秦陇大地，各地僧人也慕名聚集长安，未至半年，逍遥园求经学法之人达至千人。园内原有屋舍难以容纳，姚兴便颁令搭建了许多临时僧堂，权以草苫覆顶。后来，逍遥园里的大寺正式修建竣工，人们便把大寺称为"草堂寺"。

最初随鸠摩罗什学习佛法的由关中僧人和罗什从凉州带来的僧人组成。关中僧人大多曾是道安僧团的主要成员，俗称"关中旧僧"，主要有道融、昙影、慧观、僧䂮、道常、道标、僧叡等。僧团初建，"关中旧僧"、凉州僧人和一些域外高僧如昙摩耶舍、弗若多罗、昙摩流支等八百余人"咨受什旨"。后来中原各地僧人纷纷前往长安受学，僧团规模迅速扩大到三千多人。鸠摩罗什在后秦社会的影响力日益扩大，僧团人数也继续扩大，后来到长安受学的僧人竟达五千余人。

僧团以鸠摩罗什为中心构成了内外亲疏有别的三个圈层，最内层的是处于核心位置的八百学问僧人，负责协助鸠摩罗什翻译佛经；第二层是正式"受法"于鸠摩罗什的三千僧人；第三层即上述文献所载"沙门自远而至者"五千余人。

197

鸠摩罗什身边的弟子中，当时已具英名者数量众多。后人称道生、僧肇、道融、僧叡为"什门四圣"。隋唐时期，又有"八俊"和"十哲"的说法，"八俊"指道融、昙影、慧观、僧䂮、道常、道标、僧叡和僧肇，而所谓"十哲"则于"八俊"之外加道生和慧严而已。汤用彤先生在《汉魏两晋南北朝佛教史》中，根据来源地把鸠摩罗什的弟子分为五类。第一类是"关中旧僧"，有法和、僧叡、昙影、僧䂮、慧精、法钦、慧斌、道恒、道标、僧导、僧苞、僧肇、昙邕、佛念和道含等。第二类是原从北方来的弟子，有道融、慧严、昙鉴、昙无成、昙顺、僧业和慧询等。第三类是原从庐山来的弟子，有道生、慧教、慧观、慧安、道温、昙翼和道敬等。第四类是原从江左来的弟子，有僧弼和昙斡等。第五类是不知所从来的弟子，有慧恭、宝度、道恢、道悰、僧迁、道流、僧嵩、僧楷、僧卫、道凭、僧因和昙晷等。

翻译佛经是为了弘扬光大佛法，在印刷术还未兴起时，译成的汉文经本需要进行传抄复制，批量装订，而后才能扩大传播。因而，文化史上将此期流传的经本称为"写本"。鸠摩罗什的佛教僧团又分为"译经团队"和"写经团队"两大部分。僧团数量不论八百人、三千人还是五千人，应该包括誊写、复抄、装订等工匠组成的写经团队。写经团队成员的分工可能会更加细致，有裁纸、研墨、誊写、校对、编页、装订、修缮、编目、造册、排列、归类、码垛、上架等工种。

誊写佛经过程也形成了统一的工序和制作流水规程，有职责不同的管理人员，层层负责把关，从而誊写复制出高质量的汉文经本。可以想象一下，当时"写经团队"的工作情形也是忙碌而正规有序，而从事誊写装订工作的工匠亦为大量的学僧组成。

在姚兴的支持下，以鸠摩罗什为核心、以大乘佛学为"旗帜"的长安僧团开始大量翻译佛经。从此，一些重要的天竺佛法经典开始正确地译介至中土大地，在译经和讲经过程中又培养了大批的僧人和传播佛学思想的本土人才，促进了佛教在中原地区的传播和弘扬。

198

口宣秦言，两释异音

僧肇在《维摩诘经序》中说，"什以高世之量，冥心真境，既尽环中，又善方言"，说明鸠摩罗什的汉语水平极高。僧叡在《大品经序》中描述了鸠摩罗什主持译经的情景，称"法师手执胡本，口宣秦言，两释异音，交辩文旨"，说明罗什翻译佛经时手执梵文经本而直接译成汉语，这种"两释异音，交辩文旨"译经大师，在此前的佛法翻译家中极为罕见。

从东汉至东晋，翻译佛经的学者大多是天竺或西域的僧人，如康僧会是西域康居人，安世高是西域安息人，竺法护是月氏人。纵是道安时期，僧团担任译师的成员也大多是天竺或西域僧人，如鸠摩罗佛提、昙摩持、僧伽跋澄、昙摩难提、昙摩蜱和僧伽提婆等。域外僧人本来不会说中原汉话，到了中原之后经过短期学习，大致能够进行口语交流，而汉字书写则是绝对不会做到熟稔。汉语又是世界上很难学习的语言之一，大部分中国人都难以学到"精通"地步，域外僧人学习起来就更加困难。所以，这些域外僧人翻译佛经时都要配备一些汉语口语和书面语水平都很高的助手来协助翻译。

道安对当时佛经初译的现状进行了描述："译梵为晋，非出一人，或善梵而质晋，或善晋而未备梵。众经浩然，难以折中。"可知，在鸠摩罗什此前的译经团队中，域外僧人精通梵语却不谙熟汉语，本邑僧人精通汉语却不能知悉梵语，多人详经，难以折中，译出的经本"方言殊音，文质从异"。鸠摩罗什虽然也配备了助译的汉语文字专家，如道生、僧融、僧肇、僧叡等，但自己的汉语口语和书面语水平也绝不逊色。

慧观在《法华宗要序》里也说，"什师自手执胡经，口译秦语、曲从方言，而趣不乖本，即文之益，亦已过半"。意为罗什手执胡本，即时翻译，译成的经文非常精妙地和汉语口语方言吻合，旨意没有违背梵本经义。那些助译的弟子顶多就是帮他润色文字而已。由于对梵汉两语的精通圆熟，传译梵典时更大的精力就倾注在斟酌经本的语言文字方面。因为足具这样的语言文字功力，鸠摩罗什才果敢地带领长安僧团步入佛法新译的文化轨道，所译经本文笔空灵、辞藻华丽，突出了译经语言的文学性与趣味性。

人们谈论最多的话题就是鸠摩罗什的汉语水平为何如此之高，此前曾述，当吕光攻陷延城的炮火将龟兹国师从"金狮子"座上震落下来，鸠摩罗什在羁縻凉州的蹉跎岁月里，开始了更为广阔的生命体验。他出入于宫廷、军营、市井和民间，王侯将相的高贵风雅和鲁夫莽汉的底层叹息都已内化到他的思想情绪之中。他学习方言，披阅汉籍，研读旧经，思考佛法，将全部的身心投入到异域别族文化的研读之中，果断融入中原汉地的文化领域，熟练而系统地掌握了汉语表达的精妙特点和中土大地的风物人情。由于谙熟梵汉两语，故能"两

199

释异音，交辩文旨"，鸠摩罗什翻译的佛经才具有高超的文学表达能力。

谙熟汉语并披阅汉文典籍，使鸠摩罗什形成了高水平的诗文书面表达能力。为了说明世间"因缘和合"的佛理，鸠摩罗什写了大量的偈颂，这些偈颂因为句式韵步类似于汉地五言古诗，颇具文学光华。鸠摩罗什创作的一首题为《十喻诗》的五古诗，竟被收录在唐朝大书法家欧阳询主编的《艺文类聚·卷七十六》中：

> 十喻以喻空，空必待此喻。借言以会意，意尽无会处。既得出长罗，住此无所住。若能映斯照，万象无来去。

《十喻诗》运用佛学大乘教义来阐明万象无迹、得失从容的一种极乐愉悦的体验意识。《大日经》有"十喻观"，其中用幻术、梦、影、水月、浮浪等十个比喻说明世上万物皆是"因缘和合"万物而成。鸠摩罗什也用"十喻"说理，力求众生知晓佛法。本诗首二句讲一个"空"字，认为世上一切现象都是因缘而起，刹那生灭，因此一切都是假而不实，故谓之"空"。次二句"借言以会意，意尽无会处"，意为传播佛教精义时需要借助言语比喻，等明了其中真谛，就会得意忘言，达到通脱无碍的境地。下二句中之"长罗"含羁约罗网之意，而"住此无所住"亦是弘扬大乘佛法中"无生无灭无常义"的空宗思想。以上六句是陈述作者的佛学要点。末二句是收束全篇，大意是告诉人们如能明白以上精旨，其心性就能如明鉴朗月般映照无碍，就会明悟世上万象并非"来去生灭"那样复杂往复，一切名相皆可舍弃。

鸠摩罗什是中外文化交流的先导，这首《十喻诗》的价值并不在于一唱三叹的诗情和错彩镂金的辞藻，而是显示了鸠摩罗什驾驭汉语的高超技巧，见证了佛经翻译家卓越的汉语言文学才华。

鸠摩罗什在长安十二年，勤勉精进，翻译了大量的般若经籍，开创了"法鼓重振于阎浮，梵轮再转于天北"弘法局面。他的佛法新译形成的汉本经典，语句生动，文字韵律优美，以印度文化为底色的佛经文本中的故事传说和表现手法对中原文学创作和民间文艺的发展影响较大。

"破戒" 风波

《高僧传》中记载了鸠摩罗什的两次"破戒"。第一次是吕光在龟兹威逼罗什与阿羯耶末帝公主成婚，第二次是姚兴为了留下"智子法种"，"遂以伎女十人，逼令受之"。《魏书·释老传》载，北魏孝文帝曾下诏寻求鸠摩罗什在中原的后裔，对鸠摩罗什破戒的逸事进行评价：

> 罗什法师可谓神出五才，志入四行者也。今常住寺，犹有遗地，钦悦修踪，情深邈远，可于旧堂所，为建三级浮屠。又见逼昏虐，为道殄躯，既暂同俗礼，应有子胤，可推访以闻，当加叙接。

北魏孝文帝表示鸠摩罗什"破戒"是"见逼昏虐"，一个"逼"字道出了鸠摩罗什面对王权钳制教权的无奈与悲哀。佛教初传时期，道安法师曾有"不依国主，则法事难立"的教喻。这种"依国主"既是佛法大师遵循的弘法大道，也成为大德智人备受禁锢的坚硬樊篱。

鸠摩罗什的命运遭际似乎逃不开"逼"字。吕光以战争方式掳掠罗什离开龟兹抵凉州，姚兴同样以战争方式迎取罗什至长安，"掳掠"也罢，"迎取"也罢，共同点是吕光和姚兴都不会去征询主人公的意愿，其间"逼"的意味极为明显。吕光逼罗什娶龟兹王女为妻，姚兴为了育嗣法种，送来伎女，"逼令受之"，两地国王都以"逼"为手段令鸠摩罗什污其僧德。前一个"逼"字令大乘佛法弘传中土，而后一个"逼"字则让一代宗师蒙受辱垢。前一个"逼"字造就了鸠摩罗什很高的荣誉和巨大的成就，后一个"逼"字又道尽了鸠摩罗什生命遭际中的难以规避

201

的苦难与悲哀。

当年吕光逼婚破戒是出于对大师的戏谑玩弄，如今姚兴送来十个伎女"逼令受之"，是出于"智子法种"留存后世的深谋远虑。不依国主则法事难立，若依国主则被逼破戒，谁能理解大德高僧在那个特殊的历史阶段里遇到的尴尬、痛苦、屈辱与愧怍？

姚兴让鸠摩罗什背负了更为深重的罪孽感，几乎把他推向了地狱般的深渊。他成了一个十分矛盾和滑稽的人物，成了中国佛教史上独一无二的异数。自小学习《十诵律》，近年又译出此经，对比丘的戒律深有研究，自己却触犯了最难饶恕的淫戒。弟子坐禅断欲，自己却与十个伎女住在一起。一个佛学造诣独步天下的高僧，同时又是欲孽深重的凡人，具有超凡出尘的智慧却又难脱肉身凡胎的欲望。鸠摩罗什成了一个理欲并存、佛俗交兼的双面人物。

一次，鸠摩罗什在草堂寺讲经时，大殿内有一些轻微的喧哗。他说出"譬如污泥中生莲花，但采莲花勿取污泥"的一番话语，喧哗声却仍未停止。

鸠摩罗什从怀里掏出两只透明的琉璃盒子，递给边上的弟子僧䂮。僧䂮发现里面盛满了细细密密的尖利的绣花钢针。鸠摩罗什又让道恒从案几上拿过一只带有小匙子的锡钵。鸠摩罗什说："䂮法师，请当着僧众的面将盒子里的细针倒入钵中。"僧䂮不解罗什之意，只好依言将琉璃盒子打开，将那些细针倒入锡钵，发出刷啦啦啦的清脆声响，竟将那个不小的锡钵倒得满满当当，台下众僧都看到了冒出锡钵的密密麻麻、纵横交错且发着光亮的绣花细针，却不解罗什之意，只好全神贯注地望着道恒手中的锡钵。场面一片寂静。

只听鸠摩罗什朗声说道："善男子，贫僧畜十女子诚为罪过。不过若非道行高明，岂能享用十女子？诸子如能食此一钵细针，自然也可畜女子。"言讫，接过道恒手中的锡钵，用小匙子盛起一匙锃亮的细针，脖子一伸，便吞了下去。然后嘴一闭，神色如常。而后，再从钵中舀出一匙锃亮的细针，又说一句："善男子，有谁如贫道一般吞针下肚，与常食无异吗？"边说边把一匙细针吞下。

众弟子肃立无言，殿堂里一片寂静。

一会儿工夫，锡钵中的细针便被鸠摩罗什一匙一匙地送入口中，吞入腹中。然后覆钵，用小匙敲了一下钵边后，让道恒将锡钵放回案几。

鸠摩罗什继续开始讲经说法，先前喧哗闹场的那些沙门羞愧不已。

鸠摩罗什的从容不迫深深地折服了众弟子，从此对他更加虔敬。《晋书·鸠摩罗什传》记载了这件事：

尔后不住僧坊，别立解舍。诸僧多效之。什乃聚针盈钵，引诸僧谓之曰："若能见效食此者，乃可畜室耳。"因举匕进针，与常食不别，诸僧愧服乃止。

后世人们把"举匕进针"当作鸠摩罗什佛法道术极为高明的典型事例。如敦煌文献中存有释金髻所作《罗什法师赞》两首诗中，其中一首就写道："证迹本西方，利化游东国。毗赞士三千，枢衣四圣德。内镜操瓶里，洗涤秦王惑。吞针糜钵中，机戒弟子色。传译草堂居，避地葱山侧。"

一千六百多年来，鸠摩罗什的破戒事实也一直成了人们聚讼热议的话题。不过，更多论者认为，相比罗什对佛教传译事业作出的巨大贡献而言，破戒之事就显得非常渺小，几可谅解。无论是《出三藏记》还是《高僧传》中都持这种观点，传记作者尊重历史事实把破戒之事写入文中，且又通过许多情节来为鸠摩罗什辩解开脱。

慧皎在《高僧传序录》中说："自前代所撰多曰名僧。名者本实之宾也。若实行潜光，则高而不名。寡德适时，则名而不高。"慧皎在这里极力分辨高僧与名僧的区别，认为鸠摩罗什之功绩非在佛法修行而在佛教学问，是可谓名僧不可谓高僧也。中国佛法戒律研究领域颇有建树的思想家、唐代高僧释道宣在《律师相感通传》一书中，针对鸠摩罗什的破戒事件，亦发表了类似的评价：

> 此不须相评，非悠悠者所议论。罗什师今位阶三贤，所在通化。然其译经，删补繁阙，随机会而作。故大论一部，十分略九。自余经论，例此可知。自出经后，至诚读诵，无有替废。冥祥感降，历代弥新。以此诠量，深会圣旨。又文殊指授令其删定，特异恒伦。岂以别室见讥，顿亡玄致，殊不足涉言耳。

释道宣认为，鸠摩罗什"位阶三贤，所在通化"，在佛教传播史上有着极其崇高的地位。而其翻译佛经，"删补繁阙"，功勋卓著，至今令信众喜诵悦读，没有哪位译师的作品能够替代鸠摩罗什的译作。他的破戒虽然是历史事实，但道宣要求人们"不须相评"。道宣特别强调鸠摩罗什是秉承文殊菩萨的授令翻译佛经，故而"冥祥感降，历代弥新"，岂能以别室破戒之事而遭到世人的贬低讥讽？可以说，释道宣的言论代表了后世人们对待鸠摩罗什破戒行为的普遍态度。

秦人之深识，何乃至此乎

弘始十四年（412 年），鸠摩罗什在长安译出《成实论》，这部在古国天竺无甚影响的佛典却在中原僧人中引起格外的关注和追捧，让鸠摩罗什着实惊讶不已。既而，中原僧人评价这部佛经的异样论调，让他感到有一种漫无边际的困惑与悲哀从心底里源源不断地涌了出来。

《成实论》是一部小乘经典，可是，中原僧人叹赏吟诵之际，还要对佛法经义展开讨论，讨论之后一致认为，此论中佛陀"明于灭谛"的精妙言辞，反映的是大乘佛法的义旨。鸠摩罗什实在难以想通，貌似勤学善思的中土僧人，为何会得出这样的几近荒诞的结论？

他无奈地叹息："秦人之深识，何乃至此乎？吾每疑其普信大乘者，当知悟不由中，而迷可识矣！"

鸠摩罗什却因自己内蕴深厚的佛学思想得不到中原僧人的准确理解而倍感孤独寂寞，心头别有一番曲高和寡的滋味。

初到长安时，鸠摩罗什就因大乘学说少有僧人理解而心生苦闷和孤独。虽然大乘经典之前就已传入中土，东土僧人虽然也知道佛法有"大乘"和"小乘"的宗派，却不清楚二者之间内容迥异的佛法宗旨，他们尤其对印度龙树菩萨的中观学说闻所未闻。

鸠摩罗什虽然带来了大乘学说川随之翻译传播于中国北方。但是，一种新学说的诞生、流传，总需一个艰难漫长的过程。何况中观学说又是超乎言象、超乎常识、非慧根之器难以解悟的佛法思想。于是误解、曲解和难解大乘佛理的僧人在逍遥园中随处可见。

王国维在《人间词话》里谈到古之成大事业者必经三种境界。其中之一境为"昨夜西风凋碧树。独上高楼，望尽天涯路"。《高僧传》中借域外僧人的口吻称鸠摩罗什尽管在秦地翻译完成了三百余卷佛典，但较其终生佛学修为而言，还没有阐发出其渊博学识的十分之一。寓驻逍遥园的鸠摩罗什环顾周边诸僧，虽然偶有"一览众山小"的豪情逸气，但更多时候萦绕心头的却是一腔"独上高楼，望断天涯路"的孤寂、凄凉与哀伤之怀。

越到晚年，鸠摩罗什的这种孤寂、凄凉与哀伤的感觉越强烈。或许是中西文化的深度隔膜，或许是"独在异乡为异客"的浓重乡愁，或许是因弘法而不得不依附国主的悲苦和酸楚，这一切都成了鸠摩罗什孤独心理的诱因。

鸠摩罗什曾作《赠沙门法和》一诗，诗云："心山育明德，流薰万由延。哀鸾孤桐上，清音彻九天。"这首诗似乎告诉了其中的答案。

《赠沙门法和》使用了来自古代中国与印度之文学领域里的传统意象。诗中营造了一只栖落在孤兀的梧桐树上的鸾鸟形象，"清音"响彻九天，哀婉无限，似乎象征着一位孤独寻法的佛教圣徒，通过自己的德行弘扬佛法并留下了巨大的精神遗产。鸠摩罗什诗中对鸾鸟的悲剧表达较为含蓄，在一丝恬淡的哀婉之音里刻意营造出一种卓尔不群的孤高意象。暗喻自己在中土大地上弘法缺乏知音，最后的结局便如那只梧桐树上孤独兀立的鸾鸟一样，清音响彻九天而无人能解其味。

汤用彤先生在《汉魏晋南北朝佛教史》中指出："哀鸾孤桐，什公亦以自况，盖玄旨幽赜，契悟者尤少也。"

如同那只独栖于孤桐树上的鸾鸟一样，鸠摩罗什有一种遗世独立的茫然之感，他发现自己热诚弘传大乘信仰的中土大地却是一片思想的荒漠，而幼年时曾向母亲发下誓愿要离开的龟兹故国却是适合自己大有作为的文化土壤。这一切，又让鸠摩罗什觉得人生穿行于难以把持的一种荒谬与虚诞的命运隧道里。

《高僧传》载，鸠摩罗什晚年意识到身患重病不能痊愈时，就对众僧说："因法相遇，殊未尽伊心。方复后世，恻怆可言。"和其前半生弘扬大乘佛法时的超绝豪迈姿态相比，此番话语，似乎是鸠摩罗什后期长安时光中悲哀而又无奈生活的真实写照。

206

舌"舍利"葬于凉州

弘始十五年（413年）农历四月十三日，鸠摩罗什逝于长安草堂寺。

临终时，郑重发下誓愿：如果我传译的佛经没有谬误，在尸体焚化之后，舌头就不会燋烂！最后，鸠摩罗什嘱门下弟子，若真如斯言，务将其不烂之舌运送凉州，葬于姑臧大寺。

据传，罗什遗体火化后，舍利中竟然真有一块完整的舌头，红色如莲花。

鸠摩罗什临终嘱门下弟子将三寸不烂之舌葬于凉州，曾让弟子大惑不解。凉州十七年，尊师"蕴其深解，无所宣化"，而十二年的"长安译经"奠定其佛学理论家、翻译家、教育家的历史地位，和著名佛经翻译家真谛、玄奘、不空并称为"四大佛经翻译家"。为何发下宏愿要将舌舍利运至千里之遥的凉州埋葬？这位大德高僧，临终之际，为何仍在眷念那个给他带来心痛之殇的故地凉州？

其实，鸠摩罗什的一生遭际，更像是人世间芸芸众生无奈选择的一种悲凉生命精神的真实写照。

在荒唐混乱的时代里，就算是投身于佛教中的修行之人，也难以抵御世俗的强权对柔弱生命的无情绞杀。若设没有了苻姚时代的两次战争，罗什可能就淹没在一千六百多年的历史长河中，不复有后世的盛名。但是大德高僧的盛名却要用一生的苦难来交换，究竟是幸，还是不幸？

一代宗师，却因为乱世、愚昧和强权逼迫，而后被娶妻、被羞辱、被误解、被禁锢了近十七年的时光。在凉州，为使大法弘传东土，鸠摩罗什牢记佛陀教喻，忍受"身当炉镬"般的劫难，苦而无憾。成大事业者必有坎坷曲折与艰难困苦的遭际，方能身心皆受淬炼，最终涅槃升华，达至完美境界。鸠摩罗什在"炉镬"般的苦难环境中，身如浮萍般飘零挣扎，却心如古井般澄澈宁静。经过十七年的煎熬、磨砺和坚守，然后才等到了生命中最后十二年的辉煌岁月。

正是凉州十七年的磨砺和坚守的艰难岁月，使鸠摩罗什不仅系统学习了汉语文字，形成汉地文化的深厚素养，也使其皈依佛祖的志节更为忠纯坚韧。这一切，为后来"长安译经"的辉煌事业打下了雄厚的学术基础，最终成长为具有一定佛法思想的一代宗师。

鸠摩罗什翻译的佛经，据《出三藏记集》所载，共35部，294卷。《高僧传》中只说300余卷，未说部数。隋费长房所撰《历代三宝记》中称罗什译经有98部，425卷，唐《开元释教录》作者智升经过考订，认为罗什译经为74部，384卷。

一千六百多年来，鸠摩罗什所译的优秀佛典从长安传至庐山，又从庐山传至建康，最后弘传至中土大地一切吏民生活的地方。鸠摩罗什译经弘法，使佛教同中国儒道传统文化融合发展，最终形成了具有中国特色的佛教文化，在宗教信仰、哲学观念、文学艺术和礼仪习俗等诸多方面产生了深远影响。

鸠摩罗什是世界佛教史上一颗耀眼的巨星，是中国文化史上的一块不朽的丰碑。

伍

秃发傉檀
开疆河外，清氛西土

人物关系图

秃发傉檀

家室

父亲：秃发思复鞬，河西鲜卑首领
长兄：秃发乌孤，南凉第一代国主
仲兄：秃发利鹿孤，南凉第二代国主
妻子：折掘皇后，生子秃发虎台
儿子：秃发虎台，南凉太子。
儿子：秃发安周，北凉攻陷姑臧后被掳为
　　　人质
儿子：秃发染干，南凉兵败后，亦入北凉
　　　做人质
侄子：秃发樊尼，秃发利鹿孤之子，南凉
　　　安西将军

谋士

孟祎：后凉昌松太守，降南凉后任别驾司马
宗敞：后秦王室文士，为傉檀设计"坐定姑
　　　臧"之策，南凉重要谋臣
史暠：南凉外交大臣，任西曹从事
景保：南凉文臣，任太史令
孟恺：南凉邯川护军，重要谋士

对手

乞伏炽磐：西秦鲜卑首领，率兵攻占南凉
　　　　　大片土地
赫连勃勃：夏国首领，率骑二万攻陷南凉
　　　　　阳武峡
姚弼：后秦将军，率三万大军攻陷昌松，
　　　进逼姑臧
沮渠蒙逊：卢水胡匈奴首领，带兵打败南凉，
　　　　　攻占姑臧

青年才俊

上天真会赋予一个人不同寻常的天资和才华吗？秃发利鹿孤望着小弟秃发傉檀的背影，脑子里总会跳出"天赋异禀"这个词语。

少年秃发傉檀容貌姿美，幼而敏慧，能言善辩，有殊于众。他自幼喜读汉书，推崇儒学，又精于骑射，弓法娴熟，是一位优秀的游猎少年。因为这样的原因，深受父亲秃发思复鞬的喜爱。

秃发思复鞬更是固执地认为，秃发傉檀是天神赐给河西鲜卑的"贵男"。

《晋书》载，秃发思复鞬的七世祖匹孤率其部从塞北迁至河西，至六世祖寿阗继立，始终生活在青藏高原西南部的柴达木盆地边缘。据传，寿阗是母亲胡掖氏在夜晚沉睡时分娩于一床被子之中，鲜卑人称被子为"秃发"，后皆以"秃发"为姓。《十六国春秋辑补》里又有更加奇特的记载：

初，寿阗之在孕，其母胡掖氏梦一老父，被发左衽，乘白马，谓曰：尔夫虽西移，终当东返，至凉必生贵男。

从那时起，他们怀着那个辈代传承的梦想，逐渐向东面的祁连山南麓移徙而去。寿阗死后，其孙秃发树机能嗣位。西晋泰始年间，树机能率兵翻越删丹岭（今张掖焉支山）攻入河西。凉州刺史杨欣率军拒之，兵败被杀，鲜卑势力扩展至凉州。咸宁五年（279 年），晋廷遣马隆统兵平定凉州之乱，鲜卑部落元气大伤，一蹶不振。"八王之乱"后，秃发树机能的三世孙秃发思复鞬继位，于是势力又扩展至湟水流域的西平一带。秃发树机能旧部若罗拔能带领十万鲜卑大兵，再度占领姑臧。永兴二年（305 年），"前凉王"张轨平定鲜卑"大破姑臧"，遣司马宋配

"斩拔能，俘十余万口"。经此打击，鲜卑部落分化成乙弗、契翰、折掘等诸多小部落，而以秃发部落势力最强大。

晋太和四年，即前凉升平九年（365年），"末代"凉王张天锡与东晋三公遥相盟誓，献书信给大司马桓温，相约共抗前秦。是年秋，秃发傉檀生于凉州西平郡一带。

秃发思复鞬看到傉檀聪慧明敏，"辨察仁爱，与性俱生"，想起先祖传言，认定傉檀就是七世祖母梦中"乘白马"的天神所说的"贵男"。

秃发思复鞬诞有五子，其中长子为乌孤，次子为利鹿孤，傉檀为其三子。某日，思复鞬曾对乌孤和利鹿孤说："傉檀明识干艺，非汝等辈也！"言辞之间，似乎有意传位于秃发傉檀。只是，秃发思复鞬忽然暴病而亡，傉檀年幼，秃发乌孤便继了王位。

那一年，是后凉麟嘉六年（394年）。秃发乌孤"雄勇有大志"，其时已经兼并周边鲜卑诸部，对"三河王"吕光政权构成巨大威胁。吕光为了笼络秃发乌孤，遣使封之为假节冠军大将军、河西鲜卑大都统、广武县侯。

两年后，吕光遣尚书郎宗敞来到广武巡视郡务，见到了年轻的秃发傉檀。二人一番叙谈，宗敞为傉檀的才华所惊，执其手曰："君神爽宏拔，逸气凌云，命世之杰也。必当克清世难。恨吾年老，不及见耳。以敞兄弟托君，可乎？"

宗敞是姑臧人，是后世著名儒士宗钦的父亲，学问渊博，见识卓人。起先，宗敞任后凉湟河太守，后擢为尚书郎。宗敞认为秃发傉檀以后定为执掌河西的"命世之杰"，所以将儿子宗钦兄弟托付于秃发傉檀。秃发傉檀当即回答："若如公言，不敢忘德。"

在宗敞等儒士看来，秃发傉檀是具有远见博识的青年才俊。

后凉龙飞五年（397年），秃发乌孤正式拉开了反叛吕光的帷幕。

是年正月，秃发乌孤遣骠骑将军秃发利鹿孤带着秃发傉檀在广武兴兵，一举攻克金城郡。而后，自称"大都督""大将军""大单于""西平王"，徙治乐都。任二弟利鹿孤为"西平公"镇守安夷，三弟傉檀为

"广武公"镇守西平。

数年后，又任秃发利鹿孤为"凉州牧"，遣之镇守西平，而将秃发傉檀招回乐都，让其参与政事管理，入"录府国事"。"录府国事"类同于"录尚书事"，此等职务在王廷中极为重要。魏晋以后，只有太子或储君才能通过参与军政事务管理以锻炼执政能力。由此看来，秃发乌孤想要遵父命传位于傉檀。

未料，傉檀抵乐都刚过两月，秃发乌孤就意外而死。

那是龙飞四年（399年），后凉太子吕绍、太原公吕纂发兵攻伐北凉。北凉王段业求救于秃发乌孤，乌孤遣骠骑大将军利鹿孤及杨轨救之，大败后凉。乌孤兴致很高，醉酒后纵马疾驰，不幸坠马伤胁而亡。临终时，考虑到后凉仍遣兵攻伐南凉，和邻国北凉建立联盟也未有重大进展，南凉边境形势十分危艰，留下遗言："方难未靖，宜立长君"。

于是，郡人推秃发傉檀的兄长秃发利鹿孤为"南凉王"。

秃发利鹿孤继位后，仍以傉檀为"录府国事"。发现傉檀主理朝政智慧超群，行事干练。尤论多么冗繁杂乱的事务，一经他处理便显得井然有序。这样的才能若非修悟，必是"神授"！利鹿孤不禁暗自感叹：上天真会赋予一个人不同寻常的天资和才华吗？

《晋书》载：

> 傉檀少机警，有才略。其父奇之，谓诸子曰："傉檀明识干艺，非汝等辈也。"是以诸兄不以授子，欲传之于傉檀。及利鹿孤即位，垂拱而已，军国大事皆以委之。

秃发利鹿孤仍未辜负父亲及兄长的期望，继位后继续以"储君"身份培养三弟。后来，索性将军国大事皆委托秃发傉檀处理，自己"垂拱而已"。

213

每遇征战，皆克敌制胜

秃发傉檀居于宫廷，"入录府国事"，内修政务，外攘边事，虽日理万机却也悠游自如。但是，秃发利鹿孤仍有一丝担忧。当时，南凉小国处在后凉、北凉、西秦、吐谷浑等割据政权的包围中，边境纷争，战事频仍。所以，一国之君还需熟知兵法，通晓军事。

臣僚皆称傉檀精于骑射，颇知攻守之道。不过，到底能不能承受维护王国藩屏的重任？不经试验，谁也无法判定。

试验的机会终于来了。利鹿孤继位第二年，即南凉建和元年，也是后凉咸宁二年（400年），吕纂逼死了新任国王吕绍，篡了王位。为了在后凉建立"王者"威仪，决计亲率大军进攻南凉。

大敌当前，秃发利鹿孤原欲"亲征"迎击，但傉檀提出让王兄坐镇乐都，自己统兵出战。利鹿孤思忖再三，同意了秃发傉檀的请求。《十六国春秋》载：

夏四月，凉王吕纂帅众来伐，利鹿孤使弟广武公傉檀拒之，纂士马精锐，进渡三堆。三军忧惧，傉檀下马踞胡床而坐，以安众心。徐乃贯甲与纂交战，败之，斩首二千余级。

吕纂大军越过乌鞘岭，向南凉国境进逼而来。傉檀统兵驻扎于大通河南岸一个名为"三堆"的地方。南凉军士见到吕纂大军"士马精锐"，气焰万丈，先自有些"忧惧"。傉檀却不畏强敌，安然下马，"踞胡床而坐"。看到主帅神定气闲，诸将才心意稍安。傉檀特意延缓了一点时间，慢慢穿上盔甲，指挥大军与吕纂交战。此战南凉大胜，战果辉煌，竟"斩首二千余级"。

史料中的"胡床"又称"交椅"，是汉魏时期北方游牧民族常用的

214

一种可折叠的方便携带的椅子。十六国时期北方游牧民族贵裔或官绅外出巡游、狩猎时，皆带"胡床"。休息时酋长"安踞胡床"，随从则"席地而坐"。前凉张重华当政时，后赵麻秋统兵攻打枹罕，遣儒将谢艾统兵御之。谢艾"下车踞胡床，指挥处分"，曾大败麻秋。《晋书》载傉檀迎战吕纂，亦"踞胡床"，暗寓傉檀具有谢艾"兼资文武，明识兵略"的大将风范。

凯旋后，利鹿孤悬了好几天的心才放了下来。毕竟是傉檀首次担任主帅指挥大型军事活动，出兵之后，利鹿孤和臣僚仍是心存疑虑。经此一战，利鹿孤更加佩服父亲的目光，傉檀果然"明识干艺"，才华能力远在自己和诸兄弟之上。

两个月后，又发生了吕纂带兵攻打张掖的事件。原来，吕纂进攻南凉大败，疑遭后凉臣僚讥笑，为了挽回面子，便兴兵攻打兵力略弱的北凉。段业再次求救于南凉，利鹿孤遣傉檀带兵前往救助。《十六国春秋》载：

> 六月，吕纂西击段业。傉檀闻之，率众一万，乘虚袭姑臧。纂弟纬守南北城以自固，傉檀置酒朱明门上，鸣钟鼓以飨将士，耀兵于青阳门，虏八千余户而归。

傉檀在这场战斗中灵活用兵，表演了一出"围魏救赵"的经典剧目。他统帅南凉大军未从扁都口入张掖直接攻打吕纂，而是翻越乌鞘岭，攻克素有"金关银锁"之称的昌松峡口，挥兵进逼姑臧。吕纂亲弟、番禾郡太守吕纬据城固守，傉檀更显大将风范，"置酒朱明门上，鸣钟鼓以飨将士"，言笑晏晏。为了迫使吕纂从张掖撤兵，便"耀兵于青阳门"。

吕纂闻讯大惊，赶紧统兵从张掖撤回，北凉危难遂解。而后，傉檀指挥军队"虏八千余户而归"。

傉檀临战不乱，指挥若定，且行军布阵多有章法，显示出优良的军事才能。以前傉檀参加军事活动皆以勋臣元帅为主，他处于学习或实习地位。直到这两场战争，才亲任大型军事活动主帅，且战果如此辉煌，利鹿孤彻底放下了久悬的一份心思。

此后，南凉一有重大战事，利鹿孤皆遣傉檀统兵出战。

建和二年（401 年）三月，傉檀率师攻伐吕隆，大胜，"徙两千余户而归"。这一战，俘虏凉王吕纂的"国丈"、尚书左仆射杨桓。

同年十二月，后凉吕超攻打魏安焦朗，傉檀带兵解围。南凉屯兵于胡坑堡，傉檀设奇计安排伏兵，而后"斫营蓄火以待"。吕超果然遣中垒将军王集带精兵来袭，等到"集入垒中，内外皆起，火光冲天，照耀如昼"。吕超溃败，傉檀挥兵追杀，"斩集及甲首三百余级"。

建和三年（402 年）正月，傉檀攻克显美，俘虏后凉昌松太守孟祎，"徙显美丽靬两千余户而还"。

傉檀精于兵法谋略，数年来每遇征战皆能克敌制胜，南凉吏民誉之为"战神"。

利鹿孤心想，有弟若此，加之南凉精兵良将，攻灭后凉并战胜周边诸虏不在话下。更重要的是，傉檀文武兼备，足副内修外攘之志，是邦国"储君"的最佳人选！

人多感慕而从之

建和三年（402 年）四月，围绕是否出兵姑臧的争议中，南凉君臣再一次领教了秃发傉檀的眼界和见识。

当时，以长安为都的"后秦"国力强大，国王姚兴率兵南伐东晋，攻陷洛阳，势力扩展至黄河、淮河和汉水流域。河西一带的西秦、南凉和后凉皆臣服后秦，但相互之间战事不断。沮渠蒙逊发兵围攻姑臧，吕隆大窘，遣使抵南凉，请求秃发利鹿孤出兵救助。

利鹿孤主意未定，让臣下讨论。尚书左丞婆衍仑认为不可出兵，应该"使二寇相残，以乘其衅。若蒙逊拔姑臧，亦不能守，适可为吾取之"。

群僚纷纷附和，唯独车骑将军傉檀认为应该出兵救助。傉檀说："仑知其一，未知其二。姑臧今虽虚弊，地居形胜，河西一都之会，不可使蒙逊据之，宜在速救。"

利鹿孤暗暗佩服傉檀的见识。武威、张掖、敦煌虽然皆为河西走廊的核心郡镇，分别拥有谷水、弱水和疏勒川浇灌形成的一片绿洲，但张掖和武威的绿洲面积大于敦煌郡，祁连山地的牧场也提供了足够的马匹供应。据有姑臧，陇中高原的河谷盆地也尽在掌控之下，可以提供充足的人口和粮食。姑臧"地居形胜"，实在是集要塞、商贸、粮食和马匹等重要资源于一体的"河西都会"。

如果沮渠蒙逊占据姑臧，河西鲜卑便再无机会"阴图凉州"。所以，傉檀亟言速救姑臧。一番言辞，令群僚心悦诚服。利鹿孤不禁赞叹："车骑之言，吾之心也！"

利鹿孤当即"遣傉檀率骑一万救之"。南凉大军进至昌松，蒙逊闻讯退兵，姑臧之围遂解。

春秋时期的楚国大夫、越王勾践的老师申包胥认为，一位优秀的军事家须具备"智、仁、勇"三个条件，"夫战，智为始，仁次之，勇次之"。秃发利鹿孤则认为，一个战略家当然要以智略为主，仁义和骁勇则次之。但是作为"一国之君"则要以仁义为第一，因为《论语》称"得位由智，守位在仁"。秃发傉檀最具光华的性格特点就是富有仁义之心，所以能够得到士人和吏民的拥戴。

后凉隆安四年（400年），发生了一件震惊河西的大事：西秦国主乞伏乾归被后秦打败，率残兵向南凉投降。

乞伏和秃发皆为汉魏时自漠北大阴山迁往河西的鲜卑部落，后世居陇西，前秦苻坚曾任乞伏乾归之兄乞伏国仁为镇西将军。他们借助前秦之威，逐渐发展地方势力。"淝水之战"后，乞伏国仁以苑川郡城为都，建国号为"秦"，史称"西秦"。乞伏乾归即位后，曾和南凉君主秃发乌孤盟约，共击后凉。秃发乌孤也以宗室女嫁西秦主乞伏乾归，约定两国诚信相托，互为唇齿。所以，兵败后只能选择投靠南凉。

对于如何安置乞伏乾归，南凉统治集团内部发生了争议。

有人说乞伏乾归现为后秦败亡之敌，接受他们会引火烧身。若后秦兴兵攻伐凉国，又将如何？有人说乞伏乾归原本是河西鲜卑的附庸国，趁乱自己称王。日暮途穷才来归附，绝非真心。如果再叛定会归附后秦，不如杀之以绝后患。有人说，即使不杀，也要把他们迁移到凉国偏西之乙弗部落一带，三面围合，让他们难以逃跑。

傉檀认为，毕竟是鲜卑同源根裔又是姻亲，唇齿相依，应该热情而诚心地接受乾归投奔。若不诚心，以后诸国谁还敢来投奔？利鹿孤支持傉檀的观点："彼穷来归我，而逆疑其心，何以劝来者！"于是遣傉檀"以上宾之礼"去迎接，安置乾归诸人于晋兴郡。

但是，乞伏乾归素有"奸谋潜断、威策遐举"之称，终非池中之物。半年后，意欲联合南羌发动叛乱，事泄，恐利鹿孤诛之，就将儿子乞伏炽磐送抵西平为质。利鹿孤遂不再追究谋叛事件，只是遣弟秃发吐雷率精兵两千屯驻扪天岭（今甘肃永登县东南），阻断乞伏乾归与南羌的联通之路。未料，乞伏乾归竟然南奔枹罕，投降了后秦。

数月后，充为人质的乞伏炽磐也向后秦逃跑，被南凉骑兵追赶抓获，秃发利鹿孤极为愤怒，敕令立即杀掉乞伏炽磐。

秃发傉檀赶紧劝阻利鹿孤，认为臣子逃回国君和父亲那里，是古之通义。所以魏武帝曹操善待关羽逃跑，秦昭襄王宽恕楚顷襄王离去。乞伏炽磐虽然叛逃，但是孝心可嘉，应该保全宽赦，"以弘海岳之量"。一席话提醒了利鹿孤，于是赦免了乞伏炽磐。后来，乞伏炽磐又逃到允街一带，秃发傉檀派人把他的妻子儿女都送了回去。

建和三年（402年）傉檀统兵攻打后凉显美，昌松太守孟祎率兵抵抗，勇烈顽强。城破，孟祎被执。傉檀责备孟祎"固守穷城，稽淹王宪"，威胁将要杀了他。孟祎却神色自若，对曰："衅鼓之刑，祎之分也；

但忠于彼者，亦忠于此。"意为忠君保国是臣子的本分，表现出慨然赴死的姿态。

秃发傉檀感其忠烈，亲解其缚，以宾客之礼待之，并任之为左司马一职。但孟祎不愿在南凉为官，只愿"就戮于姑臧，死且不朽"。秃发褥檀认为孟祎很有志士气节，就释放他回归姑臧。

秃发傉檀和凉州士人的真诚交往，既是仁侠心性的自然流露，也浸渗着对南凉王国政治前途的深谋远虑。他对凉将姜纪采取的态度就体现了这一良苦用心。《资治通鉴》载：

初，凉将姜纪降于河西王利鹿孤，广武公傉檀与论兵略，甚爱重之，坐则连席，出则同车，每谈论以夜继昼。利鹿孤谓傉檀曰："姜纪信有美才，然视侯非常，必不久留于此，不如杀之。纪若入秦，必为人患。"傉檀曰："臣以布衣之交待纪，纪必不相负也。"

后凉将领姜纪颇晓兵法谋略，曾任吕光尚书，后成大都督吕弘的谋臣。吕纂攻打吕弘时，姜纪投奔南凉，傉檀"甚爱重之"。二人昼夜谈论兵略学问，建立了深厚的友谊，以至于"坐则连席，出则同车"。利鹿孤似乎有识人之明，认为姜纪后世必投后秦，不如杀之。傉檀以"布衣之交"的理由没有执行。未料，后来姜纪果然背叛南凉而投奔后秦。

傉檀未听其兄之言致使姜纪叛逃后秦，对南凉造成一定的威胁。但是，仅凭猜疑杀死一个谋臣，还会有其他士人归顺南凉吗？

秃发傉檀为了树立"礼贤下士"之风，才宽宥姜纪，从而赢得河西众多士人之心。所以，南凉建国以来，四夷之豪隽、中州之才令、秦雍之世门"皆内居显位，外宰郡县，官方授才，咸得其所"。南凉政权人才济济，良将满堂，君臣上下团结一心，国力大振。

明代史学家张大龄在《晋五胡指掌》一文中称："傉檀雄桀，筹略亦长，人多感慕而从之。"

219

兄终弟及

建和三年（402 年）三月，利鹿孤寝疾，临终前发布诏令：

> 昔我诸兄弟传位非子者，盖以泰伯三让，周道以兴故也。武王创践
> 宝历，垂诸樊之试，终能克昌家业者，其在车骑乎？吾寝疾惙顿，是
> 将不济，内外多虞，国机务广，其令车骑嗣业，经纬百揆，以成先王
> 之志。

这则临终遗言交代了王权将由弟弟车骑将军秃发傉檀来继承。秃发
利鹿孤追述了先王传位的传统，认为这是"泰伯三让，周道以兴"的大
德之举，并考虑了南凉政权"内外多虞，国机务广"的现实因素而决定
的。"以成先王之志"，说明传位于秃发傉檀也是前代国王秃发思复鞬、
秃发乌孤的心意。

对于南凉吏民而言，秃发傉檀即立王位，更是众望所归。

遗言中的"泰伯三让，周道以兴"体现了河西鲜卑王国虽为游牧民
族政权，却沐受中原华风影响，带有浓郁的敦崇儒学的治国倾向。史
载，孔子治《春秋》盖因"周道不兴"，而在《论语·泰伯篇》中称
赞"泰伯，其可谓至德也已矣。三以天下让，民无得而称焉"。利鹿孤
当政时，曾设博士祭酒，建胄子之学，表明了对汉地文化传统的接纳和
吸收。

《晋书》作者也对南凉王国这种"兄终弟及"的王位继承事实很
感兴趣。早在秃发利鹿孤即王位之时，借北凉王段业之口赞扬了南凉
国"兄终弟及"所蕴含的"周道礼制"。《晋书》载，利鹿孤即位后，曾
遣记室监麹梁明出使北凉，北凉国主段业和麹梁明有一段饶有兴趣的
对话：

220

段业："贵主先王创业启运，功高先世，宜为国之太祖，有子何以不立？"

麴梁明："有子羌奴，先王之命也。"

段业："昔成王弱龄，周召作宰；汉昭八岁，金霍夹辅。虽嗣子冲幼，而二叔休明，左提右挈，不亦可乎？"

麴梁明："宋宣能以国让，《春秋》美之；孙伯符委事仲谋，终开有吴之业。且兄终弟及，殷汤之制也，亦圣人之格言，万代之通式，何必胤巳为是，绍兄为非。"

段业："美哉！使乎之义也。"

这段对话，一问一答，具有"语语都在目前"之感。简短的语句里蕴含了丰富的历史文化信息。北凉王段业是在沮渠氏的威逼下不得已叛凉自立国号。他原本是长安儒士，在前秦苻坚麾下任主簿之职，后随吕光征龟兹而沦落凉州，一度时间曾隐居天梯山专攻儒术，有诗文多篇名世。段业闻秃发乌孤传王位于弟而非传于子，指出"成王弱龄，周召作宰；汉昭八岁，金霍夹辅"，意为周成王十三岁继位，由叔叔周公和召公辅佐；汉昭帝八岁继位，由金日磾和霍光辅政。应该依据周礼和汉室传统实施"父殁子继"的辅政制度。麴梁明则以"兄终弟及，殷汤之制也，亦圣人之格言"对之。段业不得不发出"使乎之义"的赞叹。

这样一来，就为南凉"兄终弟及"的王位继承原则弥上了中原传统文化的光芒，洋溢着浓郁的华夏文明气息，再次印证"凉州虽地处戎域，然自张氏以来，号有华风"的历史记载。

221

"藉二昆之资"

后凉神鼎二年（402 年），秃发傉檀袭位，称凉王，改元弘昌，又将都城从西平迁回乐都。在南凉史官及《十六国春秋》的记载里，这一年应是南凉弘昌元年。

傉檀即位时，河西割据政权发生了很大变化。因吕隆投降后秦，"后凉天下，一国四分"的局面变成南凉、北凉、西凉皆与后秦对垒的局面。

一年前，姚兴遣陇西公姚硕德率兵四万攻打后凉。吕隆自知难以抵抗，遂取消僭号，遣吕超抵长安向姚兴递交降表。后秦任吕隆为"凉州刺史"，遣大将齐难统率四万步骑戍卫凉州，诏令姚硕德迎请高僧鸠摩罗什从姑臧抵长安弘传佛法。姚硕德攻伐后凉，威震河西。此时的后秦"南至汉川，东逾汝颍，西控西河，北守上郡"，成为十六国后期国力仅次于后燕的强盛王国。

史载，"西凉公暠、河西王利鹿孤、沮渠蒙逊各遣使奉表入贡于秦"。

半年后，姚兴悍然发动了攻打东晋南乡、顺阳、新野等十二郡的战争，诏命齐难统四万步骑回长安参战，留三千常驻军镇守姑臧。于是，南凉和北凉此后的明争暗斗都围绕"坐定姑臧"而展开。

史载，秃发乌孤刚统一岭南鲜卑部落，随后占据乐都、湟河、浇河三郡，岭南羌胡数万落皆来归顺，兵威国强，"遂阴有吞并之志"。大将纷陀献计，"公必欲得凉州，宜先务农讲武，礼俊贤，修政刑，然后可也"。乌孤从之，内修政理，境内呈现升平气象。后来，乌孤曾针对西秦乞伏乾归、北凉段业和姑臧吕氏政权的先后用兵问题，和众臣僚展开讨论，谋臣杨统谏曰：

> 乾归本我所部，终必归服。段业儒生，才非经世，权臣擅命，制不由己，千里伐人，粮运悬绝，且与我邻好，许以分灾共患，乘其危弊，非义举也。吕光衰老，嗣绍冲暗，二子篡弘，虽颇有文武，而内相猜忌。若天威临之，必应锋瓦解。宜遣车骑镇浩亹，镇北据廉川，乘虚迭出，多方以误之，救右则击其左，救左则击其右，使篡疲于奔命，人不得安其农业。兼弱攻昧，于是乎在，不出二年，可以坐定姑臧。

　　杨统的一番言论，可称十六国时期最具纵横捭阖色彩的权谋之议。他审时度势地分析南凉国周边的西秦乾归、北凉段业和后凉吕光的敌对关系，制定了"兼弱攻昧"的战略措施，即攻伐后凉，坐定姑臧，而后逐渐兼并河西，据有凉州。

　　纷陀的"务农讲武"之策令南凉国力增强，杨统的"兼弱攻昧"之策为南凉在邦交活动中赢得了政治资本。特别是杨统建议中的"坐定姑臧"，成了秃发傉檀奋斗发展的根本目标。因为只要"坐定姑臧"，西秦和北凉自然归服，河西一统的大业便可实现。

　　秃发利鹿孤执政后，继续兴理内政，治国策略由单纯的以武兴邦开始向文武兼修过渡。继位之初，安国将军鍮勿仑曾谏："宜置晋人于诸城，劝课农桑，以供军国之用。"而后，祠部郎中、西曹从事史暠则提出了关于文武兼修的更加具体的对策：

　　　　王者行师，全国为上，破国次之。拯溺救焚，东征西怨。今陛下命将出征，往无不捷。然不以绥宁为先，唯以徙民为务，民安土重迁，故多离叛。此所以斩将克城而地不加广也。今取士拔才，必先弓马，文章学艺，视为无用之条，非所以来远人、垂不朽也。孔子曰不学礼无以立，宜建学校，开庠序，选耆德硕儒以训冑子。

　　史暠的策论言辞犀利，提出治理王国应该以保全国家为上策，而以攻破他国为次要措施。直接批评利鹿孤"不以绥宁为先，唯以徙民为务"的传统落后的游牧习气。最后语重心长地提出"建学校，开庠序，选耆德硕儒以训冑子"建议。利鹿孤善之，于是以田玄冲、赵诞为博士祭酒，建"冑子学堂"。南凉王廷崇文尚教，文教兼设之风自此始焉。

　　《晋书》称："傉檀承累捷之锐，藉二昆之资，摧吕氏算无遗策，取姑臧兵不血刃，武略雄图，比踪前烈。"此时傉檀执掌的南凉，经乌孤及利鹿孤"二昆"建树，疆域宽广。史载"东自金城，西至西海，南有河湟，北据广武"，据有今甘肃西部及青海大部地区。国力日渐强盛，奠定了与北凉争夺姑臧的社会基础。

是年十月，秃发傉檀发兵攻打姑臧，吕隆遣弟吕安统兵拒之。一月后，后秦遣使封拜傉檀为车骑将军、广武公，傉檀欣然接受。安抚傉檀之后，姚兴派遣镇远将军赵曜、建节将军王松匆助吕隆镇守凉州。赵曜率两万士卒向西驻扎于金城，王松匆率领骑兵往姑臧戍守。未料，王松匆途经魏安时，驻守在那里的傉檀弟弟秃发文真"击而虏之"。

傉檀大怒。自己刚刚接受了后秦封号，意欲"兵不血刃"夺取姑臧，秃发文真的草率举动，会让后秦加重对南凉的提防与戒心。他怒气难消，决计杀了秃发文真向姚兴表明忠心，经臣僚劝说而罢。最后，遣使送王松匆还抵长安，并奉表谢罪。

为了"坐定姑臧"，傉檀斡旋于复杂多样的邦交关系中，确定了结好后秦，争取西秦，抗衡北凉的立国策略。

224

宗敞出使乐都

乐都位于祁连山脉东部脊山与达坂山之间，坐落于湟水河下游河谷谷地，这里水草肥美、物产丰茂。《穆天子传》中称"爰有温谷乐都，河宗氏之所游居"，乐都因之而得名。城郭东部有座林壑优美的小山，名为凤凰山。

据传，秃发乌孤屯兵于此，有只凤凰飞落到山头，乌孤以为祥瑞之兆，便定都于此。

傉檀迁至乐都半年后，便开始"大城乐都"。他在原城池之外建筑了雄伟的外城，并将原城池称为"小城"，增筑的外城称为"大城"。青海省海东市乐都区至今仍有南凉国"大古城"和"小古城"遗址。

小城由宫城和皇城组成，大城则为驻防戍守之城，周边建烽燧、小城堡数处。城门之外另有瓮城及承担防御作用的"卫星城"及其烽火台等。

《晋书》载，义熙十年乞伏炽磐袭击乐都时，有臣僚对傉檀儿子秃发武台提出"今外城广大，难以固守，宜聚国人于内城"的建议。可见，"大城乐都"后，城郭规模十分庞大。

结合当时情势来看，傉檀"大城乐都"有三重意义。一是做出固守乐都为中心的湟河谷地，向后秦姚兴表明再不东向发展的心意。二是傉檀新继国土之位，也想通过筑城来以表庆贺。三是乐都位于西平与金城之间，都城迁至乐都具有东防西秦的战略意义。当时，西平郡之西皆为鲜卑属地，金城原为西秦乞伏乾归驻地。现虽由后秦赵曜驻守，但后秦军队驻扎河西终非长久之计。时局略加变化，但可随时占据金城。所以，傉檀"大城乐都"的行为曾引起姚兴的极大不满。

弘昌二年（403 年）七月，姚兴遣左仆射齐难等帅部众迎接吕隆。原来，吕隆因频遭到秃发傉檀和沮渠蒙逊的轮番攻打，不堪其扰，就遣吕超多赍珍宝朝觐姚兴，以难以胜任戍守凉州为由，请求离开姑臧往京师任职。姚兴准奏，敕任王尚、宗敞分别为"凉州刺史"和"凉州别驾"，令部将齐难率四万步骑送王尚和宗敞到姑臧赴任。

一月后，吕隆率一万多户跟随齐难东迁京师。姚兴任命吕隆为散骑常侍，爵位照旧。任命吕超为安定太守，文武官员三十多人皆得提拔任用。自此，后凉灭亡。

当齐难率师东来时，发生了戏剧性的一幕。傉檀将沿途戍守的关卒撤回，约束部队屯扎于昌松郡、魏安郡一带，避免麾下将领如同上次一样擅自与后秦发生战事。这个阶段，傉檀小心翼翼地处理好后秦的关系，一则免遭其强大军队攻伐屠戮，二则博得姚兴欢心以得任"凉州刺史"而进驻姑臧。

是年八月，凉州刺史王尚遣别驾宗敞抵达乐都，出使南凉。傉檀热情接待。

225

七年前，他和后凉尚书郎宗燮于广武相会的情景还历历在目。当时宗燮说："以敞兄弟托君，可乎？"傉檀对曰："若如公言，不敢忘德。"或许是当时二人相叙之际说的一番客套话，未料七年后宗燮之子宗敞真能来到乐都。相见时双方如同故人一般，甚是亲切。

傉檀谓之曰："孤以不才，谬为尊先君所见称，每自恐有累大人水镜之明。既霣家业，窃有怀君子。诗云'中心藏之，何日忘之'，不图今日得见卿也。"敞曰："大王仁侔魏祖，念存先人。虽朱晖眄张堪之孤，叔向抚汝齐之子，无以加也。"酒酣，语及平生，傉檀曰："卿鲁子敬之俦，恨不与卿共成大业耳。"

其实，傉檀为这次聚会做足了功课。七年前，宗燮称傉檀为"命世之杰"，所以傉檀谦虚地说自己"谬为尊先君所见称"，而后以《诗经·隰桑》中的诗句"中心藏之，何日忘之"来表达对宗燮的思念、对宗敞的仰慕之情。宗敞是满腹经纶的河西名士，后凉吕超曾在姚兴面前评价宗敞"时论甚美"，才华可与魏之陈琳和徐干、晋之潘岳和陆机相比。见傉檀运用《诗经》词句表情达意，特别是对父亲满怀深情，也很感动。就运用两个典故"朱晖眄张堪之孤"和"叔向抚汝齐之子"来表达自己的心意。

"朱晖眄张堪之孤"出自《后汉书》，东汉政治家朱晖和渔阳太守张堪仅一面之交，但张堪逝世后，朱晖遵嘱照顾张堪孤子。张堪孤子即为后世文学家、科学家张衡的父亲。"叔向抚汝齐之子"出自《国语》，春秋时晋国大夫叔向见到好友司马汝齐的儿子，抚而泣之，思故之情溢于言表。司马汝齐的后裔，就是创建西晋帝国的洛阳司马氏。宗敞通过这两则典故表达对傉檀的感激，显得极为得当。

酒酣耳热之际，二人感念平生之遇，傉檀称赞宗敞为三国时期的军事家鲁肃，也暗寓自己便是孙权，希望"与卿共成大业"。

经过此番叙旧，傉檀与宗敞相交甚怡，感情更笃。宗敞是姑臧邑人，颇知凉州风土人情，又是后秦王室较为器重的文士，他为傉檀"坐定姑臧"出谋策划，后世成为南凉最重要的勋臣。

经过这次和宗敞会晤，傉檀的执政措施和行事风格忽然来了一个大转弯。

去年号，罢尚书丞郎官

弘昌三年（404 年）二月，傉檀采取措施，迈出"密图姑臧"的艰难步履。

他首先宣告取消了以"凉"为名的国号和年号，让主簿起草文书始用后秦"弘始"纪年。其次取消了"朝廷"礼乐制仪，将先前模仿中原朝廷的"尚书丞""郎官"等官职全部取消，重新以地方掾吏职务任之。傉檀高调改革改制，将自己还原成一位属于后秦统辖的中规中矩的藩镇将领。

傉檀定时遣使和刺史王尚联系，表面上结成了联合戍守河西的战略阵线。

经过充足的准备，傉檀遣参军关尚出使长安，朝觐姚兴。

姚兴见到关尚，果然责备且质疑傉檀"大城乐都"的动机，认为此举有悖"为臣之道"：

兴谓尚曰：车骑投诚献款，为国藩屏，而擅兴兵众，辄造大城，为臣之道固若是乎？尚曰：王侯设险以守其国，先王之制也。所以安人卫众，预备不虞。车骑僻在遐藩，密迩勍寇，南则逆羌未宾，西则蒙逊跋扈，盖为国家重门之防。不图陛下忽以为嫌。兴笑曰：卿言是也。

关尚是咸阳著姓关氏望族后裔，东汉末年戊己校尉关宠之后，其先祖在前凉时为避晋乱而流寓河西。关尚学问渊博，能言善辩。针对姚兴的责难，关尚以两大理由回答。一是王侯固国是"先王之制"，非为僭越。二是西平郡南部羌人还没有归顺，西部沮渠蒙逊跋扈为乱，大力修恐城邑正是为了"国家重门之防"，因忠贞报国而疏忽了国王的猜疑，也是情有可原的。一席话合情合理，终于消除了姚兴的嫌防心理。

为了继续取得姚兴的信任，傉檀和王尚商议之后，决定发兵攻伐南部未归顺后秦的羌人部落。是年冬月，傉檀遣镇南将军秃发文支出兵攻伐南羌，大破之。"南羌西虏"酋长遣使长安奉表入贡于后秦。

收复南羌之后，姚秦十分高兴。傉檀趁机奏报长安，请求自领"凉州刺史"一职。姚兴也想将关中防兵撤离河西，让秃发傉檀代替王尚统辖凉州。但朝中大臣对此极力反对，特别是傉檀的"布衣之交"，那个先从后凉降至南凉，又从南凉叛逃到后秦的姜纪，反对最为激烈："今秃发在南，兵强国富，若兼姑臧而据之，威势益盛，沮渠蒙逊、李暠不能抗也，必将归之，如此则为国家之大敌矣！"

姚兴最终没能答应傉檀独领凉州的要求，"乃加散骑常侍，增食邑二千户"，以示对傉檀进行嘉奖鼓励。

傉檀闻之，对"布衣之交"姜纪恨得牙根痒痒，却也无可奈何。他只能默默等待，等待"坐定姑臧"的机会。

机会到了

弘昌五年（406年），傉檀"坐定姑臧"的机会终于到了。

攻取后凉以来，姚兴在长安开辟逍遥园，敕建草堂寺，为佛教翻译家鸠摩罗什设置译场。他大兴"佞佛"之风，耗费资财，储用殚竭，加之用兵东晋和北魏连遭败绩，人民疲弊，国力开始衰退。这一年，后秦北方的大夏政权又突然崛起，成为姚兴无法摆脱的威胁和灾难。

是年三月，踞于高平川（宁夏固原）一带的大夏国主赫连勃勃叛秦自立，连陷后秦北部诸郡。姚兴筹划反攻，命令大将齐难率领两万骑兵攻伐赫连勃勃。蒙古草原上的柔然可汗社仑闻讯，给姚兴送来八千匹战马以备战争之需，半道上又被赫连勃勃截获，姚兴大为恼火。恰当此时，秃发傉檀将攻打沮渠蒙逊掳来的战马三千匹、羊三万口献至后秦，姚兴十分高兴。《十六国春秋辑补》载：

六月，傉檀帅师伐沮渠蒙逊，次于氏池。蒙逊婴城固守，刈其禾苗。至苕藋泉而还。献马三千匹，羊三万口于秦。秦主兴以为忠，署为使持节都督河右诸军事车骑大将军领护匈奴中郎将凉州刺史常侍公如故，镇姑臧。

继位以来，秃发傉檀为了"坐定姑臧"，可谓殚精竭虑、绞尽脑汁。这样隐忍了六年，苟安了六年，就是想兵不血刃，坐定姑臧。他甚至想和春秋时期的越王勾践那样，卧薪尝胆，以"十年生聚"之功来换取凉州。没有想到，这一梦想实现的时候，却来得非常快。

对于姚兴而言，姑臧早已成了一个不堪重负的"包袱"。他早就想将这一包袱卸下来，可是卸下来又不知送谁合适。攻取后凉之后，后秦在河西的统治很不顺利。为了保住这座边城，每年不得不投入大量的兵力和物力。除三千多人的常驻军外，大将齐难统率的四万步骑也长期戍卫河西。而表面接受后秦封号的沮渠蒙逊和秃发傉檀都觊觎着这座名都大邑，姚兴感到压力很大，所以早有放弃姑臧的打算。

机会凑巧，正在姚兴为赫连勃勃抢去马匹烦恼之际，秃发傉檀适时献上三千匹战马和三万头羊。姚兴不得不认为，在诸凉的国主中，还是秃发傉檀最忠于自己。

于是，姚兴委任秃发傉檀为都督河右诸军事、车骑大将军、凉州刺史，镇姑臧，征王尚还长安。

王尚离开凉州

在进行姑臧防务交割时，傉檀充分显示了王国首领特有的机敏性、果断性和预见性。

姚兴诏令甫一送抵凉州，他立即点起三万大军，着镇南将军秃发文支统领，陪自己从乐都出发，往姑臧急行军而来。

姑臧邑民闻王尚离开凉州，将由南部高原的鲜卑"王爷"来代替镇守姑臧时，一片哗然。因为王尚是氐人吕氏集团统治凉州十八年之后的一位汉人"刺史"。任职之后聘宗敞为别驾、张穆为治中、边宪为主簿、胡威等为佐官，恪勤职守，劝课农桑，颇有前凉张氏治凉的遗风。到任三年，生产发展，社会安宁，政绩斐然，受到凉州各族人民的拥护。

凉州儒士宗敞在给姚兴的奏表里，曾高度评价王尚在凉州的政绩：

> 刺史王尚受任垂灭之州，策成难全之际，轻身率下，躬俭节用，劳逸丰约，与众同之，劝课农桑，时无废业。然后振王威以扫不庭，回天波以荡氛秽。则群逆冰摧，不俟珠阳之曜；若秋霜陨箨，岂待劲风之威。何定远之足高，营平之独美！经始甫尔，会朝算改授，使希世之功不终于必成，易失之机践之而莫展。

通过"轻身率下，躬俭节用，劳逸丰约，与众同之"的评价来看，王尚是一位生活朴素、事必躬行、平易近人的"亲民"官员。他忠于职守，代表后秦王室"扫不庭""荡氛秽"，凉州社会出现了"群逆冰摧""秋霜陨箨"的升平安乐气象。

可是，因为"朝算改授"招致"希世之功不终于必成，易失之机践之而莫展"。其实，当姚兴决计放弃凉州的时候，后秦政权对河西地区的统治正日趋稳固。可惜，姚兴判断失误，轻易放弃了对凉州的统辖。

宗敞在呈给姚兴的奏表里赞扬王尚在凉州的政绩，委婉地表达了"朝算改授"的遗憾之感。而在姑臧吏民那里，惋惜之情酝酿成了汹涌的民意。部分吏民抵达州府，殷切挽留王尚继续留任，坚决反对鲜卑"王爷"统辖凉州。城中著姓大族申屠英等人选派佐官胡威快马加鞭抵达长安，朝见姚兴，转达凉州吏民的请求。但是，敕令一经发布，岂可随意收回？姚兴当即予以拒绝。胡威流着眼泪，对姚兴说：

> 臣州奉戴王化，于兹五年。土宇僻远，威灵不接，士民尝胆拭血，共守孤城。仰恃陛下圣德，俯仗良牧仁政，克自保全，以至今日。陛下奈何乃以臣等贸马三千匹、羊三万口；贱人贵畜，无乃不可！若军国须马，直须尚书一符，臣州三千余户各输一马，朝下夕办，何难之有！昔汉武倾天下之资力，开拓河西，以断匈奴右臂。今陛下无故弃五郡之地忠良华族，以资暴虏，岂惟臣州士民坠于涂炭，恐方为圣朝旰食之忧！

231

胡威评价王尚治理凉州是"良牧仁政"，谴责姚兴"奈何乃以臣等贸马三千匹、羊三万口"而换了刺史，并表态"臣州三千余户各输一马，朝下夕办，何难之有"。最后直陈凉州五郡之地"断匈奴右臂"地理位置的战略重要性，点出姚兴任秃发傉檀为刺史是"弃五郡之地忠良华族，以资暴虏"的行为。提醒姚兴将五郡拱手送于"暴虏"，不仅给凉州百姓带来损害，对后秦本土也潜伏了巨大的危险。强烈地希望姚兴收回成命，继任王尚为"凉州刺史"。

胡威的话语情真意切，言之凿凿。姚兴才感到，"征王尚离开凉州"真是有些草率了。于是，也想挽回过错，急遣使臣疾驰西平，让将军车普抵姑臧，颁令王尚并告谕傉檀，暂缓姑臧换防事宜。

但是，一切都晚了。

在胡威飞奔京师途中，傉檀和文支统领步骑三万已经渡过姑臧城外"五涧水"大河，驻扎于城东青阳门外五里之处。

车普将军拿着姚兴先前的诏令与傉檀麾下西曹从事史暠会合，共同进抵州府，将征调王尚离凉、新任傉檀为刺史的诏书予以宣示。王尚遵命，遣辛晁、孟祎、彭敏出城迎接傉檀。

据载，姑臧城自前凉张骏修筑后，形成南北五城的格局，共有二十二门。规模最大的四座城门依次为东城青阳门、西城洪范门、南城朱明门、北城凉风门，双方进行驻防交接仪式之后，王尚带领凉州旧官搬出州府，从青阳门出城。镇南将军秃发文支率兵拥傉檀从凉风门入城。

数日后，在别驾宗敞的护送下，王尚一行栖栖惶惶地离开了凉州，往长安而去。

姚兴丧失姑臧，象征着后秦势力逐渐退出河西，唯一保留下来的只是对诸凉名义上的领属关系而已，极大地削弱了后秦的戍防力量。

232

入驻姑臧

凉州城东的"五涧水"是指从祁连山北麓冰川融水渗洇形成的五条泉水河汇聚而成的大河。五涧由东至西依次为昌松河、沙沟河、黄羊河、杂木河、马蹄沟河。五涧水流经绿洲尾闾和北部北沙河、东部红水河又汇聚成一条波澜壮阔的大河，古称"谷水"，今称石羊河。

南凉鲜卑大军的营栅就修筑在五涧水河畔。营栅中不时响着此起彼伏的金柝之声，五涧水载着一川浪花逶迤北去，东苑城外的月色在夏夜清风里格外妩媚，有欢声笑语从营栅中央的主帅帐中传了出来，傉檀和秃发文支正在宴请凉州别驾宗敞。

三年前的夏天，傉檀和宗敞相会于乐都。受宗敞指点，傉檀确定了韬光养晦、取悦后秦、占据姑臧的策略。二年后果然"兵不血刃"谋取凉州。在傉檀的心意里，已经视宗敞为自己的"股肱谋主"。可是，就在营栅相聚时节，宗敞提出将离开凉州，护送旧主王尚抵长安复命。

傉檀十分难过，极力表达对宗敞的惜留之意。《晋书》中记载了离别之际二人的对话：

> 傉檀：吾得凉州三千余家，情之所寄，唯卿一人。奈何舍我去乎？
>
> 宗敞：今送旧君，所以忠于殿下也。
>
> 傉檀：吾新牧贵州，怀远安迩之略，为之若何？
>
> 宗敞：凉土虽弊，形胜之地，道由人弘，实在殿下。殿下惠抚其民，收其贤俊，以建功名，其何求不获？段懿、孟祎，武威之宿望；辛晁、彭敏，秦陇之冠冕；裴敏、马辅，中州之令族；张昶，凉国之旧胤，张穆、边宪，文齐杨班；梁崧、赵昌，武同飞羽。夫以大王之神略，加之以威信，农战并修，文教兼设，可以纵横天下。区区河右岂足定乎。

傉檀眼看难以惜留宗敞，就向宗敞请教治理凉州之策。宗敞不愧是河西名士，他给傉檀两点建议：一是"惠抚其民，收其贤俊"，中心意思是任用人才，"怀远安迩"。宗敞更进一步推荐具有修齐治平之术的凉州士人，有"武威之宿望""秦陇之冠冕""中州之令族""凉国之旧胤"，还有才华堪比东汉时杨雄、班固的文人，有武艺如同三国时张飞、关羽的将士，希望傉檀能够礼待士人，任以大用。

二是"农战并修，文教兼设"。宗敞知道，河西鲜卑秃发氏统治者的游牧部落习气较其他民族尤重，重战事掠夺而轻农桑生产，重骑射弓马而轻文教化行。《晋书》载："秃发累叶酋豪，擅强边服。控弦玉塞，跃马金山，候满月而窥兵，乘折胶而纵镝。"即指南凉鲜卑是英武善战的部族，习于马上生活。除少数首领外，部族成员汉化程度较浅，政治生活中明显处于落后状态。可以说，"农战并修，文教兼设"是针对秃发氏统治者的弱点提出的改进性建议。

遗憾的是，傉檀对第一条建议完全施行，对宗敞推荐的文士皆予以重任。《十六国春秋辑补》载："敞因荐本州名士十余人于傉檀，傉檀嘉纳之，乃大飨文武将士于谦光殿，班赐金马各有差。"而对第二条建议却大打折扣，及至统治后期，完全弃之不顾，导致坐镇姑臧的事业举步维艰。

宗敞离开凉州时，傉檀差人送去骏马二十匹。数年后，宗敞感傉檀恩德，从后秦还姑臧，迁任南凉太府主簿、录记室事一职。

宗敞陪王尚抵达长安，孟祎仍留姑臧，傉檀任之为别驾司马。昔年，孟祎在后凉昌松太守任上被傉檀俘虏，曾蒙受傉檀"义释"之恩，今则知恩图报，欲鼎力辅助傉檀。傉檀初抵姑臧，孟祎带着辛晁、彭敏等人"恭迎道左"。傉檀"大飨文武将士于谦光殿"时，曾流露出骄矜之色，孟祎当即予以劝谏。《晋书》载：

> 既至，宴群寮于宣德堂，仰视而叹曰："古人有言，作者不居，居者不作，信矣。"祎进曰："昔张文王筑城苑，缮宫庙，为贻厥之资，万世之业。秦师济河，溃然瓦解。梁熙据全州之地，拥十万之众，军败于酒泉，身死于彭济。吕氏以排山之势，王有西夏，率土崩离，衔璧秦雍。宽饶有言：富贵无常，忽辄易人。此堂之建，年垂百载，十有二主矣。唯信顺可以久安，仁义可以永固。愿大王勉之。"傉檀谢曰："非君无以闻谠言也。"

针对傉檀的"作者不居，居者不作"的话语，孟祎以分析历史旧事为手段进行劝谏。张骏修殿欲铸"万世之业"而亡于前秦梁熙，梁熙拥有十万之众，却被吕光败于酒泉。吕氏雄据凉州，却赍珍宝投降后秦。从前凉张骏建起谦光殿，已经换了十二位主人。"富贵无常，忽辄易人"似乎是人世间一句最客观的谶言。

所以，孟祎语重心长地指出"信顺可以久安，仁义可以永固"，寄语傉檀"讲信顺""推仁义"，获得凉州长治久安。对于初露骄傲之色的傉檀而言，孟祎的话语不啻当头棒喝，他当即称赞孟祎之语为"谠言"。

后来，傉檀敕封镇南将军秃发文支为兴城侯，镇守姑臧。又敕任在武威郡颇有威望的汉族老臣杨统为司马，驻守姑臧城西部即今永昌县西方的潘屏重镇西郡，自己则带亲兵数百返回乐都。

是年十一月，傉檀正式迁都姑臧。大军行至显美即今永昌县城东的四十里铺时，为了震慑北凉，傉檀颁令兴城侯秃发文支和西郡太守杨统"聚戎夏之兵五万余人"，在方亭进行了大规模的阅兵仪式。

这样，秃发傉檀兵不血刃，轻而易举地占领了河西重镇姑臧城，开始了南凉统治的新时代。

235

耀武扬威

这一年，傉檀四十二岁，正是人生处在年富力强、才艺绝伦之时。无论是宗敞遗策，还是孟祎谠言，都不能消去傉檀"坐定姑臧"的兴奋之情和骄矜之色。

毕竟久贮于胸的梦想终于实现，且比设想的艰难情状略为快捷省事了许多，傉檀没有理由不兴奋或不骄矜。

进驻姑臧，傉檀启用了先前取消的"朝廷"礼乐制仪，恢复了原有的"尚书丞""郎官"等朝廷职官。他虽受制于后秦，但是"车服礼仪皆如王者"。这样快速"变脸"的表现，让后秦朝中诸臣觉得不可思议。

南凉的使臣也浸染了傉檀的骄矜情绪，面对姚兴，一改先前的卑躬屈膝之态，变得傲慢无礼起来。史载，傉檀遣西曹从事史暠出使后秦，在长安宫廷，双方有过一番对话：

姚兴：车骑坐定凉州，衣锦本国，其德我乎？

史暠：车骑积德河西，少播英问，王威未接，投诚万里。陛下官方任才，量功授职，彝伦之常，何德之有。

姚兴：朕不以州授车骑者，车骑何从得之？

史暠：使河西云扰，吕氏颠狈者，实由车骑兄弟倾其根本。陛下虽鸿罗退被，凉州犹在天网之外，故征西以周召之重，力屈姑臧；齐难以王旅之盛，势挫张掖。王尚孤城独守，外逼群狄，陛下不连兵十年，殚竭中国，凉州未易取也。今以虚名假人，内收大利，乃知妙算自天，圣与道合。虽云迁授，盖亦时宜。

这段对话是《晋书》中最有意思的对话。姚兴犹自摆出"施予恩德"者高高在上的姿态，询问史暠"车骑将军对我有感恩之心吗？"而后，带着极为享受的心情等待对方的恭维之语。然而他听到了难以置信的答案：这一切都是车骑将军自己"积德河西"的结果，陛下任之为"刺史"也是"官方任才"的平常之举，有什么恩德让人感激呢？

那时候，姚兴君臣脸上的表情肯定凝固了。恼怒之中的姚兴不甘心地再次明说"朕不以州授车骑者，车骑何从得之？"

这一问倒引出史暠的长篇大论，不过都是荒谬言辞。姚兴攻灭后凉，史暠却说那是秃发氏"车骑兄弟倾其根本"；姚兴据有姑臧，史暠却说那是"力屈"结果；姚兴将凉州的统辖权授迁傉檀，史暠却说是"虚名假人，内收大利"。最后说傉檀坐定姑臧那是"妙算自天，圣与道合。虽云迁授，盖亦时宜"，似乎傉檀出任凉州刺史与姚兴没有丝毫的关系。

上面的言论虽然是史暠的对答，却是傉檀心意最真实的表白。估计姚兴这时候后悔得肠子都要发青了。但是，现在即便骂上一万句"中山狼""白眼狼"也无济于事。姚兴不得不承认，傉檀是一头高原上难以驯服的牦牛，是八百里秦川大地无处安放的猛兽。但是，作为国君的姚兴修养还是蛮好的，竟然没有让"口出大言"的史嵩身首分离，相反，"悦其言，拜嵩为骑都尉"。

南凉君臣沉浸于骄矜与傲慢中，忽略了悄悄临近的诸般危机。

迁都姑臧后，傉檀面临的最大的敌人就是坐镇张掖的北凉。为了遏制蒙逊东侵，傉檀遣使与西凉李暠修结和好，对北凉构成东西夹击之势。而西南部的羌人、吐谷浑蠢蠢欲动，不时骚扰南凉边境。为了以全部力量应对北凉，秃发傉檀将西平、湟河、诸羌三万余户迁徙至武兴、番禾、武威、昌松四郡。

弘昌六年（407年）七月，秃发傉檀自感士马强盛，欲联系镇守苑川的乞伏炽磐叛秦自立。其时，乞伏炽磐任后秦建武将军、行西夷校尉一职。而乞伏乾归仍留在长安任主客尚书。南凉使臣奉书信至宛川，乞伏炽磐担忧长安姚兴朝中供职的父亲安危，焉敢答应？

于是，乞伏炽磐杀了南凉使节连同傉檀书信一同送达长安。傉檀大怒，欲起兵讨伐宛川，又惧北凉乘隙来攻，只好作罢。

是年九月，傉檀发动了一次最大规模的攻代北凉的战争。他亲自率五万大军，耀武扬威，从祁连山西峡口侵入北凉边境。沮渠蒙逊率众抵抗，双方战于张掖城东均石滩。结果，北凉军队极为顽强，傉檀大败。后又率骑二万运送粮谷四万石至西郡，半途被蒙逊截获，此战导致西郡太守杨统被逼投降。

237

内忧外患

坐定姑臧，据有凉州，标志着南凉国力发展至空前兴盛阶段。有道君王此期应该着力于社会治理，劝课农桑，修齐治平，促使国家不断发展壮大。所以，宗敞离开姑臧时，为傉檀建言献策，也提出要"农战并修，文教兼设"，方能教化天下，造福邑民。

可是，对于秃发傉檀而言，外部环境太过凶险了。坐定姑臧以来，恢复"朝廷"制仪导致和后秦交恶，失去了可资凭据的关中王师的援助。周边充斥着虎狼般的敌国，时时觊觎着名都姑臧。南凉从移都姑臧后始终紧绷着战争神经，焉有时间来"农战并修，文教兼设"？

一百年前张轨坐镇姑臧时平了鲜卑之乱，外无敌国，得以劝课农桑，设崇文祭酒，"行乡射之礼"。梁熙任凉州刺史"坐定姑臧"时，正是前秦国力最盛时期，外无边患，内无盗贼，文教兼行，境内宴然。吕光以姑臧为都创建后凉州初期，关中后秦姚苌与西燕慕容冲相与攻伐，凉州独安。后来也是内有叛乱，外乏边患。而至秃发傉檀统辖凉州时，西有沮渠、东有后秦和夏国、南有西秦和吐谷浑，可谓强虏环列。

可见，比起前面的所有凉州首酋，傉檀面对的外部环境不知要凶险多少倍。

这一切，让傉檀承担着数倍于前代君王的精神压力。初败于北凉之后，他仍不反省，犹自恃仗兵强马壮，欲以战争方式开拓疆域，期望使南凉走出危机，走向强盛。

弘昌六年（407年）十月，大夏国主赫连勃勃与后秦姚兴作战屡胜，遂将战火延及河西一带。秃发傉檀嗣有两女，大女儿经利鹿孤做主嫁与乞伏炽磐，小女儿及笄未嫁。夏主赫连勃勃从高平川遣使来到凉州，求聘婚姻，傉檀没有答应。一月后，赫连勃勃率骑二万攻陷阳武下峡（今甘肃靖远县西北）杀伤万计，"驱掠二万余口，牛马羊数十万而去"。

遭到这样的侵掠，傉檀急火攻心，急点大军欲追击赫连勃勃。

魏安人焦朗认为"勃勃天姿雄健，御军严整"，追击不当。不如带兵从媪围出发向北渡过黄河，在万斛堆一带结营，扼其退路，阻击勃勃。焦朗曾是武威郡魏安县主，后凉末年曾因吕隆暴政而致信后秦，邀姚兴收复凉州。后来利鹿孤攻破魏安，焦朗遂降。焦朗颇有威名，足智多谋，能断大事，此时建议当为"百战百胜之术"。

可是，傉檀就想速胜，迂回迎击颇费周折。南凉别将贺连却怂恿傉檀追击，称"勃勃败亡之余，乌合之众，奈何避之，示之以弱？宜急追之。"傉檀从之，发兵追击。

结果，南凉军队败得一塌糊涂。赫连勃勃颇有勇略，他将掳掠的人口、牛马送过阳武峡口，而后在下峡凿破石凌填塞战车阻断退路。不等傉檀追兵接近，勒兵回马逆击。傉檀军队方在行军中，不提防夏国兵马竟迎头杀来，阵脚大乱。这一战，傉檀被赫连勃勃追杀八十余里，"杀伤更以万计，名臣勇将死者十六七"。傉檀仅与数骑从南山突围而出，若非亲兵死战，险些成了赫连勃勃的俘虏。

赫连勃勃得胜后，将杀死的南凉将士尸首堆积起来，"号曰髑髅台"。

阳武峡惨败，南凉朝野震动。傉檀"责躬悔过"，表示不再恃勇轻出。从此心有余悸，开始实行堡垒政策，"惧东西寇至，徙三百里内百姓入于姑臧"。

老百姓固守家园，安土重迁，傉檀任意迁徙百姓，生产生活备受影响，"国人骇怨"。居于凉州北城的匈奴屠各胡部落首领成七儿率其部民三百余人起义，不堪其扰的百姓纷纷响应，叛者竟达数千人。

"成七儿之乱"中，众人拟推前秦刺史梁熙族人梁贵为盟主，梁贵闭门不应而造成群龙无首的局面。经殿中都尉张猛、殿中骑将白路等人的镇压，终得平息。

但是，在"阳武之败"和"成七儿事件"的影响下，南凉朝廷中的一些官僚也对傉檀不满。汉族官僚借机滋事，"军谘祭洒梁衷、辅国司马边宪等七人谋反，傉檀悉诛之"，史称"边梁之乱"。

辅国司马边宪原本是宗敞给傉檀推荐的"贤才"，和张穆齐名，文才很高，被誉为"文齐杨班"。可见，"边梁之乱"属于高级官僚反对傉檀的政治活动，对南凉政权造成的震动十分强烈。

内忧外患加在一起，使傉檀入居姑臧的本意难以实现，也使南凉统治更加艰难。胡三省指出："自是之后，秃发氏之势日以衰矣。"

239

和后秦彻底翻脸

弘昌七年（408年），南凉和后秦彻底翻脸，两国成为敌对之国。

年初，姚兴认为，秃发傉檀执掌的凉州外有"阳武之败"，内有"边梁之乱"，想乘机将凉州从傉檀手里收归后秦。姚兴先遣尚书郎韦宗出使姑臧，打探察看凉州局势。《晋书》载：

> 傉檀与宗论六国纵横之规，三家战争之略，远言天命废兴，近陈人事成败，机变无穷，辞致清辩。宗退而叹曰：命世大才，经纶名教者，不必华宗夏士；拨烦理乱，澄气济世者，不必八索九丘。吾乃今知九州之外，五经之外冠冕之表，复自有人。车骑神机秀发，信一代之伟人，由金日磾岂足为多也。

240

这一次打探查看，韦宗竟被傉檀的儒学修养和个人魅力深深打动，认为傉檀是"命世大才"，是中原和"五经"所载之外的"冠冕之表"。赞叹即使将"一代之伟人"傉檀喻为春秋时辅佐秦穆公的西戎人由余、西汉时辅佐汉昭帝的匈奴人金日磾也有过之而无不及。

韦宗返回长安，对姚兴说"凉州虽残弊之后，风化未颓。傉檀机诈多方，凭山河之固，未可图也"，反对出兵凉州。

但姚兴就想迫切收归凉州，对韦宗的建议置若罔闻，仍遣中军将军广平公姚弼及后军将军敛成等率步骑三万来攻伐凉州，又遣卫大将军常山公姚显率骑二万为弼等后继。进军前，姚兴遣使给傉檀送去书信，佯称将派遣尚书左仆射齐难讨伐赫连勃勃，惧其向西逃走，故绕道从河西进入高平川一带。傉檀竟然信以为真，也不设防备。

是年八月，姚弼统领后秦大军从金城关渡过黄河，却不向夏国方向的阳武下峡行军，而是进兵屯驻于昌松郡漠口一带。昌松太守苏霸大惊，布置兵力婴城拒守，坚辞秦兵入境。姚弼遣使者进入郡城，威逼利诱苏霸投降。大敌当前，苏霸表现出南凉将士的英雄气概，杀秦使大呼："吾宁为凉鬼，何降之有！"姚弼挥兵攻陷昌松郡城，苏霸殉难。

后秦三万大军长驱直入，进逼姑臧，情势极为紧张。

秃发傉檀临危不乱，指挥守军婴城固守。镇北大将军秃发俱延引兵来救，傉檀乘势出奇兵突围而出，姚弼兵败，引军退至西苑城一带。

其时后秦中军将军敛成分兵驻扎于西苑城郊外，以防后凉大军袭营。傉檀忽出奇谋，命周边县邑尽驱牛羊于野次。敛成见之，贪心大起，纵兵散乱于野开始抄掠。傉檀伺机遣镇北大将军俱延、镇军将军敬归等十将率骑兵从四面分袭而至，再次大败秦兵。此战斩首七千余级，敛成带数十亲随逃至姚弼大营。

傉檀指挥南凉军队进攻姚弼大营，姚弼固垒不出。傉檀难以攻克，又惧秦军强弓劲弩，就阻断通向西苑城的河水，打算困退敌军。其时，姚显率骑两万后继军队疾行军赶到，后秦军势益盛。

姚显屯兵于姑臧凉风门外，摆好阵势，先遣善射将军孟钦等五人向城内挑战。弦未及发，南凉材官将军宋益等统骑兵疾驰而至，向姚显军勇猛攻击，姚显大败。

姚弼、姚显看到攻克姑臧困难重重，想起韦宗在姚兴面前说的一席话："形移势变，终始殊途，陵人者易败，自守者难攻。阳武之役，傉檀以轻勃勃致败。今以大军临之，必自固求全，臣窃料群臣无傉檀匹也。虽以天威临之，未见其利。"又惧南凉郡县援兵大至，既然"未见其利"，遂引兵退去。

姑臧保卫战取得胜利，傉檀长舒了一口气。这一战，也让傉檀充分认清了南凉国内的局势。有誓死效命的忠臣良将，也有伺机颠覆的"敌对势力"。

姚弼兵退西苑，姑臧保卫战进行到最艰难之际，东苑城中竟有人密谋叛乱。郡人王钟、宋钟、王娥等密为姚弼内应，差人秘密送信至后秦兵营时，被巡察士兵发现，连同书信拘执于廷。大敌当前，傉檀不想大动干戈，准备收捕首谋者就可以。但是，前军将军伊力延侯说："今强敌在外，内有奸竖，兵交势踧，祸难不轻。不悉坑之，何以惩后？"

傉檀正以姑臧城守事为忧，在前所未有的精神压力下，竟听从伊力延侯之议，"杀五千余人，以妇女为军赏"，史称"东苑之戮"。

"东苑之戮"的残忍与暴虐，终成傉檀一生征战经历中最大的败笔。不仅与孟祎当初讲的仁德为政之道大相径庭，也为后来"痛失姑臧"埋下了伏笔。

南凉和后秦彻底翻脸，傉檀于是宣称正式即"凉王"大位，赦其境内，改年为嘉平。是年，亦称嘉平元年。

傉檀在朝中置百官，立夫人折掘氏为王后，世子秃发武台为太子、录尚书事，左长史赵晁、右长史郭倖为尚书左右仆射，镇北将军俱延为太尉，镇军将军敬归为司隶校尉，其余官员皆得封赏。

242

兵败北凉，痛失姑臧

嘉平三年（410年）五月，古都姑臧洪范门前，鼙鼓动天，号角齐鸣，旌旗猎猎。

南凉王廷的五万骑兵戟戈林立，戎装待发，威武雄壮。大军将发，傉檀敕令将太史令景保拿铁链锁了，囚入笼车，随军而行。众将愕然，莫名所以。

原来，一月前，傉檀遣左将军枯木、驸马都尉胡康统兵五千侵入北凉临松郡，掠人千余户而归。临松郡旧址位于今张掖民乐县南古城，以郡西南有临松山而得名。临松山又名马蹄山，是卢水胡匈奴沮渠氏的发祥地。故园被侵扰，沮渠蒙逊大怒，率骑五千讨伐南凉，至显美方亭攻破车盖鲜卑，徙数千户而还。

太尉秃发俱延率兵追击，又被蒙逊统兵迎击，惨遭大败。

一月内两次大败，傉檀极为恼怒，斥责俱延等人统兵不利，决定率军亲征。《孙子兵法》云，"主不可因怒而兴师，将不可以愠致战"，太史令景保遂力谏阻止。"傉檀怒，锁保而行，曰有功当杀汝以徇，无功封汝百户侯。"

这一战，傉檀志在荡平北凉，他的设想很完美："吾以轻骑五万伐之，蒙逊若以骑兵距我，则众寡不敌；兼步而来，则舒疾不同；救右则击其左，赴前则攻其后。"他傲慢地对部将说，沮渠大军几乎没有机会和我军交兵接战，即缴械投降。

但是，战争发动后，竟大出傉檀意外。沮渠既不遣骑兵迎战，也未"兼步而来"，而是固筑郡城，坚壁以待。沮渠大军果然"没有机会"和南凉军交战，南凉五万骑兵难以发挥出纵横决荡的优势，只好屯于城东一个名为"穷泉"的地方。

太史令景保在囚车中连连悲叹。张掖土地旷远，奈何屯兵于此？"穷泉者，墓中也。潘岳有诗'委兰房兮繁华，袭穷泉兮朽壤'，可怜五万将士葬身于此！"入夜，蒙逊果出奇兵突袭傉檀大营，士卒大乱。北凉营垒四开，沮渠挥兵掩攻而来，杀声震天。

一夜恶战，至天明，南凉五万骑兵或降或亡，"傉檀大败，单马奔还"。

锁在囚车中的景保无以脱身，为蒙逊所擒。《晋书》载：

（蒙逊）让之曰："卿明于天文，为彼国所任，违天犯顺，智安在乎？"保曰："臣匪为无智，但言而不从。"蒙逊曰："昔汉祖困于平城，以娄敬为功；袁绍败于官渡，而田丰为戮。卿策同二子，贵主未可量也。卿必有娄敬之赏者，吾今放卿，但恐有田丰之祸耳。"保曰："寡君虽才非汉祖，犹不同本初，正可不得封侯，岂虑祸也。"蒙逊乃免之。

蒙逊和景保的对话反映了傉檀在轻敌傲慢的心理下，根本听不进去诤臣的逆耳良言。蒙逊虽然嘲讽景保"违天犯顺，智安在乎"，却又誉之为汉高祖谋士娄敬和袁绍谋士田丰，热切希望留之为北凉效力。可是景保愿意返回姑臧，蒙逊忧虑傉檀会像袁绍一样兵败后迁怒于人而杀了田丰。景保认为傉檀"虽才非汉祖，犹不同本初"，固请返回。蒙逊对景保暗怀敬仰之心，准其返回姑臧。

傉檀深悔不听景保劝谏，向景保道歉："卿，孤之蓍龟也，而不能从之，孤之深罪。"敕封景保为安亭侯。

但是，"凶恶"的沮渠蒙逊竟然不给傉檀喘息的机会。数日后乘胜追击而来，带兵团团围定姑臧。姑臧城内，各族百姓惧怕"东苑之戮"再次发生，纷纷逃散。包括折掘、麦田、车盖等鲜卑部落在内的"夷夏万余户降于蒙逊"。

傉檀无计可施，以司隶校尉秃发敬归陪同自己的儿子秃发陀作为人质向蒙逊请和，蒙逊答应退兵。但秃发敬归和秃发陀半路逃回，蒙逊发兵追来，擒回秃发陀，并掳走姑臧居民八千余户。

经过和北凉的几场战争，武威郡大片土地沦陷，名都姑臧已是一座孤城。

一年前，乞伏乾归从长安逃回苑川，招集三万人马，迁到度坚山。而后收治秦陇，平定洮河。僭称秦王，并设置百官，公卿以下都恢复原位。西秦再度复国，又成为秃发傉檀最强大的敌人之一。

其时，南凉已无力与北凉争战，即使镇守姑臧也觉得有心无力。傉檀既怕姑臧被北凉攻陷后国破家亡，又怕乞伏乾归攻占洪池岭以南失去退路。于是，决定留大司农成公绪守姑臧，自己率群臣撤向乐都。

君臣刚离姑臧，城内又发生民变，焦谌与王侯聚城民三千余家推焦朗为首，占领了姑臧南城。

一年后，蒙逊发兵攻来，焦朗率众投降，沮渠蒙逊从此占据姑臧。

以四邻为兵

痛失姑臧，傉檀在乐都犹自叹惋之际，沮渠蒙逊已经亲率大军攻入湟中。

数年前，傉檀依仗强兵对北凉随意侵扰，收割庄稼、掳掠人口、抢夺牛马羊等，可谓"作恶多端"。沮渠蒙逊对南凉积淀了太多的仇恨，大有将南凉君臣"赶尽杀绝"之势。占领姑臧后，沮渠蒙逊略加休整，即遣其弟沮渠挐镇守姑臧，自己则亲率大军攻入湟中，兵围乐都。

此后，在北凉和南凉的拉锯战中，南凉连遭败绩。

兵败北凉，傉檀实不甘心。"五万轻骑"竟被蒙逊暗施"诡计"打败，招致姑臧失守，心内的痛悔之感持续了整整一年。此后傉檀如同一个输红了眼的赌徒，就想孤注一掷地捞回本钱。于是，堕入"屡战屡败，屡败屡战"的荒诞怪圈中，难以自拔。一遇战事，则不顾亲随阻挡，身先士卒，手舞双戟，面目狰狞地杀入敌阵。先前指挥作战时"踞胡床而坐"的那般神定气闲姿态，已经荡然无存。

嘉平四年（411年）春，蒙逊攻打乐都月余，不克，派使者传信城中，提出要傉檀"若以宠子为质，吾当还师"。

蒙逊所谓"宠子"，即傉檀次子秃发明德归，时任中郎将，领昌松太守。明德归隽爽聪悟，才思敏捷。据载，十三岁时，傉檀命明德归为新建成的高昌殿写赋一篇，明德归"援笔立成，影不移漏"，傉檀读完后极力夸奖，夸赞明德归是曹子建再生，甚是偏宠。

傉檀闻蒙逊要以秃发明德归为质，当即严词拒绝。蒙逊屯兵于乐都周围，筑室返耕，摆出持久为战的状态。傉檀无奈，遣使蒙逊，愿以子秃发安周为人质，蒙逊勉强同意，率军撤围而去。

胡三省说："傉檀自据姑臧之后，与四邻交兵，所遇辄败，不惟失姑臧，亦不能保乐都矣！"此评价中"与四邻交兵"极为准确。从姑臧到乐都，南凉与周边诸国屡屡用兵，傉檀仍不思养兵蓄民，而一味穷兵黩武。

边境烽烟四起，邑民陷入兵燹战乱中，苦不堪言。

蒙逊退兵一年后，秃发傉檀不顾邯川护军孟恺等臣僚阻止，再谋攻打北凉，以雪前耻。结果，傉檀集结大军"五道俱进"，未至半道，天气突变，风雨如晦。蒙逊乘机挥兵进击，傉檀大败。这一次，蒙逊乘余势再次兵围乐都，傉檀无奈，又将儿子秃发染干送抵北凉军中为质，蒙逊再次退兵。

乐都围困刚解，西平战事又起。吐谷浑国王慕容树洛干率军猛攻西平，傉檀急遣太子秃发武台迎战，结果又为树洛干所败。这一战，南凉痛失黄河南岸今贵德县一带的浇河之地。

浇河战事如火如荼地进行之时，傉檀竟遣安西将军纥勃"耀兵西境"，侵扰北凉。蒙逊发兵迎击，进抵西平，"徙户掠牛马而还"。

一年后，乞伏乾归遣子炽磐与中军将将审虔渡过黄河，攻打南凉。秃发武台在洪池岭南阻击秦军，为西秦所败，被掳走牛马十余万头。

连年累月的战争纷纭中，南凉无法克服因战事造成的困难，更加无法组织农业生产。至嘉平七年（414年）时，乐都已"不种多年，内外俱窘"。经济境况越来越不佳，粮食和一应物资日渐匮乏，"百姓骚动，民不安业"。这一切，对秃发傉檀造成巨大的心理压力。

尽管如此，他仍不反思自己的过失。估计是对沮渠氏和乞伏氏的强烈复仇心理焚毁了他的理性与智慧，使之忘记了先王的叮嘱，从此罔顾民生国计，一味操纵战争机器，征战四方。

是年春，在吐谷浑北部、青海湖东岸的鲜卑契翰部和乙弗部叛南凉自立，不再向乐都朝贡。傉檀决定远袭契翰、乙弗部落。孟恺极力阻止：

今连年不收，上下饥敝。南逼炽磐，北迫蒙逊，百姓骚动，下不安业。今远征虽克，必有后患，不如结盟炽磐，通粜济难，慰喻杂部，以广军资。畜力缮兵，相时而动。

秃发傉檀则坚持要用掠夺其他部族来补充给养，对于孟恺等臣僚的谏言根本听不进去。出军时，傉檀对太子武台说："蒙逊近去，不能猝来；且夕所虑，唯在炽磐。然炽磐兵少易御。汝谨守乐都，吾不过一月必还矣。"

"远袭乙弗"成为秃发傉檀一生中最后的一次征战，"一月必还"乐都成了一句空言。

众叛亲离

从姑臧败退乐都后，每遇战事，除傉檀亲征外，主帅多以长子秃发武台为主。

因为，此期秃发傉檀仍然"穷兵以逞其心，纵慝自贻其弊"，人心丧失，招致众叛亲离。昔年征战河西时皆能独当一面的大将或叛或亡，可堪大用者已很少了。

最早是汉族重臣及将领开始投降敌国，如弘昌六年（407年）七月西郡太守杨统投降北凉。杨统是曾为乌孤立下"兼弱攻昧"发展计略的谋臣，曾历仕乌孤、利鹿孤、傉檀三朝，是南凉朝中颇为倚重的汉族老臣。杨统之降，南凉失去姑臧在西方的屏障之地西郡（今永昌县西部及山丹县）一带的大片土地，在南凉王室引起巨大震动。

后来，皇室核心成员及亲族子弟也开始反叛或投降敌国。

秃发傉檀又惊又怒，却不反思自己的治国之失，一味挥兵平定征伐。

嘉平三年（410年）夏，蒙逊攻克姑臧之际，傉檀妻弟折掘奇镇占据青海门源县境内石驴山，发动叛乱。

折掘奇镇是南凉王后折掘氏的弟弟，其父原为湟中廉川（今青海民和县西北）一带的鲜卑部落首领，后被秃发乌孤击破兼并。秃发傉檀初袭凉王位，立折掘氏为"王后"。折掘奇镇也成为南凉王室核心成员，曾授以右卫将军。折掘奇镇兵多势广，其叛乱严重影响乐都的社会安稳，傉檀麾下最喜欢的镇军将军敬归前往石驴山讨伐，竟兵败而死。

折掘奇镇叛乱分化了南凉的军事力量，导致沮渠蒙逊乘隙占领了南凉的大片土地。

嘉平四年（411年）春，蒙逊攻打乐都时，族弟秃发文支投降北凉。据有姑臧初期，傉檀曾封文支为兴城侯，镇守姑臧。可他"惟酒是耽，荒废署事"，邯川护军孟恺曾上表弹劾。傉檀曾斥责："卿复若斯，祖宗之业将谁寄乎？"后改任为湟河太守。不料，蒙逊兵围乐都时，文支竟举郡迎降，湟水一带五千余户悉被"徙往姑臧"。

248

从杨统之降开始，傉檀曾重用的大量汉族官僚也开始反叛南凉。"边梁之乱"后，和边宪齐名的长史张穆叛逃至北凉。嘉平六年（413年）春，又发生邯川人卫章等谋杀孟恺以应西秦事件。事泄，同谋者四十余人被孟恺诛杀。"邯川事件"再度招致大批汉族官员心灰意冷，离心离德，纷纷弃南凉徙往他国。

《十六国春秋辑补》载，乞伏炽磐攻陷乐都，南凉"诸城皆降于乞伏炽磐"。尉贤政为傉檀朝中为别将，屯兵戍守浩亹。炽磐久攻不下，后来听说"傉檀至左南"，尉贤政也投降了西秦。

嘉平七年（414年）六月，傉檀攻下乙弗后，拟攻契翰部。进军途中，部众多数逃返湟中，傉檀命镇北将军段苟去追赶逃亡者，结果段苟自己也逃往别国，一去不返。

《晋书》称傉檀"穷兵黩武，丧国颓声"，导致众叛亲离，再也无力挽回败局。

洒泪乙弗

《十六国春秋辑补》载，嘉平七年（414年）正月，高僧昙瞿被迎请至乐都宫中。

原来，傉檀的小女儿得病甚笃，闻昙瞿医术高明，请之宫中救疗。昙瞿说："人之生死自有定期，圣人亦不能转祸为福，吾安能延命耶？"傉檀小女殁世后，昙瞿留居乐都弘传佛教。

是年五月，傉檀打算进军乙弗部落时，孟恺极力劝阻，傉檀不从。昙瞿闻之，亦进宫极力劝谏："若能安坐无为，则天下可定，祚胤克昌。如其穷兵好杀，祸将及己。"傉檀亦不听。

果然，傉檀刚刚攻破乙弗部，"祸已及己"。

傉檀率七千骑兵离开乐都时，曾叮嘱秃发武台，"旦夕所虑，唯在炽磐"。当他西进不久，乞伏炽磐果率兵而至。武台与抚军从事中郎尉肃等商讨守城之计。尉肃提议将鲜卑族"国人"聚于内城，由自己带汉族邑民"晋人"拒战于城外，以保护王室贵胄。武台的做法正好相反，他认为西秦军队旦夕可退，不足为虑，真正忧虑的倒是城中"晋人"。估计是汉人官员反叛者甚多，秃发氏彻底失去了对"晋人"的信任。他下令将"晋人"囚闭于内城，自己带领"国人"防守外城。

邯川护军孟恺极力反对，认为大敌当前应合理搭配人员，组织两道强有力的防线固守城池，不宜将"国人""晋人"分化隔离。武台不听，孟恺大哭："汉族大臣世受国恩，人思自效。愿少主丢掉种族成见，动员一切力量，众志成城！"武台坚持将孟恺、尉肃等"豪望有勇谋者闭之于内"。

结果，"一旬而城溃"，尉肃降秦，孟恺殉难，太子武台、王后折掘氏被俘至西平。

乐都被西秦军队攻陷，安西将军、乌孤之子樊尼从西平逃了出来，驰往乙弗。秃发傉檀见樊尼从远方驰马而来，眉眼间堆满惊慌之色。急问，乐都是否失陷？樊尼唯点头痛哭。

南凉军马停驻于山梁下，不再前进，军中哭声四起。伤感的场面令秃发傉檀也流下了眼泪，他无声落马，颓然坐于山岗。散骑侍郎阴利鹿赶紧从马背上取下"胡床"，扶他安坐于上，侍立于侧。

八年前，傉檀在姑臧城谦光殿大宴宾客，雄姿英发，豪情四溢。曾盯着五彩矫饰的堂皇殿顶，发出"作者不居，居者不作"的喟叹。如今，谦光殿早已易主，自己竟落难于荒岗野滩，这一切真应了孟祎"富贵无常，忽辄易人"的谶言。

但是，秃发傉檀毕竟是"一代枭雄"，不一会儿他就推开面前的散骑侍郎阴利鹿，奋然上马，擦掉眼泪，对面前的兵将进行了最后的鼓动宣传：

> 今乐都为炽磐所陷，男夫尽杀，妇女赏军。虽欲归还，无所赴也。卿等能与吾藉乙弗之资，取契汗以赎妻子者，是所望也。不尔，归炽磐便为奴仆矣。岂忍见妻子在他人怀抱中也。

众将闻傉檀打算"藉乙弗之资，取契汗以赎妻子"，觉得有理，于随傉檀西攻契翰部。但是，进军途中，将士不顾阻拦，纷纷逃散。而至罗川滩一带，傉檀身边仅剩数人，"唯中军纥勃、后军洛肱、安西樊尼、散骑侍郎阴利鹿在焉"。

如同项籍的垓下之战，又如同关羽的麦城之役，"远袭乙弗"成了"一代枭雄"秃发傉檀最后的绝笔。

罗川分众

罗川滩是位于乙弗部与契翰部之间的一片四山环围的草滩。中军将军纥勃张罗诸人在草滩北边一个小山湾里搭建了简陋的营帐。

夜已深，营帐里犹灯火通明。有一丝凉风从青海湖的上空吹来，消去几许盛夏的暑气，但傉檀仍觉燥热难当。面前的处境，让傉檀想起了西楚霸王项羽的境遇。他真想如同项羽那样在乌江畔率四位将士杀入敌阵，证明"天亡我也"。

但是，面前没有一个敌人，只有四围黑黢黢的山岭。

那就只有投降？可是，降于谁？

沮渠蒙逊与秃发傉檀"名齐年比"，连年敌对厮杀。特别是利鹿孤当政时，沮渠蒙逊势弱时曾遗子沮渠奚念留在南凉为人质，后又送自己的弟弟沮渠挐来做人质，双方属"两世宿仇"。乞伏炽磐是西秦年轻的国王，又是"姻亲"，应该可以投靠，但乞伏乾归从西闿逃至长安时，曾对乞伏乾归说过秃发氏"忘义背亲，谋人父子，忌吾威名，势不全立"之语。后来双方又多次相互交战，"俱其所忌，势皆不济"。

傉檀不禁悲叹："四海之广，匹夫无所容其身，何其痛也！"

251

中军将军纥勃、后军将军洛肱、安西将军樊尼和散骑侍郎阴利鹿陪侍于帐，闻傉檀悲叹，俱各垂首无语。硕大的铜油灯在营帐里抹出一方釉亮空间，在灯光的暗影里，傉檀和侍坐于边上的诸将如同一群铁铸的瓮仲。远处湟水河絮喃的波涛声从夜色里极为清晰地传了过来，营帐外的几匹战马早已停止啃食野草，偶或发出几声沉闷的嘶鸣。

最后，傉檀对樊尼等说：

与其聚而同死，不如分而或全。樊尼，长兄之子，宗部所寄。吾众在北者户垂二万。蒙逊方招怀退迩，存亡继绝，汝其西也。纥勃、洛肱亦与尼俱。吾年老矣，所适不容，宁见妻子而死。

傉檀认为"蒙逊方招怀退迩"，让秃发樊尼统领乐都北方的两万户鲜卑邑民去投奔北凉，或能"存亡继绝"。而自己则决计奔西平降乞伏炽磐，他认为自己年老，到哪里也不为别人所容，不如"宁见妻子而死"。

次晨，君臣洒泪而别。樊尼、纥勃和洛肱向北投张掖而去，傉檀和阴利鹿折而向东，望西平而去。

傉檀原本让阴利鹿也随樊尼去投北凉，但阴利鹿坚决陪侍于他的身边，他对傉檀说：在国破家亡时，虽不能效申包胥哭秦庭乞北凉出兵，"而侍陛下者，臣之分也。惟愿开弘远猷，审进止之算"。傉檀感叹说："知人固未易，人亦未易知。大臣亲戚皆弃我去，终绐不亏者，唯卿一人。岁寒不凋，见之于卿。"

傍晚时分，傉檀和阴利鹿抵达险峻秀美的华石山下。

山脚下有一位西秦官员骑乘骏马，带着一干着华美衣服的卫士，边上扎着七彩的锦帐。远远地看到傉檀和阴利鹿从西方草甸那儿疲惫而来，那官员赶紧下马，遥遥躬身致礼。

原来，乞伏炽磐遣使"以上宾之礼"在此候迎秃发傉檀。

至此，南凉灭亡。

在西平，乞伏炽磐以傉檀为骠骑大将军，封左南公。

岁余，终为乞伏炽磐鸩杀，时年五十一。

李暠

温毅惠政，雄霸西凉

人物关系图

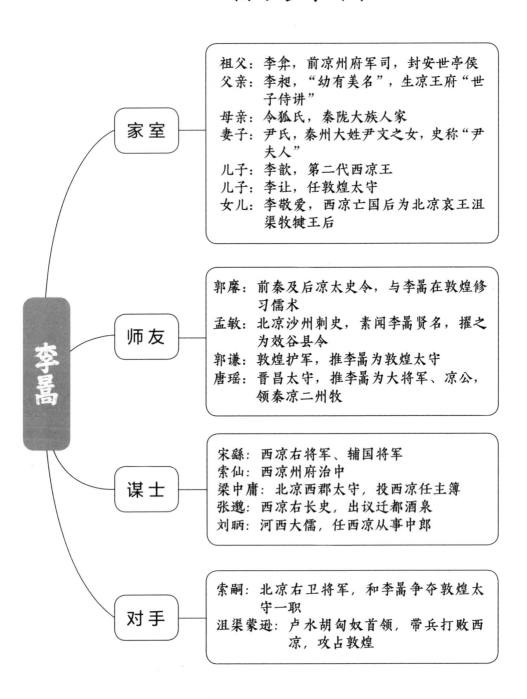

李暠

家室
祖父：李弇，前凉州府军司，封安世亭侯
父亲：李昶，"幼有美名"，生凉王府"世子侍讲"
母亲：令狐氏，秦陇大族人家
妻子：尹氏，秦州大姓尹文之女，史称"尹夫人"
儿子：李歆，第二代西凉王
儿子：李让，任敦煌太守
女儿：李敬爱，西凉亡国后为北凉哀王沮渠牧犍王后

师友
郭黁：前秦及后凉太史令，与李暠在敦煌修习儒术
孟敏：北凉沙州刺史，素闻李暠贤名，擢之为效谷县令
郭谦：敦煌护军，推李暠为敦煌太守
唐瑶：晋昌太守，推李暠为大将军、凉公，领秦凉二州牧

谋士
宋繇：西凉右将军、辅国将军
索仙：西凉州府治中
梁中庸：北凉西郡太守，投西凉任主簿
张邈：西凉右长史，出议迁都酒泉
刘昞：河西大儒，任西凉从事中郎

对手
索嗣：北凉右卫将军，和李暠争夺敦煌太守一职
沮渠蒙逊：卢水胡匈奴首领，带兵打败西凉，攻占敦煌

将军府的"遗腹子"

"西凉王"李暠还在娘胎里的时候，他那戏剧般跌宕起伏的故事就已开始。

建兴三十九年（351年）春，姑臧东苑城的武卫将军府发生了一桩悲惨的事件。前凉安世亭侯李弇老爷的儿子李昶，年方十八，忽得暴病而亡。

李弇老爷已经六十三岁，老夫人梁氏也已过耳顺之年，李昶是他们的独子。李昶之死，对于李府而言，无疑为天塌地陷的大事。

李昶聪明好学，"幼有美名"，生前曾任前凉王府"世子侍讲"一职。"世子"指前凉第五位国王张重华的儿子张曜灵，"世子侍讲"相当于皇宫里的"太子舍人"。官名为"侍讲"，却不负责为世子讲课授学。那时候，专为世子讲课授学的官员称为"崇文祭酒"，由学问渊博的大儒担任。李昶不过是陪侍在世子周边，和他共同读书学习而已。

自汉开始，朝廷都会选择德行高尚之人陪太子读书，以其"美德正行"引领太子健康成长。前凉肇基之主张轨就曾担任过晋惠帝的太子司马遹"太子舍人"，而前凉王室也效仿中原帝室传统，选择品学兼优的儒生为"世子侍讲"。

李昶从十五岁就入宫任张曜灵的"侍讲"，可见其才华德行在王室备受称道。数月前，他娶了敦煌令狐大族人家的同龄女子为妻。还在新婚燕尔中，竟忽然离世。"老年丧子"为人生之大不幸也，李弇夫妇的悲痛真是无以复加，令狐氏也几次哭昏了过去。

一场隆盛的丧事办理完后，令狐人家哭哭啼啼地将新寡的女儿接回娘家。

毕竟女儿年龄还小，令狐家准备再觅合适人家将女儿嫁出，也是合情理之举。独留李弇夫妇在将军府暗自垂泪。虽然将军府邸依然宾客往来，仆从簇拥，但失去了儿子，整个世界就变得空空荡荡。夫妇俩心灰意冷，颇觉人生的意义已经终止，拟迁回陇西狄道家中养老奉终。

然而，未至旬日，令狐家人又将女儿送归李氏府邸。

原来，他们发现，女儿已经怀孕了。

听闻儿媳妇怀有李昶的骨血，老夫妇喜极而泣。赶紧让管家准备厚礼答谢令狐亲家，并吩咐后堂划拨仆妇丫鬟小心侍奉怀孕的"少奶奶"。

是年冬天，武卫将军府邸诞下一名男婴，哭声极为嘹亮。

李府上下，极为喜欢。亲朋好友、同僚属臣闻听李府诞下"遗腹子"，且惊且喜，纷纷送来贺礼。王宫马太后也差人送来一对金元宝，以示祝贺。

新生的婴孩给李府带来了久违的欢乐。一月后，李府大宴宾客，为新生的婴孩摆了好几桌"满月酒"。凉州地方官员、缙绅、乡贤皆带着厚礼前来贺喜，隐于张掖东山的名士大儒郭荷也来了，带着一套古书为满月贺礼。郭荷出生于秦州略阳郡书礼世家，六世均以经学致位，声名显赫。陇西李氏和郭氏早为世交，而至凉州为官时，郭荷在"东山授徒"时，李弇曾携爱子李昶前往求学，交谊甚笃。

席间，襁褓中的婴孩被抱到大堂之上，宾客见之，皆夸赞孩子健壮乖巧，聪明伶俐。李弇提出，请郭荷为孙子取名。郭荷问了孩子的生辰八字，沉吟片刻，便索纸笔写出一个"暠"字。而后朗声说道："孟子云'暠暠乎不可尚已'，曹孟德称'延颈秀项，暠质呈露'，《尔雅·释诂》称'暠者，明也'。明敏聪睿，清雅有德。此子以'玄盛'为字，激扬清白刚正之风，后世当有建功立业之盛举！"

李弇夫妇闻之大喜，让令狐氏抱着孩子叩首致谢。众宾客也纷纷道贺，称将府贵子获佳名，他日定有折桂丹墀、平步青云之福祉。

孤单的童年

有人说，人刚一生下来，就有一种叫作"命"的东西把你裹住了。有的人，生在堆金砌玉之堂；有的人，生在瓮牖绳枢之室，因之决定了"命"的高低贵贱。

但是，一个人除了无法选择的"命"，还有变化无常的"运"。所谓命运，就是生命成长经历划出的一道曲折变化的轨迹。曹雪芹所谓"陋室空堂，当年笏满床。衰草枯杨，曾为歌舞场"的词句，说的就是命运变化无常。

比如李暠，生于前凉王敕封的将军府邸，祖上又是"西州右族"，却也难以消除成长过程中的嶒嶙与坎坷。

李暠出生的时候，就没有了父亲。母亲令狐氏貌美隽秀，贤惠温淑。在他两岁的时候，前凉国龙骧将军宋繇向令狐人家求聘，愿娶令狐氏为妻。敦煌宋氏和令狐氏素有世交之谊，陇西李氏成为"西州右姓"后，也和他们彼此有着深厚的交情。于是，令狐氏又嫁到姑臧龙骧将军宋氏府邸。

李暠独留李府，在祖母梁氏的抚育下，艰难成长。

祖母梁氏对李暠的教育管束极为严格。她是安定梁氏大族女子，自幼沐受家学熏陶，颇知诗书礼仪。前文曾述，李弇初来凉州时原名为良，十岁的张骏以妻姓为梁而建议改名为"弇"以免忌讳。王宫世子张骏竟知李弇妻姓并建议改名，可见安定梁氏恐非寻常百姓，必是世家大户。所以，梁氏能够担负起培养教育李暠的责任，从而养成"自幼好学"的文化传统，就不足为奇了。

有梁氏这样的祖母，才会有李暠这样的孙子。

李暠早逝的父亲是朝中王子侍讲，他的胎教便在诗文的吟诵声中完成。三岁之后，李暠就在梁氏的悉心教育下开始学习儒家经典。古代大

257

户人家孤儿的遭遇大多雷同，那些父母早逝之人，祖父母便会把全部希望都寄托到他们身上，严加管教。母亲改嫁后，梁氏便替代了母亲的角色，日夜对其灌输勤勉修学、光耀门庭的思想。所以，他们的道德感比常人要更加强烈，也异常孝顺听话。通过古代"孟母三迁""陶母退鱼""欧母画荻"等故事，可以窥见当年梁氏对李暠的教育培养。

在姑臧武卫将军府，李暠度过了自己的童年。

十五岁之前，李暠对人生的感觉就是孤单、漂泊和凄凉。虽然有梁氏的悉心管束教养，虽然有李氏大族世家的成长环境，但孤儿的那种漂泊游移、自卑自闭、遗世孤立之感时常咬啮着他敏感的心灵。

多年之后，他曾对同母异父的弟弟宋繇说起自己的童年，称"少离荼毒，百艰备尝"。

李暠五岁的时候，即建兴四十三年（355年）夏，李弇夫妇带着李暠等亲眷迁至秦州。

两年前，凉桓王张重华逝世，世子张曜灵立为凉王。曜灵年幼，由重华庶兄张祚辅政。数月后，张祚在马太后的支持下废曜灵自立。是年春，河州刺史张瓘合谋诛杀张祚，宋僚族兄、骁骑将军宋混和其弟宋澄起兵响应，姑臧大乱。李弇在来凉之前曾在统辖秦州的晋王司马保麾下任职，张骏占据秦州后又曾任天水太守，李氏大部族人皆在那儿谋生。为避战乱，姑臧李氏举族东迁。

李暠十岁的时候，即建兴四十八年（360年），大司马张邕诛杀领军将军宋澄及宋氏族人，武兴太守宋僚亦被收捕诛戮。自宋配起，宋氏家族历仕前凉，竭尽股肱之力，多次拯前凉于危难。族人因前凉这场内讧而凋零殆尽，凉州吏民惊而悲之，几至于"行路为之挥涕"。是年秋，李暠母亲令狐氏随宋氏漏网子弟逃至故地敦煌郡效谷县。

李暠十七岁的时候，即升平十一年（367年）秋，随陇西李氏族人迁居敦煌。是年，李俨据秦州叛乱自立，后降前秦。前凉末帝张天锡统兵征伐，前秦皇帝符坚遣辅国将军王猛救助。双方军队汇于枹罕，一场恶战之后，王猛遣使给张天锡送来一信，称秦军之出本为李俨，不愿和前凉作战。如果两家相持下去，旷日持久，两败俱伤。双方立下盟约："若将军退舍，吾执俨而东；将军徙民西旋，不亦可乎！"

于是，王猛的军队占领枹罕，李俨被秦军押送长安。张天锡挥军西撤，并徙秦州千余户至凉州。故而，李暠和陇西李氏族人被安置于敦煌。

在敦煌，李暠没有见到母亲，令狐氏于两年前病逝了。

他见到了一个七岁的孩童，名叫宋繇，是他同母异父的弟弟。

三个"文学青年"

李暠到了敦煌，已是一位遍览经书、落笔成文的儒雅少年。

那时的敦煌，名气虽没有姑臧大，却是一块人才云集、著述颇丰的儒学高地。世居古郡的张斅、宋纤、阴澹、索绥等人创作的《尚书纪难》《论语注》《魏纪》《凉春秋》等已是当时享誉河西的学术著作。郡人普遍崇文尚学，呈现出文教昌明、儒风兴盛的局面。

李暠来到敦煌，大有游鱼入水、翔雁横空之感。时间不久，就和一些学识渊博的儒生成了朋友。

他自幼父母双失，在祖父母的抚养下艰难成长。祖父母过世后曾寄居于叔父及舅父之家，寄人篱下的时光里过早体验了世态炎凉、人情冷暖的诸般世相。为了祖父母的殷殷期盼，李暠唯有刻苦勤勉，致力文史经玄的苦修与研读，每有所得辄掇笔为文，打下了雄厚的儒家文化的底子。

数年来，李暠流徙于秦陇、河西一带，姑臧、秦州、陇西、酒泉和敦煌成了他漂泊羁旅途中最明显的地标符号。少年时期的这些际遇，使他的阅历更为繁复，志节更为深沉。

陇西李氏初迁敦煌，根基尚浅，声名微弱。但世家大户，世有积淀，终不至于潦倒衰落。李暠祖上是西汉"飞将军"李广，其高祖李雍

259

曾任西晋东莞太守，曾祖李柔曾在雍州所辖北地郡任太守。李氏门第世出武将人才，直至伯祖李卓、祖父李弇率宗族从秦陇投奔前凉张轨时，仍是武旅首领，李卓任骁骑左监，李弇任州府军司等职。来到凉州后，李氏宗族门风悄然发生变化，渐由武将转为儒学。李暠父亲李昶已是"世子侍讲"，而至李暠时"通涉经史，尤善文义"，俨然儒林俊彦翘楚。

李暠和儒生交流学问，讲经论书，释理析义皆得要旨，加之诗文优美，尤以策论辞赋为擅长，一下子引起了敦煌儒士及世家大族的关注。毕竟祖荫浩荡，郡望显赫，在李暠的影响下，李氏宗族的势力持续稳定发展，逐渐成为在敦煌颇有影响的著姓大族。

数年后，李暠的身边聚集了一批诗文爱好者。他们一块儿吟诗作赋，妙文共赏，疑义相析，成了敦煌郡的一道文化风景。随着世事推移，时光疏离，有些人离开了"文学圈子"。但是，李暠、宋繇和索嗣成了三个固定的"文学青年"。

宋繇比李暠整整小十岁，他出生后仅一年，父亲宋僚被杀，令狐氏带他随宋氏子弟逃至敦煌。五岁时令狐氏病逝，往随伯母生活，以孝道闻名于乡里。宋繇少有大志，曾说："门户倾覆，负荷在繇，不衔胆自厉，何以继承先业！"李暠见到他的第三年，刚满十岁的宋繇背着书囊，离开敦煌到了酒泉南山，"追师就学，闭室诵书，昼夜不倦"。几年后，和李暠在敦煌再度相会，已是"诸子群言，靡不览综"的博通经史之士。他们本是同母异父兄弟，父母早亡，年幼失怙，感情甚笃。

作为敦煌索氏大族子弟的索嗣，秉承家学，文章书法皆为出色。诗文联对瞬时而来，才气逼人。祖上索靖是西晋"草书绝人"，而索嗣却专攻楷隶，字字珠玑，时人称慕不已。索氏世家还有一项传统，那就是骑射弓马，武艺精良。东汉时索班、索肋皆任军职，武功盖世，威震西域。前凉参军索孚，既崇文学又尚武艺，箭法精良，深得张骏重用。索嗣习得家传武艺，一把剑舞得密不透风，优美潇洒。

那时候，敦煌是华戎交会重镇，世家大户为看家护院需要，多聚武林人士于府，敦煌成为地道的中国武术之乡。索嗣常带一些武林人士和李暠交往，受其影响，李暠"颇习武艺，诵孙吴兵法"。

李暠和索嗣同年，两人间似乎有更多共同语言。数年间，两人互学共勉，形影不离，遂成"刎颈之交"。《十六国春秋》载："嗣常以宗族托暠，曰'我身犹子身，勿为疑也'。"

三个"文学青年"致力于攻读经史学术。李暠喜写辞赋，认为那种汪洋恣肆、一泻千里的文风很对自己纵横捭阖的脾性。索嗣喜欢歌行古风，觉得音韵偕俪的诗句更能表达优雅气度。宋繇喜欢策论短章，主张箴言警句更能体现文章经世致用的功效。他们约定，一定要勤勉笃学，树功立名，共成大业。

郭黁来访

索嗣胸有大志，颇有心机，四方之士多和其交往。

前秦建元二十年（384 年），吕光统兵攻伐西域的第二年，前秦和东晋的淝水之战已经拉开帷幕。是年夏，索嗣带着"凉州奇人"郭黁前来谒见李暠。

原来，郭黁在凉州刺史梁熙麾下任太史令一职。某日，他占卜一卦，对人说秦国将覆亡，凉州要易主。梁熙闻之大怒，以妖言惑众之罪下令逮捕郭黁。郭黁便从姑臧城里逃了出来，翻越焉支山径逃敦煌一带。

其时，宋繇书斋藏书千卷，李暠日夕前来翻检，有时就干脆在宋繇家居住数日。索嗣和郭黁来访，宋繇、李暠极为高兴，一番叙谈，发现郭黁言辞犀利，出口成章，似为饱学之士，遂热情挽留郭黁在宋氏府邸耽留几天。

郭黁是西平郡人，自小研读儒家典籍，记忆力强，有过目能诵之功。他对《老庄》《周易》《大六壬》等多有研究，据传推演卦理和占卜星相很准确。前凉西平郡太守赵凝闻其名，擢为郡府主簿。前秦梁熙任之为太史令，每有国事，悉问郭黁才予施行。这次敞口大言犯了梁熙大忌，遂对郭黁下拘捕令。

郭黁学识渊博，见识非凡，只是为人偏狭，有些急功近利。但是，在和李暠、索嗣和宋繇纵谈天下时势，分析得很有见地。

他从东晋治国倾向的变化及北方时局推演，认为河西会再度大乱。凉州也会易主，不仅易主而后世入主谦光殿的主子会是鲜卑和匈奴。李暠认为，东晋是正朔之朝，光复北方是迟早的事，因战事而引起大乱也是有可能的。但匈奴居于阴山之北，鲜卑遭张轨打击后蜗居于祁连山南麓，焉会成为姑臧城谦光殿的主子？李暠提出疑问，索嗣也认为不可思议，唯宋繇说，天下方乱，诸事皆有发生可能。

郭黁喜欢云游天下，属于"行万里路，读万卷书"的那种有行践精神的读书人，所以显得见多识广。他知道东晋宰相谢安的学问渊源和治世方略，晋人始有兴起势头。知道前秦苻坚大军由鲜卑、氐、羌等诸胡构成，难免貌合神离。北方汉人苦胡人羁縻久矣，以晋人"正朔"之命建功立业，大可做出一番成就。

郭黁评析天下事势确有拨云见日、鞭辟入里之感，李暠等人极为佩服。郭黁特别指出，士人要善于利用时势成名成家。都说"时势造英雄"，但一个人首先要有英雄的潜质。没有了英雄的潜质，纵有时势也枉然。所以，时势轰然而来，成就的"英雄"往往只有一两个而已。一席话，说得李暠等人低首心折。

次日，索嗣有事离开。郭黁对他说："君器量不凡，定为国之栋梁。但忠贞待人，平和处事，方可免于祸事惹身。"索嗣承诺谨记箴言，匆促离去。

郭黁、李暠和宋繇继续纵谈国事、学问，又耽留了数日。离开的时候，郭黁说出一番话，令李暠和宋繇沉思良久。《晋书》载：

（李暠）尝与太史令郭黁及其同母弟宋繇同宿，黁起谓繇曰："君当位极人臣，李君有国土之分。家有骊草马生白额驹，此其时也。"

郭𪏮说宋繇将来"位极人臣"，李暠当有"国土之分"，似乎唤醒了他俩心中久贮的一个梦。但也毕竟是犯上禁忌之语，两人面面相觑，一瞬间说不出话来。郭𪏮却不理会他们，拱拱手，飘然而去。

十年后，即后凉麟嘉六年（394年），宋繇和郭𪏮在姑臧再次晤面时，宋繇"举秀才"，任后凉郎中一职，郭𪏮任后凉散骑常侍，深得吕光器重，誉之为"曹魏术士管辂"。索嗣在张掖郡建康太守段业麾下任主簿，李暠仍在敦煌郡修文习武，淡泊度日。

二十七年后，即北凉玄始九年（420年），宋繇成为沮渠蒙逊朝中的尚书吏部郎中。每到谦光殿议事，总会想起郭𪏮之言。郭𪏮曾预言鲜卑秃发氏和匈奴沮渠氏先后会成为谦光殿主子，何其准确！索嗣和李暠的命运走向也果如其言，特别是李暠创立西凉国时，"家中果生白额驹"。

那时候，郭𪏮辞世过了整整二十年。反叛吕光失败后，他曾逃至后秦。弘始二年（400年），郭𪏮推演了最后一卦，只是这一卦让他及全家人都丢了性命。

郭𪏮在长安卜知攻灭姚秦者定然是东晋，就偷偷带着一家妻儿老小向东晋奔逃而去，姚兴闻之大怒，即遣兵追赶郭𪏮，将其全家悉数诛杀于渭河南岸。他原本是很有见树的学者，可惜终身追逐权力、欲望和野心，反而淹没了智慧的光芒，最终酿成身死族灭的悲剧。

郭𪏮聪睿一世、占卜灵验，却最终也没有为自己占卜出一个安然善终的结局。

263

西凉国的三位"推手"

回顾西凉的建国经历，李暠曾多次表白"吾以寡德为众贤所推"。似乎成为西凉王并非出自本人心愿，乃他人强力所"推"的缘故。

结合史料推理，这种说法并非政客虚言，倒有几分真实可信。

他在《诫子书》中称，"今日之举，非本愿也"。对弟弟宋繇说，"于丧乱之际，遂为此方所推"。《晋书》中也载，当众人商议让他担任敦煌太守时，"初难之"，拒不答应。后来渐次成为太守、秦凉二州牧时，仍对别人说"不图此郡士人忽尔见推"。

看来，对于能否成为西凉王，他并无特别强烈的主观愿望。而这一切，正是敦煌本郡的著姓、缙绅、名士、亲族鼎力所"推"的结果。

李暠在敦煌得以出道，得力于三位很厉害的"推手"，分别是孟敏、郭谦和唐瑶。

第一位推手是沙州刺史孟敏。

龙飞二年（398 年）四月，建康郡太守段业反叛后凉，自称龙骧大将军、凉州牧、建康公，史称"北凉"。晋昌郡守王德和敦煌太守孟敏等闻讯，皆举郡而降。段业大喜，恢复前凉将晋昌郡、敦煌郡和高昌郡等西域诸地并为"沙州"的建制。而后，任命孟敏为沙州刺史。孟敏素闻李暠贤名，擢之为效谷县令。

敦煌郡始建于西汉，和武威、张掖、酒泉并称为"河西四郡"，州治敦煌，属凉州刺史部所辖。领六县，分别为敦煌、冥安、效谷、渊泉、广至、龙勒。关于敦煌的得名，东汉学者应劭在《汉书集解》中称："敦，大也；煌，盛也。以其广开西域，顾以盛名，遂有敦煌之称。"也有学者认为，敦煌当为匈奴音译，语意不可考。但是，敦煌疆域辽阔，西至龙勒阳关，东到渊泉，北达伊吾，南连西羌，素有"华戎所交，一大都会"之称。加之人文荟萃，物阜民殷，历为邦国重镇。

孟敏是赵郡（今邯郸市）孟氏大族后裔，从吕光初年任敦煌太守以来，整饬吏治，奖掖农桑，颇有威严和政声。他曾在州西南十八里甘泉都乡斗门上开渠溉田，百姓蒙赖，将所垦长二十里之渠称为"孟授渠"。孟敏逝世后，葬于州西五里之地，百姓在墓侧建祠庙，称为"孟庙"。直到唐代，孟授渠、孟庙仍然存在，前者继续发挥着水利灌溉的作用。

李暠任效谷县令时，已是四十七岁。在官场上人看来，年近半百才升为七品县官，可算仕途困顿。对于李暠来说却是破格提拔，刺史孟敏没有从臣僚中选择地方官，通过"察举""荐举"程序，直接将李暠由士人擢为县令。孟敏对士人李暠的恩遇，显示出行事豁达磊落、为人果断豪侠的性格魅力。

第二位推手是敦煌护军郭谦。

李暠任效谷县令一年后，孟敏因病辞世。其时，段业和吕光鏖战正紧，无暇顾及州事，"自拥宗族，以坞壁自守"的河西著姓大族蠢蠢欲动，意欲角逐刺史一职。此时，西域胡人拥高昌郡自立，沙州所辖仅晋昌和敦煌两郡，于是，州人将沙州刺史改称"敦煌太守"。关键时候，护军郭谦和沙州治中敦煌索仙联合推举李暠为敦煌太守。

郭谦关中冯翊（今陕西省大荔县一带）人，为吕光西征部将郭抱的族弟。孟敏卒后，地方驻军首领"护军"郭谦成了敦煌地区的最高长官。郭谦是一位能谋善断的人物，为了敦煌一州安危，需要在权衡地方著姓利益的基础上，尽快选出一位能让诸家豪族信服的人物担任郡守，以免大族纷争酿出祸乱。

郭谦迅速联系州府治中索仙，经过一番审时度势的考量分析，决定推李暠为太守。

他们认为，李暠任效谷县令时"温毅惠政"，深得百姓拥戴。此外，在当时情势下，李暠具备两大优势条件。首先，他是陇西著姓后裔，出任太守本郡族人无可指摘，便无纷争之虞，何况自汉以来就有外籍人士担任地方长官的任宦传统。其次，李暠母亲再嫁敦煌宋氏，与敦煌大族之间有着络绎相连的亲缘关系，敦煌大族中反对之人不多。

果然，"军方"代表郭谦和"政界"官员索仙联名推荐李暠，得到敦煌各界人士的拥戴。

第三位推手是晋昌太守唐瑶。

唐瑶祖居江南丹阳郡（今江苏省丹阳市），为西晋镇西校尉、上庸襄侯唐彬之后。其五世祖唐熙曾任晋廷太常丞，娶凉州刺史张轨女儿为妻，永嘉乱后居于凉州。四世祖唐辉出任前凉陵江将军，西徙晋昌，居冥安县，累世而成敦煌世家大族。段业建立北凉后，唐瑶以本郡人担任晋昌太守，家族势力极大。所以，庚子元年（400 年），唐瑶反叛段业，自忖威望影响力难及李暠，便"移檄六郡，推暠为大将军、凉公，领秦凉二州牧"。檄文发出，很快得到周边郡县官员响应，酒泉太守王德亦叛段业，"将部曲奔附唐瑶"，支持李暠为"秦凉二州牧"。

可以设想，敦煌太守李暠彻底摆脱段业统治，自立"西凉王"，如果没有从江南移居晋昌的唐氏后裔的支持，简直难以实现。

推举郡守，一波三折

李暠被郡人推举为太守，这是命途中最重要的一环。但是，推举李暠任太守的过程却极不顺利，一波三折。

最初的困难来自李暠本人。

当郭谦和索仙找到李暠，商议推之为敦煌太守时，他竟以"才弱智浅，难堪大任"的理由断然拒绝。郡人以为他是自谦，其实是他的性格使然。纵算后来成为"西凉王"，也是他无意之中"顺势而为"的结果。

他自幼父母双失，在祖母梁氏的抚育教养下孤单成长。后长年漂泊流徙于秦陇及河西，几经世事磨砺，性格中少了锋芒和闯劲，唯有追求平和安逸生活的愿望。即使两鬓斑白成为效谷县令，他也视为一种谋生手段。他曾对几个儿子说："吾自立身，不营世利；经涉累朝，通否任时。"

李暠认为，自己能担任效谷县令，就已经很满足了。效谷位于今瓜州县之西，最初称为渔泽障。西汉元封六年（前 105 年）县尉崔不意教民力田，以勤效得谷而得名。县境处在疏勒河与榆林河围绕的绿洲谷地，物产丰茂，民风淳朴。李暠对敦煌"世笃忠厚，人物郭雅"的印象评价其实就是来自效谷县。他只想在效谷县躬耕农桑，教化邑民，过一种怡然而乐的生活。

李暠在效谷县令任上，曾写下一首题为《麒麟颂》的诗："一角圆

蹄，行中规矩。游必择地，翔而后处。不入陷阱，不罹网罟。"诗中的
"行中规矩"，谨小慎微，远离"陷阱""网罟"的圆蹄麒麟形象，正是
李暠当时心灵的真实写照。

此时，在北凉段业朝中任职的宋繇闻讯回到敦煌。他想，郭黁说过
"时势造英雄"的前提是一个人要有"英雄"的潜质，但这种潜质需要
激发出来。他对李暠说："兄忘郭黁之言邪？白额驹今已生矣！"

昔年郭黁曾言，"李君有国土之分。家有骝草马生白额驹，此其时
也"，李暠几乎没有当回事。因为那时候大族人家的马厩里尽是供人骑
乘的骏马，根本没有能生"白额驹"的骝马。现在宋繇告诉他，妹夫张
彦在宋府扩建马厩，从临松山买来名马饲养，而后运抵酒泉。有一匹
"骝草马"果生"白额驹"！"国土之分"就是封疆裂土，称王霸业。如
今天下战乱频仍，纵不能扬名立万，拥有一郡之地，至少也能实现宗族
自保及郡人平安！

宋繇的话激活了李暠的雄心壮志，让他走出矛盾逆折的心理，坦然
接受郡人拥戴，自领郡守，代摄郡事。郭谦和索仙赶紧向北凉王送去奏
表，陈请段业敕封李暠为"安西将军、敦煌太守，领护西胡校尉"。

剩下的日子里，宋繇、郭谦和索仙等人开始等待段业敕封李暠的诏
书。一月过去了，段业诏书没有等来，却等来了朝廷要任命索嗣担任敦
煌太守的消息。

郡人大哗。已经在郡人的拥戴下"代摄郡事"了，忽逢变局，李暠
颇觉有些尴尬。

宋繇惊愕无语，郭谦愤怒不已。即使索嗣的族弟索仙也觉得不可思
议：索嗣和李暠二人不是"刎颈之交"吗？

原来，索嗣其时在北凉任右卫将军，沮渠蒙逊曾言段业麾下"所惮
惟索嗣、马权"，可见朝中位置极隆。当听说郡人欲推李暠为敦煌太守
时，就有了想法。他认为李暠族人从陇西迁居敦煌，虽为"西州右姓"，
但统领"广开西域、顾以盛名"的敦煌郡就有些根基尚浅之感。

执掌敦煌应该是本郡著姓之人，而本郡著姓之中，索氏最强。

早在西晋时，"敦煌五龙"中索氏居三，可谓人才辈出，声名显赫。而至张轨父子统治凉州时期，索氏大族子弟任职人数更多，至少有十五人。既有忠心进谏的文臣、勇冠三军的武将，又有饱学经术的学者、救世经济的人才。最典型的是在学术文化上，索氏以经学传家，兼通内纬，涌现出诸多著名学者，如索袭、索统、索绥、索商等。在军事上也有出色的人才，如张重华时的军正将军索遐、虎烈将军索苞等。可见，敦煌索氏家族人物文武双兼，英杰辈出。

于是，索嗣在段业面前构陷李暠："李暠难恃，久之必叛，不可使居敦煌。"段业本对李暠疑虑重重，干脆任索嗣为敦煌太守，命之克日赴任。

消息传到敦煌，李暠起先觉得有些尴尬，后来就是出离的愤怒。

昔年他和索嗣、宋繇为"文学青年"时，结成"刎颈之交"的誓言犹自回荡耳畔："我身犹子身，勿为疑也。"数年后，为利益而遭遇构陷。李暠不禁感叹，揣摩人性实在是一件困难的事。

《晋书》载，"玄盛素与嗣善，结为刎颈交，反为所构，故深恨之"。

这种仇恨困扰了他好长时间，后来成为一种心病。直到两年后，西郡太守梁中庸投奔西凉，二人论及此事，经梁中庸进行"心理疏导"，他才完全释然。《资治通鉴》载：

西凉公暠问中庸曰："我何如索嗣？"中庸曰："未可量也。"暠曰："嗣才度若敌我者，我何能于千里之外以长绳绞其颈邪？"中庸曰："智有短长，命有成败。殿下之与索嗣，得失之理，臣实未之能详。若以身死为负，计行为胜，则公孙瓒岂贤于刘虞邪？"暠默然。

索李之争

索嗣悍然扯下"刎颈之交"的面具，构陷李暠，志在执掌敦煌。

李暠深恨不已，却也出之激发出男人的自尊和血性，他决计倾生平所有和索嗣一搏。

但是，面前处境更多有利于索嗣。他世居敦煌，恃索氏大族声名在河西一带颇有影响。如今"自以本邦，谓人情附己"，据有敦煌，自无多大难处。何况他才伦卓绝，是北凉"股肱之臣"，又怀揣"凉王"段业敕封"都督敦煌诸军事、镇西将军"的诏令。在他眼里，陇西李暠只有乖乖离开郡府，往效谷县去当一个好县令罢了。

李暠表现出他性格中"沉敏"的一面。虽然心中奔涌的怒火烧灼得夜不能眠，但仍不露神色。

陇西李氏世代皆出武将军事人才，素有私募兵丁"以卫坞壁"的传统。前凉时李暠祖父李弇率宗族投奔张轨时，就还有一支来自秦陇的"武装流民"队伍，故而得到张寔的欢迎和重视。眼看情势极为危难，李暠暗萌杀机，安排两个儿子李歆和李让带足兵丁屯于郡府，让妻弟尹建兴另带兵丁驻扎于城外。

一切安排得当，心内犹不踏实，世居敦煌的著姓大族是否支持自己？

269

带头推举自己的郭谦是"外郡"世族，索仙虽然支持自己，却是索嗣的族兄，真实心意如何就不得而知了。晋昌张氏和姑臧尹氏也多有子弟在北凉或后凉朝中任职，他们会支持自己的概率依然很小。李暠深知自己不具备乡党与婚姻缔结而成的牢固的社会基础，在角逐敦煌权力的博弈中明显处于弱势。

纵然如此，李暠也不再惧怕。古语云"箭在弦上，不得不发"，如今只有一搏。否则，若匹夫索嗣执掌敦煌，便是自己终生之耻。李暠做了两重准备，若有差失，就让子弟保护宗族投奔南凉秃发乌孤，而后徙居故地陇西。

龙飞二年（398年）九月，索嗣带着五百骑兵，鲜衣怒马，往敦煌迤逦而来。一行人穿越寥泉滩，渡过疏勒河，屯驻于榆林泉畔。而后遣快骑往郡府送去书信，要李暠和众僚属出城迎接自己。

李暠招僚属于庭，"惊疑"之后，假意安排亲随收拾物品让出郡府，并吩咐他人准备车驾，拟出城"迎接"索嗣。未料，大戏帷幕甫一拉开，剧情就顺着李暠的思路开始上演。《晋书》载：

效谷令张邈及宋繇止之曰："吕氏政衰，段业暗弱，正是英豪有为之日，将军处一国成资，奈何束手于人！索嗣自以本邦，谓人情附己，不虞将军卒能距之，可一战而擒矣。"宋繇亦曰："大丈夫已为世所推，今日便授首于嗣，岂不为天下笑乎！大兄英姿挺杰，有雄霸之风，张王之业不足继也。"玄盛曰："吾少无风云之志，因官至此，不图此郡士人忽尔见推。向言出迎者，未知士大夫之意故也。"

郡人推李暠为太守，晋昌张氏大族后裔张邈被任为效谷县新县令。张邈见李暠欲迎接索嗣入城为郡守，赶紧阻止。他认为正是"英豪有为之日"，劝李暠将索嗣"一战而擒"。宋繇切中李暠此时的心情直接点明："授首于嗣"是"为天下笑"的耻辱之事！希望李暠振作"雄霸之风"，成就"张王之业"。这里的"张王"，指创建前凉王国的张轨。

张邈和宋繇可以说是晋昌张氏和敦煌宋氏大族人家的代表，敦煌令狐氏是李暠舅家亲宗，阴氏是祖父李弇世交，索氏后裔索仙、索慈也是李暠的亲密追随者，氾氏子弟德瑜和李歆密切交好。张邈和宋繇说出上面的一番话，在场诸豪族子弟纷纷附和，坚决反对索嗣入城。

本郡大族子弟的态度很明朗了，李暠长出一口气，说："向言出迎者，未知士大夫之意故也。"众人也长出一口气，原来李暠是试探大族子弟态度，并非真要出迎索嗣。于是，拥戴李暠的"统一战线"在敦煌迅速结成。

李暠先遣宋繇出城往见索嗣。索嗣已经进入郡守的角色，带着狂傲与简慢姿态会见宋繇，将李暠和宋繇这两个昔日的"文学青年"全然没有放在眼里。宋繇说尽甜言蜜语，让索嗣完全消除了警戒之心。回到城里，回复李暠"嗣志骄兵弱，易擒耳"。

后来的事就简单了。李歆、李让、张邈、朱髯及以司马尹建兴等带兵将索嗣的五百骑兵团团围定。索嗣大惊，带几名亲随奋力突围而出，奔还张掖。

李暠随即遣使至张掖，"自表尽忠不贰，横为嗣所谗，请业杀嗣，暠当自归"。

索嗣没有料到，争抢敦煌太守一职，竟然用尽了自己的气数。沮渠蒙逊的族兄、辅国将军"素恶嗣"，趁机劝说段业诛杀索嗣。

段业遂杀索嗣，并遣使臣带着自己的诏书去安抚李暠。段业诏书称："分敦煌之凉兴、乌泽、晋昌之宜禾三县为凉兴郡，进玄盛持节、都督凉兴已西诸军事、镇西将军，领护西夷校尉。"

索嗣死了，李暠特别解恨，对梁中庸称那是自己"于千里之外以长绳绞其颈邪"。估计索嗣地下有知，也会暗叹，昔日的"刎颈之交"倒成了今日的"绞颈之敌"，这一切纯是自己造孽所致。

李暠与索嗣之争的另一重意义，就是由此摆脱了北凉王国的羁绊，走上了独立建国的道路。

271

公元400年

公元 400 年，又是一个世纪之交之年。从西晋末年"八王之乱"引发"五胡乱华"，张轨坐镇凉州至西凉建国正好一个世纪。所以，李暠在给东晋的使表中称"戎狄陵华，已涉百龄"。

这一年，是农历庚子年，既逢世纪之交又逢民间传言中的"逢鼠必灾"之年，天下颇不太平。

东晋最末一个皇帝司马德宗即位第三年，史称"隆安四年"。都督八州军事并领荆江二州刺史桓玄位高权重，祸乱朝政。"五斗米道"起义军首领孙恩趁机从海上攻入会稽，晋将谢琰战败而死，朝野惧惊。河西后凉、南凉国主秃发乌孤和吕光也在这一年相继死亡，段业治下的北凉王国的晋昌、酒泉二郡相继反叛。段业遣沮渠蒙逊统兵征伐，张掖、敦煌一带再次陷入兵燹战乱之中。

这一年也成了新旧更替之年。在中原、河西战乱之际，乌孤之弟利鹿孤和吕光之子吕绍分别继了南凉和后凉的王位。凉地诸国新换国主，河西局势也悄然发生了变化。

是年春，高僧法显经西平郡从扁都口进入张掖，拟往天竺寻求佛教经本，因而错失了和驻锡凉州的鸠摩罗什见面的机缘。鸠摩罗什正在姑臧大寺和一年前从长安来到凉州的僧肇翻译整理佛经。凉州僧人智严、宝云等十人听法显讲经后，也加入西行"取经"僧团。法显在《佛国记》中写道，敦煌有要塞"东西可八十里，南北四十里"，西凉国主李暠"沉静聪慧，宽厚谦和"，是一位支持佛教的"大檀越"，在他的资助下顺利开启了西行寻经觅法之路。

李暠特遣使者陪同法显等人往西域而去，数月后，有人看到敦煌郡府后园有红色云雾缓慢升起，有赤龙栖于小城。清晨，敦煌邑民在城中旷地发现"龙迹"。群僚恭贺，敦煌见祥瑞之兆，太守必当大贵。在《十六国春秋》中，对此有极为神奇的记载。果然，冬十一月，晋昌太守举郡反叛段业。不久，酒泉太守王德亦叛北凉，率郡府吏民投奔唐瑶。

为了号召更多邑民加入反抗北凉的战斗中，唐瑶"移檄六郡，推玄盛为大都督、大将军、凉公、领秦凉二州牧、护羌校尉"。于是，李暠正式建立了西凉国，定都敦煌。他让宋繇起草发布诏令，"赦其境内，建年为庚子，追尊祖弇曰凉景公，父昶凉简公"。

在秦陇、河西大地上的氐人后凉、匈奴北凉和鲜卑南凉等胡人国家环列窥视的环境中，李暠这个汉人建立的西凉小国竟能勃然续存。主要原因就是前凉王张骏说的"凤承圣德，心系本朝"。大多汉族邑民虽然生活在胡人统治地区，但"四夷喧哗，向义之徒更思背诞"，思念故国或心系东晋是汉族士人不变的愿望。当张掖王穆支持前凉王后裔张大豫反抗吕光时，大量汉人起兵响应，连敦煌名士郭瑀和索嘏都参与其间。特别是郭瑀，本为河西著名儒士学者，前秦征辟为官时不应，隐居于张掖东山聚徒授学，但到后凉却毅然投身于起义洪流，反映了河西汉人反抗氐族、维护汉族利益的决心。郭瑀发动姑臧东苑之乱时，竟被大量汉族邑民称为"圣人起事"，纷纷追随他进行起义活动。

李暠西凉国政权的建立，就得到了大量的汉族士人，特别的河西著姓大族的支持。《晋书》发布了西凉建国之初王室的一份任职名单：

> 以唐瑶为征东将军，郭谦为军谘祭酒，索仙为左长史，张邈为右长史，尹建兴为左司马，张体顺为右司马，张条为牧府左长史，令狐溢为右长史，张林为太府主簿，宋繇、张谡为从事中郎，繇加折冲将军，谡加扬武将军，索承明为牧府右司马，令狐迁为武卫将军、晋兴太守，氾德瑜为宁远将军、西郡太守，张靖为折冲将军、河湟太守，索训为威远将军、西平太守，赵开为驸马护军、大夏太守，索慈为广武太守，阴亮为西安太守，令狐赫为武威太守，索术为武兴太守，以招怀东夏。

273

这份西凉官职名单列举了敦煌索、张、氾、宋、令狐、阴氏，天水尹氏，晋昌唐氏，冯翊郭氏等九姓二十一人，并称除后三氏各一人外，其他十八人均为敦煌名族。可以说，西凉王国是陇右大族与敦煌大族的联合政权，同时得到了晋昌唐瑶、冯翊郭谦与武威阴氏等豪族的支持。西凉政权的大小官职，基本上被敦煌豪门望族所把持。

这些著姓豪门大多是前凉名士和贵胄的后裔。如宋繇是宋配之后，索仙等是索袭和索统之后，氾德瑜是氾瑗之后，阴亮是阴澹之后。他们的祖先在为前凉竭尽股肱之力的同时，也沉淀起门户，成为河西地方政治势力的代表。此外，令狐氏家族中的令狐亚和令狐敏也曾居前凉要职，晋昌张氏家族在前凉做官的人数更多，张谘、张质、张植、张穆是其中几个。与索、宋、氾、阴等家族相比，令狐氏与张氏的门第更古老，堪称河西旧姓。

日本学者佐藤智水在《十六国敦煌历史考察》中进一步增列了西凉

政权中的其他官员，如建康太守索晖、酒泉太守张显、武威太守阴训、姑臧令阴华、从事中郎刘昞等六人。其中索氏、张氏为敦煌大姓，刘昞是敦煌的次等士族，阴氏、梁氏则分别望出武威和安定，后流寓至敦煌。可以更进一步地说，李暠的西凉政权是由敦煌周边的汉人豪族构成。如果没有敦煌大族的支持，西凉政权就不可能如此迅速地建立，西凉政权又使敦煌大族在政治权力和经济利益上有了可靠保证。

李暠依靠著姓的政策起到了"招怀东夏"的作用。一年后，沮渠蒙逊弑杀段业篡逆为王，北凉西郡太守梁中庸来奔。梁中庸与沮渠蒙逊私交甚深，蒙逊得知他投奔西凉后，无可奈何地说："吾与中庸义深一体，而不信我，但自负耳。""招怀东夏"起到了瓦解周边诸国营垒的作用。

由于重用著姓豪门，只有一郡之地的西凉政权不断壮大，且群臣和熙，内部稳定，百姓安居乐业。

274

广田积谷，教化邑里

李暠没有想到，在敦煌，他的命运会开启"三级跳"模式。龙飞二年（398 年）始，从"效谷县令"升为"敦煌太守"，又从"敦煌太守"被推为"西凉王"，几乎一年一大跳，如此神速，连自己都觉得不可思议。

在古代儒士眼里，国王是秉承天帝意旨造福人间的"万物之主"，当了国王就要对天下的丰歉、安危和祸福负责。西凉初立，名为一郡，实则仅有敦煌和瓜州两县之地，政治、经济和军事方面缺乏竞争力。为了创造与北凉抗衡的条件，当务之急是"开疆拓土"和"保境安民"。饱读史籍的"国王"李暠也没有让国人失望，他显出应有的雄才大略，精心营建西凉国未来。既然东部沮渠氏、南部秃发氏都是不好对付的主儿，"开疆拓土"的对象唯有西进。李暠即遣折冲将军宋繇率兵攻伐西部未予归服的凉兴郡，乘势发兵攻打玉门关外西域诸城。宋繇一路征伐，捷报频传。一年后，焉耆、龟兹、于阗、鄯善、疏勒等西域王国皆遣使朝贡。

河西时局持续发生变化，西凉境内晏然，边境战事渐息。此时，北凉沮渠蒙逊取代段业成了"北凉王"，南凉秃发利鹿孤薨，其弟秃发傉檀继位。继而，后秦攻没后凉，姑臧谦光殿主人换成了刺史王尚。沮渠蒙逊和秃发傉檀为争夺姑臧展开了拉锯战，唯西凉独安。

西域边境安稳之后，李暠积极偃文修武，积蓄"东伐之资"。

当时，敦煌地区的人口数量仅次于武威郡。前凉张轨时，"中州之人，避难来凉"，而至后凉时"诸吕相残"，加之郭黁、杨轨、张大豫相继发动叛乱，"国无宁岁"。相较而言，敦煌倒成了河西地区的平安福地。于是，中州、秦陇、武威一带的流民皆徙至敦煌。《晋书》载：

> 初，苻坚建元之末，徙江汉之人万余户于敦煌，中州之人有田畴不辟者，亦徙七千余户。郭黁之寇武威，武威张掖以东人西奔敦煌、晋昌者数千户。

大量流民涌入敦煌，人口数量与耕地矛盾迅速凸显了出来。于是西凉开始在玉门关、阳关一带垦荒屯田，安置流民，"广田积谷"，有力地促进了西凉国生产生活的发展。

李暠拥有诸多幕僚，成为其治国理政的"智囊"人物。此外，王后尹氏也成为李暠的贤内助。史载，尹氏出自秦陇大族人家，学问智谋皆可称道。李暠创国后，尹氏的"谟谋经略，多所毗赞"，所以敦煌一带流传着"李尹王敦煌"的谚语。当时，尹夫人为西凉制定的策略就是"兴儒重农"。

振兴儒教的第一要务是创办学校，培养"胄子"。庚子五年（404年）正月，李暠任命河西大儒刘昞为"儒林祭酒"，"立泮宫，增高门学生五百人"。泮宫，就是学校，《汉书·郊祀志》称，"周公相成王，王道大洽，制礼作乐，天子曰明堂辟雍，诸侯曰泮宫"，后世将各地诸侯创办的学宫皆称泮宫。为了大规模奖掖招纳人才，李暠在王府后园建起"嘉纳堂"用以接待来敦煌的士人。李颁令在嘉纳堂的四壁设置屏板，让文士、画工在上面将敦煌山川形胜、物产品类、邑民生活风貌绘图展示，精心布置，如同后世的博物馆和展览馆一样。

前凉王张轨、张骏成了李暠追慕模仿的榜样。王府后园里长了一棵槐树，据说是张骏从陇西移植而来的树种，他怀着虔敬的心意撰写了《槐树赋》寄意抒怀。他的潜意识里和张骏一样，视汉人建立的王国为"正朔"，胡族建立的国家为"夷狄"。张轨当年的执政措施比如"建胄子学堂""劝课农桑""尊奖晋室""标榜贤人"等，皆予全盘照搬施行，且"有过之而无不及"。

如"胄子学堂"，张轨创办时征集凉州"九郡胄子"，规模才达到五百人，而李暠仅敦煌一郡的学堂就收"高门学子"达五百人，规模比前凉更大。

又如"标榜贤人"，对于张轨仅让"有司"访察境内"忠义德才"人物事迹，"具状以闻"，官方颁旨嘉奖。而至李暠这里，不仅"具状以闻"，还要以"图文并茂"的方式大规模张扬宣传。《晋书》载：

> 于南门外临水起堂，名曰靖恭之堂，以议朝政，阅武事。图赞自古圣帝明王、忠臣孝子、烈士贞女，玄盛亲为序颂，以明鉴戒之义，当时文武群像亦皆图焉。

李暠在王府南门外风景优美的濒湖之地修建起"靖恭堂"，专供文人、学士和臣僚"议朝政，阅武事"。靖恭堂的布置亦如嘉纳堂一样，命文臣画工设置图版，内容变为"圣帝明王""忠臣孝子""烈士贞女"等，李暠特意在图版开头写了序文，在末尾写了颂文，"以明鉴戒之义"。李暠还有令张轨难以想象到的创举，就是突出图版的时代感和现实性。他特意在靖恭堂辟出一块"展区"，在图版上将追随他的文武群僚的画像和事迹也专门布置出来，极大地满足了文臣武将的虚荣自豪心理。

李暠似乎具有"现代"意识，他采用"图文并茂"的展版方式，形象直观地宣扬"忠勇德义"精神，教化作用明显，影响巨大。当时，西凉国中的吏民皆以能往靖恭堂一睹图版形貌为最大荣誉。

据传，建起靖恭堂后，在敦煌至为稀罕的白雀成群结阵地翔集于堂前檐廊之下，李暠大喜，命臣僚俱各赋诗志之。"广田积谷，崇文尚教"政策的施行，使西凉国出现了吏民相亲、生活安宁、生产发展的欣荣景象。

遣使东晋

李暠和张骏是东晋十六国时期最富才华的国王，为五凉时期凉州的"双子星座"。前者是辞赋大家，后者是诗人，在汉魏晋南北朝文学史上皆有作品名世。

为了突出自己王国的"正朔"性质，张骏曾顽强地向东晋派遣使臣，以获皇室"册封"。七十多年前，凉晋两地相隔，山高水长，天渺地迥。七十多年后，情形依然。诸多北方汉人将自己视为东晋遗民，在"胡马依北风，越鸟巢南枝"的喟叹声里，东晋仍旧苟安江南，终至覆灭未能逾江收复故地。七十多年前，张骏为联通凉晋两地，发生了诸多惊心动魄的故事。七十多年后，追慕张骏遗风的李暠同样遣使东晋，为获得皇室的"册封"而绞尽脑汁。

李暠在给东晋的奏表中，曾耗费大量笔墨澄清河西大地的"正朔"统辖脉络。起笔先从晋室册封的张轨及其后裔主政的前凉地方政权时的"政绩"写起：

故太尉西平武公轨当元康之初，属扰攘之际，受命典方，出抚此州，威略所振，声盖海内。明盛继统，不损前志，长旌所指，仍辟三秦，义立兵强，拓境万里。文桓嗣位，奕叶载德，囊括关西，化被岷

277

裔，遐迩款籓，世修职贡。晋德之远扬，翳此州是赖。大都督、大将军
天锡以英挺之姿，承七世之业，志匡时难，克隆先勋，而中年降灾，兵
寇侵境，皇威遐邈，同奖弗及，以一方之师抗七州之众，兵孤力屈，社
稷以丧。

李暠对前凉"五世九主"中的四位国王张轨、张骏、张重华、张天
锡的政绩评析下足了功夫，论议精当，切合史实。他认为张轨"威略所
振，声盖海内""义立兵强，拓境万里"，而文帝张骏和桓帝张重华则
"奕叶载德，囊括关西"，晋室之威德远扬，就是他们"遐迩款籓，世修
职贡"的结果。即使末帝张天锡也"志匡时难，克隆先勋"。最后点明
前凉败亡的原因，是因为氐人苻坚统一北方后率兵攻伐，"以一方之师
抗七州之众"，结局必然失败。李暠用"皮里阳秋"的笔法，点明"社
稷以丧"的真正原因并非国主之失，而是敌国太过强大所致。

李暠生于前凉末年，对同时代朝政的指摘评析用语准确，评析精
当，近似于唐代及后世所撰《晋书》《魏书》等史籍用语。当时，前凉
史学家张谘、索绥等撰写的《凉记》《凉春秋》等著作在河西大地广为
流传，李暠通过阅读这些史籍对前凉统治状况具有深刻的理解和认识。
在他的牢固意识里，西凉王国是前凉汉人张氏父子政权的继承和延续。
所以，李暠评析张氏政权之后，开始叙述陇西李氏建立凉国的过程：

至如此州，世笃忠义。臣之群像以臣高祖东莞太守雍、曾祖北地太
守柔荷宠前朝，参忝时务，伯祖龙骧将军、广晋太守、长宁侯卓，亡祖
武卫将军、天水太守、安世亭侯弇毗佐凉州，著功秦陇，殊宠之隆，勒
于天府。妄臣无庸，辄依窦融故事，迫臣以义，上臣大都督、大将军、
凉公、领秦凉二州牧、护羌校尉。

此段文字起笔写凉州吏民"世笃忠义"，接着追溯陇西李氏宗亲传
承脉络，从孝忠晋室的曾任东莞太守的高祖李雍写起，继而写出曾任北

地太守的曾祖李柔和曾任前凉天水太守的祖父李弇，评价他们"殊宠之隆，勒于天府"，最后谦称"妄臣无庸，辄依窦融故事"，担任大都督、大将军、凉公、领秦凉二州牧、护羌校尉等职。这样，为下面希望晋室予以"册封"打下了铺垫。

奏表追溯陇西李氏宗亲传承脉络，历来被那些后世为李暠作传的人奉若珍宝。叙事文字主线清晰，有条不紊，成为研究前凉政绩评价和陇西李氏传承渊数的珍贵史料。

最后，李暠仍然委婉地提出自己的要求：

> 今天台邈远，正朔未加，发号旋令，无以纪数。辄年冠建初，以崇国宪。冀杖宠灵，全制一方，使义诚著于所天，玄风扇于九壤，殉命灰身，陨越慷慨。

李暠客观地写道，由于凉晋相隔"天台邈远"，上面的大都督、大将军、凉公、领秦凉二州牧、护羌校尉等官秩皆未得朝廷册封。正是由于"正朔未加"，所以"发号旋令"就没有来历和权威性。希望朝廷能够册封，能够授权，"冀杖宠灵，全制一方"，最终为了晋室昌盛愿意"殉命灰身，陨越慷慨"。

建初元年（405 年）春，李暠遣舍人黄始、梁兴间，组建西凉使团带着精心撰写的奏表，往建康而去。西凉君臣的心头从此又多了一份希冀和盼望，王后尹氏每天都带人在祠堂祈祷，希冀东晋皇帝的册封圣旨能尽快送到敦煌。

279

离开敦煌又如何

夏天，某一日，军谘祭酒郭谦和长史索仙发现，在靖恭堂议事活动连着几次都是世子李歆主持。国王李暠干什么去了？

他们暗暗猜测，李暠是不是生病了？

其实，李暠没有生病，如果说生病了也是心病。接连发生的几件事引发了他心里的一桩隐疼。先是几位敦煌大族子弟弃职叛逃北凉，让李暠担忧，他反复检视治理策略和施政手段，是不是仍有不尽如人意的地方？后是，张氏和阴氏族中的两家农庄户主发生田产纠纷，因为各有豪族背景，竟然一直闹到郡府，太守李恂也难以决断。

建国之始，李暠就考虑到敦煌大族的势力壮大起来难以控制，对王权会构成巨大威胁。现在境内的大族纷扰问题让他忧心忡忡，于是避居内室，思谋对策。

李暠曾对几个儿子说，敦煌郡"五百年乡党婚亲相连，至于公理，时有小小颇回"。

"时有小小颇回"就是郡内大族之间经常发生纷争，成为社会不安定的主要因素。李暠特别告诫时任太守的三子李恂，对本地的"僚佐邑宿，尽礼承敬，燕飨馔食，事事留怀"。可见，李暠对敦煌大族已经有了一种复杂微妙的心思。

一日，臣僚禀报郡内发生了一桩喜事，李暠才出现在靖恭堂。原来，吕光当年曾遣使携重金至于阗国寻求"六玺玉"。数年之后，后凉使臣终于找到六玺玉。返回姑臧时，被郡兵截获，护军将之献至靖恭堂。获得六玺之玉是"人君有道"的标志，是鼓吹"君权神授"的信物，是西凉国的一件天大的喜事。依照惯例，国王肯定会诏令文臣幕僚吟诗作赋以贺之。

但是，李暠仅颁令赏赐护军及有功兵士，态度冷静甚或冷漠。

这一切，让臣僚感到十分惊讶。

早在前凉时期，张轨就因河西著姓的"双刃剑"后果而烦恼不已。现在又成了困扰李暠的重大现实问题。

当时，敦煌大族内部的分野现象也越来越严重。比如，索氏族中索仙任西凉长史，而族弟索嗣却构陷李暠。利益面前，就有了阵营。索嗣"自以本邦，谓人情附己"，却没想到索仙、宋繇、张邈等敦煌大族并不附从自己，反而支持陇西李暠。如果说宋繇支持李暠是出于自身家庭的关系，那么索仙、张邈及令狐溢、氾德瑜、赵开、阴亮等人则完全是出于对政治利益的考量。又比如晋昌张氏族中，张邈、张条、张林等人在西凉任要职，而张穆、张披、张衍却出仕于北凉，与在故土上立国的西凉相敌对。各种迹象表明，敦煌大族内部并非铁板一块，在支持李暠的政治取向上某些敦煌大族内部也存在分歧，导致部分大族子弟叛逃至敌对之国。

可是，敦煌既是大族盘踞的富邑名都，也是西凉国的首都，总不能为疏离敦煌大族而避离敦煌吧？

王后尹氏说，凉国除敦煌外，还有凉兴、酒泉诸城啊，何不迁都酒泉？当李暠说敦煌是李氏建邦立业的风水宝地时，尹氏接着说："何为风水宝地？皇帝居之就是风水宝地，皇帝不居就是远乡僻邑！"

尹夫人一席话，让李暠一个激灵，离开敦煌又如何？

此时，沮渠蒙逊所部酒泉、凉宁二郡，早已归顺西凉。西凉势力向东扩展至酒泉以东的凉宁郡，逼近北凉国都张掖。酒泉亦为汉代河西四郡之一，是"威振华夷"的丝路名都大邑。城内有泉，素有"泉湖相映，水草相生"之称。摆脱敦煌大族羁绊，迁都酒泉看来是可行之举。

但是，迁都酒泉会使名都敦煌褪去固有的光泽，世居敦煌的大族官员会同意吗？于是，李暠暗召主簿梁中庸及从事中郎刘昞抵王府内室，思谋策划了一夜。

数日后，一个故事就在敦煌大地上开始流传。后来，刘昞还将这个故事收录在《敦煌实录》中：

凉州牧李暠微服出城，逢虎道边，虎化为人，遥呼暠为西凉君，暠因弯弧待之。又遥呼暠曰："有事告汝，无疑也。"暠知其异，投弓于地。人乃前曰："敦煌空虚，不是福地。君之子孙，王于西凉，不如徙酒泉。"言讫乃失。

281

迁都酒泉

"虎化人"的故事令敦煌吏民极为惊奇,看来,迁都酒泉是"天神"示知的行为。农耕时代里邑民对神秘故事深信不疑,但一定要说"敦煌空虚,不是福地",邑民就有些将信将疑了。

史载,自汉代以来敦煌就是"民物富庶,与中原不殊"的富邑大郡。李暠坐镇敦煌后,曾"修敦煌旧塞东西二围,以防北虏之患;筑敦煌旧塞西南二围,以威南虏"。所以在写给东晋的使表中,也称"敦煌郡大众殷,制御西域,管辖万里,为军国之本"。可见,"天神"所谓"敦煌空虚"之语并不准确。估计是迁都的真实原因又不能说,只能找到一个很勉强的理由来"神示"邑民罢了。

敦煌吏民在交头接耳、猜疑议论中,却也较好地营造了迁都酒泉的民间舆论。于是,李暠适时向臣僚提出迁都之议。《晋书》载:

> 玄盛谓群僚曰:"昔河右分崩,群豪竞起,吾以寡德为众贤所推,何尝不忘寝与食,思济黎庶。故前遣母弟骥董率云骑,东殄不庭,军之所至,莫不宾下。今惟蒙逊鸱跱一城。自张掖已东,晋之遗黎虽为戎虏所制,至于向义思风,过于殷人之望西伯。大业须定,不可安寝,吾将迁都酒泉,渐逼寇穴,诸君以为何如?"

李暠不愧是"政治家",他的提议里绝口不提大族忧患及"敦煌空虚",而是为了拯救张掖以东被匈奴"戎虏"统治的"晋之遗黎",是"渐逼寇穴"的战略举措,言辞之间充满了为国尽职、为民尽忠的王者气度。

果然,迁都酒泉提议说出后,大堂里一片寂静。众臣僚既不反对,也不支持,唯以一片静默待之。国王决定了的事一般难以改变,但弃敦煌而齐酒泉，实令人族之人于心不甘。何况与北凉相比，西凉仍然弱小，能用于作战的部队通常不到三万，而沮渠蒙逊当时拥有胜兵不下五万。西凉防守犹自不暇，焉有余力"渐逼寇穴"？南宋史学家胡三省就曾评论："李暠迁酒泉欲以逼沮渠蒙逊，安知反为蒙逊所逼耶！"当时来看，迁都酒泉实为一步不大高明的险棋，弄不好倒要损兵折将，国力大伤。估计长史索仙、从事中郎宋繇也难知国王心事，经过一番劝诤，却也没有效果。

他们唯以静默的方式以示抗争。索仙、宋繇等人也静默无声，透露出敦煌索氏、宋氏等大族的顽固反对态度。

"迁都酒泉，渐逼寇穴，伺机完成统一大业，是凉国远图之略。望即行之！"沉默中，只听右长史张邈说出一番话。李暠闻之，如同垂钓之人看到浮漂忽沉即赶紧起钓，立即说："二人同心，其利断金。张长史与孤同矣，夫复何疑！"众臣无奈，只有附和。

一月后，西凉国首都顺利迁至酒泉。

为了稳定敦煌局势，李暠任命张体顺为宁远将军、建康太守，镇乐涫。任命宋繇为右将军，领敦煌护军，与其子敦煌太守李让镇守敦煌，其他文武臣僚皆随迁酒泉。

李暠东迁时，将前秦时代的中原移民从敦煌悉数迁至酒泉，《晋书》载：

> 及玄盛东迁，皆徙之于酒泉，分南人五千户置会稽郡，中州人五千户置广夏郡，余万三千户分置武威、武兴、张掖三郡。

史料中总计 23000 户吏民迁至酒泉，超过了前秦末西徙到敦煌的中原人口，他们构成了西凉王国的政权基础。陇西李氏建立的西凉政权开始更多地依靠"南人"和"中州"之人，逐渐摆脱了敦煌大族的樊篱。

这样的行为，虽然遭到敦煌邑民的反对，但来自东部的中原及陇右邑民则极为欢喜。《晋书》载：

玄盛既迁酒泉，乃敦劝稼穑。郡僚以年谷频登，百姓乐业，请勒铭酒泉，玄盛许之。于是使儒林祭酒刘彦明为文，刻石颂德。

西凉立国二十年，定都敦煌仅有五年，大部分时间则是在酒泉。李暠在酒泉"敦劝稼穑"，西凉国呈现出"年谷频登，百姓乐业"的繁荣景象。这样的情形，令李暠极为高兴，比得到象征"君权神授"的"六玺玉"还要高兴，暗忖迁都之议的正确性和果断性。

他又采用文人惯用的庆贺方式，诏令"勒铭酒泉"，让儒林祭酒、河西名士刘昞撰写序文，请石工勘石为铭，称颂王国圣德。

结盟南凉，抗击北凉

284

建初二年（406 年）春，一队黑衣黑甲的鲜卑骑士护送着一辆车轿行进在祁连南山脚下。他们昼伏夜出，穿行在浓密的山林清涧中。

车轿里乘坐着一位相貌娇美的少女，那是李暠的爱女李敬爱，是年十岁。骑士首领是一位年轻的将军，名叫秃发樊尼，是南凉王秃发傉檀的侄子。

原来，李暠出任敦煌太守携尹夫人上任时，曾遣人将四岁的李敬爱送至姑臧任职的外祖父尹文处。原本想一年后遣人接回，孰料后来姑臧大乱。尹文东迁秦州，又将敬爱寄养在李暠的堂姑梁褒的母亲那儿。继而段业反叛吕光，北凉与后凉之间屡发兵患。唐熙拥李暠为"凉王"后，西凉与北凉成仇雠敌对之国，父女由此相隔两地。是年，秃发傉檀新据姑臧，访得李敬爱是西凉王李暠爱女，遂遣侄子安西将军秃发樊尼将梁褒与李敬爱带至西平郡，而后从大斗拔谷进入河西，小心地绕过北凉兵马戍防之地，"间行祁连南山"，送抵酒泉。

队伍行走了整整半月有余。李暠和王后尹氏得到消息，早早等到酒泉南门之外。望见骑兵和车驾远远而来，尹氏开始哭泣，李暠也跟着眼圈儿有些发红。

车至，李敬爱款款而下，望着李暠和尹氏怔住了。毕竟隔了六年的光阴，面前的父亲和母亲竟有些陌生了。尹氏走上前去，将女儿拥在怀里，依旧低声哭泣。场面气氛凄切哀伤，在场兵士无不动容。

李暠上前携了秃发樊尼之手，招呼诸将迎请堂姑梁褒及南凉贵客至王府。秃发傉檀因着这样的契机，和西凉"并通和好"。秃发樊尼返回时，李暠"遣使报聘，赠以方物"。从此，李暠既称藩于后秦，又与南凉"通盟"，共同抗击沮渠蒙逊。

是年夏，李暠亲统大军进行了两次军事行动。一次是西域鄯善国据兵反叛，李暠带兵两万亲征。西凉大军刚过玉门关，鄯善前部王闻之大惊，遣使贡方物无数前来领罪。另一次是北凉沮渠蒙逊发兵侵略，李暠统兵抗击。《晋书》载，李暠"颇习武艺，诵孙吴兵法"。至于武艺究竟如何，就不得而知了。《李氏血缘始祖的追溯》中，曾对"四十九世祖"李暠的武术造诣进行了描述：

285

> 李暠，字玄盛，号克嘉。汉将军李广之十六世孙。公身高丈二，腰四围，豹头虎眼，日食粮一斗，肉二肘，酒量如沧海。力能拔山，英雄盖世，戏锁二百斤如举一羽。招兵屯于梁山，敌国闻者莫不寒心。自称凉州牧，敦煌太守。东晋时称凉钺公，建立凉武昭王政权，称帝，迁都酒泉，改元建初。

这份资料言辞过于夸张，极力渲染李暠的"英雄"模样，"高丈二，腰四围，豹头虎眼"，显然是按照《三国》中最霸气的英雄张飞的模样来描摹"四十九世祖"。为了突出先祖武艺高强，写道"戏锁二百斤如举一羽"，夸张的描述有点儿"妖魔化"的意味。要知道，李暠出身于"西州豪酋"的李氏大族，又是"内圣外王"的一国君主，虽然"力能拔山，英雄盖世"，却是以辞赋名世的文章大家，焉能"日食粮一斗，肉二肘，酒量如沧海"？这样的描述，消弭了李暠身上固有的文雅气息。由此判定，这部《李氏血缘始祖的追溯》显为不可考的"野史"类作品。

北凉沮渠蒙逊发兵侵略，攻入酒泉建康一带，"掠三千余户而归"。李暠率骑追击，直追至弥安一带，大败沮渠蒙逊，将"所掠之户"悉数收回。蒙逊惧怕南凉乘机袭击北凉边境，遂统兵退回。为了纪念此次战斗，李暠特命工匠铸造了两口宝刀。《十六国春秋》载："暠造珠碧刀二口，铭其背曰'百胜'隶书。"

这一时期，李暠实行远交近攻策略，结盟南凉，称藩后秦，对北凉军队起到了较好的牵制作用。

《诫子书》的良苦用心

迁都酒泉后，李暠继续"立泮宫"，建学校，重视儒家教化作用。他和儒林祭酒刘昞校订"泮宫"学子教材，将自己的儿孙也送到学校学习。对于后代教育方面，李暠是五凉时期最下功夫的一个国王。

建初七年（411年），沮渠蒙逊率骑来攻，兵多势众。诸将建议出兵迎战，李暠却按兵不动。他说："兵有不战而败敌者，挫其锐也。蒙逊新与吾盟而遽来袭我，我闭门不与战，待其锐气已竭，徐而击之，蔑不克矣。"西凉军队缨城固守，不与决战。果然，蒙逊因军粮耗尽，遂引兵而退。此时，李暠遣李歆率骑五千迅速追击，北凉大败，将军沮渠百年也在此战中被西凉俘虏。战后，郡人皆夸世子英勇善战，李歆面露骄矜之色。李暠看到眼里，心内忧虑不安。

他认为，一个人品格的好坏不仅决定着他能不能担负重任，也关乎家族门户的安危。他为儿子们设定的品格和能力要求是"杜萌防渐，深识情变"，这是为政者的基本条件，是一种无须多言的个人修养和志向。

一国君主，应该上马能武，下马能文，这才是受了圣人之教，得了圣人之道。这样"内圣外王"，才具备统治王国的正气和希冀。李暠明白，在"家天下"社会里，后代子嗣的素质及修养是王室后裔持续发达的重要保障。虽然也有命世大臣，但在国家处于生死攸关之时，或有大臣为君王尽忠取义，但真正与国家命运息息相关的还是子孙后代。可是，西凉总处在兵燹战乱中，李歆、李让自幼随父参加军旅生涯，并未好好地随敦煌大儒修学儒家经典。

他开始慎重考虑，如何把修身齐家的道理和治国平天下的要点告诉儿子们。

李暠有九个儿子，分别是李谭、李歆、李让、李翻、李恂、李预、李密、李眺和李亮。西凉建国时，曾立李谭为世子，但四年后李谭病死。迁都酒泉后，李暠忍受着世子早亡的伤痛，将未来的家国希望寄托在新立的世子李歆身上。常把李歆带在身边，把镇守敦煌和统摄西域的重任交给李让，安排最为信赖的同母异父的弟弟宋繇辅佐。

为了弥补儿子们无暇拿出大片时间来学习儒家文化的缺憾，李暠效法诸葛亮，以书录教材的方式，来教育他们。后世人们将李暠书录的"教材"称为《诫子书》，要求诸子处世谦恭谨慎，为政公正廉明。要"详审人，核真伪；远佞谀，近忠正；鞠州狱，忍烦扰；存高年，恤丧病；勤省按，听讼诉"，最后实现"僚佐邑宿，尽礼承敬"的目的。

俗话说，知子莫若父。李暠对李歆等儿子寄予厚望，显然也了解他们存在的理政经验缺乏和品格上的许多不足，因此要求他们从个人生活和性格的小节着眼，克己复礼，培养谨慎、公正、勤勉、谦虚的作风，富贵不骄、抑恶扬善、礼贤下士、兢兢业业。

他是一位富于实证精神的国王，教育儿子的特点也从实际出发，结合敦煌一带的历史和现实情况，告诫李歆等处理具体人事关系要从大处着眼，通盘考虑，一碗水端平。《诫子书》中称：

此郡世笃忠厚，人物敦雅，天下全盛时，海内犹称之，况复今日实是名邦。正为五百年乡党婚亲相连，至于公理，时有小小颇回，为当随宜斟酌。吾临荏五年，兵难骚动，未得休众息役，惠康士庶。至于掩瑕

287

藏疾，涤除疵垢，朝为寇雠，夕委心膂，虽未足希准古人，粗亦无负于新旧。事任公平，坦然无类，初不容怀，有所损益，计近便为少，经远如有余，亦无愧于前志也。

李暠及其后裔是游离于河西的外乡大族人家，他们依靠河西著姓大族治理西凉，必须正视敦煌"五百年乡党婚亲相连"的乡土关系，平衡利益，做到"无负于新旧"。但是，平衡利益关系是最不好做的事情。于是李暠教导子孙施以恩惠，勿结怨仇。想法子行仁政，减轻老百姓负担，尽可能求公正，使得官员们满意，这些反映出李暠面对强大的社会势力和错综复杂的政治关系时的严谨心理。

《诫子书》透露出李暠内心的双重情感。一重感情属于国君，以治国平天下为念；另一重感情则属于父亲，以修身齐家为念。为了教育儿子，李暠徘徊在士人与君王的两种角色之中，可谓用心良苦。《诫子书》是他寓政于教的经典作品，也是将儒家修身治国思想同西凉政治相结合的教科书。

288

数年后，李暠又抄《诸葛亮训励》勉励诸子，并针对他们"弱年受任"提出术业上要求：

古今之事，不可以不知。苟近而可师，何必远也？览诸葛亮训励，应璩奏谏，寻其终始，周孔之教，尽在其中矣！为国足以致安，立身足以成名。质略易通，寓目则了，虽言发往人，道师于此。且经史道德，如采菽中原，勤之者则功多，汝等可不勉哉！

这是李暠抄录《诸葛亮训励》后，特意写了题跋，教导儿子。他在题跋中回顾自己创业之艰，道明戎马倥偬岁月使儿子们"幼年受任"，以致未能及时受到"师保之训"。歉疚之余特意提出弥补之策，那就是"近事可师"。他特地选择《诸葛亮训励》和《应璩奏谏》为范例，认为三国时军事家诸葛亮和文学家应璩的这两篇文章，就是最好的"近事"

之师，"周孔之教，尽在其中矣"。他要求儿子们在军戎之余，好好学习这两篇文章，以之治国，国家定会兴旺。

抚剑叹愤，以日成岁

李暠的理想是追慕凉州王张轨风范，"辄依窦融故事"治理河西。可是，时局愈加困窘逼仄，使他常有一种功业难就、壮志难酬的悲愤之感。

建初二年（406年），南凉王秃发傉檀入据姑臧，似已成为主宰河西的主导力量。李暠虽和南凉结为盟约之国，但河西鲜卑毕竟是"夷狄"之国，非"正朔"而入主姑臧，令李暠郁郁寡欢。自己虽自命为"正朔"之国，但遣使东晋祈求册封却没有任何消息，这也令李暠有些焦虑。一年后，李暠再次向东晋遣使奉表，他在奏表中写道：

伏惟陛下应期践位，景福自天，臣去了巳岁顺从群议，假统方城，时遣舍人黄始奉表通诚，遥途险旷，未知达不？吴凉悬邈，蜂虿充衢，方珍贡使，无由展御，谨副写前章，或希简达。臣以其岁进师酒泉，戒戎广平，庶攘茨秽，而黠虏恣睢，未率威教，凭守巢穴，阻臣前路。窃以诸事草创，仓帑未盈，故息兵按甲，务农养士。时移节迈，荏苒三年，抚剑叹愤，以日成岁。

在这道奏表中，李暠关切地询问此前"奉表通诚，遥途险旷，未知达不？"继而表达遥尊东晋的强烈心意，愿意再次"副写前章"希望能够向朝廷顺利传递西凉国的愿望。他向东晋汇报迁都酒泉之事，意欲"戒戎广平，庶攘茨秽"，奈何"黠虏恣睢，未率威教"，只能采用"息兵按甲，务农养士"的策略，并描述迁都三年来"抚剑叹愤，以日成岁"的焦灼心情。

在后面的奏文中，李暠称西凉国已经"资储""器械"较为充足，准备"席卷河陇，扬旌秦川"，只盼望东晋帝室降下"诏旨"，以竭诚之心为朝廷尽职尽忠。同时希望晋室能够随旨册封世子李歆为监前锋诸军事、抚军将军和护羌校尉，册封次子李让为宁朔将军、西夷校尉和敦煌太守。

考虑到前面出使的官员有可能被敌国截获，为了保证出使顺利，李暠这次派遣了一位特殊的代表出使东晋，那就是高僧法泉。十六国时期，割据王朝的首领多信奉佛教，所以佛徒能够逾越王国边境而自由行走。

法泉带了几名随从，赍书出发，前往东晋，但数年过去了，仍然没有任何消息。此时姑臧城的主人已由秃发傉檀换成了西凉国的宿敌沮渠蒙逊，这令李暠十分气愤又忧惧不安。"抚剑叹愤，以日成岁"成了这个阶段李暠心情的真实写照。

建初六年（410年），沮渠蒙逊又率骑来攻，世子李歆与别将朱元虎领命统兵迎击，结果大败。朱元虎被沮渠蒙逊所俘，"暠以银二千斤金二千两赎元虎，蒙逊归之"。此后，李暠与蒙逊结盟，但蒙逊总是背盟来侵，令李暠不胜烦恼。

某个冬夜，王府议事堂中传来若有若无的哭泣声，护卫惊而视之。但见室内灯影幢幢，愁雾绵绵，国王李暠垂首看着案架的珠碧刀暗暗哭泣。护卫受到感染，亦低声饮泣。其实，无数个夜晚，外表强大沉敏的国王会在灯下独自饮泣。或许镜中斑白的鬓发引发年老体衰的感慨，或许感于世事艰难、功业难就而悲愤难抑。李暠的哭声内容复杂，只是旁人难以知晓。

李暠痛苦徘徊一些时间后，便写出著名的《述志赋》，字里行间充满了壮志难酬的怅惘。

全赋共六段，追述自己"弃玄览，应世宾"，希图再建虞夏之世的愿望，客观分析前凉政权灭亡给凉州带来的兵燹战乱，揭示胡族首领通过争夺厮杀而"逐鹿之图""雄霸之想"的虚妄性，对残酷的现实做出了清醒的反思。特别是对西凉国创基的艰难时局描述得极为生动：

悠悠凉道，鞠焉荒凶。杪杪余躬，迢迢西邦。非相期之所会，谅冥契而来同。跨弱水以建基，蹑昆墟以为墉，总奔驰之骇辔，接摧辕于峻峰。崇崖巇嶪，重险万寻，玄邃窈窕，磐纡钦岑，榛棘交横，河广水深，狐狸夹路，鸱鸮群吟，挺非我以为用，任至当如影响；执同心以御物，怀自彼于握掌；匪矫情而任荒，乃冥合而一往，华德是用来庭，野逸所以就鞅。

李暠以比喻手法，追述自己行进在悠远偏僻的凉州古道，面对"鞠焉荒凶"的环境，仍然"跨弱水以建基，蹑昆墟以为墉"，表达建立凉国政权的雄心壮志。李暠指出，尽管"崇崖巇嶪，重险万寻"，尽管"狐狸夹路，鸱鸮群吟"，但仍然愿意上下团结，"执同心以御物""冥合而一往"，广延人才，招揽英雄，以"华德""野逸"之怀来实现统一河西、建功立业的宏大愿望。

为此，李暠在赋中呼吁杰出人士要追踪张良、孔明、曹操、关羽、张飞、韩信、樊哙等豪杰俊彦之迹把握人生机会。呼唤像当阳长坂坡赵云那样的忠勇之士，拯救西部战局。李暠反复以"遗餐而忘寐"的渴念来呼唤人们上应天意，下审时机，尽早归于凉国，共图创建且维护汉家天下。

《述志赋》以个人经历为线索，将河西政局凝之于笔端，细述创建西凉以来惨淡经营的过程，内中"所述之志"，是对河西纷争动乱的担忧和不容推辞统一河西大业的责任，表达出李暠遭遇挫折失败而此志弥坚的情怀。

和前凉国王张骏一样，李暠赋中个人性情的自然流露，尽显天真烂漫的人性才华。全赋波澜起伏，跌宕回环，古奥典雅，情笃意切，非常感人，是魏晋南北朝时期文学中难得的佳作。

秀才对策和儒士治国

建初四年（408 年）三月，酒泉郡的儒生马骘接到通知，国王李暠将要在王府接见本郡被"察举"的儒生。

马骘带着受宠若惊、喜忧参半的情绪，被郡府主簿带至王府。

原来，马骘能诗善文在民间闻名，被官府"察举"为"秀才"，国王要亲自诏见他们并进行"策试"。其时，王府儒学堂已经聚集了好几名儒士，马骘、臣谘等人皆是经这次"策试"而擢为官员的儒士。

李暠主持了这次"策试"，他亲自命制了五道试题，分别涉及古今异治、夫妇之道、文字演化、天文历法、历史成败等。马骘、臣谘等人从不同的角度进行答策，其引据及论调呈现出极明显的儒玄思想色彩。

1567 年后，即公元 1975 年，马骘和臣谘当时参加"策试"的题目和对答内容写本残卷在新疆吐鲁番哈拉和卓九十一号墓出土。考古学家将之命为《秀才对策文》，有专家称，西凉《秀才对策文》以经义为中心，"不甚关涉时事方略"，很像是那种刻板正规的经史知识考试。

李暠将西凉国视为汉人创建的"正朔"王国，重视中原帝室尊崇儒学的传统。在给晋室的奏议中，明确说"自张掖以东，晋之遗黎虽为戎虏所制，至于向义思风，过于殷人之望西伯"。所以始终认为，以儒学立国对于东方少数民族治下的汉人颇具吸引力。建国之后，沿习汉以来"察举"制度，州选秀才，郡荐孝廉，统一策试，因材授官。《秀才对策文》标志着西凉国采用"察举"制的"遗传基因"，体现出李暠对汉人儒士的重视。

李暠麾下最重要的"股肱之臣"都是博学大儒。如宋繇时任辅国将军，"虽在兵难之间，讲诵不废，每闻儒士在门，常倒屣出迎，停寝政事，引谈经籍。尤明断决，时事亦无滞也"。主簿梁中庸从张掖叛沮渠蒙逊奔酒泉，靖恭堂建成后，李暠命梁中庸和宋繇各著《靖恭堂颂》，自己也写赋以和之。李暠擅长文辞，所写辞赋长文冠绝河西，也令诸文臣极为敬佩。王国的儒士，虽为文臣，李暠和他们建立了深厚的友谊。《魏书》载：

暠好尚文典，书史穿落者亲自补治，晡时侍侧，前请代暠。暠曰：

"躬自执者，欲人重此典籍。吾与卿相值，何异孔明之会玄德。"迁抚夷护军，虽有政务，手不释卷。暠曰："卿注记篇籍，以烛继昼。白日且然，夜可休息。"昞曰："朝闻道，夕死可矣，不知老之将至，孔圣称焉。昞何人斯，敢不如此。"

刘昞颇有家学渊源，其父刘宝"以儒学称"。刘昞后师从博士郭瑀学习。郭瑀是一代儒学宗师，不仅精通经义，雅辩谈论，博文约礼，而且著有《春秋墨说》《孝经错纬》，传授弟子千余人。刘昞学成之后，继承郭瑀的事业，隐居教授，弟子受业者五百余人。后来，凭借杰出的儒学素养被李暠征辟为儒林祭酒、从事中郎，成为李暠身边的重要侍从。李暠、刘昞习性相近，李暠将两人相遇比诸"孔明之会玄德"。刘昞受业儒家，言谈举止颇有儒风。李暠修建"靖恭堂"，刘昞也作《靖恭堂铭》，申明帝王、臣子、士女之鉴戒。当李暠劝说刘昞勤于著述的同时也要多休息时，刘昞引孔子《论语·里仁》"朝闻道，夕死可矣"与《论语·述而》"不知老之将至"作答。李暠治国兼综儒玄，刘昞也学综儒玄，君臣之间感情极为融洽。

293

富于实证精神的国王

有人曾假设，若使李暠据姑臧为都，定能成就统　大业。可惜时运不济，屈居酒泉一隅，在逼仄艰难的环境里，很难做出举世瞩目的成就。历史不能假设，但李暠本人敢于直面"酒泉一隅"的艰难环境，总是保持着清醒的认知精神。

《晋书》载："既而蒙逊每年侵寇不止，玄盛志在以德抚其境内，但与通和立盟，弗之校也。"说明李暠对于西凉和北凉的国力差距判断准确，于是断了"东伐"之念，而与之立盟休战，同时敦劝稼穑，做长久割据的打算。

李暠是一位富于个人实证精神的国王，总能从现实条件出发来判断时局的发展走向。他在给诸子所书《诸葛亮训诫》的批注中称："吾负荷艰难，宁济之勋未建。虽外总良能，凭股肱之力，而戎务孔殷，坐而待旦。"坦率地承认自己治理国家"负荷艰难"，所以济世的功勋还未建立，即使拥有"良能"之才和"股肱之力"，仍然昼夜勤劳地处理戎务。《资治通鉴》载：

> 义熙十二年（416年），凉司马索承明上书劝凉公暠伐河西王蒙逊。暠引见，谓之曰："蒙逊为百姓患，孤岂忘之？顾势力未能除耳。卿有必擒之策，当为孤陈之；直唱大言，使孤东讨，此与言'石虎小竖，宜肆诸市朝'者何异！"承明惭惧而退。

司马索承明上书劝李暠攻伐沮渠蒙逊，李暠招之进入王府问以征伐之策，索承明不能对。李暠斥责索承明是"直唱大言"，建议"东讨"是不切合实际的空言套话。比如石虎是开疆拓土的后赵第三位皇帝，"勿谓凶丑，亦曰时英"，可有人说"石虎小竖，宜肆诸市朝"，便是"直唱大言"，贻误国事。可见，在任何时候，李暠都能保持清醒的头脑与务实的执政思想。

李暠是个典型的文人，史籍中留下诸多诗酒酬唱的风雅之事。三国曹魏以来，将"三月三"定为"上巳节"，称之为生命之神的"复活节"。李暠每逢"三月三"，都要率领群臣在酒泉曲水飨宴。一如东晋名士们"曲水流觞"的故事，并亲为群臣所赋诗文作序。他注重人性关怀，有一种从底层邑民升腾而起的良知与情愫。他早年的夫人辛氏病逝，就作《辛夫人诔》表达哀悼之情。特别是加强后代子女的儒学教育，使李宝、李冲等后裔成为北魏名臣，成了陇西李氏光照天下的关键人物。

李暠后世备受唐代帝王追捧，皆基于其"文韬武略""文治武功"，《晋书》《魏书》《北史》中所有这方面的记载都是亮闪闪的。

建初十三年（417年）春，李暠病逝，终年六十七岁。

他在弥留之际的遗言也富于实证精神，《晋书》中记载了他的最后遗言：

> 居元首之位者，宜深诫危殆之机。吾终之后，世子犹卿子也，善相辅导，述吾平生，勿令居人之上，专骄自任。军国之宜，委之于卿，无使筹略乖衷，失成败之要。

李暠将军国大事托给宋繇，特别叮嘱宋繇，要时刻提醒世子李歆，勿使"居人之上，专骄自任"，勿使"筹略乖衷，失成败之要"。这些话表明了李暠对李歆性格特点的深刻洞析，是针对他身上存在的致命缺陷要求宋繇"善相辅导"，时时提醒"深诫危殆之机"。

即使生命的最后时刻，李暠仍保持着一个文人固有的、清醒的、冷静的理性思维。

李暠逝世，李歆嗣位。进宋繇为武卫将，录三府事，尹氏被尊称为皇太后。

295

西凉王的历史遗迹

未料，新王上任，西凉国的画风就发生了很大的变化。

老先人说过，害怕什么，什么就会到来；担忧什么，什么就会发生。李暠担忧世子李歆"居人之上，专骄自任"。果然，李歆上任后，他的所有担忧都应验了。

李暠治国，儒玄并重。对内推行德政，务农养士，广田积谷；对外卑弱自守，息兵按甲，从不主动出击。他秉持儒玄并重的立国之策，基本上实现了"保境安民"。但李歆继位后"用刑颇严，又缮筑不止"，从事中郎张显、主簿氾称皆上疏劝谏，"并不纳"。他主动发兵攻打北凉，"尹氏固谏，不听，宋繇又固谏，士业并不从"。

上天让一个人毁灭的时候，先要让他膨胀。没有想到，李歆也罹遭此道。

嘉兴四年（420年）六月，西凉军与北凉军在张掖蓼泉滩展开一场恶战，兵败，李歆被杀。既而，沮渠蒙逊攻克酒泉，西凉灭亡。

河西大地上，独留西凉王国的诸多历史遗迹。

武威城西有一座古老的寺庙，名叫"尹台寺"。据载西凉亡国后，沮渠蒙逊曾将被俘的尹夫人和女儿李敬爱囚于此处。因为尹夫人和李敬爱曾分别为西凉和北凉的"皇娘娘"，凉州邑民将寺庙遗址亲切地称为"皇娘娘台"。李暠的"十六世孙"、大唐开国皇帝李渊为了纪念先祖在这里修建寺院，遂成"尹台寺"。诗人岑参曾慕名登临，作《登尹台寺》诗，诗云："胡地三月半，梨花今始开。因从老僧饭，更上夫人台。清唱云不去，弹弦风飒来。应须一倒载，还似山公回。"

酒泉肃州区丁家闸一带有一座魏晋时期的墓葬，称为"小土山墓"。据称，此为西凉王陵。专家考证墓葬时间为386年至441年之间，根据墓葬规制，墓主人身份为王侯或者三公之列的贵族，许多专家认为此墓葬就是西凉王李暠之墓。《晋书》载，李暠葬于建世陵，但此墓没有任何文字资料，是否为李暠之墓仍难确定。

在敦煌，西凉都城遗址又称沙州故城遗址，位于敦煌市城西的党河西岸。直至唐代，那里仍有邑民纪念李暠的寺庙。敦煌文献唐人写本《敦煌廿咏》里录有歌颂李暠的诗：

昔时兴圣帝，遗庙在敦煌。叱咤雄千古，英威镇一方。牧童歌冢上，狐兔穴坟傍。晋史传韬略，留名播五凉。

此诗抒发民间诗人在李暠祠庙前的一腔感悟，以李暠生前叱咤雄古、威震一方的功勋和死后牧童歌冢、狐兔穴坟荒凉场景对比，寄寓一腔缅古思昔的复杂情愫，道尽了人生世相的变化无常。这样的内容让人很容易想起曹雪芹"衰草枯杨，曾为歌舞场"的词句。初读有无限的伤感和失落，结句却忽地高扬，写出李暠彪炳晋史、名播五凉的辉煌成就。全诗咏史怀古，奇绝超迈，不失为纪念李暠生平事迹的一首好诗。

柒

沮渠蒙逊

胡夷之杰，擅雄边塞

人物关系图

沮渠蒙逊

家室

父亲：沮渠法弘，前秦中田护军，袭爵北地王
母亲：车氏，西域龟兹人
儿子：沮渠兴国，统兵攻打西秦兵败被俘被杀
儿子：沮渠牧犍，第二代北凉王
儿子：沮渠安周，入北魏为质，任乐都太守
儿子：沮渠无讳，高昌北凉政权建立者

谋士

刘昞：西凉儒林祭酒，亡国后任北凉秘书郎中
宗舒：北凉外交大臣，任尚书郎
高猛：北凉文臣，任左常侍
程骏：北凉文士，后任北魏著作郎
昙无谶：中天竺僧人，北凉佛法国师

对手

李暠：西凉王，进逼张掖，和北凉发生战争
秃发傉檀：南凉王，与李暠结盟欲攻灭北凉
乞伏炽磐：西秦王，进攻北凉，兵败勒姐岭

敦煌的噩梦

玄始十年（421年）三月，敦煌城外的空地上，两万多名北凉士卒集结于此。他们以五千步骑为单位，分布四边，将城邑团团围定。

各边军队皆以方圆阵式排列，长枪步卒和弓箭手在外，骑兵和机动兵在内，后方带着大型攻城器械三弓床弩、冲车、云梯和投石车等。军士布阵操练的号令声此起彼伏，传令兵在行营间纵马疾驰，升腾的尘雾和半空中的黑云搅成一团，盘踞在敦煌城上空，久而不散。

城内军民大哗，北凉军队攻城在即，一场恶战难以避免。

这是沮渠蒙逊亲率大军攻打敦煌的最后一场战事。

城内七千多军民首领是西凉王李暠的第五个儿子，名叫李恂。见到北凉军队合围而来，李恂指挥军民婴城固守，做好死战准备。

奇怪的是，北凉大兵合围之后却没有立即发起进攻。直到第二天，东边军队依然结阵不动，而其他三边军队阵营有所变化。少部兵士严阵以待，大部兵士则挖地运土，似在城郭周围修筑长堤。李恂在角楼上看到，暗暗心惊：沮渠蒙逊准备引水灌城！

果然，三天后，已有半城之高的长堤修筑而成。蒙逊指挥东边大军移开营栅，掘开党河堤坝，引水灌入敦煌城。城中大乱，部将宋承等出城投降。李恂仍负隅顽抗，挑选勇壮之士千人，连板为桥，暗暗出城，意欲断开堤坝以解水淹之困。北凉大兵乘乱攻战，城破，乱兵涌入城中，蒙逊下令屠城。

李恂被杀，夫人、儿子阖门自尽。城中七千军民无论老幼男女悉数被杀，尸横街头，血染党河，惨不忍睹。

其实，早在一年前，西凉国三万大军在蓼泉滩被北凉全歼，沮渠蒙逊就成为敦煌的噩梦。

当时，蒙逊挥兵攻入酒泉，李歆弟酒泉太守李翻、新城太守李预等

299

西奔敦煌。蒙逊发兵攻占敦煌，李翻与其弟敦煌太守李恂弃敦煌奔北方山区。蒙逊任沮渠牧犍为酒泉太守，索元绪为敦煌太守，俱各分兵驻守。沮渠蒙逊带着被俘的西凉太后尹夫人、公主李敬爱及一干王室子弟返回姑臧。

攻灭西凉后，沮渠蒙逊尽有武威、张掖、酒泉、敦煌、西海、金城、西平七郡，控制范围包括甘肃西部、宁夏，新疆、青海的一部分，成为河西一带最强大的王国割据势力。尹夫人和公主李敬爱起先被囚于姑臧皇娘娘台，后来受到蒙逊礼遇。他诏命儿子沮渠牧犍娶李敬爱为妻，李敬爱成了沮渠牧犍王太妃。同时，对西凉旧臣宋繇、刘昞、张体顺等"皆随才擢叙"。

未料，两月后，敦煌太守索元绪被当地颇有势力的著姓大族宋氏和张氏联合逐回姑臧。

索元绪是索嗣之子。西凉建国初期，索嗣曾和李暠争夺敦煌太守时，因敦煌张氏、宋氏著姓大族支持李暠而败北，返回张掖后被段业诛杀。而后，索元绪投靠沮渠蒙逊，终身效力北凉。他执掌敦煌大权后为报父仇而"粗嶮好杀，大失人和"。另一方面，西凉虽已亡国，但敦煌邑民对李氏家族却深怀眷恋。特别是李恂，他任敦煌太守时在郡中实行惠政，深受吏民拥戴和敬重。敦煌大族中的宋承和张弘暗中送信给在北山的李恂，李恂率数十骑返回城中，驱逐了索元绪。受宋承、张弘等推举，李恂称冠军将军、凉州刺史，改年号为永建元年。

沮渠蒙逊闻之大怒，遣世子沮渠德政率兵一万攻伐敦煌。但李恂带领敦煌军民顽强抵抗，旬日后仍不能破。于是"蒙逊自率众二万攻之"。

一年前，蒙逊攻入酒泉时，曾诏令"禁侵掠""百姓安堵如故，军无私焉"。可是，敦煌发生二次兵乱，李恂带领守城军民抵抗极为顽强，彻底激怒了沮渠蒙逊。于是，攻入敦煌后下令屠城。

敦煌为通向西域的咽喉之都，从城中逃出的少量吏民把屠城的恐怖情况像瘟疫一样传播至西域。"西域诸国畏之，皆诣蒙逊，称臣奉贡"。

后凉"部曲护军"

如果将沮渠蒙逊视为嗜杀残暴的魔头，就大错而特错了。作为卢水胡匈奴首领，他才智出众，有雄才大略，尤以注重经济和关注民生而受到史家称道。

"卢水胡"是源自祁连山北麓的弱水卜游的匈奴部落族人。西汉时霍去病击匈奴于焉支山下，汉武帝设置"张掖属国"安置俘获的匈奴侯王，沮渠部落或从这时起生活于卢水流域。"沮渠"源自匈奴官职，西汉以来匈奴官职中设有左沮渠和右沮渠，蒙逊祖先曾任匈奴左沮渠之官，后世称为沮渠氏。蒙逊的高祖父名晖，曾祖名遮，祖父名祁复延，都以英武善战而著称于匈奴世族。父亲沮渠法弘在前秦苻坚时期任中田护军，并袭爵北地王。法弘逝世后，沮渠蒙逊虽然年幼，但在卢水胡匈奴部落中仍有很大的影响力。

吕光从前秦刺史梁熙手中夺得凉州，卢水胡部落遂归后凉统辖。是年，沮渠蒙逊二十岁。他广泛涉猎史书，通晓天文，善于谋略，梁熙曾称赞他是一位难得的将才。吕光当政后，蒙逊曾随叔父沮渠麹粥来姑臧奏事，吕光见到蒙逊举止刚毅、气度凛敛，曾暗暗称奇。

《宋书·氏胡传》载，"蒙逊代父领部曲，有勇略，多计数，为诸胡所推服。吕光自王于凉州，使蒙逊自领营人，配箱直，又以蒙逊叔父罗仇为西平太守"。当时，沮渠蒙逊代领乃父部曲，世袭为"部曲护军"一职。吕光令之带领本部士卒"配箱直"，为都城宿卫一类的小职务。

吕光没有想到，十年后，这个小小的"部曲护军"成为他一生中最头疼的敌人。

《晋书》载，"蒙逊博涉群史，颇晓天文，雄杰有英略，滑稽善权变，梁熙吕光皆奇而惮之"。其实，梁熙和吕光所"惮"者并非蒙逊雄杰英

301

略。在前秦时，蒙逊父亲"北地王"是卢水胡匈奴的首领，故有"中田护军"之任。他们所"惮"者乃卢水胡人强盛的军事力量。吕光为了削弱沮渠氏的影响力，就改任另一位名叫马邃的卢水胡人为"中田护军"。卢水胡控制权的消失，早就引起了沮渠氏对吕光政权的不满。

麟嘉七年（395年），西秦王乞伏乾归据金城叛变后凉，秦凉一带的鲜卑和胡羌诸族多归顺西秦，遂成控制陇西一带的劲旅。吕光几欲渡过湟水东进却受到西秦的阻遏而不能得逞。

两年后，吕光遣其子吕纂率杨轨、窦苟等步骑三万攻打金城，其弟天水公吕延亦率枹罕之众随军征伐。吕延不听部将劝阻，轻敌冒进，遭遇乞伏乾归埋伏，兵败被杀。吕光闻报，恼羞成怒，竟迁罪于时任西平太守的沮渠罗仇及其弟三河太守沮渠麹粥，以"征战不利"的罪名将二人诛杀。

罗仇和麹粥是沮渠部落在后凉朝中最有权威的代表人物，二人被杀，对沮渠氏的势力造成巨大影响。沮渠部众极为悲痛，聚万余人为二人发丧。治丧礼仪刚刚开始，沮渠蒙逊拍案而起。

从此，这个吕光麾下的"部曲护军"成为十六国时期富有光华的一个王国首领。

临松郡起兵

龙飞二年（397年），罗仇和麹粥跟随吕光征讨河南。当前军兵败的消息传来时，麹粥就开始担忧自己的命运，对罗仇说："主上年老昏昧、骄横放纵，诸子结伙互相倾轧，谄媚之人得势。现在兵败将亡，智勇之人遭受猜忌，令人畏惧。吾等本属异族外姓，向为吕光忌惮之人，回到姑臧肯定凶多吉少。与其死于凉州山壑，不如率领军队开往西平，出于苕藋，振臂一呼，平定凉州不在话下！"

可是，罗仇却说："我们沮渠家族对秦凉二国世代忠孝，已成一方望族。为臣之道，宁可君主负我，我也决不负君主。"罗仇的一番"忠臣"言论，招致杀身之祸。返回凉州不久，吕光果以"征战不利"之罪将二人杀害。

吕光嫁祸于人、滥杀无辜的行径，激起卢水胡部落的民族仇恨。在沮渠宗族姻亲和匈奴各部为罗仇和麹粥举行的葬礼上，沮渠蒙逊抚尸痛哭不已。既而，拍案而起，拔剑击柱，对众人说：

> 昔汉祚中微，吾之乃祖翼奖窦融，保宁河右。吕王昏耄，荒虐无道，岂可坐观成败，不上继先祖安时之志，使二父有恨黄泉！

蒙逊追述沮渠先祖在窦融占领河西时就曾拥兵辅佐，立下"保宁河右"之功，控诉如今吕光昏庸无道，滥杀沮渠氏杰出人士，呼吁部众继承沮渠先祖志向，让二位叔父不要抱恨黄泉。蒙逊接着指出，吕光残忍好杀，几个儿子也各树朋党，专听谗言。为今之计，与其延颈受死，不如起兵反抗，先为两个叔父报仇，再攻下凉州，恢复祖辈基业。

蒙逊的这番话语透露出与张轨、李暠一样的志向。要效法窦融，为"保宁河右"干一番轰轰烈烈的事业。一时之间，群情激愤，一呼百应，万余部众拥沮渠蒙逊占领临松郡（今甘肃张掖市民乐县），杀了"中田护军"马邃和临松令井祥。蒙逊与部众歃血为盟，矢志反叛后凉。不到十天时间，人马聚集一万多，屯据在焉支山西南的金山一带。

吕光闻讯大惊，急遣吕纂率重兵前来镇压。起义军在临松葱谷一带兵败受挫，部众溃散，蒙逊仅带六七人逃进祁连山。

时隔不久，蒙逊堂兄沮渠男成在敦煌晋昌煽动赀虏等"诸夷"起兵，随后以数千之众进占酒泉市东南的乐涫，击杀前去讨伐的酒泉太守垒澄，兵势大盛。蒙逊率众和男成合兵一处，在"诸夷"支持下重整旗鼓。为了发动更多的汉人参加起义，他们决定扶立在凉州颇有声望的儒士段业为首领。

其时，段业被吕光任为建康郡太守，治所在今甘肃高台县西骆驼

303

城。段业虽然对吕光以"氐人治凉"的政策强烈不满,但却不想随沮渠氏造反,对他们"扶立君主"之议予以严词拒绝。

沮渠蒙逊使沮渠男成发兵猛攻建康郡,以武力逼迫段业起义。段业统兵固守城邑,认为吕光很快会发兵救助。但坚守达两月之久,根本没有等来吕光救兵的影子。段业估计是与自己素有芥蒂的后凉侍中房晷和仆射王祥在吕光那儿构陷自己,所以听任骆驼城沦陷而不顾。无奈之下,听从郡人高达和史惠等人劝说,最终接受沮渠氏的拥戴,树起了反叛后凉的大旗。

段业自称使持节、大都督、龙骧大将军、凉州牧、建康公,改龙飞二年为神玺元年,史称"北凉"。其时,卢水胡部族是北凉政权的主要军事力量,段业任命沮渠蒙逊为镇西将军、张掖太守,沮渠男成为辅国将军,酒泉太守,并"委以军国之任"。

从张掖郡到西安郡

神玺二年(398年),段业欲发兵攻打敦煌,沮渠蒙逊建议先攻打后凉重镇西郡(今甘肃永昌西)。蒙逊认为,西郡占据着河西交通要害,攻克后会有更大的发展空间。段业准许,蒙逊首次运用河水灌城之法,攻克西郡,俘获太守吕纯。

西郡一役,北凉军队兵威将猛,气势如虹,威震河西,晋昌郡太守王德和敦煌郡太守孟敏等举郡来降。段业大喜,后遣王德和孟敏合兵攻打张掖,张掖郡王吕弘兵败弃城逃离。段业不顾蒙逊劝阻,追击正在东部郡望逃跑的吕弘诸军。结果,被吕弘迎兵逆击而全军覆没。段业在沮渠蒙逊拼死相救下,才返回张掖。段业感叹:"不听蒙逊之言,如同汉高祖不听张子房之言,以致兵降将亡,真是懊悔莫及之事!"

北凉初立,沮渠蒙逊在段业面前发挥了重要的谋臣作用。迁都张掖后,段业封沮渠蒙逊为临池侯。

西安郡的郡城修筑完成，段业拟任臧莫孩为太守驻守西安郡。西安郡原是西晋张掖郡所辖屋兰县，后凉吕光改县为郡，治今甘肃张掖市甘州区碱滩镇古城村，地理位置极为重要。沮渠蒙逊说："臧莫孩有勇无谋，知进忘退，若让他去驻守西安，那么现在新修的郡城就如同给他新修的坟墓一般。"段业不听，仍遣臧莫孩前往。不久臧莫孩就被吕纂打败，西安郡遂陷后凉。后来沮渠蒙逊统兵与后凉经过一场惨烈的战争，才将西安郡收复。

段业在接受卢水胡推举为"人主"之初，需要依靠沮渠家族军事力量反击前来镇压的后凉军队。但攻下张掖之后，政局略稳，便对沮渠蒙逊产生了猜疑。为了打压沮渠氏在王国中的势力，段业多次拒绝蒙逊建议，招致丧师失地。沮渠蒙逊也发现段业对自己心生猜忌，暗暗担忧，日久必不为段业所容。

果然，半年之后，段业让马权代替沮渠蒙逊为张掖太守。这个阶段，西凉李暠"招怀东夏"，原晋昌太守唐瑶、酒泉太守王德相继背叛段业。蒙逊击败王德，虏其妻子和部众而还。未料，蒙逊屡建大功仍不能消除段业对他的猜忌之心。"业惮蒙逊雄武，微欲远之。"马权为段业麾下旧僚，段业任建康太守时马权曾任郡府侍郎，对他极为信任。段业想借马权遏制蒙逊，马权也"每轻陵蒙逊，蒙逊亦惮而怨之"。

神玺三年（399 年），段业称凉王，改元天玺，任命沮渠蒙逊为尚书左丞，梁中庸为右丞。但蒙逊却一点儿也不高兴，他"惧业不能容己，每匿智以避之"。于是，临朝再不多言，遇事躲避段业。

是年四月，吕光派遣两个儿子吕绍和吕纂攻打段业，段业向南凉秃发乌孤求救，秃发乌孤遣秃发利鹿孤及杨轨救援段业。吕绍因为段业之军强盛，想从三门关沿着山势往东。吕纂说："依靠山势显示弱小，是自取其败的做法，不如结阵向前冲击，他们一定害怕我们，不敢出战。"吕绍就率领军队向南开进。

段业准备统兵迎击，沮渠蒙逊暗自思忖：杨轨凭恃骑兵强大有乘机而动之心，吕绍和吕纂兵在死地，为求生存定会死战到底，此时出战败

305

局已定。蒙逊原本不动声色，但终是不愿意看到北凉军队遭受重创，便对段业说："此时若不动兵马，则张掖稳如泰山；若出战，就会危若累卵。"一句话提醒了段业，依计按兵不动。吕绍和吕纂发现北凉按兵不动，不敢硬攻，数日后引兵而返。

沮渠蒙逊认为以段业的政治才干，难以担当推翻吕光的大任。事实上，在北凉国内，沮渠蒙逊声望已经遮蔽了段业，以至于段业的命令难以传达下去。周边权臣马权、索嗣等人也擅作主张，不听调遣。尽管如此，段业仍将二位视为心腹之臣。某日，沮渠蒙逊做了一个尝试。他对段业说："天下不足担忧，担忧者唯马权而已。马权心怀异志，早晚作乱。"段业听后竟不加分辨，直接遣人将马权诛杀。

可见，段业虽然"博涉史传"，却仅有"尺牍之才"。虽然奉行儒家学说，研究占卜之术，但缺乏智谋远略。当时拥戴段业为"凉王"，实在是沮渠氏危难之际不择良莠的行为。古语云"人主平庸，祸满天下；将帅无能，累死三军"。可以肯定，追随这样的"人主"，是没有什么大好前途的。

306

后来，索嗣和李暠争敦煌郡太守之位失败返回，蒙逊利用男成和索嗣素不和睦的因素，让男成在段业面前大说索嗣"心怀不轨"之类的话语。段业根本不动脑子，闻男成之言，当即诛杀索嗣。

这一切，令沮渠蒙逊更加坚定地认为，段业的能力不足以承担起君王的大任和荣誉。

段业对沮渠氏的忌惮之心更加厉害，认为沮渠氏拥有雄武善战的卢水胡士卒，终成王国大患。就想把他们调离王都张掖，于是将沮渠蒙逊任为临池太守，将其堂叔沮渠益生任为酒泉太守，限日离开张掖赴任。

这次调动激怒了蒙逊，他对男成说："段业愚昧，不是救治乱世的人才，听信谗言，喜欢谄媚，没有鉴别真假的能力。起先他身边的人里面唯有索嗣和马权尚有智慧，现在他们都已死亡。我打算废除段业，奉哥哥为王如何？"男成当即拒绝："段业一个人寄居他乡，又是我们立其为国君，他倚重我们犹如鱼之有水，背叛段业不是祥瑞之举。"

这个阶段，沮渠蒙逊感觉自己的天空一片灰暗。既被段业忌惮，又遭男成拒绝，生活在王都张掖倍感烦心。于是，心一横，索性要求到更偏僻的边郡任职。段业大喜，赶紧将蒙逊改任为西安郡太守。

取代段业

在西安郡任上，沮渠蒙逊外表一切平静，巡游、狩猎、饮酒，有板有眼地履行着郡务职责。但他的内心，没日没夜地想一个问题：如何将段业从国王的位子上拿掉？

吕光和段业，一个是氐人，一个是汉人，虽然所属民族不同，但都有着狭隘的民族思想，并多疑善妒，喜听谗言。他们既想利用卢水胡匈奴人的雄武勇敢，又要对卢水胡首领随意杀戮或大加排斥。时间越久，沮渠蒙逊心中对段业的仇恨越深。遗憾的是，他那备受屈辱的一腔不平之气无人知晓，连同族堂兄沮渠男成也不能理解。

转眼到了寒食节，秦汉以来北方人民皆有寒食节祭奠祖宗的习俗（后来演变成清明节）。卢水胡人在河西生活久了，也有了汉人一样的祭祖传统。蒙逊麾下沮渠部众有人告假去兰门山祭祖，于是，一个"天大"的计谋在他的心中暗自形成了。

沮渠氏先祖墓地位于临松郡不远的兰门山，即今张掖丹河上游一带。他遣人给男成送信，相约同去兰门山祭祖，男成回信表示同意。行前又故意派司马许咸到段业那儿告密："沮渠男成想谋反，答应在得到假期的时候作乱。如果他请假去兰门山祭奠先祖，臣下的话就会应验。"到了约定的时间，沮渠男成果然向段业请求告假祭奠兰门山。段业立马把沮渠男成抓了起来，勒令沮渠男成自裁了断。

沮渠男成说："沮渠蒙逊想谋反，早先已经告诉臣下。臣下因为和他是同族兄弟而没有告发。现在担心沮渠部众不会听从他的命令，就和

307

臣下约定日期祭山，现在反而来诬告臣下。臣下如果死了，沮渠蒙逊很快就会发动叛乱。请陛下放出假话说臣下已死，并公开臣下的罪恶。沮渠蒙逊一定会发兵攻来，到时候臣下迅速率兵再去讨伐蒙逊，事情定然成功。"可是段业没有听从沮渠男成的话，反而残忍地将沮渠男成诛杀。

这一年是天玺二年（401 年），三月，当沮渠男成被杀的消息传至西安郡，蒙逊假装痛哭流涕，对众将士说："沮渠男成忠于段业，却冤屈而死，望诸君为之报仇！况州境战乱，似非段业所能应之。吾初以段业为陈胜、吴广之雄，故拥戴为王。彼却听信谗言，猜忌臣民，杀害忠良，吾等焉能安心旁观，致使百姓罹难？"

沮渠男成平素对人施以恩德，兵士闻其死讯，皆悲愤哭悼。现在蒙逊揭竿而起，更是一呼百应。蒙逊率义军至氐池时，军队已逾万人。羌胡军队大多起兵响应，镇军臧莫孩也率领部下前来归附。蒙逊挥兵北上，驻扎在侯坞。此时的段业麾下已无可用之兵，闻蒙逊起兵而来，极为惊惧。先前段业怀疑右将军田昂有二心，曾派人把他囚禁。危难之中，只好又向田昂道歉，让田昂和武卫将军梁中庸等人攻打沮渠蒙逊。

将领王丰孙对段业说："西平各田姓，历代都有反叛的人。田昂外表谦恭而内心狠毒，志向远大但用心险恶，不能信任。"段业说："我怀疑他已经很久了，但除了田昂就没有可以讨伐沮渠蒙逊的人了。"段业没有听从王丰孙的话。果然，田昂一到侯坞就率领五百名骑兵归附沮渠蒙逊。

同年五月，沮渠蒙逊率领大军到了张掖，田昂哥哥的儿子田承爱打开城门让沮渠蒙逊进城，段业身边的兵士全都溃散，沮渠蒙逊很轻松地俘获了段业。

段业说："我原本孤身一人，被汝等推举才成一方首领，希望能留下性命，遣回东方，和妻子儿女相见。"对于面前的段业，蒙逊已经仇恨了数年，怎会"遣回东方"？第二天，蒙逊在张掖北城门外将之诛杀。

从反吕到反段，蒙逊的两次起兵都得到了胡汉人民的响应和支持。后来沮渠蒙逊振兴北凉政治，安定河西民众生活，逐渐统一河西地区。从多方面的建树而言，沮渠蒙逊不失为一位杰出的少数民族首领。

天玺三年（401年）六月，蒙逊在张掖自称大都督、大将军、凉州牧、张掖公，改元永安。他一开始就汲取吕光、段业的教训，重视协调胡汉邑民间的关系，不同民族合理分工。具体表现就是"晋人协理内政，胡族冲锋陷阵"。进驻张掖后，他重新组建"领导班子"，任命从兄沮渠伏奴为镇军将军、张掖太守、和平侯，任命弟弟沮渠挐为建忠将军、都谷侯，任命臧莫孩为辅国将军。汉族文武中，田昂为镇南将军、西郡太守，房晷、梁中庸分别任左、右长史，张鸷、谢正礼分别任左、右司马。史书评价蒙逊，说他"擢任贤才，文武咸悦"。

《晋书》称蒙逊"英略权变"，可谓精当之极。作为五凉时代少有的匈奴政治家，在北凉初期的政治斗争中，沮渠蒙逊充分展示了审时度势、通达权变的智谋策略。

睦修邻邦

蒙逊进驻张掖的那一年，后秦姚兴正派陇西公姚硕德从金城渡河进攻姑臧，后凉主吕隆投降后秦，后凉灭亡。

其时，后秦国力强盛，西凉公李暠、河西王秃发傉檀、张掖公沮渠蒙逊皆进表入贡称臣于后秦。后秦军队管控了张掖以东大部地区，任命王尚为凉州刺史驻守姑臧。而张掖以西，西凉李暠正准备"东伐"北凉。鉴于东西受制的情势，沮渠蒙逊深感不安。

天玺三年（401年），蒙逊遣从事中郎李典拜访姚兴，以通和好。同年九月，酒泉、凉宁二郡又发生反叛，降于西凉，于是就派建忠将军沮渠挐和牧府长史张潜去见姚硕德，假意请求后秦军队接管张掖，自己愿意率领郡人往东迁移。

姚硕德非常高兴，任张潜为张掖太守，沮渠挈为建康太守。

蒙逊之所以向姚硕德提出率众东迁，不过是讨好后秦的权宜之词，目的是不让姚硕德攻打张掖。而张潜不明就里，想尽快以"太守"的名义执掌张掖，就几次劝说蒙逊应诺东迁。沮渠挈对沮渠蒙逊说："吕氏还在，姑臧还未攻取，姚硕德粮尽就会返回，不可能久留。为什么要离开故土受制于人？"辅国将军臧莫孩也说："建忠将军说得对，我们必须孤守张掖才能图谋发展。"

可怜的张潜便成了这次"外交"权变事件中的牺牲品。

不久，沮渠蒙逊称张潜"暗通姚秦"，有投敌叛国之嫌，找借口杀了张潜。

永安三年（403年），姚兴派张构出使北凉，任沮渠蒙逊为镇西大将军、沙州刺史、西海侯。当时姚兴也任南凉秃发傉檀为车骑将军，封广武公。沮渠蒙逊极为不满，张构奉劝蒙逊："秃发傉檀狡猾不仁，归顺未立大功，圣朝给他加封重爵的原因，是要鞭策其归于善道，奉行大义。将军忠诚之气直贯白日，功勋高于世人，应该入朝佐政，匡扶皇室。圣朝的封爵一定和功勋相称，官职不会超越德行。例如尹纬和姚晃辅佐开创基业，齐难和徐洛是开国元勋猛将，他们都是官居二品，爵位是侯伯。将军凭什么位居他们之上呢？"沮渠蒙逊说："朝廷为什么不把张掖封给我，却要另外远封西海呢？"张构说："张掖是在已划定的范围之内，将军现在已经拥有。现在又把遥远的西海封授给你，不正是为了扩大将军的封国吗？"蒙逊闻之大喜，很高兴地接受了姚兴的封任。

其时的北凉西有西凉，南有南凉，东部武威郡屯驻有后秦强大的军队，诸国环视，情势极为危险。为了减少军事压力，沮渠蒙逊主动与南凉秃发利鹿孤修好。酒泉和凉宁二郡背叛后，蒙逊遣子沮渠奚念去乐都做南凉人质。秃发利鹿孤知道此时北凉正东西受敌，便向蒙逊讨价还价，说奚念太小，要蒙逊弟沮渠挈来乐都为质。

如果说，在北凉受段业钳制时忍气吞声、隐忍苟活的阶段是蒙逊政治生命中的第一个"困顿期"。那么，进驻张掖执掌北凉的最初岁月就成了他的第二个"困顿期"。蒙逊让最小的儿子奚念去南凉为质就是为了表达诚信和修好的目的，可是秃发利鹿孤得寸进尺，步步紧逼，寻隙挑事，令蒙逊极为气愤。但他还是装出恭敬姿态，忍气吞声地致书秃发利鹿孤：

> 臣前遣奚念具披诚款，而圣旨未昭，复征弟挚。臣窃以为，苟有诚信，则子不为轻；若其不信，则弟不为重。今寇难未夷，不获奉诏，愿陛下亮之。

那时候的南凉正处在兵强马壮、国力强盛之时，秃发利鹿孤又视沮渠蒙逊为坐镇姑臧的强大对手，正拟采取日削月割策略来消解北凉国力，焉能就此罢休。虽然沮渠蒙逊已卑己"称臣"，但秃发利鹿孤仍遣秃发俱延和秃发文支率骑兵猛攻北凉。他们在临松郡大败蒙逊从弟鄀善苟子，掳百姓六千余户。面对南凉的挑衅，诸臣僚皆建议发兵进行报复性的反击。但蒙逊仍是按兵不动，因为和南凉关系搞僵，对北凉来说极为不利。此时的西凉李暠正东逼而来，后秦大军正虎视眈眈，不时觊觎弱水两岸的广袤绿洲，西南边境乞伏乾归的骑兵也时时骚扰。若和南凉再起战事，张掖将危在旦夕。

311

因为对时局有着清醒而冷静的认识，蒙逊在立国初期保持了极大的隐忍和克制。

他特地遣从叔沮渠孔遮带随从亲抵西平，见到秃发利鹿孤，答应送沮渠挐为人质。秃发利鹿孤也将所掳人口送还北凉，北凉和南凉终于结盟修好。

沮渠蒙逊采用权变外交手段在后秦与南凉之间斡旋，表明了政治上的成熟和稳健。通过这些方式，新生的北凉政权赢得了宝贵的内修政理、富国强兵的三年安逸时光。

沮渠蒙逊在南凉、西凉、后凉进逼的缝隙中顽强生存，逐渐呈现出政通人和、仓廪盈实、兵强马壮的兴旺局面。

发布《罪己诏》

沮渠蒙逊是个非同一般的胡族人物，文武兼备，足智多谋。这样的禀赋源自他精通汉地经玄文史之学。他虽是匈奴首领，却汉化程度很深，知识宽泛，上知天文，下知地理。和同时代的氐人吕光、鲜卑秃发氏等胡族首领具有很大差别。他治理北凉王国完全采取汉族政权的策略，文治武功的成就甚至超越了前凉和西凉的水平。

刚成为"北凉王"之后，蒙逊就发布诰命，实行轻徭薄赋、休养生息的政策。他称自己德薄能寡，靠时运才有今日。又因缺乏高远之志，至今未将残敌扫灭，"使桃虫鼓翼东京，封豕猋涉西裔"，战车屡动，兵戈不息，使农民有失农时，百姓无果腹之粮。应罢黜各种徭役，让百姓专攻南亩，做到地尽其利。这里的"桃虫鼓翼东京，封豕猋涉西裔"，分别指后凉盘踞姑臧和西凉割据敦煌的状况。

蒙逊重视民生疾苦，懂得反躬自省和听取批评，并采取切实措施去解决问题。他明白治国之要在于足食强兵，只有采用安民修政方针才能提高国力生产水平。在戎马倥偬之中，千方百计地减少役事，避免百姓过多地耽误农时和农活。他下令各级官吏节省徭役和劝农务桑相结合，注重经济，关注民生，以促进农业生产的发展成效。

成为国主后，蒙逊时常反省自己的政治得失，思考刑狱和赋敛适中问题。

玄始元年（412年），蒙逊母亲车氏病重，他登上张掖城南景门，散钱给百姓，为母亲祈福，并下诏书检讨自己的失误：

太后不豫，涉岁弥增，将刑狱枉滥，众有怨乎？赋役繁重，时不

堪乎？群望不絜，神所谴乎？内省诸身，未知罪之攸在。可大赦殊死
已下。

母亲得了重病，本是身体虚弱和调理失当所致。蒙逊却反复检讨责
问自己，执政措施是否存在"刑狱枉滥""赋役繁重"的现象？进而联
想自己智能浅陋，不能很好地治理国家，以至于"群望不絜，神所谴
乎？"于是，内省诸身，检理朝政。从《罪己诏》里可以看出蒙逊勤政
爱民的姿态，似乎是一位"有道明君"。

玄始六年（417 年），因时雨不至，旱情再现，百姓生产生活备受
影响，沮渠蒙逊再次下诏责罪自己：

倾自春大旱，害及时苗，碧原青野，倏为枯壤。将刑政失中，下有
冤狱乎？役繁赋重，上天所谴乎？内省多缺，孤之罪也。

上次是母亲病重，这次是河西发生自然灾害。春苗破土后，时雨多
日不至，似有大旱迹象。蒙逊再次检讨自己：难道是刑政有缺，造成了
冤狱？或是赋役紧重，又遭上天谴责？

沮渠蒙逊能冷静面对因政治缺失而造成的民生问题，在五凉诸国
"皇帝"中实在难能可贵。

他善于汲取历史经验教训，效法古代明君，广开贤路和言路。重视
人才，不论其种族，唯才是用。从南凉夺回西郡后，俘虏了有"文武秀
杰"之称的太守杨统，蒙逊委以右长史之任，待之"宠逾内旧"，胜过
一般北凉有功旧臣。敦煌人张穆以文才见长，蒙逊进入姑臧后拜之为中
书侍郎，委以机密重要之任。他使用人才时显露出政治家特有的襟怀和
品格，不因人之一失而掩人大德。梁中庸曾随蒙逊一起起兵反对段业，
却在永安二年（402 年）投降了西凉。事发之后，北凉臣属要求蒙逊杀
掉梁中庸的妻儿老小，蒙逊却一笑置之，并派人将梁中庸的家眷送往酒
泉让他们全家团聚。张掖太守句呼勒在兵败后投降西凉，后又反正返回

北凉，蒙逊不加责罚，仍待之如初。湟河太守汉平在玄始三年（415年）被西秦俘虏，五年后又放回，蒙逊对人说汉平就是他的苏武，并派他到高昌去做太守。

沮渠蒙逊生性豁达，不邀虚功假誉，不专擅功劳。北虏大人思盘率三千人来归降北凉时，恰好张掖郡永安县发现连理木"祥瑞之兆"，群臣争先恐后地恭贺。蒙逊却说，凡此种种吉兆，都是各地郡守、令长勤政济时所致，并非自己薄德所招。

沮渠蒙逊的才德智慧众皆佩服，其施行勤政安民的政策，也促使北凉国力迅速增强。

打败南凉

在休养生息、发展经济的日子里，蒙逊统一河西的梦想从未破灭。

前文曾述，东汉窦融曾是前凉张轨的榜样，前凉张轨又是西凉李暠的榜样，而沮渠蒙逊也将窦融视为自己的政治榜样。在临松起兵他就对部众说："吾之乃祖翼奖窦融，保宁河右。"后来在写给北魏的书信中也说"援引历数安危之机，厉以窦融知命之美"。所以，像窦融那样统一河西，割据自保，成了蒙逊永远的政治理想。

蒙逊是一位卓越的战略家，他敏锐地感觉到，"河西天下，一国四分"的局面不会维持太久。他对秃发利鹿孤称臣示弱，表明自己对姑臧不存奢望，意在使南凉与后凉"鹬蚌相争"，而自己坐待"渔翁得利"。在与西凉最初的战事纷争中，他发现李暠军事素质和治世才华非常优秀，是非常强大的对手。而其世子李歆则才能平庸，与之征战可轻松获胜。于是，沉下心来与李暠言和盟约，耐心等待李歆继位的那一天。这一切，都表现出蒙逊的远见卓识。

这样的时机终于等到了。南凉秃发利鹿孤、西凉李暠相继死去，他利用秃发傉檀和李歆共有的急功轻躁、"穷兵黩武"的性格缺陷，展开了统一河西的军事活动。

永安五年（405 年）七月，南凉秃发傉檀计取凉州，被后秦主姚兴任命为凉州刺史。是年秋天，西凉李暠迁都酒泉，进逼张掖使北凉置于南西二凉的包围之中。次年，秃发傉檀与李暠相互结盟，意欲联合攻灭北凉。为了摧毁南凉与西凉的军事联盟，蒙逊于次年率军攻打西凉，在酒泉城东的安弥一带重挫西凉军队，使李暠受到震慑，从此不敢东窥。

两年后，北凉君臣一致认为夺取姑臧的时机已经成熟。对此，北凉君臣们取得了共识。史载：

太史令刘梁言于蒙逊曰："辛酉，金也。地动于金，金动刻木。大军东行无前之征。"时张掖城每有光色。蒙逊曰："王气将成，百战百胜之象也。"

这时，秃发傉檀也谋倾南凉举国之兵，进攻北凉。蒙逊抓住机会，与南凉战于张掖东部的均石，一举将其击垮，乘胜夺回西郡，获取军粮四万多石。为了遏制西凉乘隙出兵骚扰边境，他在"东伐"之际也发动"西取"战争，屡创西凉军队。

永安十年（410 年），蒙逊准备大规模进攻南凉。战前先遣兵进攻西凉，攻至酒泉东部的马庙一带，西凉大败，史称"马庙之役"。此战俘获西北著名战将朱元虎，迫使李暠用白银二千斤、黄金二千两将其赎回，并答应与北凉结盟。"马庙之役"缓解了北凉西部边境的军事压力，使蒙逊可以集中力量对付南凉。

是年七月，沮渠蒙逊率领三万步兵骑兵攻伐南凉秃发傉檀，屯驻在西郡。据传，当时大风从西北方来，天上的轻云显出五种颜色，一会儿却天气突变，白昼瞬间变得昏暗如夜。南凉军队惊惧欲逃，以为神兵将至。北凉军队乘势发起猛攻，在显美（今甘肃省永昌县东）打败南凉守兵，俘获数千户人口返回。秃发傉檀带兵追击沮渠蒙逊，屯兵于穷泉（今甘肃省永昌县南），沮渠蒙逊准备攻打秃发傉檀。将领们都劝说："敌人已经建立了营寨，战机已失，不能再打。"沮渠蒙逊却说："傉檀以为吾师远来，人马疲惫，必轻敌而懈防，趁其营栅尚未筑葺，可一鼓作气将之消灭。"蒙逊合兵进击，果然大败秃发傉檀，乘胜追击至姑臧，胡汉吏民来降北凉者有一万七千余户。

接着，蒙逊"乘胜至于姑臧"。他将姑臧城牢牢包围，又有"夷夏降者万数千户"。直到傉檀送人质请和，蒙逊才撤兵。

南凉经此重创后一蹶不振，姑臧城内城外变乱迭起，傉檀无法在姑臧立足，只得放弃姑臧，撤往乐都，魏安人焦朗趁机占据姑臧自立为王。

沮渠蒙逊率领步兵骑兵共三万人攻打姑臧，焦朗兵败投降。

沮渠蒙逊进驻姑臧，在谦光殿赏赐文武将士，颁赐金银、马匹等。任命其弟沮渠挐为护羌校尉、秦州刺史，封为安平侯，镇守姑臧。

316

迁都姑臧

永安十二年（412年）十月，沮渠蒙逊正式迁都姑臧。

载着王府亲眷、王公大臣、州府文书和珍宝箱盒的车驾连亘十里，边上骑乘骏马的骁健卫士排成两列纵队，逶迤行进在多姿多彩的张掖大地。

古郡张掖自有大漠戈壁的雄浑粗砺之状，却也不失塞上江南的明艳之姿。特别是那七彩丹霞的岩峰，色如渥丹，灿若明霞，阳光下涌动着令人瞠目结舌的旖旎。弱水名曰黑河，却涟漪着银子似的波涛，如同一道仙女失落的纯白飘带，宁静地栖落在黄绿错综的河西大地之上。

队伍行至焉支山下，沮渠蒙逊敕命车队屯驻休息。他带着一干将士登上焉支山巅，回望风光绮丽的山河大地，心绪波动不宁。

焉支山的西南方，有一片环绕着临松郡城的村舍，更远处的草原上有一片蘑菇状的牧民的帐篷。他二十岁的这一年在临松郡拔剑击柱，奋起反抗后凉统治。蒙逊成为北凉王之后，命工匠僧人在此开凿石窟。

临松薤谷处处遗落着他的成长痕迹和生命气息。从临松郡牧马狩猎到聚兵起义，直至从张掖迁都姑臧，沮渠蒙逊在故乡生活战斗了四十四年。在这段贯穿了他的童年、青年和中年时光的峥嵘岁月中，弱水河与胭脂山似乎跟他的生命遭际与命运兴衰密切相关。临松兵败，蒙逊曾统兵沿大都麻河谷西遁至弱水岸边，而后节节败退，沿弱水顺流而下，直至骆驼城拥戴段业为王才立住了阵脚。

当他兴盛时，统兵沿弱水溯流而上，经蓼泉滩、碱滩城、乌江堡，兵锋直指"甘凉咽喉"焉支山。蒙逊在焉支山和后凉、后秦、西秦、南凉和北魏的军队大小鏖战达三十多次。只用了十年时间，就定都姑臧，打下了统一河西的坚实基础。

一片山河与一个人的命运默契相合，肯定是其生命历程中无法规避的一种命运定数。一个人长久生存于某个地域环境里，地域中内蕴的本质精神已然化成了他生命性格中的重要元素。沮渠蒙逊的生命性格里肯定跃动着弱水河浩瀚激越的强大动力，肯定凝聚了焉支山挺拔刚硬的强大毅力。

沮渠蒙逊正式迁都姑臧，而后即河西王位，大赦境内，改年号为玄始。设置官僚，因袭吕光为三河王的旧例，修缮宫殿，建起城门楼观。立沮渠政德为太子，加镇卫大将军、录尚书事。

其时，凉州境内尚有秃发傉檀的旧属对蒙逊怀有仇恨，伺机报仇。数月后，蒙逊在姑臧王府就寝，宦官王怀祖突然袭击，但只伤到蒙逊的左脚。据传，蒙逊之妻孟氏也颇有武功，竟在搏斗中成功制服了王怀祖，而后挥刀杀之。

这场刺杀事件使蒙逊更加警醒。他想，只要政事明哲，为邑民谋求福祉，假以时日，就会消除前朝旧僚的仇恨。蒙逊似乎格外懂得"兼听则明，偏信则暗"的古训，将搜求谠言与广开贤路作为改良政治的措施。进驻姑臧后，曾下达敕令说：

317

养老乞言，晋文纳舆人之诵，所以能招礼英奇，致时邕之美。况孤寡德，智不经远，而可不思闻谠言以自镜哉！内外群僚，其各搜扬贤隽，广进刍荛，以匡孤不逮。

敕令中蒙逊谦虚地说，即使晋文公那样睿智的霸主都要"纳舆人之诵"，方可"招礼英奇"，像自己这样"智不经远"之人更要"闻谠言以自镜"。他号召内外群僚，"搜扬贤隽，广进刍荛"。这里的"刍荛"指割草打柴之人，意为从最基层去发现人才，寻求人们对国王的意见，以匡正自己的不足之处等。

玄始二年（413年），不甘心失败的秃发傉檀再次兴兵攻打姑臧，蒙逊发兵在若厚坞一带将其打败。蒙逊乘胜追击，遣护军将军成宜侯率军攻至湟河，南凉湟河太守秃发文支兵败投降。蒙逊任秃发文支为镇东大将军、广武太守、振武侯，任成宜侯为振威将军、湟川太守，任殿中将军王建为湟河太守。

占据姑臧后，北凉拥有了河西走廊一半以上的土地。沮渠蒙逊从此再无东顾之忧，他可以游刃有余地对付西凉，并将统一河西作为他下一步的战略目标。

攻灭西凉

玄始六年（417年）春，沮渠蒙逊车驾抵达张掖，而后出巡金山，沿祁连山北麓游至酒泉南山，祭祀西王母祠，祐护沮渠子孙统领凉国，福祚延年。据载，酒泉南山与昆仑山体一脉相连，古时周穆王曾于此拜谒西王母。前凉酒泉太守马岌主持修建西王母祠，"玑镂饰，焕若神宫"。前凉王张骏为了显示"君权神授"的人主身份，也曾来此予以祭拜。

　　沮渠蒙逊往酒泉南山祭祀西王母祠时，出行的车驾动用军队达四万多人，声势浩大，旌旗如云，骁骑健卒，连亘如带，实质上是向西凉示威的一次大规模的军事行动。

　　一年前，沮渠蒙逊派将领去湟河运粮，自己率领军队攻克了西秦广武郡（今甘肃永登）。因为粮食运输供给跟不上战争发展的需要，就统领军队从广武出发抵达湟河，越过浩亹（今甘肃省永登县西南大通河一带）。西秦乞伏炽磐派将领乞伏魁尼寅追击沮渠蒙逊，结果兵败被沮渠蒙逊杀死。乞伏炽磐又派将领王衡、折斐、麴景等人率领一万骑兵占据勒姐岭，沮渠蒙逊一边战斗一边向前推进，大败西秦军队，俘虏折斐等七百多人，麴景从乱军中逃跑了。沮渠蒙逊任其弟沮渠汉平为折冲将军、湟河太守，自己带兵返回姑臧。

　　经此一役，乞伏炽磐不敢再轻举妄动，南线边境稳定，沮渠蒙逊拿出全副的军事力量来专志攻打西凉国。

　　玄始六年（417年）即西凉义熙十三年，李暠去世，葬于建世陵。李歆继位后不听贤臣劝谏，用刑严酷，大兴土木建宫殿，西凉境内怨声屡起。据传，这一年，酒泉城街衢之间的大树上有鸟鹊争巢，鹊又为大鸟所杀。又有敦煌父老令狐炽于夜梦见一位披戴着白色衣巾的白头老翁，对他说"南风动，吹长木，胡桐椎，不中毂"，说完这句话就忽然消失了。

　　谶言中的"长木"为"李"，"桐椎"是李歆小名，大意是说有军队从南部攻来，动摇李氏基业，胡人来袭，桐椎不再是车轴位置。总体而言是影射李歆再不能承载西凉国的重任了。次日，谶言就传遍了酒泉城的街衢里巷。令狐炽作为敦煌父老的代表，从他口中道出的梦谶，表明西凉百姓对国王李歆极为失望的心理，是民心所向的一种委婉的声音。

　　是年四月，沮渠蒙逊派张掖太守沮渠广宗向西凉诈降，引诱李歆派兵出来迎接，李歆派武卫温宜等前往，自己亲率大军作为后援。沮渠蒙逊率领三万士兵埋伏在蓼泉，李歆发觉，率兵撤回。沮渠蒙逊率众追击，李歆挥兵反杀过来，竟大破北凉军，斩杀七千余人。玄始七年

319

（418年）九月，沮渠蒙逊再次率兵讨伐西凉，李歆准备出兵迎战，左长史张体顺坚决劝阻，李歆才停止行动。沮渠蒙逊收割了西凉境内已经长成的庄稼，便班师回到北凉。

玄始九年（420年）六月，刘裕受禅登基，建立南朝宋。刘裕下诏，任命李歆为都督高昌等七郡诸军事、征西大将军、酒泉公。而此时，沮渠蒙逊做好了进攻西凉的准备。是年秋天，北凉太史令张衍预言"今岁临泽城西当有破兵"，蒙逊大喜，决定对西凉进行最后一击。他部署世子沮渠政德屯兵于姑臧东南的若厚坞后，才向张衍等宣布其战略决策：

> 吾今年当有所定，但太岁在申，月又建申，未可西行。且当南巡，要其归会，主而勿客，以顺天心。计在临机，慎勿露也。

蒙逊决计要用声东击西的战术，诱西凉军队进入国门，然后一举歼灭。其设计先带兵出东方进攻西秦浩亹，可大军一到浩亹，便立即秘密回师，驻军川岩。李歆得到沮渠蒙逊进攻浩亹的消息，命令内外戒严，想要乘北凉西部防务空虚，进攻张掖。从事中郎张显认为沮渠蒙逊是"胡夷之杰"，此举不但不能殄灭蒙逊，反倒使蒙逊成为西凉"社稷之忧"，李歆不听。右长史宋繇、左长史张体顺皆劝，仍不听。李歆的母亲尹太后也警告李歆说：

> 蒙逊善用兵，非汝之敌，数年以来，常有兼并之志。汝国虽小，足为善政，修德养民，静以待之。彼若昏暴，民将归汝；若其休明，汝将事之。岂得轻为举动，侥冀非望！以吾观之，非但丧师，殆将亡国！

李歆不听母亲劝阻。宋繇叹息说："事已至此，大势去矣！"李歆兀自率领步骑三万自都城酒泉向东进发。沮渠蒙逊闻之大喜，说："李歆已经中计，但如惧怕我军埋伏，一定会停止前进。"于是沮渠蒙逊下令在西部边境遍传攻克浩亹的消息，并扬言大军还要进攻黄谷。李歆得到消息大喜，即率大军进至都渎涧，进入了沮渠蒙逊精心设置的包围圈。沮渠蒙逊发起攻击，李歆奋力迎击，一场恶战在怀城进行了一天一夜。李歆终究兵少势弱，招致惨败。

李歆带领残兵奋力杀出怀城，退回都渎涧。谋士皆劝李歆快速退兵返回酒泉，全力保卫西凉都城。李歆恼怒地说："违背母亲的教训才遭此挫败，不杀胡蛮，有何面目再见老母？"于是，又率手下的将士在蓼泉与蒙逊军队展开第二次会战。西凉军再次惨败，李歆被沮渠蒙逊所杀。

是年九月，李歆之弟李恂据敦煌称冠军将军、凉州刺史，改元永建。不久，沮渠蒙逊派军讨伐。玄始十年（421 年），沮渠蒙逊又率兵攻打敦煌，北凉军队引水灌城，部下投降，敦煌失陷。蒙逊颁令"屠其城"，李恂自杀，西凉遂亡。

撰定"朝堂之制"

灭掉西凉，沮渠蒙逊完成了对河西走廊的再次统一，占领了整个凉州地区。其时，西域三十六国各派使者称臣纳贡。北凉此时的疆域东起黄河，西包西域，南达湟水，北至沙漠。史书上说，蒙逊"西控西域，东尽河湟，尝置沙州于酒泉，秦州于张掖。而凉州仍治姑臧，前凉旧壤，几奄有之矣"。也即，前凉张氏的功业被沮渠蒙逊成功予以复制，终于实现了"散马金山"的恢宏心愿。

北凉成为北方较有影响力的割据王国，治理责任更加重大。蒙逊更加重视吏治，严明政教。他和氏人吕光最大的区别是，推行吏治，不论亲疏贵贱一视同仁，决不偏袒王室宗亲子弟。初到姑臧，蒙逊的伯父中田护军亲信和临松太守孔笃骄奢妄为，侵害百姓。蒙逊闻奏，痛斥他们的做法是乱国政、坏纲纪的行为，责令二位伯父领罪自杀。

玄始七年（418 年），蒙逊广泛征求群僚意见，让他们指出北凉吏治中存在的问题。后来，臣僚将所有意见建议进行归纳，形成建立朝纲及整肃吏治的建言书，书中说：

设官分职，所以经国济时；恪勤官次，所以缉熙庶政。当官者以匪躬为务，受任者以忘身为效。自皇纲初震，戎马生郊，公私草创，未遑旧式。而朝士多违宪制，不遵典幸；或公文御案，在家卧署；或事无可否，望空而过。至今黜陟绝于皇朝，驳议寝于圣世，清浊共流，能否相杂，人无劝竞之心，苟为度日之事。岂忧公忘私，奉上之道也！今皇化日隆，遐迩宁泰。宜肃振纲维，申修旧则。

这是一份意在建立朝堂制度以解决官僚队伍腐败懒散问题的建策。指出设立官级分授职务的目的是治国理政，文官当埋头苦干理好政务，武职应舍生忘死报效朝廷。但是，因为国家初立征战不断，有关公私事务的规定都是草创粗设，许多方面来不及依照规矩办理。于是出现了"人无劝竞之心，苟为度日之事"的惰政怠政行为。结论是在北凉国内外祥和安宁之时，"宜肃振纲维，申修旧则"，履行官员考核黜陟制度，使之为官者人人通晓并恪守朝纲政纪。

沮渠蒙逊采纳这封建言，责成征南将军姚艾与尚书左丞房晷等撰定朝纲制仪及黜陟规定，在北凉王廷推行。

在五凉时代，前有汉人创建的前凉和西凉政权，但借助政绩考核制度以整饬吏治的记载，却仅见于"卢水胡"匈奴建立的北凉政权。估计此类制度在前凉和西凉应有相关内容，只是史书未予以记载。至北凉时期，政权中的卢水胡勋贵多出身武旅，上沙场能勇武善战，入庙堂后则骄惰奢纵，懒惰理政，严重影响王廷尊严和行政效率。沮渠蒙逊颁定朝堂制度的意义不仅扭转官场作风，更重要的是推进北凉文治水平。

《晋书》载，建言者提出建立朝制要"申修旧则"。所谓的"旧则"，即包括汉魏晋以来汉族政权中有关驳议、考绩、奖惩、黜陟等方面的制度。

在汉族王权制度中，考绩、奖惩、黜陟等措施都是由上向下予以推行，具有一定的执行力度。唯"驳议"是底层官员向朝廷提出辩论意见，故而不易实行。前凉时就发生过臣僚批评张寔和张茂独断专行、不设谏官之事。蒙逊支持推行申修驳议旧制，显然是为减少自己决策中的失误，其进步意义超越了同时代的汉族统治者。《十六国春秋》中有大量蒙逊向官员征询意见并鼓励他们对自己进行批评的记载。

朝堂制度的要义不仅在于正君臣之礼，更重要的是官吏明确了必须有遵守的法纪和勤政的守则。沮渠蒙逊通过这一举措，较好地恢复保存了中原皇室朝政运行的典章制度，将北凉王国建成一个彻头彻尾的封建王国政权。

"肃振纲维，申修旧则"的朝堂制度颁布后，实行不过十天时间，朝廷风气便发生与此前截然不同的变化。《晋书》用"行之旬日，百僚振肃"概括了变化后的史治气象，所有官员皆言行振奋，吏道肃然。

323

谈玄论圣

《晋书》称，蒙逊"博涉群史，颇晓天文"，意在申明他是一位饱读汉文化典籍并沐受汉地经玄文史学说的国君。似乎为了印证这样的论断，史料中特意记载了下面的事例。

玄始十一年（422年），蒙逊在姑臧城谦光殿大宴群臣，河西大儒刘昞侍坐。刘昞原为西凉儒林祭酒，西凉亡国后被蒙逊任为秘书郎中。蒙逊对刘昞极为尊敬，认为他"学冠当时，道先区内"，恭敬地称为"玄处光生"。

席间，蒙逊和刘昞就孔子与圣人之间的名实问题进行讨论。蒙逊向刘昞询问孔子是什么样的人？刘昞以"圣人"对之。蒙逊说，《庄子》里说孔子在陈国受辱，为防追兵找到自己，曾"伐树削迹"。这样的行为还像"圣人"吗？

刘昞竟难以对答，座中群臣也一筹莫展。沮渠蒙逊则从容说出一番话：

> 卿知其外，未知其内。昔鲁人有浮海而失津者，至于亶州，仲尼及七十二子游于海中，与鲁人一木杖，令闭目乘之，使归告鲁侯，筑城以备寇。鲁人出海，投杖水中，乃龙也。具以状告鲁侯，不信。俄而有群燕数万衔土培城，鲁侯信之，大城曲阜。讫而齐寇至，攻鲁，不克而还。此其所以称圣也。

蒙逊竟然认为博学的刘昞"卿知其外，未知其内"，接下来讲述孔子赠鲁人木杖提示鲁侯"筑城以备寇"，既而木杖化龙而游，群燕衔泥培城，"鲁侯信之，大城曲阜"。果然，齐人入侵，"不克而还"。蒙逊通过这些故事说明孔子之所以称"圣人"是缘于他"先知先觉"的禀性。就算他在危难时期有"伐树削迹"的行为，丝毫不影响他成为"圣人"的声誉。蒙逊借题发挥，既表现出对孔子的敬仰，又把名法思想贯穿其中。就哲学范畴而论，蒙逊和刘昞的论述已经深入魏晋时期文人最热衷的玄学领域。

魏晋时期的文人将《庄子》《老子》和《周易》三部书尊为经典，并称"三玄"。蒙逊信手拿来《庄子》典故，说明他对玄学了然于胸，并且对儒玄两家学术能做到融会贯通。以这样的学问推之，蒙逊不仅是"博涉群史"的君主，而且是一个地地道道被汉文化武装起来的河西名士。

"蒙逊论圣"的故事也说明，蒙逊时期的凉州已经形成了浓郁的学术风气。大量文人学士汇聚凉州，出现了文教昌明的兴盛局面。河北广平人程肇曾为后凉国王吕光的"民部尚书"，其孙程骏曾师事刘昞而成河西著名学者。某日，蒙逊和刘昞、程骏等文人在游林堂中谈玄论史，在论及老庄学旨、修身养性时，程骏说：

> 今世名教之儒，咸谓老庄其言虚诞，不切实要，弗可以经世，骏意以为不然。老子著抱一之言，庄生申性本之旨，若斯者，可谓至顺矣。人若乖一则烦伪生，若爽性则冲真丧。

年轻的学者程骏对《庄子》和《老子》"弗可以经世"的学术认识提出批评。他认为老子和庄子的思想根本要旨是"抱一"和"性本"，遵循这样的思想人生可以实现"至顺"。因为，人若乖张则烦恼空虚，若违背本性则丧失了自由随性和本真意趣。所以，老庄之学完全是"经世致用"的学说。程骏的话得到了刘昞的赞同，他对蒙逊说，年轻的程骏说出的言论却很老成，有一定的思想境界。程骏确立了"三玄"的密切联系和学术价值，揭示老庄文化在修身养性中的作用。程骏得到刘昞夸奖，"声誉益播"，蒙逊擢之为"东宫侍讲"，成了北凉王世子的老师。

在沮渠蒙逊的倡导下，凉州汉文化典籍的修习及学术研读达到了一定的水平，并呈现出玄学神秘化的倾向。为了方便和文人学士来往，他专门修建了"游林堂"，供自己和文人学士在一起谈史论经。《十六国春秋》载，"十四年，起游林堂于内苑，图列古圣贤之像。九月，堂成，遂宴群臣，论谈经传"。

沮渠蒙逊具有很高的文化素养，所以倾心仰慕士林人物。攻克酒泉后，将刘昞迎请至姑臧，视之为河西儒学泰斗。为了让他静心研究学问，特地在姑臧西苑另建一座书斋，取名为"陆沈观"，供刘昞专用。蒙逊特意将河西颇有影响的学人索敞和阴兴配备为刘昞的"助教"，另选数百名学生随他学习经书文章。蒙逊常抽时间去陆沈观看望刘昞并行礼致敬。此外，按月给刘昞送去羊酒表示慰劳。

刘昞也不负蒙逊厚望，在姑臧撰写了大量著作，如《略记》《凉书》

《敦煌实录》《方言》《靖恭堂铭》，另注《周易》《韩子》《人物志》《黄石公三略》等，体现出五凉时期河西儒学发展的最高水平。

《晋书》载，蒙逊占领酒泉之后，曾到宋繇家里拜访。看到宋繇家里有数千卷图书，而盐米仅数十斛而已，不觉叹曰："孤不喜克李歆，欣得宋繇耳。"其后宋繇出仕北凉，名重当世。按说，宋繇为李暠异父同母弟，曾为西凉对抗北凉出谋划策，屡建大功，实为北凉"罪臣"。但蒙逊尽释前嫌，视宋繇为北凉重臣，将王廷中最重要的尚书吏部郎中一职派给宋繇担任，命之掌管官史选拔大权。

在五凉时代，沮渠蒙逊在位时是人才积累最多的时期，也是众多名士流芳青史的时期。他们之所以留名青史，不是因为政声，而是因为学术成就。如金城人宗钦，与河西名士宗敞是同胞兄弟，是蒙逊时的中书侍郎、世子洗马，史书说他因"博综群言，声著河右"。

可见，沮渠蒙逊精通修习汉地儒学文化典籍，具有极高的儒学文化修养。这是同时代吕光、秃发傉檀等少数民族政治人物难以企及的地方。所以，蒙逊对北凉王国的治理策略完全采取汉族政权的做法，部分典章制度及文教措施甚至超越了前凉和西凉的水平。

遣使南朝

玄始六年（417年）夏，某日，蒙逊在姑臧王府翻阅奏章，脸色冷峻得似能结出冰霜。既而推开奏章，走到边上去看太史令赵㪭绘制的九州山川舆图。侍从吓得不敢大声说话，小心翼翼地站在边上。

这时，门下校书郎刘祥正巧前来奏事，蒙逊忽然发怒，对他大吼："听说刘裕入关，你很高兴吗？"喝令左右将刘祥斩首。侍卫莫敢问所以，赶紧拥来，推刘祥出去杀之。

可怜的校书郎刘祥，至死不知，竟是什么原因触怒了国王？

《十六国春秋·北凉录》载："蒙逊闻刘裕灭姚泓，怒甚。门下校郎刘祥言事于蒙逊，蒙逊曰：'汝闻刘裕入关，敢研研然也！'遂杀之，其峻暴如是"。原来，东晋刘裕率军攻灭后秦，姚泓投降，后秦灭亡。东晋军队来者不善，占据关中后兵锋直指河西，蒙逊极为震骇。其时蒙逊正恨刘裕攻灭入关中之事，刘祥前来奏事，蒙逊看到刘姓之人勃然大怒，遂推出斩首。不过，校书郎刘祥是姑臧邑人，东晋刘裕小名寄奴，郡望彭城，双方没有任何亲宗关系。蒙逊"峻暴如是"，可以想见东晋攻火后秦给他带来的巨大的精神压力，以至于有些神志错乱了。

这个阶段，天下形势发生巨大变化，中国历史正渐渐跨入南北朝时代。蒙逊在应对河西诸凉纷争局面的同时，还要与占据黄河流域的北魏以及占据长江流域的东晋帝国打交道。面对复杂多变的天下形势，需要更大的气度和智慧。

蒙逊审时度势，得心应手地运用政治"屈伸之术"，对南北两个大国通过书信交往，施展"外交文化"。

早在五年前，即蒙逊迁都姑臧的第二年，东晋益州刺史朱龄石统兵向四川一带的西蜀国发起进攻。次年五月，朱龄石杀掉"成都王"谯纵，将巴蜀大地收归东晋。

朱龄石收复成都后，政治嗅觉敏锐的蒙逊立即觉得时机到了，当机立断遣使向东晋朝贡。玄始四年（415 年），朱龄石派人到姑臧，宣示东晋对蒙逊的嘉许。借这个机会，蒙逊立即派舍人黄迅出使东晋。黄迅先抵益州表达对朱龄石的感谢，后经蜀地下江南，去朝页晋安帝。奏章称：

> 臣之先人，世荷恩宠，虽历夷险，执义不回，倾首阳，乃心王室。若六军北轸，克复有期，臣请率河西卒戎为晋右翼前驱。

这道奏章如同前凉张骏呈给东晋的一样，先叙"北地王"家世"世荷恩宠"的历史，故而"倾首阳，乃心王室"，最后表态当有一天晋室

327

派兵北伐中原，自己一定"率河西卒戎为晋右翼前驱"。蒙逊考虑到自己先世并非晋室汉臣，而是夷狄之后，所以态度更加谦卑，称自己"虽历夷险，执义不回"。

但是，舍人黄迅从建康返回却没有带回晋安帝的敕封诏书。过了一年，刘裕就统率晋军浩浩荡荡地攻入长安，坐镇关中，觊觎河西，让沮渠蒙逊惊惧而又震怒。

就在刘裕意欲统兵继续北伐时，传来了留守建康总掌朝廷内外事务的刘穆之病死的消息。刘裕担忧后方安危，遂留其十二岁的儿子刘义真及王修、王镇恶、沈田子等文武驻守长安，自己统军南归。既而，夏主赫连勃勃派军南断青泥，东扼潼关，率大军进攻长安。刘裕无暇进攻秦陇、河西，退兵至建康。

为了凉国安宁，蒙逊继续遣使东晋，向晋安帝朝贡，岁时不辍。

玄始九年（420 年），蒙逊攻灭西凉，继前凉张氏集团完成了河西走廊的统一。是年，刘裕取代东晋建立刘宋王朝，成了南朝的首位统治者。因为刘裕承袭东晋衣钵，故而蒙逊视之为"正朔"王朝，继续向江南遣使朝贡。玄始十二年（423 年），宋少帝刘义符册封蒙逊为都督凉、秦、河、沙四州诸军事、骠骑大将军、凉州牧、河西王。

蒙逊获得了江南刘宋颁赐的正统王位，得到更多西州汉族士民的承认和支持。他开始东渡黄河，与占据陇西的西秦相与角逐，争抢地盘。

称藩北魏

南朝宋少帝册封蒙逊为"河西王"的这一年，华北大地崛起于平城（今山西大同）的鲜卑拓跋部正如天际一颗耀眼的新星，冉冉升起。是年，明元帝拓跋嗣去世，年仅十五岁的拓跋焘继位，史称北魏太武帝。拓跋焘少年英杰，聪明雄断，史载"有异人之姿，故能辟土擒敌"。继位之后立即统兵北伐柔然，消除了北部边境困境。而后，拉开了统一北方诸胡于魏朝的帷幕。

玄始十五年（426年），拓跋焘率魏军攻入关中，灭掉匈奴赫连氏建立的夏国政权，攻占长安。其时，居住在秦雍一带的氐羌纷纷归附北魏，沮渠蒙逊也遣使北魏，再次表明"附魏"的态度。拓跋焘对于北凉的归附之意极为高兴，当即册封蒙逊为"河西王"。

次年，魏太武帝亲自率领大军，攻破夏主赫连昌盘踞的统万城，赫连昌逃往上邽（今甘肃天水市）。接连三年，魏军攻上邽，赫连昌进往陇东，最终在安定被魏军生擒。直至北凉承玄三年（430年），魏军攻克平凉，全歼赫连氏残余势力。

"平凉"这个地名对河西任何一个割据者来说，都是不太吉祥的地名。据说，平凉原为安定郡辖地，前秦苻坚平定张氏凉州之后分泾川、灵台、华亭、崇信北部诸县置平凉郡，意为平定凉国，治今宁夏彭阳县境。北魏占有了平凉，意味着矛头所指将是河西。

沮渠蒙逊担心这一天到来，他一面加紧与江南刘宋王国联系以牵制北魏，一面做出倾身事魏的姿态。

北凉承玄三年（430年）亦即北魏神䴥三年，蒙逊派尚书郎宗舒与左常侍高猛到平城向太武帝朝贡上表：

> 伏惟陛下天纵睿圣，德超百王，陶育齐于二仪，洪其隆于三代。然钟运多难，九服纷扰，神旗暂拥，车书未同。上灵降祐，祚归有道，纯风一鼓，殊方革面。群生幸甚，率土齐欣。臣诚弱才，效无可录，幸遇重光，思竭力命。自欣投老，得睹盛化；冀终余年，凭倚皇极。前后奉表，贡使相望，去者杳然，寂无旋返。未审津途寇险，竟不仰达，为天朝高远，未蒙齿录？屏营战灼，无地自措。

这封奏表开首言辞极尽卑躬屈膝之态，运用大量"言不由衷"的话语，哄得魏太武帝满足与高兴。如为太武帝未能统一北方"神旗暂拥，车书未同"而抱憾，恭维太武帝当政"上灵降祐，祚归有道"，举国臣

329

民"群生幸甚，率土齐欣"，自己虽智弱才浅但也"幸遇重光，思竭力命"。然后诉说自己"前后奉表，贡使相望"，但是所有的奉表都杳然无返，是"津途寇险"，还是"未蒙齿录"？惝然猜度中"无地自措"，以谨小慎微的言辞表达对北魏的恭敬心意。

接下来，写到侍郎郭祇等人带着诏书回到凉州的情形，表达出"三接之恩始隆，万里之心有赖"的感激心情。始知北魏对自己"诱劝既加，引纳弥笃"，甚得慰藉。既而追忆胡商带来北魏文书后凉州吏民"微诚上宣，天鉴下降"的欢乐，在奏表里充分营造出自己"小国"臣子的形象，以此表达对北魏"大国"之君的敬仰之情。奏表最后，沮渠蒙逊写道：

> 若万国来庭，百壁陛贺，高蹈先至之端，独步知机之首。但世难尚殷，情愿未遂，章表频修，滞怀不畅，未达拱辰之心，延首一隅，低回四极。臣历观符瑞，候察天时，未有过于皇魏，逾于陛下。加以灵启圣姿，幼登天位，美咏侔于成康，道化逾于文景。方将振神网以掩六合，洒玄泽以润八荒。况在秦陇涂炭之余，直有老臣尽效之会。

蒙逊极力赞扬太武帝"高蹈先至之端，独步知机之首"，意为太武帝是"先至""知机"之人，定能创建统一北方的宏伟大业。而后道出写此奏表时唯恐"滞怀不畅"，所以"章表频修"，故而"延首一隅，低回四极"的心情。蒙逊恭维太武帝"灵启圣姿，幼登天位"，"美咏侔于成康，道化逾于文景"，最后表示要在太武帝"方将振神网以掩六合，洒玄泽以润八荒"时，作"老臣尽效之会"，即要为统一北方效股肱之力。

义和元年（431年）蒙逊送儿子安周赴平城"入侍"，其实就是"质子"于北魏。年底，魏太武帝派出的使节李顺到达姑臧，册封蒙逊为假节加侍中、都督凉州西域羌戎诸军事、凉州牧、凉王，并加九锡之礼。李顺带来魏太武帝命崔浩撰写的册书，其中要求蒙逊："盛衰存亡，与魏升降。北尽穷发，南极庸岷，西被昆岭，东至河曲，王实征之，以夹辅皇室。"

蒙逊的屈伸之术，成功地延缓了北魏继续西攻的步伐。蒙逊通使魏宋的政治外交活动，带有以弱事强，求取自安和延续割据的用意。但从客观效果看，这些外交活动恰与北魏统一河西的战略相吻合，并且起到了减少统一阻力的作用。另外也符合河西和整个北方士民要求结束分裂和期望消除割据的心理。因此，不能不认为这是北凉政权以及沮渠蒙逊对历史发展作出的又一贡献。

译经和石塔

义和二年（432年）冬十二月，北魏尚书李顺"奉诏褒慰"来到北凉。蒙逊极为高兴，以上宾之礼隆重接待。席间，李顺说出一番话令蒙逊情绪陡然激动了起来。

李顺说，听说凉州有高僧，像鸠摩罗什一样"博通多识"，又如佛图澄一样"秘咒神验"。皇帝想把他迎请到平城去听闻佛法，可"驰驿送之"。蒙逊一听竟不顾礼仪赫然站起，当即拒绝：

西蕃老臣蒙逊奉事朝廷不敢违失。而天子信纳佞言，苟见蹙迫。前遣表求留昙无谶。而今便来征索。此是门师，当与之俱死，实不惜残年。人生一死，讵觉几时。

原来李顺口中的高僧就是昙无谶。此前北魏曾遣使迎请昙无谶，蒙逊就没有答应，已经"遣表求留"。这次又让李顺前来征索，蒙逊便撂下狠话："昙无谶是我老师，我当与他同生共死。我也不惜残年，人生一死而已，活着又有何趣！"李顺很不理解，说："大王遣爱子入侍朝廷，忠心谁人不知？故而皇上给予大王至高礼遇。但大王却要为一个区区梵僧而损害山岳般的功绩，难道朝廷的优厚待遇大王不想要了吗？"蒙逊说："太常说话像苏秦般动听，恐怕言行不会相合吧！"两人不欢而散。

昙无谶是中天竺僧人，在凉州传播佛教活动已达十多年，是沮渠蒙逊的国师。

蒙逊母亲车氏的祖居地是西域龟兹，是高僧鸠摩罗什的祖籍地。蒙逊母亲自幼受佛教影响，是一位忠实的佛陀弟子。蒙逊受母亲影响，素来尊崇佛学。他创立北凉初期，西域沙门僧伽陀就来到凉州，为沮渠蒙逊译出《慧上菩萨问大善权经》二卷。攻灭西凉后，蒙逊从敦煌迎请高僧昙无谶抵达姑臧，拜为国师。

昙无谶幼年聪慧，十岁学经，一天能背三百多颂。到二十岁时，已熟习大小乘经典六万多颂。特别是《涅槃经》对其佛法思想的形成有很大的影响，后来专以弘扬《涅槃经》为主。北凉初年，昙无谶带着《大涅槃经》等经本，从天竺到龟兹弘扬佛教，当时龟兹国僧人都学小乘，不信《涅槃》，只好流寓至敦煌开始译经。据考证，现在流传后世的《菩萨戒本》一卷就是昙无谶在敦煌翻译的作品。

玄始十年（421年），沮渠蒙逊攻灭西凉，从敦煌迎请昙无谶至姑臧。他为昙无谶设置译场，带领高僧慧嵩、道朗等组成译经团队，翻译佛教。道朗任助译，慧嵩任笔受。历时数年，翻译完成足本《大涅槃经》三十六卷。凉州僧团所译的《涅槃经》基于"一切众生皆有佛性"的佛学思想，弘扬"涅槃佛性"观点，影响远及长安和建康，开启了中国佛教史上的"涅槃学派"（亦称涅槃宗），使姑臧成为西陲的义学重镇。

在沮渠蒙逊支持下，凉州佛法大兴。昙无谶在姑臧汇聚了浮陀跋摩、昙无舒、沮渠京声、智猛、慧嵩和道朗等许多杰出的佛学专家，形成了十六国时期的凉州译经僧团，在中国佛教史上具有一定的影响力。国学大师汤用彤在《汉魏晋南北朝佛教史》中称，当时"长安之译者有鸠摩罗什，凉州之译者有昙无谶，俱集一时名宿，其影响并及于南北"。

　　昙无谶除翻译《涅槃经》外，还译出《方等大集经》《悲华经》《方等大云经》《金光明经》《优婆塞戒经》等，总计所译佛经共十一部一百一十二卷。这些翻译文辞华丽，富于文藻。道朗在《涅槃经序》中称昙无谶"临译谨慎，殆无遗隐，搜研本正，务存经旨"。

　　凉州高僧道朗、慧嵩、道进皆为昙无谶译经团队的重要成员，后成长为名重一时的大德高僧。后来，又诞生了更多弘法译经的本土高僧。如北凉玄始年间，道龚在凉州译出《宝梁经》一部凡二卷。凉州高昌郡僧人法众译出《大方等陀罗尼经》为密教经典。慧觉在高昌译出《贤愚经》，后送到凉州，名僧慧朗将它题名《贤愚因缘经》。法盛在北凉年间游历天竺西域等地，返回后在凉州译出《菩萨投身饴饿虎起塔因缘经》一卷，并著有《历国传》二卷。

　　直至北凉永和年间，西域僧人浮陀跋摩来到凉州，在姑臧城闲豫宫翻译《毗婆沙论》等佛经，凉州僧人道泰、慧嵩、道梃等参与了浮陀跋摩的译经活动。特别是凉州高僧法众，独立翻译出《大方等陀罗尼经》，促进了佛教"方等忏法"的传播，成为敦煌文献中唯一的《方等》经写本，在中国佛教史上呈现出极为珍贵的文献价值和史学意义。

　　沮渠蒙逊尊崇佛教，北凉境内出现了大量的佛教石塔。至今，在酒泉、敦煌、武威和新疆吐鲁番地区发现的北凉石塔共 14 座，其中敦煌石塔 5 座，分别藏于美国克利夫兰艺术博物馆、敦煌市博物馆和敦煌研究院。酒泉石塔 6 座，分别藏于中国历史博物馆、甘肃省博物馆和酒泉市博物馆。武威石塔 1 座，现藏于武威市博物馆。吐鲁番石塔 2 座，现藏德国柏林国家博物馆。

　　北凉石塔体现着佛教初传中国时的雕刻模式、审美观念与宗教内涵，部分石塔刻有八卦符号，表明了早期佛教依附和借助中国本土宗教进行传播的特点，在中国艺术史和宗教史上具有极为重要的研究价值。

石窟"凉州模式"

承玄二年（430年），沮渠蒙逊对昙无谶及其弟子忽然变脸了。

他在凉州开始打压佛教，捉拿游僧，撤销译场，毁弃寺庙。昙无谶和诸多佛教弟子大惑不解，国王这是怎么了？

原来，沮渠蒙逊渡过黄河征伐西秦鲜卑乞伏乾归。双方在枹罕（今甘肃省临夏东北）一场恶战，结果北凉大败。此战中沮渠蒙逊的爱子、北凉王世子沮渠兴国为先锋，兵败被俘。后来，西秦被吐谷浑攻破，战乱中沮渠兴国又被乱兵所杀。

消息传到凉州，蒙逊震怒，认为自己举国事奉佛教而没有得到佛陀的护祐。于是，"迁怒"于佛教，颁令国内年龄未到五十岁的僧人还俗参加农事和战争。昙无谶极力劝说，也无济于事。

半年后，沮渠蒙逊的母亲逝世了，他敕命在天梯山石窟中为母造丈六石像。某日，县吏来报，国王为母所造石像开始泣涕流泪。蒙逊大惊，和昙无谶迅速前往探视，果见石像面庞上深凹的眼眶下面，挂着两道泪痕。有人猜度是高僧昙无谶为石像施了"法术"，但没有明证别人也不敢乱说。《法苑珠林》载：

> 尔时，将士入寺礼拜，此像涕泪横流，惊还说之。逊闻往视，至寺门，举体战悸，如有犯持之者，因唤左右扶翼而进，见像泪下若泉，即稽首礼谢，深自尤责，登设大会，信更精到，招集诸僧，还复本业焉。

昙无谶乘机向北凉王劝谏，说母亲石像流泪是代国王罢佛悔过。蒙逊闻之深感懊恼，于是收回了先前的命令，北凉佛法再度兴盛。

天梯山位于姑臧城南一百里之外，这里山势陡峭，道路崎岖。山有石阶，形如悬梯，故称天梯。攀上天梯山的东南部的山口望去，一泓澄碧无际的水域倒映着蓝天白云荡漾在人们面前，这片水域现在称为黄羊河水库。水库西北面是一片连亘的山峰，有着层层堆叠的褶皱，纹路清晰，历历在目，如同画家笔下的铅笔画一样。山顶，有一些簇拥在一起的纯白的云朵抚摸着峦势平缓的峰巅。山的南边，一马平川，禾黍萋萋，绿树环合，村舍俨然。更远处，祁连山的皑皑雪峰隐现在天际云间，雪峰南部，又有一些山峰嶒峻嵯峨，气势不凡。

天梯山一带至今流传着蒙逊开窟造像的故事：沮渠蒙逊率兵征战青海，路过西山，遇一山寺，便想入寺讨碗水喝。进寺说明来意后，一位和尚将一碗清泉井水恭敬地递与国王。蒙逊端水欲饮，忽见水碗中映照出一尊石雕佛像。蒙逊十分惊诧，抬头观望，但见东面太阳刚刚升起之处的山崖上有一尊大佛面南而踞。太阳升起之后，石佛隐入山中，杳然不见。他认为此为祥兆，便用心记住了石佛显现的方位，然后驱马绝尘而去。后来蒙逊从乐都凯旋，回朝召集大臣商议礼佛之事，广招能工巧匠，在石佛显现处开窟造像，并且把当初显佛的山寺题名为大佛寺。

其实，蒙逊在天梯山开窟建寺的时间最早始于攻灭西凉之后，即玄始九年（420 年）。史料记载，后凉时期段业曾避居天梯山读书治学，曾写九首诗歌，题为《九叹》。其中有一首专写天梯山景物风貌，诗名为《山游》，内有"山上之石，若佛若仙"之句。蒙逊在姑臧得其书稿后，读到此句后心念大动，颇为神往，遂召集凉州高僧昙曜及能工巧匠开凿天梯山石窟，大造佛像。

《十六国春秋·北凉录》载："先是蒙逊王有凉土，专弘事佛，于凉州南百里崖中大造形象，千变万化，惊人眩目。"匈奴游牧民族首领沮渠蒙逊吸纳中原文化的精华，再度使姑臧成为繁荣富庶的河西大邑，并成为当时西北地区的又一个佛教文化中心。

据《重修凉州广善寺铭》载，明朝正统十年天梯山石窟尚存二十六处。天梯山第一窟就开凿于北凉时期。窟室平面呈方形，覆斗形顶，中

335

心柱窟。开凿石窟不久，其母病逝，沮渠蒙逊特以自己的形貌在窟中雕凿五米高石像一尊，面向佛祖，做伏身状，形似泣涕之状，表示忏悔和悲伤。

石窟第四窟是天梯山石窟中北凉壁画最为集中的一处，中心柱北向面中层龛外左侧雕刻一具体态优美、色泽艳丽的北凉菩萨，双手合十做胡跪的样子。胡跪原本是西域人半蹲半跪的一种姿态，后来演变为一种古代僧人跪坐致敬的礼节，右膝着地，竖左膝危坐，倦则两膝互换，又称互跪。此窟所绘供养菩萨皆为短发，带有光晕，有着胡人样貌。她们姿态各异，持花、徒手或坐或跪于莲台之上，作舞蹈状，各不相同。壁画人物造型体态健硕，用晕染法来表现立体感，人物形象均以土红色泽线起底稿，赋色后以深墨铁线定型，线条细而有力。艺术风格以印度及西域为主，兼有中原风格。北凉壁画有着典型的西域少数民族特点，风格独特，极为珍贵。

天梯山石窟开凿之后，沮渠蒙逊先后开凿了张掖马蹄寺石窟、金塔寺石窟，酒泉文殊山石窟、昌马石窟以及安西榆林石窟等。麟德元年（664 年），唐代著名高僧南山律宗的创始人道宣来到凉州，遍览河西石窟，震撼之余，在《集神州三宝感通录》中发出由衷感叹："凉州石崖瑞像者，昔沮渠蒙逊以晋安帝隆安元年，据有凉土三十余载，陇西五凉斯最久盛！"可见，北凉时期，匈奴游牧民族吸纳中原文化的精华，再度使姑臧成为繁荣富庶的河西大邑，从而使凉州具有了重要的战略地位，并成为当时西北地区除长安之外的又一个佛教文化中心。

一千六百多年后，即 1986 年 7 月，著名考古学家宿白先生对这些石窟加以考究，研究指出自沮渠蒙逊在天梯山开窟造像始，在新疆以东地区逐渐形成了现存最早的佛教石窟"凉州模式"，宿白先生认为"凉州模式"的特征有六点：

（一）有设置大像的佛殿窟，较多为长方形平面塔庙窟。窟内有中心塔柱，每层上宽下窄，部分塔庙窟设有前室。（二）主要佛像有释迦、交脚菩萨装的弥勒。其次有佛装弥勒、思维菩萨、十方佛、阿弥陀三尊等，除"十方佛"为立像外，其余皆为坐像。（三）窟壁主要绘"千佛"壁画，故各地石窟皆有"千佛洞"之称。（四）边饰花纹有两方连续式的化生忍冬图案。（五）佛和菩萨的面相浑圆，眼多细长形，深目高鼻，身躯健壮。（六）壁画中的菩萨和"飞天"姿态多样，特别是"飞天"形体丰腴健美。

《地藏经》云："塑画形像，供养赞叹，其人获福，无量无边。"蒙逊治理凉州的事迹人们鲜少知之，但天梯山的上空升腾弥漫的这般佛光气象，让人们形象感知到他的胸襟与博识。只有躬逢国力强盛的北凉王朝，才能创建出如此气势宏伟、造型精妙的天梯山大佛，从而也令更多凉州邑民资受正法教化，悲悯慈善，福量无边。

北凉是中国使用"造像弘法"发展模式的开启者，其对中国佛教的发展具有重要的促进作用。北凉佛教的历史特点直接影响了北魏佛教的发展，北凉僧人师贤和昙曜参与了北魏佛教管理和宗教制度的制定，后者还以"凉州模式"开凿创建了举世瞩目的云冈石窟。

337

粟特胡商和"凉造新泉"

沮渠蒙逊虽是"胡夷之杰"，却非常重视农业生产。此前曾述，当北凉出现旱情，影响庄稼生长时，他就发布《罪己诏》，检讨自己是否"赋役紧重"而遭上天谴责。因为重视农业生产，北凉国力大盛，故而实现了统一河西和安定西域的大计。

蒙逊取代段业坐镇张掖时，就下达了"劝课农桑"的敕令，要求各级官吏明于督察，增加生产，做到"明设科条，务尽地利"。当时，督察的对象即包括屯田人口。

玄始六年（417年），沮渠蒙逊统一河西后接受了原属南凉和西凉的屯田土地。在统一的政令和管理体制下，他再次下达"劝课农桑"的敕令，河西经济实力得到进一步发展，粮谷连年丰收。直到北魏占领姑臧后，凉州仍有大量的粮食储备。北魏政府曾令薄骨律镇将刁雍在牵屯制造运船，通过黄河，调运凉州谷物"十万斛"，有力支持了六镇防务。

作为游牧民族的首领，沮渠蒙逊在发展畜牧业生产方面有着诸多措施。沮渠蒙逊在凉州腹地郡县实施农牧配套政策，利用农田之外的闲散土地养殖家畜，尤其注重饲养马匹。吐鲁番出土文书中有建平年间的"按赀配生马帐"，根据相关文书考证"建平"是北凉政权年号。"按赀配生马"制度规定，这一时期政府以谷物计家庭资产，一斛以上即谓"有赀"，有赀者须按规定购买和畜养生马，为战事而备。按一斛以上即为有赀论，几乎北凉时期人皆养马。

北凉特别规定，有马与无马者都得列上名籍，故文书中又有"无马人名籍"残篇，其中开列了严绪与令狐玩等"十七人无马"。照此办理的话，北凉亡国时北魏收得凉州户口二十万，以每户配养生马一匹计，那么北凉郡县民户家庭所畜养生马总数至少在二十万匹以上。

农作物和畜牧业生产的发展促进了凉州商品经济的发展，在前凉活动于姑臧的粟特胡商仍在凉州进行商品贸易。《北史·西域传》"粟特国"条所记：

> 其国商人先多诣凉土贩货，及魏克姑臧，悉见虏。文成初，粟特王遣使请赎之，诏听焉。自后无使朝献。

从"其国商人先多诣凉土贩货"来看，粟特商人来到北凉贸易已经颇有时日。从"多"和"悉"及粟特王遣使请赎可知，在凉州姑臧活动的粟特商胡人数很多。沮渠蒙逊于承玄年间遣使朝贡北魏，在奏表中说到"然商胡后至，奉公卿书"，北魏太武帝罗列北凉十二大罪状，称"切税商胡，以断行旅"。这些内容均说明，北凉境内往来于西域、姑臧

338

与平城之间的粟特胡商活动非常频繁，他们除了经商之外，还扮演着外交使节的角色。

沮渠蒙逊时期，商业贸易活动的兴盛促成了一件大事，即铸造了中国最早的国号钱币"凉造新泉"。"凉造新泉"现藏于武威市博物馆，是以国号为钱文的金属圆形方孔钱币。钱文为悬针篆书，有对读、直读两种读法，钱文上的字体也稍有分别，形体可分为轻小、厚重两种样式。大多在甘肃武威及其附近出土，属十分罕见的古钱币珍品。

关于"凉造新泉"的铸造时代，有人说为前凉张轨所铸，有人说是北凉沮渠蒙逊所铸。

赵向群教授在《张轨铸钱说质疑》中称，"凉造新泉"是北凉沮渠蒙逊所铸。因为在封建社会里私铸钱币是"僭越""犯上"之事。张轨当政时，前凉表面上仍是西晋所辖的一个州府。张轨始终对晋室表达忠心，直至逝世仍叮嘱子孙"善相安逊，以听朝旨"。张轨明白，主权国家不会准许地方政府"私铸"钱币，即使"私铸"也缺乏铸币之铜料。另一方面前凉时社会闲散"五铢钱"很多，他只需复"五铢"即可促进商贸发展，完全不必私铸钱币。

沮渠蒙逊族属是匈奴卢水胡人，统一河西后以姑臧为都，僭号改元，称"河西王"。蒙逊在位共三十三年，是五凉时期统治时间最长的国王。他不必像从属于晋室的前凉那样"循规蹈矩"，为了商贸发展需要，便颁令铸造"凉造新泉"。《十六国春秋·北凉录》载，玄始年间"先酒泉南有铜驼山，大雨雪。沮渠蒙逊遣工取之，得铜数万斤"。所谓"铜驼"，当是露天铜矿，蒙逊开采铜矿冶炼"得铜数万斤"，具备铸造钱币的充足铜料。《晋书》载，玄始二年（412年），"蒙逊母车氏疾笃，蒙逊升南景门，散钱以赐百姓"，估计所散之钱即所铸"凉造新泉"。

沮渠蒙逊在位期间，政通人和，经济稳定，河西与西域间的贸易较为畅通，西域商品大量流入河西。

"凉造新泉"的铸造，反映了北凉时期河西地区商品经济繁荣发达的景象。

339

请《周易》及子集诸书

在蒙逊"贡奉南朝"和"称藩北魏"的几年里，南北朝对峙的历史局面逐渐演化而成。拓跋焘相继攻灭夏国、高车、仇池和北燕等国，逐渐统一北方。宋文帝刘义隆也经"元嘉之治"而国力大盛。宋文帝兴师北伐，一度夺回洛阳、虎牢、碻磝、滑台四镇。半年后，北魏又反攻过去，滑台等地重新失陷。于是，南朝将"北伐"的口号喊得山响，而北魏则屡次制订"南征"计划，河西凉国在南北对峙的夹缝中独得苟安。

沮渠蒙逊不敢掉以轻心，继续采取屈伸之术，"远交"刘宋以借助江南势力牵制北魏，"称藩"北魏以表面恭顺的姿态换取凉国短暂的安宁。

当年身先士卒、征战杀伐、不惧生死的沮渠蒙逊，在这时如同变了一个人似的。他敛了勇毅锐气，多了冲淡之怀。有人发出疑问，除了南北二国的强大外，是否还因修习佛教而萌生忍辱精进的智慧感悟，并最终形成了禅定宽和的思想境界？给人的感觉，北凉王国于征战杀伐中崛起，将在苟且偷安中隐没。

蒙逊出身匈奴贵族，博通汉地文史经籍却又不守单一文化樊篱之拘束，奉行文化多元化政策，对儒法道玄各类文化成果兼容并蓄，对西域传来的佛教文化更是情有独钟，北凉成为民族交汇、文化融合之地。

为了提升江南刘宋王朝对自己的认同感，他以经史典籍为桥梁，以文化交流为手段，加深两国之间的关系。《晋书》载：

太祖元嘉三年（429年），改骠骑为车骑。世子兴国遣使奉表，请《周易》及子集诸书。太祖并赐之，合四百七十五卷，蒙逊又就司徒王弘求《搜神记》，弘写与之。

　　这一次，沮渠蒙逊对出使刘宋极为重视，让世子沮渠兴国亲自遣使奉表进贡。并请求江南王廷向凉国赠书，宋文帝将《周易》子集诸书475卷汉学典籍赠与北凉。史料中没有提供书籍目录，但这475卷汉地儒家经典流布凉州，使中原儒学典籍得以保存于河西大地，在中国文化史上具有重要影响意义。明代诗人黎士弘曾写诗赞道："重华空上建业疏，蒙逊解乞《搜神记》。"

　　《搜神记》是东晋史学家干宝撰写的一部记录古代民间传说中神奇怪异故事的小说集，江南仅有部分写本流传，故而蒙逊特意请求司徒王弘书录《搜神集》赠予凉州，《搜神记》得以流传至河西地区。王弘原为扬州刺史，后擢任为王国"司马"一职，为宋文帝心腹重臣。是年刘义隆改骠骑将军为车骑将军，首次进位"车骑将军"的就是王弘。蒙逊特意交好王弘，除将孤本《搜神集》保存于凉州外，还让王弘在宋文帝面前多为凉国之事斡旋建言的良苦用意。

341

　　在文化多元、学术繁荣的背景下，姑臧汇聚了大量文人学士，除大儒刘昞、宋繇外，还有著名学者赵𢾺、阚骃、段龟龙等人。自然科学也获得发展，出现了一批对后世影响较大的天文地理学著作。

　　赵𢾺时任太史令一职，是北凉天文学家，撰有《七曜历数算经》《玄始历》《阴阳历书》等天文历算著作。敦煌人阚骃时任北凉秘书考课郎中之职，因精通经史子集各门学问，备受沮渠蒙逊敬重。姑臧人段龟龙任沮渠蒙逊著作佐郎，著《凉州记》，又作《凉记》，主要记载后凉国主吕光有关史事及五凉时期河西地区的历史变迁与民族关系。

　　后来，北凉使者又到江南刘宋王国，将凉州保存的河西学者创作或整理的书籍共19部150卷赠送江南。《宋书·氐胡传》中载有赠送书籍的目录：

　　　　并献《周生子》十三卷，《时务论》十二卷，《三国总略》二十卷，《俗问》十一卷，《十三州志》十卷，《文检》六卷，《四科传》四卷，《敦煌实录》十卷，《凉书》十卷，《汉皇德传》二十五卷，《亡典》七卷，《魏驳》九卷，《谢艾集》八卷，《古今字》二卷，《乘丘先生》三卷，《周髀》一卷，《皇帝王历三合纪》一卷，《赵㪭传》并《甲寅元历》一卷，《孔子赞》一卷，合一百五十四卷。

这批著作中既有经史子集，也有文字学、数学、天文历法方面的专著，大多为河西本土学者著述和辑录。《周生子》全名《周生子要论》，是三国时期魏国敦煌郡周生烈所撰。《时务论》和《乘丘先生》是魏晋之际凉州著名历法家杨伟著作。《俗问》是河西文人整理的古本《黄帝内经》中的部分内容。《汉皇德传》是汉代敦煌学人侯瑾所撰。《敦煌实录》和《凉书》为河西大儒刘昞所撰。《谢艾集》是前凉诗人、军事家谢艾的诗文作品。《正史汇目》载《三国总略》为蒙逊之子牧犍编纂。《十三州志》是北凉秘书考课郎中阚骃著，《甲寅元历》为北凉太史令赵㪭所著。《孔子赞》是河西文人抄录司马迁《孔子世家赞》而成的文献作品。

上列作品中，最著名的作品当为《十三州志》和《甲寅元历》。

《十三州志》是一部全国性的地理总志，内容以汉代所设十三州为纲，系统地介绍了各地的郡县沿革、河道发源及流向、社会风俗等地理现象。行世后受到当时和后世学者重视，郦道元《水经注》引用《十三州志》材料多达百余条。唐朝史学家刘知几在《史通》中称，"阚骃所书，殚于四国。斯则言皆雅正，事无偏党者矣"。

《甲寅元历》最早提出改革闰法，改订了以往十九年置七个闰月的闰周，采用六百年置二百二十一个闰月的闰周，使历法更为精密。北魏攻灭北凉后，《甲寅元历》取代《景初历》一直使用，对南北朝时期杰出天文学家祖冲之编写《大明历》具有重大影响。

从这些著作中不难看出北凉时期学术研究极为发达，甚至可以说，从永嘉之乱到北魏统一北方的这一百多年间，凉州地区实际上是北中国的文化中心。西晋"八王之乱""永嘉之乱"后中原一片地狱之象，皇家典籍大多流失殆尽。北凉将河西保存的传统文化典籍献呈江南，在文化交流史上散发着璀璨的光芒。

那个时期，佛教传播也是一种文化交流方式。时常有高僧在姑臧和平城之间聚徒说法，讲经论禅。拓跋焘正是在佛事活动中听闻凉州高僧昙无谶"博通多识"，故而请之抵平城讲法。当李顺前来征请昙无谶时，沮渠蒙逊不肯答应。

后来，沮渠蒙逊既怕北魏强大不能拒绝，又怕昙无谶去北魏后对北凉不利。惶恐忧惧了好些时日，最后决定将昙无谶秘密诛杀于送抵平城的半途中。时为义和三年（433年），昙无谶时年四十九岁。

沮渠蒙逊没有料到，杀害高僧昙无谶的事件，最终成了北魏攻伐北凉的理由之一。

北凉灭亡

北魏拓跋焘兵势愈加强大，在和南朝刘宋的"拉锯战"中又屡屡获胜。于是，攻灭北凉，统一河西，便进入到拓跋焘的谋略之中。

为了更进一步和北魏建立亲密友善的邦交关系，在李顺从姑臧返回平城时，沮渠蒙逊表示拟将女儿兴平公主送抵魏宫，愿和拓跋氏结为姻亲。拓跋焘很快遣使送来诏书，令蒙逊差人将兴平公主送抵平城。

只是蒙逊未来得及将兴平公主嫁到北魏，忽得暴病而亡。

义和三年（433年）四月，沮渠蒙逊薨于姑臧。时年六十六岁，葬于元陵，庙号太祖，谥号武宣王。

沮渠牧犍继位，丧事甫毕，即把沉浸在悲痛之中的兴平公主送抵平城。拓跋焘册封兴平公主为右昭仪，遣使封沮渠牧犍为都督凉沙河三州西域羌戎诸军事，车骑将军，凉州刺史，并加号为河西王。

其实，拓跋焘早就想攻灭北凉。只是听使臣李顺等人言沮渠蒙逊治理凉州"经涉艰难，粗识机变，又绥集荒陬，远人颇亦畏服"，所以迟迟下不了发兵攻打的决心。一年前李顺返回平城，对拓跋焘北凉国"无礼不敬"，必不能久享福禄，"以臣观之，不复周矣"。《魏书》中记载了他们之间的一段对话：

世祖曰："若如卿言，则效在无远，其子必复袭世，袭世之后，早晚当灭？"顺对曰："臣略见其子，并非才俊。如闻敦煌太守牧犍，器性粗立，若继蒙逊者必此人也。然比之于父，金云不逮。殆天所用资圣明也。"

拓跋焘听李顺介绍北凉统治情况后，认为北凉亡国"效在无远"，其子"袭世之后，早晚当灭"。李顺也这样认为，蒙逊的几个儿子"并非才俊"，即使最出色的沮渠牧犍"比之于父，金云不逮"。君臣二人达成共识，待沮渠蒙逊逝世后，即可攻灭北凉。

一切不出拓跋焘君臣所料，沮渠牧犍果然"比之于父，金云不逮"。

太延三年（437年）春，拓跋焘敕封妹妹为"武威公主"，嫁给沮渠牧犍，让其督促牧犍实行亲魏政策。沮渠牧犍受宠若惊，废掉原皇后李敬爱，将武威公主封为皇后。还特地派宋繇向北魏奉献五百匹良马，五百斤黄金。两年后，牧犍先是阻断西域诸国向北魏通贡的道路，后和其嫂勾搭成奸，既而毒杀武威公主未遂。拓跋焘大怒，决定发兵攻打北凉。

拓跋焘攻打北凉的想法得到部分朝臣的激烈反对。北魏元老、曾为拓跋焘的老师（太子侍讲）的古弼说：

自温围水以西至姑臧，地皆枯石，绝无水草。彼人言，姑臧城南天梯山上，冬有积雪，深至丈余。春夏消释，下流成川，居民引以溉灌。

彼闻军至，决此渠口，水必乏绝。环城百里之内，地不生草，人马饥渴，难以久留。

古弼认为河西地理环境险恶，"地皆枯石，绝无水草"，姑臧城周边"百里之内，地不生草"，魏地骑兵到达那里，"人马饥渴，难以久留"，最后会因粮草缺乏而招致失败。但是太常卿、司徒崔浩坚决支持出兵攻打凉州。他和平西将军、原南凉王秃发傉檀之子源贺向拓跋焘讲述凉州的地理生态情况，并制订"取凉方略"。建议太武帝先招怀河西鲜卑旧部，瓦解北凉外援，"然后攻其孤城，拔之如反掌耳"。

太武帝即命公卿传檄凉州，历数牧犍"十二罪"，诏令天下，决定亲征北凉。

太延五年（439年）六月，拓跋焘统兵自平城出发。七月，至上郡属国城，以抚军大将军永昌王拓跋健、尚书令刘絜与常山王拓跋素为前锋，两路并进，骠骑大将军乐平王拓跋丕、太宰阳平王杜超为后继，以平西将军源贺为向导。一月后，魏军西渡黄河，翻越祁连山进入河西。

八月的河西大地正是水草肥美时节。谷水两岸，尽是一望无际的草原牧场，牛羊成群，一片富饶景象。过了昌松郡，一片绿洲触目而来，但见涌泉细流，禾黍葳蕤，莲花山下农庄田舍参差而列，簇拥着雄畴无际的姑臧大都。此情此景，与古弼等人所言"地皆枯石，绝无水草"的描述分明是两重景象。拓跋焘心内暗恨古弼等人，同时为决定出征凉州而感到十分欣慰。

北魏大军兵围姑臧，沮渠牧犍遣使求救于柔然，并派其弟征南大将军沮渠董来率兵万余出战城南。不久牧犍侄子沮渠万年率部出城降魏，牧犍只得率其文武五千人面缚请降。

北凉灭亡，宣告了河陇大地兴衰沉浮的五凉、三秦以及东晋十六国的历史全面终结。

345

北魏的凉州儒士

太延五年（439年）农历十月初一，是凉州民间祭扫祖茔的日子。沮渠牧犍抵蒙逊元陵"哭告先祖"，而后踏上了东行平城之路。在骠骁大将军拓跋丕的护卫下，北凉王后"武威公主"及部分亲宗随同牧犍从姑臧起程。"仓皇辞庙"之际，西风里有几只寒鸦的啼唱带着伤感的离歌意绪，牧犍一路流泪不断。

拓跋焘兵不血刃，和平占领河西，凉州吏民免于一场血腥的杀戮。但是，人们的欣慰之情仅停留了一月，一场经济和文化的重大浩劫就在凉州发生了。

《魏书》载，北凉亡国后，拓跋焘下令"徙凉州民三万余家于京师""收其城内户口二十余万，仓库珍宝不可称计"。经过这次经济和文化浩劫，繁华一时的名都姑臧陷入败蔽、荒凉的境况。自北凉灭亡到隋代中叶一百多年间，凉州人口数量虽然缓慢上升，但隋代武威郡四县也只有一万多户人，远不及北凉时期凉州城市人口的四分之一。

但是，一切事物的发展都有两面性。在史学家的眼里，"凉州之痛"旋即变成"北魏之福"。

在徙至平城的庞大移民队伍中，声名卓著的河西士人赫然在列。他们是敦煌索敞、张湛、阚骃，武威阴兴、段承根，金城赵柔、宗钦。还有流寓到凉州的广平人程骏、程弘，河内人常爽等。大量的河陇士人举族迁往北魏，如敦煌刘氏、索氏、张氏、阚氏、宋氏，武威阴氏、段氏、王氏，金城赵氏、宗氏，陇西李氏，晋昌唐氏等。

这些凉州士人在北魏参与制度文化建设，在修订朝令、修著国史和置馆讲学等方面作出了突出贡献，促进了北魏王室"全盘汉化"的历史进程。

特别是为北魏制定典章制度时，早在太武帝太延年间，程骏、宗钦、段承根、张湛、阴仲达等人受到司徒崔浩的赏识和推荐，与中原士人一起参与了朝廷典章制度的修订工作。而至孝文帝拓跋宏当政时，颁令改定朝廷律令，敕命尚书左仆射李冲主事修订工作。

李冲是西凉王李暠之四世孙，因"竭忠奉上，知无不尽，出入忧勤，形于颜色"而深得孝文帝器重。南凉王秃发傉檀之孙、源贺之子源怀时任尚书令，亦曾"参议律令"。后来，北凉侍中常爽之孙常景与律学博士侯坚固等撰成《北魏律》二十篇，永成通制。自东汉以迄魏晋保存于凉州的中原典章文化，通过凉州士人的制定修订，而使北魏典章制度打上了深深的河西文化的烙印。尤其是拓跋宏改定律令时，"河西因子特为显著"（陈寅恪语）。

北魏制定官制律令，营建都邑宫庙，以及变革夷风模拟汉化之事，无不依靠李冲、李韶、常爽、常景、源怀等河西名族后裔。李韶是李冲的侄子，在改革车服羽仪诸制度方面，贡献甚大。常爽是北魏初的儒学大师，平城学业之兴实由其力。常景为太和以后礼乐典章之宗主。《洛阳伽蓝记》载："景讨正科条，商榷古今，甚有伦序，见行于世，今律二十篇是也。"

347

太和十七年（493 年），为推行汉化政策，促进民族融合发展，北魏孝文帝听取李韶等人意见，决定迁都洛阳。孝文帝命司空穆亮、尚书李冲在魏晋城址基础上重建洛阳新都。李冲全面负责洛阳城的总体规划，是洛阳新都的蓝图设计者。他把名都姑臧"宫北市南"的布局结构融入新都洛阳的设计建造中，延及后世，影响了隋唐长安城都城的布局。两年后，新都落成，六宫及文武百官尽迁洛阳。

兴安元年（452 年）文成帝拜程骏和江绍兴分别为著作郎和秘书郎，命之"修著国史"。程骏自凉州入魏后曾一度外任高密太守，尚书李敷认为程骏是难得的修史人才，特向皇帝推荐留居京师。程骏在北魏朝中担任史官前后达三十余年。江绍兴五世祖江琼，善虫篆诂训，"永嘉大乱，琼弃官投张轨，子孙因居凉土"。绍兴父江强，在北魏平凉后迁居平城向朝廷"上书三十余法，各有体例，又献经史诸子千余卷"，拜中书博士。江绍兴任为秘书郎后，执掌国史二十余年，以谨厚著称于朝。绍兴子江式少专家业，尤擅长书法，"洛京宫殿诸门板题"皆江式所书。

于是，程骏带着儿子程灵虬、江绍兴及其子江式，父子两代担任史职，在修史方面的突出才能令北魏君臣赞叹不已。

凉州士人在北魏的置馆讲学对北魏文化学术的发展也具有极大的推动作用。索敞在凉州时曾任大儒刘昞助教，入魏后擢为"中书博士"在平城授学，"京师贵游之子，皆敬惮威严，多所成益"。常爽入魏后于温水之右置馆教学，教授门徒七百余人。朝中达官贵人，"皆是爽教所就"。索敞与常爽分别居于官学和私塾，历时弥久，改变了拓跋氏"戎车屡驾，征伐为事"的生活习俗，使"京师贵游子弟未遑学术"的荒芜状况有了很大改观。

大佛气象

北魏灭亡北凉的悲惨结局竟然开创了佛光东渐的兴盛局面。史载，拓跋焘从凉州迁徙宗族吏民三万余户的队伍中，就有建造佛像的僧人和工匠三千多人。玄高、师贤、慧崇和昙曜，皆为此次长途迁徙中的凉州僧人。

据载，北魏开国皇帝拓跋珪听从高僧法果"如来即为当今皇帝"的建议，在平城开始推行佛教。拓跋焘执政时期，佛教得到很大发展，徙至平城的凉州高僧普遍得到鲜卑贵族供奉，如玄高是太子拓跋晃的法师，慧崇是尚书韩万德的法师。在鲜卑族贵族尊崇佛法及利益关系的驱使下，北魏寺庙建筑遍布全境，寺庙享有田产，僧侣享有免除赋税及徭役的特权。北魏专门建立了佛教管理机构，称之为"道人统"，后改称为"沙门统"。

师贤是北魏"沙门统"的首任僧官，其殁后昙曜继任。在文成帝的支持下，昙曜在北魏全境推行"僧祇户""佛图户"，建立了一个佛教界垂直管理的"国中之国"，使佛教管理体系独立于国家行政统治之外，创立了旷古所无的佛法成就。

昙曜早年在姑臧修习禅业，造诣深厚，受到北凉太傅张潭礼遇。后参与凉州石窟开凿活动，成长为精通石窟建造技艺的专业僧人。《魏书·释老志》载，文成帝拓跋濬东巡时，路遇由中山赴京的高僧昙曜，却并不相识。御马见之，张嘴衔其衣而不再前行。拓跋濬惊而视之，认为昙曜是"天赐佛法大德"。后任昙曜为统领全国宗教事务的"沙门统"，开始主持建造佛教石像。

云冈石窟古称武州山石窟，这里最早是北魏皇室主持建造的皇家寺院，位于大同市西郊十六公里的武州山南麓。营建石窟初期，昙曜走遍了云冈一带的山山水水，发现武州山岩壁的水平层为砂岩石结构，适合雕刻石佛。

北魏和平元年（460 年），昙曜带领工匠在武州山开凿石窟。他熟悉凉州石窟的建造体制，构思起来有例可循。但又不以旧例为原版，而是在借鉴原版的基础上融入自己丰富的想象，创造出了宣示佛陀伟威仪且又寄寓现实祈福的雄伟工程。担任雕凿的人员多为凉州徙来的工匠，有着娴熟的技术和丰富的经验。所以，昙曜仅用了五年时间就完成了云冈石窟的代表作品"昙曜五窟"。

"昙曜五窟"含有为北魏太祖以来"五帝"祈福的意义。主佛像均模拟道武、明元、太武、景穆、文成五世皇帝的形象，象征皇帝是如来佛的化身。其中一尊大佛的颜面和脚部各嵌一黑石，据说与文成帝身上的黑痣完全吻合。各窟大佛周围雕有诸多大小不等的佛像，象征群臣簇拥皇帝。顶部创设巨型浮雕，刻有手执乐器、凌空飞舞的飞天，把大佛衬托得更加雄伟庄严。昙曜五窟是云冈石窟中开凿最早、气魄最宏大的窟群。规模宏伟，雕饰瑰丽，技法熟练，为云冈石窟艺术之精华。

"五窟"中的巨型露天坐佛高约 13.7 米，面部丰满，造型雄伟，双手安放腹前，着袒右肩袈裟而右肩覆衣角，下着僧祇支衣边缀珠纹，此种样式常见于凉州地区，故称"凉州式袈裟"。整座佛像与背部山形相连一体，造型手法简约凝练，颇具天梯山大佛气象，是云冈石窟中最为

349

宏丽的雕像代表作品，后世遂成云冈石窟的标志佛像。

凉州石窟造像技艺为云冈石窟造像的母体之一，部分石窟典型呈现出凉州石窟所特有的中心塔柱窟风貌，龛形和造像题材大多类似"凉州模式"，最具凉州特色的龛内交脚菩萨或交脚弥勒佛几乎贯穿云冈造像始终。昙曜五窟和太和造像都带有凉州造像中坐佛、立佛和一佛二菩萨为主的题材特点，造像服饰与凉州一脉相承，多为袒右肩袈裟、通肩大衣、裸上身的菩萨装束形态。至北魏后期，云冈造像在昙曜五窟的基础上增加大量垂幔飘带、龛楣塔柱、窟檐明窗等精美装饰，是凉州石窟模式的升华作品。

五十多年后，北魏第七代皇帝孝文帝拓跋宏颇具雄才大略，颁令更改鲜卑姓氏为汉姓，借以推行鲜卑风俗、语言和服饰的改进或汉化。后来，果断将都城从山西平城南迁至河南洛阳，并将谙熟精通佛窟开凿技艺的凉州工匠及其后裔也带到京师，天梯山大佛气象随之弥散至中原大地。

龙门石窟奉先寺卢舍那佛像高达 17.14 米，是龙门石窟中艺术水平最高、整体设计最严密、规模最大的一处。卢舍那佛两侧有胁侍菩萨、天王、力士等十一尊大像，其佛教造像艺术无不体现着天梯山石窟和云冈石窟的特点，具有强烈的南朝文化与中原传统汉文化色彩，又融合浓厚的河西文化因素。

所以，凉州石窟被后世称为中原"石窟鼻祖"。

河西遗传

民国三十一年（1942 年）春，有位清癯孤弱的文人携带妻小从香港乘船，取道广州湾至桂林。半年后又从桂林折返广州，出任中山大学教授。

这位文人便是著名的国学大师陈寅恪，清华大学教授。五年前日军占领平津，其父陈三立义愤绝食，溘然而逝。陈寅恪随校南迁，开启了颠沛流离的旅途生活，后暂寓香港。太平洋战争爆发后，日军占领香港。有人受日伪政府委托以日金四十万元聘请陈寅恪出面筹办文学院，他当即拒绝。随后避离香港，携带妻小乘船抵达广州。

这一年，陈寅恪五十二岁。面对父丧国破的乱局，漂泊旅居途中常有一种身似浮云、心如飘絮的感觉。寓居广州后，日军侵入金华发动"浙赣会战"，他深切担忧国家的时局和民族的命运。

时逢乱世，难得安心治学。有一天，陈寅恪在无限的寥落、悲伤乃至痛苦的心境里闲翻史籍，眼睛忽地亮了。

他在隋唐文化的源头中发现了"河西遗传"。国难之际，陈寅恪看到了凉州的光芒。在动荡离乱的东晋十六国时期，中原文化尚能保存于"凉州一隅"，五百年来延绵不绝。可见，无论遭受多么沉重的苦难和浩劫，华夏大地文明的种子不会丧失，民族的"根"和"魂"将永远存在。

在教学之余，陈寅恪着手研究隋唐制度文化渊源及唐代政教方略，数月后完成了《隋唐制度渊源略论稿》。他在著作中激动地写道：

351

> 西晋永嘉之乱，中原魏晋以降之文化转移保存于凉州一隅，至北魏取凉州，而河西文化遂输入于魏，其后北魏孝文、宣武两代所制定之典章制度遂深受其影响，故此魏齐之源其中亦有河西之一支派。

对于出身江南浔阳望族的陈寅恪及更多学人而言，"孤悬天末"的凉州在他们眼里，确实是"一隅"之地。但是，偏隅凉州却成为中国文化发展殆危之际的避难所，转移保存了中原学术文化。入魏之后成为国家典章制度的重要支脉，形成魏齐文化中的"河西支派"。

陈寅恪顺着这样的学术灵感不断研究，详加推证，认为"魏初之制多违旧章，得河西南朝前期之文化代表人物，始能制定一代新礼，足资后来师法。故北齐咸取用焉，其后因而著令，并无增损"。然后得出"北朝文化系统之中，其由江左发展变迁输入者之外，尚别有汉魏、西晋之河西遗传"的结论。陈寅恪坚定地认为，凉州文化是隋唐文化的源头：

秦凉诸州西北一隅之地，其文化上续汉魏西晋之学风，下开魏齐隋唐之制度，承前启后，继绝扶衰，五百年间延绵一脉。

由此发轫，陈寅恪对凉州的人文历史极感兴趣。在《五胡种族问题》中对氐人吕光、鲜卑秃发及匈奴沮渠氏先世逐一进行研究，梳理其徙居流变脉络。并依阚骃《十三州志》考证"折掘部""卢水胡"的地理方位。他考究李冲设计营建的洛阳城，发现"前后凉之姑臧与后来北魏之洛阳就'宫在北而市在南'一点而言，殊有相似之处"，认为古代都城格局源头可追溯至前凉姑臧。他点校刘昞所注《人物志》，称其"乃承曹魏人性之说，当日中州绝响之谈，若非河西保存其说，今日亦无以窥见其一斑矣"，并评价段业"事功不成而文采特著"。他关注鸠摩罗什的译经成就，在《支愍度学说考》中称"格义乃鸠摩罗什未入中国前事也"。在《童受〈喻鬘论〉梵文残本跋》中认为，鸠摩罗什为了迎合"秦人好文"的趣味，在翻译佛经时创建了"文偈两体之用"的文本范式。

所以，陈寅恪对凉州文化大加褒扬，发出由衷的感叹：

惟此偏隅之地，保存汉代中原之文化学术，经历东汉末、西晋之大乱及北朝扰攘之长期，能不失坠，卒得辗转灌输，加入隋唐统一混合之文化，蔚然为独立之一源，继前启后，实吾国文化史之一大业。

陈寅恪撰写《隋唐制度渊源略论稿》时，北凉亡国已逾一千五百零三年。二十七年后，这位"百年难见"的国学大师在广州离开人世。五凉时期的那些波澜壮阔的历史烟云，志士俊杰的绝代风华，在陈寅恪的《隋唐制度渊源略论稿》中成为"遥远的绝响"，并在后世散发出历久弥新的文化光芒。

（全书完）

后记

一

　　直到陈寅恪先生辞世五十周年后，即公元2019年的冬天，我才开始阅读《隋唐制度渊源略论稿》。这一年，本邑决定在地标建筑南城楼上设置"五凉文化博物馆"，陈展大纲由中国社会科学院的单继刚研究员担纲撰写。他的行政职务是中国社会科学院哲学研究所副所长，其时正在武威挂职任市政府副秘书长。因参加隋唐河西文化与丝路文明学术研讨会，我们彼此熟识。于是，单继刚邀我成为陈展大纲的撰写组成员。

　　当时，单继刚将参与撰写的抽调人员分了两个小组，由我和凉州文化研究院的李元辉各负责一个小组。博物馆陈展内容由包含"序厅"和"尾厅"在内的十二个单元组成，分配我负责前面几个单元资料的整理及大纲撰写工作。"序厅"之中的背景墙上要拟写一个统摄展馆内容的主标题，还要写出一个高屋建瓴的"前言"。单继刚指出，关于五凉历史文化的定位及影响，《隋唐制度渊源略论稿》的论述最全面也最有说服力。我的手头正好有一本商务印书馆的竖排繁体版图书，于是开始了一番吃力而费劲的阅读。经过讨论，我们从陈寅恪的言论中拎出了"承前启后，继绝扶衰"八个字，视为五凉历史文化展的主标题。

现在看来，这个主标题设置得极为准确。"承前启后"讲历史沿革，"五凉"是介于两汉至北魏之间的过渡时代，对于隋唐承袭汉魏制度确实具有"承前启后"的重大作用。"继绝扶衰"讲文化价值，因为"西晋永嘉之乱，中原魏晋以降之文化转移保存于凉州一隅"，濒临灭绝消亡的中原传统文化得以保存。加之五凉历代国主普遍"崇文尚教"，使衰弱的中原儒风得以发扬光大。

从那时起，我萌生了为五凉历史名人作传的念头。在北方大地沿革了一百三十九年的五凉历史，不正是以历史名人为代表的河西人民共同创造的英雄史诗吗？也许，和秦皇汉武、唐宗宋祖创建的辉煌帝国相比，"五胡乱华"时代里的五凉王国有些短暂或局促，但这个时代的"偏隅凉州"诞生了诸多光芒四射的历史名人。因"天下方乱，避难之国唯凉土耳"，国王僚臣、文人儒士、大德高僧、胡商大贾、蕃臣夷使和能工巧匠一时云集于此。他们在这里找一片天地，搭一方舞台，各自演绎出百转千幻、炫目多姿的瑰丽人生。历史学家钱穆说过："历史是人事的记录，必是先有了人才有历史的。"而我，就想通过萃取几位典型人物的典型事迹，来反映波澜壮阔的五凉历史。

二

那个阶段，为了高质量编纂陈展大纲，我下工夫阅读了《隋唐制度渊源略论稿》《晋书》《十六国春秋》，找到国内最新的关于五凉历史研究领域的尖端学术论文，编订了《五凉历史文化研究资料汇编》。因为"凉州文化论坛"的举办，我也通过"五凉文化与丝路文明学术研讨会"而认识了国内著名的专家学者，除单继刚研究员外，还有浙江大学的冯培红、宁波大学的尚永琪、河西学院的贾小军等教授。许是因为年岁虚长于他们的缘故，每逢向这些"当红"教授请教时，皆能得到热情指教。尚永琪、贾小军分别向我赠送了《鸠摩罗什及其时代》《五凉史》著作，冯培红教授也在后来寄来了新著《鱼国之谜——从葱岭东西到黄河两岸》，对于我研究五凉历史及撰写本书给予了热心的帮助。

2020年春天，五凉文化博物馆陈展大纲顺利通过了专家评审验收，我也正式开启了五凉历史名人传记的写作。人们知道，在五凉的历史沿革嬗变中共诞生了大小十多个"皇帝"，而生存于河西大地的谋臣策士、文人儒士和大德高僧更是"史不绝书"。但因篇幅所限，我决计选择在五凉时期具有重大历史影响力的几位人物为书写对象。我想以他们为核心支点，撑开枝蔓，铺开网线，如同蜘蛛织网般编织出五凉历史的宏大场面。经过一番思考，我选定了七位人物，分别为前凉肇基者张轨、前凉诗人国王张骏、后凉建国者吕光、后凉佛教翻译家鸠摩罗什、南凉末代国王秃发傉檀、西凉建国者李暠、北凉建国者沮渠蒙逊，书名也定为《五凉王国的七张面孔》。"史须真，传才立"，因为前期材料整理及思考准备工作比较充分，写作过程倒很顺畅。仅用了半年时间，就完成了二十余万字的初稿。

2020年10月，武威市五凉文化博物馆在当地标志性建筑南城楼开馆。我将《五凉王国的七张面孔》的选题报告和本书第二章《张骏：安民拓疆》给了浙大的冯培红教授，想征求他的意见。春节前夕，收到了冯培红教授近三千字的"审读报告"。他在"报告"中写道：

《五凉王国的七张面孔》之选题报告及样章《张骏：安民拓疆》早已拜读，一直忙碌，无暇回复。今趁除夕得空，谨汇报如下。大著选取张轨、张骏、吕光、鸠摩罗什、秃发傉檀、李暠、沮渠蒙逊七人，谋篇布局，集撰成书。此七人为五凉时最有代表性之人物，覆盖五个政权，突出五凉重点，构思巧妙，期待早日写成出版。七人之中，多为君主，也有一位外来高僧。多为建国者，也有盛世强主和末代国主，确实呈现了不同的七张面孔。如作者所言，著作的最大特点是历史的真实性、语

355

言的散文化和思想的通俗化。历史的真实性这一点，通过拜读第二章张骏部分已有感知。基本上遵循了历史的真实，这样让读者也感到踏实可信。在此基础上，注重语言和思想的提炼，使书写历史的文字更加可读而深邃。我觉得，这是最好的一种尝试方法。

冯培红教授的肯定极大地鼓舞了我的创作热情。难能可贵的是，他在"审读报告"中指出了书稿存在的一些细节问题，如"前凉疆域中提到的宁夏西部地区、陕西省西北部是否得当，似乎前凉东境未伸展至此？""在史书记载里，前凉左司马是阴充，还是阴元？""金头马氏用以称呼张骏姬妾鄯善王女是否更贴切？""关于张骏的性格描述，是否有点分裂？"等等。更有关于正文写作中的用语及字词的一些错讹，冯教授竟然一口气罗列了66条之多。

读过之后，深为自己的浅陋和粗疏而感到赧颜，也更加钦佩冯教授的学术功力。受此启迪，我确立了二稿创作的三个基本原则。一是对正文叙述文字进行全面修改，除订正字词准确外，还将一些语焉不详、草率模糊、诘屈聱牙的语句进行修改，使之明朗、顺达、流畅。二是阅读多种史料及论文资料，将文中所涉的人名、地名、范围、年限等逐一进行订正，尽量表述正确充分。三是对照史籍将书中的引文全面进行校对订正，反复考稽作者对引文的诠释及引申语句，使之尽量切合原著的表达意图。经过一番缓慢而细致的修改完善，至2021年下半年，终于完成了《五凉王国的七张面孔》的二稿。

三

2022年春，我参加了中国社会科学院立项、中国社会科学院武威挂职团与凉州文化研究院合作开展的《武威历史文化研究》项目，主撰《鸠摩罗什在凉州事迹研究》《凉州石窟及"凉州模式"研究》两个章

356

节的内容，因而和项目主持人单继刚教授的交流更加密切。有一次说起武威文史研究的方向时，我将成稿后的《五凉王国的七张面孔》发给了单继刚。他读完后很快发来了一篇书评文字，充分肯定了作品的"非虚构"文本属性：

收到《五凉王国的七张面孔》书稿时，我是抱有很大期待的。读过一遍之后，更是感到几分惊喜。这七个人物，可以说个个功勋卓著。他们的生活，本身就是五凉史的重要构成部分。作者把这些人物置于历史沧桑巨变的大背景下，通过细节刻画，以点带面，揭示出"时势"与"英雄"之间的张力。史籍中关于这七个人物的记载并不少，但如何去伪存真，去粗取精，确实需要花费一番功夫。作者大量利用了《十六国春秋》中的史料，使这部取材于五凉时期诸多历史典籍的著作，相比《魏书》《晋书》来说更为可靠。作者一再强调作品的"非虚构"性质，显然更为看重它的学术性、严肃性，而不是它的可读性、趣味性，虽然两者充分地兼顾到了。

357

单继刚教授在书评中对我先前的研究及创作历程进行了简单评述，而后肯定了《五凉王国的七张面孔》的学术探究意义。在对书稿学术特色进行评析时，蕴含了对我的褒扬鼓舞之情，言之谆谆，意之切切，令人感动。

冯培红、单继刚二位"博导"教授，平素教学、授徒及学术科研工作十分繁忙，仍抽暇阅读拙著并写出书面审读及书评文字。我由衷叹服二位教授具有一种超越世俗的真诚与纯粹，体现出真正学者造福苍生的博大胸襟和奉献精神。古人有"秀才人情一张纸"的词句，在我看来，两位教授送给我的这份"秀才人情"在现代社会的背景观照下有着非同寻常的温暖情怀。如果仅用"感谢"两字来表述，就显得有点儿轻浮了。

四

2023年春节后，团结出版社的责任编辑韩旭老师联系到我，说书稿内容有点"冷门"，是近年来大众读物中鲜少涉及的东晋十六国之历史，但在同质化严重的图书市场中有着新鲜别样的文化秉质，具有不错的出版价值。对于作者来说，书籍能够正式出版，会极大地提高图书传播及作者的社会影响力，这是十分高兴的事情。

恰当一年前，武威市出台了优秀出版物资助管理办法。2023年12月，武威市年度优秀出版物资助对象名单公示，《五凉王国的七张面孔》如愿入选，为本书出版发行工作增添新的支持和动力。

从起心动念、援笔而写至书稿甫成及最终出版，五年的光阴倏忽而过。在五年的芳草萋萋、落英缤纷、喧嚣躁动及低迷沉思里，我唯有一颗感恩的心。在各位师长、亲友的合力帮助下，《五凉王国的七张面孔》终于有了现在的这个模样。五年来，尘世的热闹与凉薄交相更迭，心思早如荒原古井，即使文章发表及获奖佳讯频传，也掠不起心底的一丝波澜。唯本书出版，令我欣慰而感慨。

说实在的，撰写本书既是涉猎地方史、政教史及学术理论的一次探究过程，也是自我人格完善的过程。无限风光在险峰，越是功勋卓著的人物越能构筑成一道惊世骇俗的眩目风光。走近风光，触摸风光，融入其中，收获诸多思索与感动。披阅五凉文史资料时，我总被鲜活、生动的历史细节所吸引。破书拆卷，神交古人，他们曲折传奇的生平经历和忠纯笃定的精神品格，让我深刻地感觉到自己胸襟的屑小与视野的狭窄。沉浸在历史人物的欢乐与悲伤中，在成功与失败中感受他们的欣慰与沮丧，从而让自己的心志更为悲悯、坚韧、宽和、宁静。

有人说，一个没有英雄的民族是可悲的民族，一个有了英雄却不懂得敬重和爱戴的民族是不可救药的民族。照这个说法，对历史名人的漠视和淡忘岂非一个地区和社会的悲哀？历史名人在不同的社会阶层里，以自己的品德、勇气、胆识和忠诚为凉州乃至中国历史的曲折进程增添了应有的人性魅力和精神光华。如今，我仅用自己笨拙的笔触为他们树碑立传，以之表达对历史名人的敬仰之情，此间的意义应该是极为深广的。

五

创作《五凉王国的七张面孔》时，我一直提醒自己，所撰文稿一定要具备三种形态，即历史的真实性、语言的散文化和思想的通俗化。具体而言，一是历史真实，力求人物、地点、时间和重大事件皆在考证史实的基础上推理敷演，做到有根有据。二是选择一种冷峻而节制的散文笔法为人物立传，力避"小说家言"的虚俗与轻浮，又要淡化"学院文章"的呆滞和固板，力求通过一种诗意和深度的言说文字，真实地呈现历史人物的传奇人生。三是将涉及人物成长的儒学佛理融于人物行状的描述之中，叙事语言中滋涵着抚今思昔的思想光华，使之成为弘扬传统文化的一种通俗而典雅的传记文本。

书稿甫成，初读一遍，感觉实现上述创作理念尚有一定距离。后来几易其稿，仍感力所难逮。囿于写作才华和研究功底，作者倾尽洪荒之力也只能磨砺出现在的这种文本样式。定稿之后仍有愧悔之感，唯有不断鞭策自己，在以后的学术生涯中不断提高写作水平。

本书写作过程中，也得到了武威市志办原副调研员刘开柱先生和凉州鸠摩罗什寺方丈理方法师的帮助。刘开柱是本邑文史专家、《武威地区志》常务副主编，曾冒着酷暑披阅审订本书提纲和传记初稿，指出了许多存在的问题并提出言之凿凿的修改意见。理方法师是佛学博士，我向他请教鸠摩罗什译经及佛学义理时，每有所询，皆得释疑解惑而修悟渐深。此外，著名作家、武威市文联二级调研员、省作协副主席李学辉先生，原武威市文体广电旅游局局长陈晓峰先生，凉州文化研究院院长张国才先生，五凉文化博物馆馆长黎树科先生，中国甘肃网驻武威记者站站长张振国先生，凉州区党史和地方志研究中心主任盛拥庆先生对创作本书给予了热情的鼓励和帮助。

　　著名文史专家、武威市原民间文艺家协会主席冯天民先生，著名金石专家、原《武威市志》主编王其英先生，著名文博专家、武威市博物馆原馆长黎大祥先生，著名武术家、原凉都武馆馆长杨洪先生，文史专家、凉州文化研究院副研究员李元辉先生，诗人、武威融媒体中心营销宣传公司总经理王生旭先生，国家级"非遗"传承人、凉州攻鼓子艺术团团长杨门元先生，民间文艺家、武威尚熙景观砖雕艺术公司董事长杨之军先生在本书编纂出版过程中给予了大力支持。特别是本书责任编辑韩旭老师多次审阅书稿，依据大量文献资料对人物生平所涉的年代、人名、地名和相关数据进行了严谨审慎的考证和修订，付出了艰辛的劳动和大量的心血。在此，谨向所有为《五凉王国的七张面孔》出版给予热心帮助、鼓励与支持的领导和师友表达最真诚的感谢。

　　　　　　　　　　　　　程对山于2024年3月3日记于凉州